中華民國新聞史

方漢奇題

（1912～1949）

倪延年　主編

第 6 冊

| 第三卷 |

民國南京政府前期的新聞業
（1927～1937）（下冊）

劉繼忠 等著

花木蘭文化事業有限公司

國家圖書館出版品預行編目資料

民國南京政府前期的新聞業（1927～1937）‧第三卷／劉繼忠
等著 — 初版 — 新北市：花木蘭文化事業有限公司，2020〔
民 109〕
目 6+228 面；19×26 公分
（中華民國新聞史（1912～1949）；第 6 冊）
ISBN 978-986-518-136-9（下冊：精裝）
1. 新聞業 2. 民國史
890.9208   109010353

ISBN-978-986-518-136-9

9 789865 181369

中華民國新聞史（1912～1949）

第 六 冊　第 三 卷　　ISBN：978-986-518-136-9

民國南京政府前期的新聞業
（1927～1937）（下冊）

作　　者　劉繼忠等著
叢書主編　倪延年
出　　版　花木蘭文化事業有限公司
發 行 人　高小娟
總 編 輯　杜潔祥
副總編輯　楊嘉樂
編　　輯　許郁翎、張雅淋　美術編輯　陳逸婷
聯絡地址　235 新北市中和區中安街七二號十三樓
　　　　　電話：02-2923-1455／傳眞：02-2923-1452
網　　址　http://www.huamulan.tw 信箱 hml810518@gmail.com
印　　刷　普羅文化出版廣告事業
初　　版　2020 年 9 月
全書字數　448066 字
定　　價　共 10 冊（精裝）新台幣 30,000 元　　版權所有‧請勿翻印

中華民國新聞史（1912～1949）
第三卷·民國南京政府前期的新聞業
（1927～1937）（下冊）

劉繼忠　等著

目次

第五章 民國南京政府前期的新聞廣播業、新聞通訊業和圖像新聞業

　　民國南京政府前期的廣播屬於新興媒體。在國民黨及民國南京政府的大力扶植下，廣播業迅速崛起，廣播信號可覆蓋全國乃至東亞，收音機數量卻偏少，廣播只有在上海等大都市才是大眾傳媒。新聞通訊社畸形繁榮，民營通訊社數量繁多但或生或滅；中央通訊社打破了外國在華通訊社的壟斷地位，但外國在華通訊社依然擁有較大份額新聞市場，國際新聞市場尤甚。新聞圖像業漸趨空前繁榮，出現了 500 餘種畫報刊，新聞照片、新聞漫畫廣泛被報刊採用；新聞紀實電影發揮了較好的社會作用。國難危亡面前，新聞廣播業、通訊業、圖像業都在「九一八」事變後轉向了抗日救亡的新聞動員大潮，並隨抗日救亡的時代大潮而舞動。

第一節　民國南京政府前期的新聞廣播業

　　民國南京政府前期新聞廣播業獲得了長足發展。國民黨建立了以中央廣播電臺為中心的廣播電臺系統。民營廣播電臺出現了短暫繁榮，上海是民營廣播大本營，在華外國廣播電臺也有一定發展空間。隨著廣播電臺興起，廣播新聞節目趨於現代化，這一時期廣播新聞節目經歷了從民營電臺自發編播報紙新聞到全國電臺配合中央電臺每晚固定時間「新聞聯播」的演變。

一、國民黨新聞廣播業的營建

　　國民黨廣播事業以中央廣播電臺為中心，由中央廣播電臺及地方公營廣

播電臺組成。為保證廣播電臺聲音落地，國民黨在全國初步建立了廣播收音網。國民黨廣播重在新聞宣傳，在這一時期建立了「新聞聯播」制度。

（一）中央廣播電臺的建立與發展

為鞏固統治，國民黨著重建立和強化發動宣傳機構進行封建反法西斯宣傳，在此背景下國民黨廣播事業逐步發展、壯大。

1928 年 8 月 1 日，國民黨中央廣播電臺在南京正式播音，成為國民黨新聞業的三大支柱（中央日報、中央通訊社）之一。電臺全稱為「中國國民黨中央執行委員會廣播無線電臺」，簡稱「中央廣播電臺」，隸屬國民黨中央宣傳部，呼號「XKM」（1932 年更改為「XGOZ」），波長 300 米，發射功率 500 瓦。開播當天，蔣介石、陳果夫等國民黨政要悉數到場，通過廣播發表祝賀演講。各地民眾第一次在收音機中聽到了時任北伐軍總司令蔣介石本人的聲音。

陳果夫（1892～1951）是中央廣播電臺最有力的推動者和支持者。畢生關注和支持國民黨廣播事業的發展，有「廣播保姆」之稱。不但積極動議民國南京政府創設廣播電臺，還直接參與了中央廣播電臺的籌建工作。1924 年，時在上海的陳果夫在收聽美商開洛公司廣播電臺報告行市時，聯想到「如果本黨能有這樣一個工具，豈不是比辦報還要得力」。[1]因此他給蔣介石寫信，談他對廣播的看法，詢問是否要羅致無線電人才。蔣立刻回電同意。陳果夫隨即多方籌款，廣泛搜尋無線電專家，最終在 1928 年春向美商開洛公司訂購了一座 500 瓦的播音機。數月籌備後，國民黨中央廣播電臺終於落成開播。

開播初期，經過前期短期培訓的收音員攜帶收音機分赴蘇、皖、湘、冀、滬、平、津、漢等省市國民黨黨部，收聽、記錄廣播內容交由當地報紙發表。南京情況尤為熱烈，許多收音機放置馬路兩側招徠市民收聽。中央電臺每天下午、晚間各播音一次，共計 3 小時，內容有演講節目和新聞節目，所有新聞稿件均由中央社提供。然而在人員、設備、節目等諸多條件限制下，儘管該臺「對北伐曾發生過很大的宣傳作用，」[2]但該臺電波所及主要在東南一隅，收聽效果欠佳，電臺「輿論中心」作用效果遠不盡人意。

---

1 陳果夫：《關於無線電建設》，《陳果夫先生全集》（第一冊，教育文化），近代中國出版社，1991 年影印發行，第 279 頁。

2 陳果夫：《關於無線電建設》，《陳果夫先生全集》（第一冊，教育文化），近代中國出版社，1991 年影印發行，第 281 頁。

　　1928 年冬，陳果夫與戴季陶、葉楚傖以「邊隅首都，動輒萬里，電力所及，往往不逮」為由向國民黨中常會提出「開辦費 40 萬，電力 10 千萬」的「擴充中央廣播無線電臺案」。1929 年 2 月 18 日國民黨中央第二屆第 198 次常委會通過該案，並指定陳果夫、葉楚傖負責。[1]不久，陳果夫、葉楚傖、吳道一以「衡以國際情勢」以達「音波遠被，無遠弗屆」為由向國民黨中常會提出「變更擴充中央廣播無線電臺計劃」。同年 6 月 24 日國民黨中央第三屆第 18 次常委會予以通過，「改用五十基羅瓦特電力，將機械經費增為六十萬元案。並仍由陳、葉負責辦理」。[2]作如此更改，主因有二：一是濟南慘案期間，國民黨廣播電臺發射功率低，國際宣傳極為被動，即陳果夫等提出的「衡以國際情勢」。二是中央電臺派往給各省市縣黨部駐地彙集當地的收聽反饋情況後發現，山東、湖南、天津等地白天收聽時音質不良，其他若干地區仍夾雜有強烈雜音，嚴重影響收聽效果。

　　經向英、美、德等知名無線電公司投標，從德國得力風根公司購買 50 千瓦發射機。因中方經辦人沒有接受德方回扣，德商增加了 25 千瓦。經過無線電專家多番考察和勘探，發射台臺址選定在南京西郊江東門附近。總工程師馮簡負責項目的工程建造，德國公司派專家來華負責裝配播音機械和電力機械等工作。

　　電臺改造期間，國內戰爭局勢風雲變化，「九一八」事變和「一二八」淞滬抗戰相繼發生，國民黨迅速遷往洛陽，但總工程師馮簡和一批建設骨幹等人繼續留守南京，經過日夜努力，新臺址終於在 1932 年 5 月竣工，6 月試播，8 月始用 440 米波長播音。11 月 12 日孫中山誕辰 66 週年之際，功率 75 千瓦，號稱「東亞第一、世界第三」的中央廣播電臺正式開播，呼號 XGOA（該呼號一直使用到 1948 年底），信號覆蓋範圍「晝間可達 4 千里，夜裏可達 1 萬里」，最遠達到伯力、緬甸、印度、澳洲、美加等地，一時執遠東之牛耳。

（二）國民黨公營廣播網的形成與發展

　　國民黨公營廣播網由地方公營廣播電臺及分布全國的廣播收音網構成。本時期，國民黨建立了較為龐大的公營廣播網。這個廣播網的形成與發展得

1　中國第二歷史檔案館編：《中國國民黨中央執行委員會常務委員會會議錄》（第七冊），廣西師範大學出版社，1999 年版，第 276～277 頁。

2　中國第二歷史檔案館編：《中國國民黨中央執行委員會常務委員會會議錄》（第八冊），廣西師範大學出版社，1999 年版，第 374～375 頁。

力於國民黨當局的大力扶持。爲保證國民黨公營廣播網的「黨國喉舌」屬性，國民黨強化了公營廣播網的管理，建立了相應的管理制度。

1、國民黨地方公營廣播電臺

在隸屬國民黨中央廣播電臺的黨營電臺系統中，1933年10月16日建成試播的福建廣播電臺是較早的一家（功率250瓦）。該臺爲1933年福建省政府以法幣4.4萬餘元價格委託上海亞洲電器公司設計，也是福建省內設立的第一座廣播電臺，臺址設在福州市東大路湯井巷。同年11月，國民革命軍第十九路軍發動「福建事變」，在福州成立「中華共和國人民革命政府」後，該臺被接管使用。翌年1月「閩變」失敗後，十九路軍撤離福州，該臺又歸福建省政府管轄；同年3月1日移交國民黨中央統一管理，定名爲「福州廣播電臺」。其次是始建於1934年的河北廣播電臺。1935年6月中旬，河北電臺奉國民黨中央的命令結束播出，移至西安。1936年8月，西安廣播電臺正式成立，電力500瓦，呼號XGOB，後成爲張學良和楊虎城發動「兵諫」時的對外宣傳利器。湖南長沙也於1936年底建成一座廣播電臺，1937年5月5日正式開播，呼號XGOV，電力10千瓦。

由政府經辦的電臺也有數座，主要分布於中東部以及東南沿海地區。主要有1928年10月成立的浙江省廣播電臺、1929年5月6日開播的「廣州特別市無線電播音臺」、1933年開播的濟南山東電臺和青島市民眾教育館電臺等。其中於1933年6月開播的青島市民眾教育館廣播電臺，其前身是青島無線廣播電臺，該臺的創辦是爲了傳播將於7月在青島舉行的第十七屆華北運動會的消息，當時青島政府投資一萬多元，在本市朝城路7號的民眾教育館內創設青島無線廣播電臺，呼號XTGM，發射功率100瓦。這也是青島官辦的第一家無線廣播電臺。運動會結束後，電臺由青島市教育局民眾教育館負責指揮監督。電臺的講演、戲劇、報告等節目由民眾教育館講演部編輯提供，經費開支由該館總務部辦理。電臺每天廣播九小時，內容主要有中央各種報告、國內重要新聞、本市重要新聞、教育局重要報告、通俗講演、天氣預報、報告標準時間以及戲曲唱片等。爲了運作好這座電臺，1933年12月，青島市教育局特制定電臺播音規則，規定其宗旨是普及社會教育，宣傳政治工作及公益事項，並將收音機分設在市內民眾教育館及滄口、李村、九水、陰島、薛家島各鄉區建設辦事處內。廣播音機由教育局派員管理，各處收音機由民眾教育館及各鄉區建設辦事處負責，各收音機聽眾秩序則由教育局函

公安局轉所在地崗警維持。[1]1938 年 2 月，青島被日軍侵佔後，該臺停止播音。

　　1935 年，交通部上海電臺和上海市政府電臺也相繼開播，電力分別為 2000瓦和 500 瓦。兩座功率強大，技術先進，其財力和人員配備為民營電臺望塵莫及。交通部上海廣播電臺一開播，《字林西報》、電話公司、各大戲影院及中外各商行均已紛紛前往預定廣播節目，一時間給民營電臺造成了巨大壓力。

2、國民黨廣播收音網的建設

　　廣播電臺與聽眾的接觸通過兩個完全不同的介質——電臺傳播者發出音波，聽眾借助收音機獲取，但如果電波覆蓋不到，「縱使電臺遍全國，節目力求優良，如對聾者宣講，徒見其老而無功爾」。[2]南京中央電臺開播之初，嚴陣以待的各地國民黨黨部都受命收聽該臺節目。九江、安徽蕪湖等處都收到了清晰的聲音，但上海這樣繁華大都市的黨部十幾天後也沒有收到任何來自南京的廣播之聲。[3]在收音機數量少，價格高、分布不均衡等限制下，提高收音機用戶的數量成為國民黨廣播推廣工作的重中之重。

　　廣播網計劃是留美出身的吳保豐提出的，他在《建設全國廣播網計劃草案》一文中提出借鑒歐美尤其是美國的廣播網制度，「廣播網之定則，為劃全國而成區，合每區各臺而成網，一網之間或網與網間，俱有相當之聯絡。凡值重要節目，全國各網，或全網各臺，得播發同一之節目，歐美早採用此種制度，稱謂連鎖廣播（Chain Broadcasting）」。這種多層次接續覆蓋的方法，有諸多益處：「（一）各臺間可以互換節目，減少徵集材料困難，節省費用。（二）各地聽眾，得用簡小之收音機，暢聆遠地播音。（三）便於行政管理，每網總臺承中央總臺之命，得辦理行政技術節目之指導監督，使整個廣播事業之組織，成一有機體，如人身血脈之聯絡，運用自如，絕無阻礙」。故區臺之最大任務，為：（一）於規定時間內，轉播中央臺節目，使一區內之聽眾，得普遍收聽；（二）平日對一區內各電臺，負有指導技術，管理節目之責。[4]

1　《關於播音講演》，青島市檔案館，全宗號 32，目錄號 1，案卷號，591，轉引王業
　　廷：《青島市立民眾教育館研究（1928～1937）》，中國海洋大學碩士學位論文，2009
　　年，第 35 頁。
2　吳保豐：《十年來的中國廣播事業》，引自趙玉明主編：《現代中國廣播史料彙編》，
　　汕頭大學出版社，2007 年版，第 133 頁。
3　《宣傳部》，《上海黨聲》，1928 年版。
4　吳保豐：《建設全國廣播網計劃草案》，《無線電》，1937 年第 4 卷第 2 期。

　　1937 年 5 月間，中央廣播事業指導委員會通過了該廣播網計劃，準備將全國廣播網化為中央臺、區臺、省市臺、地方臺四個層級經營，然而抗日硝煙使之僅止於「計劃」而已。「廣播收聽網包括無線電廣播收音站和有線廣播收聽點———一個喇叭就是一個收聽點。」[1]收聽點和收音員是推行廣播網覆蓋的另一個重要環節。本著「多一聽眾，即多收一分功效」[2]的原則，民國南京政府極為重視收音機的推廣和普及工作。從 1928 年開始，江蘇、江西、湖南、河南、安徽等省和北平市開始強制在各縣市政府裝設收音機，擴大受眾接觸率。民國南京政府所在的江蘇省推廣最好、效果最顯著。到1929 年，全省 22 個縣已經全部安裝了收音機。1930 年後，江蘇鎮江等市開始在公園等公共場所安設收音機。1932 年，南京市工務局、社會局和教育局聯合，特約市內繁華之處的商鋪代放中央無線電播音，並制定了具體辦法，凡是願意主動代為播放中央臺節目的商戶，每月可領取政府津貼的電費和補助費。[3]

　　廣州市耗資 2 萬美金打造開辦了中央公園播音臺，開播當日還舉行了開幕典禮，在典禮上向黨旗國旗和總理遺像三鞠躬，並由廣州市市長在播音機內恭讀總理遺囑。參加開幕式聽眾不下數萬人。該電臺每日除了將中央廣播電臺的節目進行擴音播出之外，還按時宣講省市黨部工作要點及各種要聞。[4]借助各地在公共場所設置的收音機，民國南京政府的廣播宣傳陣地進一步擴大。1937 年，教育部還頒發《各縣市籌集小學及民眾學校收音機維持經費辦法大綱》，[5]並設立播音教育委員會，要求全國各小學及民眾學校從 26 年度（1937）起，必須裝設無線電收音機，並且以免費發放為原則。因此至抗戰爆發前為止，除了個別特別偏遠的縣份和省市以外，全國主要省市的黨部和公共區域都安裝了收音機，聽眾約有兩三百萬人，海外尚不在內。[6]著名美國學者王鼎鈞的回憶錄中提到，1937 年抗戰爆發不久，他就讀的山東臨沂蘭陵

1　章逸：《收聽廣播常識》，科學普及出版社，1958 年版，第 111 頁。

2　吳保豐：《十年來的中國廣播事業》（1937），選自趙玉明主編：《現代中國廣播史料選編》，汕頭大學出版社，2007 年版，第 133 頁。

3　南京市工務、社會、教育局會訂《特約鋪戶代放中央無線電臺播音辦法》，《南京市政府公報》，1932 年版。

4　新聞：《中央公園播音臺開幕》，《廣州市政府公報》，1932 年版。

5　《播教消息：二、教育部頒發各縣市籌集小學及民眾學校收音機維持經費辦法大綱》，《播音教育月刊》，1937 年第 1 卷第 10 期，第 183 頁。

6　《統計：我國的無線電事業》，《政治成績統計》，1936 年版。

鎮小學校長從大城市裏買來了一架「飛歌」牌收音機,「小小的木盒子,有嘴有眼睛,蠶吃桑葉似的沙沙響,忽然一個清脆的女聲跳出來,喊著『XGOA』。我第一次知道那叫廣播,無線電廣播。」「晚上,老師收聽中央臺的新聞,記下來,連夜寫好蠟板,印成小型的報紙,第二天早晨派學生挨個散發」[1],應該就是教育部推廣收音機的成果。

　　在擴大廣播收聽的過程中,民國南京政府還推出了頗為有效的收音員制度。收音員制度,就是以國家行政(實則是黨組織)的命令由中央廣播電臺管理處(簡稱中廣處)、教育部及若干省政府舉辦收音員訓練班,各縣必須派員參加,訓練各種收音技術,畢業後分發各地工作。1928 年至 1937 年,中央廣播電臺、教育部及各省黨部和政府等舉辦了 10 多次培訓班,有記錄培訓人數 845 人。培訓員接受 2～5 個月的培訓,被分配到各省、市縣等黨部負責為當地裝設收音機,抄錄廣播新聞,供給當地報館新聞社,出版壁報。早期的收音員奔赴各地之時還會攜帶中廣處分配的收音機,由於支出龐大,後期收音機的費用都由各地地方黨部和政府部門承擔。這些收音員或是收音指導員的工作在當時發揮了一定的作用。「內地交通阻塞之區,對各地新聞,極為隔閡,平時大都無報紙可讀,即有者,亦不過抄摘其他各地舊報紙之記載,早已失去時效。自收音工作成立以後,中央政情可以直達各地,中央與地方之情感,賴以溝通。各地報館及新聞社,可以得到極新鮮之消息,而民教館之聽眾及中等學校之學生,亦常能聆取名人言論以及常識課目,對於發展民眾教育,大有裨益」[2]。

　　上述兩項措施的交替推行,在廣播覆蓋率和收音機普及率都很低的當時條件下,影響深遠。它使「邊遠地區民眾,獲益良多,因為所有當地報紙的頭號新聞,重要通信,全係採用收音員所提供的中央電臺播出消息」[3]1937年抗戰爆發前,國民黨官辦廣播已覆蓋全國大部分地區。

(三)國民黨廣播電臺的新聞節目與宣傳

　　對於剛剛建立政權的國民黨政府來說,面臨的最大問題就是如何建設並鞏固新政權。「建設之首要為心理建設,如果撇開心理建設不談,便去從事物

1　王鼎鈞:《故鄉的雲》,生活・讀書・新知三聯書店,2013 年版,第 231 頁。
2　吳保豐:《十年來的中國廣播事業》,《十年來的中國》,商務印書館,1937 年版,第 733 頁。
3　吳道一:《建立收音員制度》,《中廣五十年》,臺北出版社,1978 年版,第 26 頁。

質建設，必定失敗，心理建設最有效的工具當然要算廣播，黨內有敏銳眼光的人士早就看到這一層，所以就竭力提倡廣播。」[1]

中央廣播電臺成立之初，即確立「施政之喉舌」角色定位，確定了「闡揚黨義、傳佈政令、講述學術、報告新聞，以音樂陶冶聽眾性情，以科學增進人民常識」[2]的辦臺定位。開播當日，《中央日報》刊登該臺第一號《國民黨中央宣傳部中央廣播無線電臺通告第一號》，「嗣後所有中央一切重要決議、宣傳大綱以及通令通告等，統由本電臺傳播」。因此，中央廣播電臺的開播，一掃此前廣播媒介的休閒娛樂品形象，成為政府以新聞和宣傳性內容為產品控制社會、訓導民眾的重要載體。

1932 年之前，中央電臺設有《重要新聞》《國際要聞》（星期二用外語報告國內外要聞）、《通令通告》等。[3]新聞性節目佔據了較大比重，播出時間大概占 30%。但因人員少，沒有專職記者，國內新聞的來源「早上採自本京各大日報，晚間則播送中央社消息。」[4]國民黨中宣部還要求，所有新聞稿件均由國民黨中央通訊社提供，宣傳內容由國民黨中宣部交辦的新聞和教化節目為主，並輔以部分音樂節目，沒有廣告，經費全部由國庫支撥。

1932 年大電臺開播後，中央電臺的新聞時長和節目類型都有所增加，曾編選上海《申報》《新聞報》《時報》的重要電訊。但在採信民間信息時發生了與國民黨中央部署衝突的事情：1933 年 7 月，因電臺播出了一條從《申報》選取的外國通訊社消息涉嫌「洩露軍機」，被軍事委員會訊問。[5]之後中央電臺再也不敢擅自增用其他信息來源，「只用中央通訊社稿件，並經中央秘書長或中宣部長核閱簽字播發，如果兩位首長公出，則由中宣部秘書核簽，因之原節目表十九點四十分起的十五分鐘簡明新聞，有時因轉呈簽核關係，無法趕上，而留待二十一點三刻播出。記得那時除了軍事動態消息外，有關抗日反共字樣的新聞，亦因時機未熟有所顧忌而諱言，直到抗戰軍興，遷都重慶後，核稿制度，隨之廢止，但仍專用中央社稿，以免再蹈覆轍。」[6]中央通訊社的

---

1 徐學鎧：《我國廣播事業的展望》，《影音》，1948 年第 7 卷第 3 期。

2 吳保豐：《十年來的中國廣播事業》，《十年來的中國》，商務印書館，1937 年版，第 733 頁。

3 《無線電問答彙刊》，1932 年 2 月 5 日版。

4 吳道一：《中廣四十年》，臺北中國廣播公司，1968 年版，第 36 頁。

5 吳道一：《中廣四十年》，臺北中國廣播公司，1968 年版，第 36 頁。

6 吳道一：《中廣四十年》，臺北中國廣播公司，1968 年版，第 36 頁。

國際新聞稿成了中央電臺國際新聞的唯一來源。當時中央通訊社的國際新聞有的是花錢訂閱的國外廣播稿，有的是與國外交換的免費廣播稿，還有的則是直接剽竊德國日本等國家的廣播稿。[1]「在那個時期的新聞節目中，有一種記錄新聞，播放很慢，供各縣收聽站記錄。包括簡明新聞在內的各種新聞稿件都來自中央社，由徵集人員稍加圈改，交播音員照稿宣讀。」[2]這種新聞播報的目的，就是爲了指導地方的新聞工作。

廣播宣傳方面。中央臺設有《宣傳報告》《中央紀念周》等固定欄目，從事「總理遺教」「新生活運動」之類的主題宣傳。尤其是每週一的紀念周特別節目，起初是「在中央大禮堂現場發音，曾經一度規定，南京市區各機關紀念周，一律按時聚集該禮堂內，收聽中央電臺節目，並同時舉行儀式，後因技術上感到困難而中止」[3]。爲了塑造孫中山先生的精神領袖形象，鞏固和強化蔣介石作爲孫中山合法繼承人的地位，每當孫中山先生的誕辰和逝世紀念日，都會舉辦一系列的廣播講話。如 1928 年中央電臺的開播儀式上，蔣介石發表開幕致辭，重點強調了電臺廣播對宣傳孫中山三民主義的作用。1936 年元旦，蔣介石又在中央電臺發表演講，與收音機前聽眾以「兄弟」相稱「現在兄弟雖然不能親自和各位見面，但是可以在廣播電臺中，親自和各位講話，這是很可快慰的一件事情。現在兄弟藉此機會，將我們國家和全體同胞今年最緊要的工作，和各位同胞說一說。」[4]

對抗日本侵略方面，廣播是國際宣傳的利器。1929 年，日本已建起 10 千瓦中波電臺，直接干擾東南沿海的聽眾。對此，國民黨中執委決定開辦大功率電臺與之對衝。「九一八」事變後，新聞節目主要內容由「剿共」變爲抗日政局和前方戰況，增加了關於日軍侵華的特種報導；還增設日語廣播，一面揭露日寇的陰謀，一面安定人心，鼓勵士氣，喚醒民眾。電臺一度停止音樂節目，平時那種輕敲細打、喜慶升平的音樂節目，這時則被鏗鏘激越的軍樂

1　編者：《中央通訊社組織規程》，《中央黨務月刊》，1930 年版。
2　肖之儀：《在國民黨廣播電臺裏的見聞》，中國人民政治協商會議陝西省：《西安文史資料》，1982 年第 3 輯，第 122、123、125 頁。
3　《公告：本府在中央廣播電臺第六次施政報告》，《首都市政公報》，1929 年版，第 16 頁。
4　蔣中正：《中華民國二十五年元旦告全國軍民同胞書，國民自救救國之要道》，秦孝儀編：《先總統蔣公思想言論總集・卷三十・書告》，中央黨史出版社，1984 年版，第 192 頁。

所代替，充滿了戰鬥的氣氛。[1]

　　1932 年 1 月 28 日，日軍在上海虹口挑釁，遭到十九路軍的奮勇抵抗。民國南京政府隨後宣布遷往洛陽辦公。中央電臺奉命趕建洛陽電臺，同時攜去收音機 50 多架，分別放置於公私機關及熱鬧市區商鋪，供民眾收聽。洛陽電臺每晚詳細抄錄中央電臺和中央通訊社消息，重播自「九一八」之後中央電臺製作的所有特種報告，揭露日本陰謀，並和南京中央臺一起，呼籲全國同胞參軍支持前方抗戰力量，呼籲民眾捐獻戰爭所需用品，送往上海前線。隨著「一二八」事變進入尾聲，這種抗日救亡宣傳的勢頭不久即發生微妙變化，中央廣播電臺開始宣傳「攘外必先安內」的「救國方針」。

（四）國民黨國語廣播和全國聯播制度的確立

　　為強化廣播宣傳效果，國民黨逐步確立了國語廣播和全國聯播制度。中國地域廣大，方言眾多，各地民眾之間因言語不通而互不團結，無益於國家的強大。職是之故，語言統一就成為現代民族國家建設的重要組成部分。[2]1920 年代以來，這種以北京話（標準語音）和白話文為基礎的現代「國語」在社會層面得到初步推廣。到南京國民政府時期，在學校教育和各種社會宣傳方式的推動下，近代國語推廣發展到制度化實踐階段。[3]當時很多人都主張，「凡放映有聲電影，表演話劇及廣播新聞或講演等必須採用國語，庶能普及人間」。[4]

　　國語廣播對於國家統一極為重要。從國民黨建立起中央廣播電臺的第一天起，利用國語進行宣傳就是其中的要義之一。中央電臺建立後，不僅精挑細選發音標準的新聞播音員，還聘請語言學家趙元任在電臺主持播講《國語廣播訓練大綱》，他在《全國轉播中央廣播電臺節目對於促進國語統一的影響》一文中，詳細解釋了國語廣播的意義和作用，認為「要建設一個統一而立得住的國家，統一的國語也是一個極要緊的條件，在各種促進統一國語的工具當中以無線電廣播的影響為最廣」。[5]不僅如此，選拔播音員時，趙元任也親臨

1　汪學起、是翰生編著：《第四戰線──國民黨中央廣播電臺擬拾》，中國文史出版社，1988 年版，第 20 頁。
2　崔明海：《「國語」如何統一──近代國語運動中的國語和方言觀》，《江淮論壇》，2009 年版。
3　黎錦熙：《國語運動史綱》，（民國叢書）（第二編 52），上海書店，1934 年影印版。
4　黎錦熙：《國語運動史綱》，（民國叢書）（第二編 52），上海書店，1934 年影印版。
5　趙元任，《全國轉播中央廣播電臺節目對於促進國語統一的影響》，《廣播週報》，1936 年版。

現場，進行口語把關。北京姑娘劉俊英自 1933 年以優異成績考入中央電臺後，因吐字清晰，音質圓潤，加上抑揚頓挫的標準北京語調（劉俊英是北京人），不僅深受國內聽眾歡迎，而且在東南亞、日本等地也享有較高知名度，被日本媒體稱為「南京夜鶯」。但在很長的時間內，聽眾都是只聞其聲，不知其人。最後還是看了日本報紙記者的報導，聽眾才第一次知道她的真名。1935 年 4 月 25 日，國民政府交通部發布《通飭各廣播電臺用國語報告令》，以法令的形式要求各廣播電臺使用國語播音。《廣播週報》則連續登載趙元任的《國語廣播訓練大綱》，宣傳、推廣和教授標準國語。國語廣播遂成為民國廣播的一項制度。

面對民營廣播蜂擁而起，娛樂化色彩濃厚，國民黨廣播「稿荒」嚴重，國家廣播網尚未建立，加之「主義急於灌輸，宣傳刻不容緩」等問題，國民黨決定建立全國「新聞聯播制度」。通過為全國電臺統一提供「標準化」的節目，對國民黨中央來說是為了擴大宣傳，增強國家的凝聚力，而對地方電臺來說，則有利於解決新聞節目的「稿荒」問題：作為國辦單位，依靠中央和地方政府撥款生活的各級廣播電臺，其上級撥款數額基本決定了電臺的生存處境。因當時的很多官辦電臺都沒有廣告，有廣告的也僅僅夠補貼之用，起不到決定作用，更無法填補電臺自採和自發新聞的資金缺口。一些地方電臺很早就轉播中央電臺的節目，如山東省廣播電臺 1934 年就採取了這一做法。

1936 年 4 月 20 日，國民黨中央廣播事業管理處呈請行政院發布飭令，要求全國各地所有的公私營廣播電臺除星期日外，每晚 8：00 至 9：05 必須一律轉播中央臺節目。「各民營電臺無轉播設備者，應於此節時間時暫行停播，以杜分歧，務使意志集中，收效宏速。」[1]中國廣播電臺全國聯播制度的正式建立即肇始於此。對此項「飭令」，推廣較為順利。國民黨地方廣播電臺樂於遵從，阻力不大。民營電臺因涉及廣告和時段佔用等問題，一些電臺延遲執行，一些租界外商電臺拒絕執行。交通部遂在全國民營電臺中進行了多次檢查，對於不遵照執行者給予停播等嚴厲處罰，[2]遵照執行者予以表彰。

---

1 上海市檔案館編：《舊中國的上海廣播事業》，中國廣播電視出版社，1985 年版，第 221 頁。
2 微塵：《電政要聞　國內之部：處罰不遵令轉播中央節目之廣播臺》，《電友》，1936 年版。

全國聯播制度的建立，在當時社會條件下具有積極的意義。一是解決了地方電臺新聞節目匱乏問題。當時的很多官辦電臺沒有廣告，有廣告的也僅夠補貼之用，更無法填補電臺自採和自發新聞的資金缺口。以北平電臺爲例，1933 年改名爲交通部北平廣播電臺後，工作人員 13 名，沒有專職記者和編輯，每天兩次「緊要新聞」播報，「白天由工程師根據《華北日報》圈選，晚間則從《世界晚報》上選擇，交由『報告員』依次報告，次日由事務員把報告稿黏簿存查」。[1]而轉播中央電臺的節目，則可以快速提升地方電臺新聞節目質量。二是對推廣國語具有重大意義。中央廣播電臺的新聞節目使用標準國語，給聽眾提供了學習國語機會。國民黨當局還擬訂計劃，向美國購買收音機 10 萬架，分配於中國各地區市鎮公共場所，專作統一語言、推進人民教育水準之用，也大力發展廣播的集體收聽業務。因中日戰爭爆發而中斷。三是增強了國民黨中央政權的輻射力，對於建構「一個中心、一個領袖、一種聲音」的政治宣傳目標起到了積極作用，利於增強國家凝聚力。在當時技術和媒介條件下，如果其他省市電臺不轉播中央節目，本地收音機用戶就可能無法接收，或接收不好；在這一時間全部停播其他節目，統一播送中央電臺的節目，可使中央的聲音傳至各地，成本低、易操作。四是爲國民政府統一調度資源，在全國範圍內開展運動開闢了一條最便捷、最直接的通道。如 1935 年 8 月南方水災，中央電臺把每晚的「時事述評」改爲賑災節目，逐日播講災情，還請國民政府賑務委員會在每週三 20：10 派員擔任報告，並匯總播出各地慘況及各受災區域抗災情況和捐款者名字、數額。通過全國電臺的新聞聯播，對發動民眾救災和動員捐款捐物發揮了巨大效應。

二、民營廣播電臺的短暫繁榮

民國南京政府允許廣播電臺「得由人民設立」。「一二八」事變後，民營電臺如雨後春筍在一些大中城市蓬勃發展，主要集中在上海、天津及江浙一帶。此時，民營電臺也成爲流行音樂、地方曲藝和商業廣告的重要載體。

（一）民營廣播電臺的發展變遷

上海是中國民營電臺的發源地和最大集散地，所有民營電臺中半數以上集中在上海一帶。上海民營電臺的大發展源於「一二八」事變。電臺商人從

---

1 趙玉明、艾紅紅、劉書峰主編：《新修地方志早期廣播史料彙編》（上），中國廣播影視出版社，2016 年版，第 28 頁。

「一二八」事件的廣播宣傳中看到了電臺的商機。1932 年底從以前的 10 座左右迅速增加到 40 多座，出現了以廣告為生的商業臺。到 20 世紀 30 年代初，當其他地方的居民對廣播心嚮往之時，上海的廣播卻「是一種腦充血的狀態，畸形不平均的發展。空中傳音，內地人民夢想未到，但上海的居民已經引起了一部分人的厭惡。」[1] 1935 年，普通上海人如果擁有一臺收音機，一天中可以有 22 小時連續不斷地收聽到廣播節目。[2] 據國民黨中央廣播事業管理處的調查數據顯示，1936 年 9 月，全國共有民營電臺（西人電臺除外）65 座，上海占 41 座，約為民營臺總數的 66%。僅從電臺數量來看，上海在當時已居世界之冠。其中 1932～1933 年為民營電臺創辦的高峰期，兩年間新成立了 46 家廣播電臺，「尤其應注意的，就是沒有一座設在新聞社」，[3] 這說明當時的民營新聞社還未涉足廣播。1935 年，上海市宣布，本市無線電播音已許可設立 90 多處，周波已分配完畢，無法准許增設電臺。1936 年後，經過交通部整理並取締一部分電臺，上海民營電臺數量大為減少，總電力反而增加（見表 5-2）。

表 5-2：1932 年至 1937 年 5 月上海民營電臺的數目增減和電力總計表

年　份	電臺數	電力總計（瓦特）
1932	7	815
1933	42	3860
1934	50	5570
1935	51	5982
1936	41	6280
1937	36	6020

在上海民營廣播電臺中，值得一提的是亞美臺。1929 年 12 月 23 日，亞美無線電公司自建的一座 50 瓦廣播電臺正式播音，臺址位於江西中路 223 號亞美公司內，初名「上海廣播無線電臺」，亦稱「亞美電臺」。電臺呼號 XGAH，發射功率 50 瓦（後增至 100 瓦）。亞美電臺的開播時間是在開洛公司電臺停播不久，而當時的新新公司廣播電臺也因經濟原因暫時停播，在業內普遍感

1　曹仲淵：《從上海播音說到國際糾紛》，《無線電問答彙刊》，1932 年版，轉自上海檔案館等編：《舊中國的上海廣播事業》，中國廣播電視出版社，1985 年版，第 246 頁。
2　幼雄：《廣播無線電應有之改進》，《申報月刊》，1935 年第 4 卷第 2 期。
3　任白濤：《綜合新聞學》，商務印書館，1941 年版，第 673 頁。

到前途渺茫之際，早有準備的亞美公司毅然成立「上海廣播無線電臺」，以提倡科學為之志，每天間歇播音 4 小時，節目內容除報告新聞、商情及無償播送中國播音協會點播的節目外，還設有《學術講演》《無線電問答》等知識性專題。這是國人在上海自建的第二座廣播電臺，也是民營電臺中歷史最悠久、宗旨較純正的一座廣播電臺。

天津民營廣播電臺也較為發達。1929 年秋，美國無線電公司（RCA）的中國獨家代理——天津中國無線電業股份有限公司在天津濱江道 112 號馬路對面的基泰大樓設置了一座廣播電臺，主要播出科技知識和文藝節目。電臺開辦一年後停辦。之後「仁昌」「中華」「青年會」「東方」四大民營電臺在租界相繼成立，迎來天津民營廣播史上的第一個繁榮期。1934 年初，天津老字號仁昌綢緞莊經理王銘孫在法租界梨棧（今和平路東）慶豐里開辦了仁昌廣播電臺，機器設備為原日商義昌洋行所擁有，呼號 XQKC，初期功率 7.5 瓦。播音一年後，擴充電力為 50 瓦，1935 年底再次擴充為 200 瓦。1934 夏天，中華無線電研究社天津分社在法租界 4 號路設立中華廣播電臺，初期功率僅為 50 瓦，1935 年春增為 100 瓦。該臺開播時功率較大，音質優良，節目花樣繁多，聽眾反響不錯。同年 11 月，幾家工商業主聯手投資在意租界的東馬路青年會（今市少年宮）樓上開設了青年會廣播電臺。該臺發射功率起初 50 瓦，次年 9 月增為 150 瓦，除免費播報各自公司的廣告，還宣傳基督教青年會的各項宗旨。1935 年春，東方貿易工程公司在法租界 32 號路（今哈爾濱道）創辦東方廣播電臺，發射功率為 150 瓦。

作為民營廣播最為發達的省份，江蘇的蘇州、無錫、高郵、常州等地均出現了民營廣播電臺。蘇州一地，先後成立了七家，包括 1930 年設立的陸辛生電臺、1931 年設立的國華廣播電臺、1932 年開播的久大廣播電臺等。這些電臺基本以娛樂和廣告為主。

浙江省的杭州、寧波、嘉興、湖州、紹興等地也先後出現了一些民營廣播電臺。杭州最早的民營電臺是 1932 年 4 月由政府批准成立、許建任獨資興辦的「亞洲無線電公司廣播電臺」。該臺初期發射功率 15 瓦，後增至 50 瓦，每日播音 8 小時，有《當日金融》《法律常識》《學術講演》《無線電常識》《唱片及廣告》等節目。此外還有杭州電臺公司廣播電臺、敬亭廣播電臺、宏聲廣播電臺。寧波主要有寧波實驗無線電臺、黃金廣播電臺、四明廣播電臺等民營電臺。

　　至 1937 年 5 月，全國共有廣播電臺 91 座，包括國營電臺 25 座，民營電臺 66 座。這 66 座廣播電臺都分布在商業文化氣息濃厚的大都市、東南沿海的開放城市。在廣大的西北內陸地區，如西藏、新疆、蒙古、寧夏、青海、貴州和陝西等地，抗戰前竟沒有出現過一家民營廣播電臺。民營電臺的畸形分布，是由民營廣播業的生存條件決定的。對絕大多數民營電臺來說，企業或商家的廣告是生命線。相對穩定的供電系統和一定規模的受眾群也是民營電臺立身的必要條件，這在戰前也只有沿海和內陸的少數發達城市才具備。

（二）民營廣播電臺的類型分布

　　在二十世紀二三十年代民營廣播電臺發展的高峰時期，電臺的類型主要有三種：商業性、宗教性和教育性廣播電臺。

　　商業性廣播電臺主要爲上海、天津、北平、杭州、無錫等城市的大中商號所辦。據 1937 年 6 月統計，全國共有商業性廣播電臺 45 座。[1]除上述提及的亞美廣播電臺外，還有大中華廣播電臺、華美廣播電臺、元昌廣播電臺、大陸廣播電臺、麟記廣播電臺和華僑（大美）廣播電臺。除亞美廣播電臺等少數商業電臺等節目偏重科學知識的傳播外，大多數商業廣播電臺依靠播送大量商業廣告維持生計，播出的戲曲、音樂、彈詞等娛樂節目大多低級庸俗。

　　宗教性廣播電臺同樣集中在大中城市，經歷由外人傳入到本土化的過程，並逐漸成爲民營廣播的重要組成部分。在中國，宗教廣播內容中最早涉及的是基督教，隨後才是天主教、佛教、伊斯蘭教。早在 1923 年奧斯邦電臺就播出基督教相關的內容，在禮拜天設置了佈道和祈禱節目。[2]從 1925 年 6 月起，開洛電臺在每週日上午 11：00～12：00 的特別節目中，安排爲美國教堂講道及讚美歌節目。[3]在國人自辦電臺中，1927 年底，北京的第一家私營的廣播電臺——燕聲廣播電臺，也設有宗教廣播節目。到 20 世紀末 30 年代初，一些中國的基督徒到廣播電臺或發表演講，或參與佈道，或講授科學常識，爭取人心。基督教廣播在經歷了外國人的示範後，國內基督徒和團體受到傳播宗教的使命感驅使，已開始主動應用廣播無線電作爲傳道的工具了。20 世紀 30 年代初至抗日戰爭全面爆發前中國的宗教廣播事業邁上了一個新臺階。

1　趙玉明主編：《中國廣播電視通史》，中國廣播電視出版社，2014 年版，第 29 頁。

2　郭鎮之：《中國境內第一座廣播電臺考》，《現代傳播》，1986 年版。

3　上海檔案館等編：《舊中國的上海廣播事業》，中國廣播電視出版社，1985 年版，第 24 頁。

這一時期，既有基督教、天主教、佛教和伊斯蘭教組織（機構、個人）辦的廣播節目，也有基督教、天主教、佛教的專門電臺。這一時期，上海、天津、北平、河南等地由宗教團體或組織設立的專門性宗教廣播電臺如福音電臺、佛音電臺以及天主教無線電臺陸續創立。

　　福音廣播電臺由上海基督教同人組織福音廣播社創辦，於 1933 年 12 月 2 日在上海正式開播，呼號 XHHA，發射功率 150 瓦，臺址在博物院路（今虎丘路）19 號。它不僅是我國的第一座專門的基督教電臺，也是我國第一座專門的宗教電臺。福音電臺的經費由發起人自行捐助，主要由富商信徒李觀森、趙晉卿等提供捐款，王完白任電臺總經理，電臺無廣告收入。上海不僅是我國基督教廣播的發祥地，也是基督教廣播最興盛的地區。據統計，1932 年 1 月至 1934 年 1 月，上海市內新建廣播電臺達 15 家，1934 年電臺總數 41 家。20 世紀 30 年代，北京有 7 座廣播電臺，其中兩座為教會學校創辦和控制，分別為通縣潞河中學廣播實驗電臺和育英廣播無線電臺。同時期的天津的基督教青年會電臺和東方電臺也相繼創辦起一些基督教節目。

　　天主教廣播最早出現於上海。1934 年 6 月 29 日，上海中華全國公進會在陸伯鴻的組織下，開始借快樂電臺播講天主教義。這是為迄今發現的中國天主教廣播的最早記載。快樂電臺呼號 XLHD，功率 50 瓦，由快樂無線電研究社設立，1932 年開播，1935 年 8 月被交通部命令停辦。

　　中國的佛教廣播雖然起步晚，但發展速度快，後期幾乎與基督教廣播旗鼓相當。1933 年 3 月 1 日，由佛教居士王一亭、李經緯等創辦的上海佛學書局。[1] 開始通過永生電臺，首次播送佛教節目，開佛教廣播之先河。永生電臺創辦於 1933 年 1 月 31 日，呼號 XHHJ，負責單位為永生無線電公司。該臺首次播出的佛教節目為佛學答問，並誦讀金剛經。在佛教界人士的積極推動下，上海開始迎來佛教廣播的熱潮，佛教廣播節目數量逐漸增多，一些規模較大的民營電臺如李樹德堂、大中華電臺等都相繼開設了講經節目。1934 年 1 月 24 日，中國佛教會籌建一座專業的廣播電臺——佛音廣播電臺在赫德路（今常德路）418 號開始播音，呼號 XMHB，發射功率 500 瓦，頻率 980 千赫。該臺由中國佛教會主辦，上海愛文義路（今北京西路）覺園內佛教淨業社具體經辦，以闡揚佛理，宣揚佛化為宗旨。「八一三」事變後，上海淪陷，佛音

---

[1] 上海佛學書局是中國近代規模最大的一所專門編輯、刻印、流通典籍的佛教出版機構，1929 年創辦於上海（一說為 1930 年），宗旨為「提倡佛學，弘揚佛法」。

廣播電臺爲抵制日本廣播監督處的控制，於 1938 年自動停播，以後也未曾復業。直至抗戰爆發前，播出佛教節目的電臺數量較多，據目前的統計有 23 座。這些電臺半數以上集中於上海（13 座）。其他地區如北京、南京、天津、紹興等地也都出現了佛教廣播節目。

在多元並存的格局下，基督教廣播的節目數量最多，成就最大，伊斯蘭教廣播數量最少，節目類型也相對單一。而這些宗教電臺均以弘揚宗教教義爲目的。在或豐富或相對單調的節目設置中，宗教儀式化的節目往往佔有相當大的比例，其他非宗教性節目大多也與宗教日常社會工作密切相關（醫藥衛生、道德節目、兒童節目、家庭節目等）。爲了吸引更多的聽眾，也設置了一些在當時比較受歡迎的娛樂節目。

中國的伊斯蘭教廣播最早出現在 1934 年 2 月，其誕生地也是上海。1934年 2 月，上海富星廣播電臺於每日上午 11：00～12：00 播出徐哲身播講的《回教故事》，[1]爲廣播中涉及伊斯蘭教的較早的記載。此外，當時的伊斯蘭教廣播還有 1934 年上海回教經學研究社借中西廣播電臺每天下午進行的半小時教義演講。至抗日戰爭爆發前，伊斯蘭教廣播的發展基本處於萌芽或者說是起步階段。一個最突出的特徵就是節目少，類型單一，只有上海、北京兩個城市中屈指可數的固定節目；節目的內容與形式都極爲單調；沒有出現專門的伊斯蘭教廣播電臺。

教育性廣播電臺主要集中在南方一些中小城市，大多爲教育館和學校所辦，發射功率不大，收聽範圍有限，播出內容大多爲文化科學知識。比如無錫的江蘇教育學院廣播電臺，徐州民眾教育館的徐州廣播電臺、南昌的江西省立民眾教育館廣播電臺、北平育英中學育英廣播電臺、濟南的齊魯大學廣播電臺、青島市立民眾教育館廣播電臺和廈門的同文中學廣播電臺等。

三、在華外國廣播電臺的新聞廣播

除國民黨官辦和民營廣播電臺外，這一時期上海、北平還有一些外商辦的廣播電臺。關於外商在華設立廣播電臺，北洋政府前後期態度有所變化。30 年代初期，國民黨政府對外商電臺一方面在法令規定上內外有別，從嚴審批程序，另一方面採取逐步取締。據 1932 年 10 月統計共 6 座。[2]30 年代中期

1　上海檔案館等編：《舊中國的上海廣播事業》，中國廣播電視出版社，1985 年版，第 120 頁。
2　趙玉明主編：《中國廣播電視通史》，中國廣播電視出版社，2014 年版，第 32 頁。

後，國民黨開始擔憂外商電臺會引發政治性問題，於 1937 年春，國民黨中央常務委員會第 39 次會議通過《廣播教育實施辦法》，規定「絕對禁止外國人在中國境內設立廣播電臺」。[1]然而上述規定並無多大實際意義。以下爲抗戰前期在華外國廣播電臺的開設情況。

（一）英法美在華廣播

據 1937 年 6 月統計，上海仍有美商華美、其美，英商奇開和法人等 4 座電臺。美商華美廣播電臺，又名西華美廣播電臺，1933 年 6 月 21 在交通部上海國際電信局登記，呼號 XMHA，發射功率 500 瓦。法商法人廣播電臺，1932 年 8 月 19 日開始播音，呼號 FFZ，發射功率 250 瓦。在英國殖民的香港地區，1928 年 6 月 30 日，港英當局資助創辦了一座廣播電臺，呼號 GOW，播放英文節目。1929 年 2 月 1 日，香港成立廣播委員會，正式宣布該臺爲政府所辦。1934 年開辦中文臺，呼號 ZEK，起初中、英文臺共用一套設備，1938 年 1 月建成第二個發射臺後，兩臺同時播出。[2]

（二）日本在華廣播活動的推廣

1925 年 7 月，日本殖民當局在大連設立了大連中央放送局（即廣播電臺），呼號爲 JQAK，發射功率爲 500 瓦。這是東北最早的廣播電臺，被視爲日本殖民宣傳的重要工具，負有執行「國策」的特殊使命。「九一八」事變後被僞滿洲國接管。[3]

「九一八」事變後，日軍迅速接管了東北全境奉系的無線廣播電臺，並從日本放送協會抽調技術人員修理因戰爭破壞的廣播設備。1931 年 10 月 26 日，瀋陽恢復了「軍事宣傳放送」。1932 年 2 月，哈爾濱廣播電臺被日軍佔領，更名爲哈爾濱放送。至此，國人在東北自辦的廣播事業完全被日本軍國主義所摧毀，其基礎設施被日軍佔用，轉而爲日本侵華戰爭服務。[4]1933 年 4 月，日本在長春設立僞滿洲國的廣播中心——「新京放送局」。該臺完全由日本關東軍司令部控制，第二年啓用了 100 千瓦大功率發射機廣播，可覆蓋東北大

---

1 趙玉明主編：《中國廣播電視通史》，中國廣播電視出版社，2014 年版，第 33 頁。

2 趙玉明主編：《中國廣播電視通史》，中國廣播電視出版社，2014 年版，第 33 頁。

3 馬依弘：《「九一八」事變前日本在我國東北殖民文化活動論述》，《日本研究》，1992 年版。

4 齊輝：《試論抗戰時期日本對華廣播侵略與殖民宣傳——以日本在「滿洲國」的放送活動爲中心》，《新聞與傳播研究》，2015 年版。

部分地區。[1]1933 年 9 月，日偽政權在東北大連建立了「滿洲電信電話株式會社」（簡稱「電電」），成為壟斷東北地區電報、電話、廣播的殖民奴化宣傳工具。接管瀋陽、哈爾濱兩地由中國人主辦的廣播無線電臺後，要求播出的內容均需圍繞「日滿一德一心」展開，偽「電電」辦有日語、漢語和俄語三種語言節目，內容上極力「宣傳（偽滿）建國並施政之精神」，為偽「滿洲國」的傀儡政權塗脂抹粉，為日本侵華戰爭鳴鑼開道，頌揚法西斯統治是「王道樂土」，極盡宣傳之能事，對哈爾濱人民進行奴化宣傳。[2]日本殖民當局在東北建立規模龐大的廣播機構，並以此基地對中國內陸開展廣播宣傳戰，其編織的新聞侵略大網覆蓋了更廣泛的地區，妄圖改變國人的民族認同，為其殖民佔領製造「民心」，構建侵略戰爭的合法性。

　　日本在華北地區廣播也得到了進一步發展。1936 年，由日本駐津領事館主辦的日本公會堂廣播電臺開始播送東京電臺日語節目，為日本在華的奴化教育拉開帷幕。1937 年「七七事變」後，日軍發動「天津事變」，日本公會堂廣播電臺播送日軍的「安民告示」。[3]天津淪陷後，偽天津廣播電臺於 1938 年 1 月開始播音，公會堂廣播電臺與之合併。

　　七七事變之後，北平、天津、太原、青島等地廣播電臺相繼淪入日軍之手。1938 年 1 月，在日本廣播協會插手之下，北平、天津等地的廣播電臺恢復播音。1937 年 12 月，日寇在北平拉攏一夥漢奸拼湊成立了所謂「中華民國臨時政府」，不久，又將「北平」改稱「北京」（對此，中國政府和人民始終未予承認），電臺名稱也隨之改為「北京中央廣播電臺」，並於 1938 年 1 月 1 日，即偽「臨時政府」舉行所謂「就職典禮」之日開始用日語、漢語廣播。[4]

　　在山東，日偽濟南廣播電臺於 1938 年 6 月開始播音，為當時華北地區第二大廣播電臺。在河北，日偽曾一度在唐山開辦「冀東防共自治政府」廣播電臺，後改為偽唐山廣播電臺。1938 年，日本侵略者建立了所謂「蒙疆自治政府」，以張家口為其「首府」。隨後又成立了控制這個地區廣播事業的偽「蒙疆廣播協會」，並先後在張家口、大同、厚和（即歸綏，現呼和浩特）、

1　賈世秋編著：《廣播學論》，成才科技大學出版社，1996 年版，第 37 頁。
2　田雷：《文化抗爭：20 世紀 30 年代哈爾濱新聞出版業主題意蘊探究》，《中國出版》，2011 年版。
3　馬藝：《天津新聞史》，天津人民出版社，2015 年版，第 390 頁。
4　趙玉明主編：《中國廣播電視通史》，中國廣播電視出版社，2014 年版，第 53 頁。

包頭等城市辦起廣播電臺。其中，張家口廣播電臺於 1937 年 9 月 10 日開始播音。[1]

1937 年 11 月，日軍在佔領上海之後，立即「接管」了原國民黨的兩座廣播電臺，並利用其設備建起日僞「大上海廣播電臺」，作爲日本佔領軍的喉舌。1938 年 3 月，日僞「上海市廣播無線電臺監督處」成立，強令上海各電臺進行登記，聲稱各臺均須「重加認可，方准營業」。上海的民營廣播電臺在日寇的重重壓力下，日益趨於分化。1938 年間，日本在南京設立僞「南京廣播電臺」，用來宣揚日本侵略軍的「戰績」，對江蘇及其附近的中國居民進行「中日親善」、「建立東亞新秩序」的欺騙性宣傳。

1937 年 12 月 13 日，日軍在佔領南京後，建立「南京廣播電臺」。1938 年 6 月，日本侵佔河南省會開封後，建立日僞開封廣播電臺。同年 10 月，日本先後侵佔廣州、漢口後，相繼開辦了僞「廣東放送局」和僞「漢口放送局」。

（三）俄國、德國在華廣播

1、俄國在華廣播

1933 年初，上海出現了首家俄文廣播電臺，即上海俄國廣播協會播音臺，簡稱「俄國廣播電臺」。該臺爲廣大俄僑及其他懂得俄語、且喜愛俄國音樂的聽眾服務。該臺於 1933 年 1 月 13 日晚 9：20，用 1445 千周開始首次播音，內容爲：外匯牌價；最新消息；音樂節目。該臺還經常播出專場廣播音樂會、講座、報告會、文學作品朗誦、廣告節目等。不久該臺即停止播音，同年 6 月 13 日起恢復播音，波長改爲 580 千周或 517.24 米，播音時間爲每天晚上 9：00～9：45，並自 9 月 18 日起，轉播《上海柴拉報》新聞。[2]

1935 年 12 月 8 日，第一韃靼廣播電臺開始播音，創辦人爲易卜拉欣・艾哈邁托維奇・馬姆列耶夫。該臺每天播放兩次，時段安排很合適，不影響聽眾的正常工作。此外，他們還很善於挑選節目，該電臺在很短的時間內就贏得了聽眾的普遍好感，許多企業也都要該臺做廣告。[3]

據當時俄文報紙報導，1931 年在上海曾有過一個神秘的蘇聯電臺。每天晚 10 點後開始播音，放送音樂節目，用英語、俄語、漢語、法語、葡萄牙語、

1 趙玉明：《中國廣播電視通史》，中國廣播電視出版社，2014 年版，第 54 頁。
2 汪之成：《上海俄僑史》，三聯書店上海分店，1993 年版，第 596 頁。
3 白潤生：《中國少數民族新聞傳播通史》（上），中央民族大學出版社，2008 年版，第 425～426 頁。

德語、西班牙語 7 種語言廣播，進行共產主義的宣傳。該電臺功率很強大，當地最強的電臺也對它沒有任何干擾。上海警察局連續查了幾周時間，都沒能查出它的位置。[1]

2、德國在華廣播

德國海洋通訊社 1921 年在北平活動，1928 年遷至上海，正式成立分社，不久該社遠東總分社也設在上海，與分社合併辦公。德國新聞通訊社從 1933 年派代表常駐上海。德國廣播電臺（又名歐洲廣播電臺）於民國 29 年 6 月 14 日開始播音，臺址在大西路（今延安西路）3 號德僑總會內。由德國駐滬領事館新聞處主辦，呼號 XGRS，頻率 570 千赫。每日自 7 時 15 分至 12 時止，廣播歐洲戰事情形及現狀，是德國政府在上海的宣傳機關。1945 年 5 月，由侵華日軍接管。

四、廣播電臺抗日救亡的新聞活動

「九一八」事變第二天，北平廣播電臺即「停止放送娛樂節目以報告暴日出兵消息」，並且暫停播出戲曲節目，改為宣講節目，呼籲警惕日本的侵略行徑。一個多月以後，該臺才逐步恢復了戲曲節目。[2]有些廣播電臺，攝於壓力無法直接宣傳抗日救國，就著重選播愛國題材的話劇和廣播劇，如《臥薪嚐膽》、《岳飛》、《木蘭從軍》和《文天祥》等。

「一二八」事變，上海各廣播電臺及時播送前線抗戰消息，亞美電臺與南京中央臺和杭州、上海等地的官辦、民營臺聯合組織「國難聲中的臨時播音節目」，及時播報淞滬禦侮狀況及各項消息。該臺創辦人蘇祖圭、蘇祖國兄弟利用廣播積極組織募捐衣物、醫藥、款項和交通工具，聽眾紛紛響應，蔣光鼐等致函該臺表示感謝。1933 年元旦，亞美臺邀請著名愛國人士馬相伯、梅蘭芳、杜重遠發表廣播講演，宣傳使用國貨，呼籲抵制日貨，揭開紀念「一二八」事變一週年序幕，1 月 26 日至 31 日又編排專門節目紀念「一二八」淞滬抗戰，包括「一二八」紀念播音開場白及事變始末介紹、哭週年等，還播出了蘇祖圭編寫的廣播劇《恐怖的回憶》。

---

1 白潤生：《中國少數民族新聞傳播通史》（上），中央民族大學出版社，2008 年版，第 426 頁。
2 趙玉明主編：《中國廣播電視通史》，中國廣播電視出版社，2014 年版，第 34 頁。

　　1935 年「一二九」運動前後，一些廣播電臺播出著名音樂家聶耳、冼星海、呂驥和任光等分別和詩人田漢、塞克、安娥等創作《義勇軍進行曲》（1935年）、《畢業歌》（1934 年）、《救國軍歌》（1936 年）、《熱血》（1936 年）、《打回老家去》（1936 年）等抗日救亡歌曲，振奮人心。

　　1936 年春天起，馮玉祥多次在廣播電臺做《國難期中國民應有的生活》、《大家起來，保護國土》、《我們應如何抗戰救國》等廣播講演，反覆宣講：「只要我們徹底抗戰，失敗者必定是日本，最後勝利者，必定是我們。」

　　西安事變發生後，張學良、楊虎城派人接管了西安廣播電臺，反覆宣傳西安事變真相及抗日救亡的主張。12 月 14 日、15 日，張、楊先後到廣播電臺發表講演，報告西安事變原委，闡明抗日救國主張，揭露國民黨親日派造謠污蔑的可恥伎倆。張學良在廣播演講中說「現在南京方面把我們的電訊隔斷，並且給我們造了好多謠言……我們希望國人明瞭真相。我們不願意任何人利用機會造內亂，給侵略我們的帝國主義造機會，我們只求有利於國家民族，至於個人的毀譽生死，早置之度外。」[1]16 日，張學良又指派秘書長吳家象代表其發表廣播演說，再次向國人報告事變真相。西安廣播電臺除辦有國語節目外，還用英、俄、德、法、日語報告新聞，並舉辦《抗日救亡言論》專題講座，邀請各界知名人士講述抗日救亡的理論和方法，邀請解放劇社演播抗日獨幕劇《刀傷藥》。周恩來還邀請著名美國進步記者史沫特萊主持英語節目。她與英國記者、新西蘭人貝特蘭、德國人王安娜等先後參加外語廣播，向世界報告社西安事變真相。[2]

　　南京當局採取多種手段干擾西安廣播電臺，試圖混淆視聽，掩蓋真相，與西安廣播電臺展開了一場針鋒相對的廣播輿論戰。他們臨時變動南京、河南、山東三臺的頻率，延長中央臺的播音時間，甚至將南京臺的設備運往洛陽，擴大裝置，和西安電臺同一頻率，用來專司干擾西安方面的廣播。事變後第一天，中央電臺便播出了民國南京政府的處理結果，宣布撤掉張學良的職務。12 月 16 日，中央廣播電臺播出重大消息：「張學良背叛黨國，劫持統帥……政府為整飭紀綱起見，不得不明令討伐。」[3]17 日晚 7 點，國民黨要人孔祥熙在南京中央臺發表演講，指責張楊二人「不惜破壞國家，陷民族於萬

1　趙玉明：《中國廣播電視通史》，中國廣播電視出版社，2014 年版，第 42～43 頁。
2　趙玉明：《中國抗戰廣播史略》，《現代傳播》，2015 年版。
3　《申報》，1936 年 12 月 17 日第 3 版。

劫不復之地，這種犯上作亂的行為，在國法上無可寬恕的」。[1]18 日中央電臺又播出中央宣傳部《告東北將士書》，指出對東北將士要「曉以大義，動以利害，並促其辨明順逆，悔罪反正，以免玉石俱焚」。[2]接著孔祥熙在南京中央電臺發表措辭嚴厲的講話，同時還全文播發《大公報》社論，給西安方面施壓，由此造成國內外輿論對張、楊二人行為的一致討伐。西安事變和平解決後，這場廣播戰才宣告結束。

西安事變彰顯了重大突發性事件中無線電廣播中的獨特作用。新聞界更是依賴廣播，「各地無收報機之機關，消息全恃播音。在此嚴重時期，時局朝夕變化，新聞傳播，必使力求迅速」。

第二節　民國南京政府前期的新聞通訊業

民國南京政府前期，我國新聞通訊業獲得了較大發展。無論是民營通訊社，政黨通訊社，還是外國在華通訊機構，各項業務都在原有基礎上有了很大改進。進入 30 年代後，政黨通訊社漸成規模，特別是在國民黨大力扶持下，中央通訊社實力不斷上升，逐漸控制了國內新聞通訊市場，成為當時國內最強大的通訊社。中央社的迅速崛起，一方面打破了外國通訊社對中國新聞信息的壟斷，另一方面也相對擠佔了國內其他通訊社的生存空間，有的民營通訊社因業務萎縮被迫關門。

一、民國南京政府前期國民黨的新聞通訊業

（一）中央通訊社的機構獨立和重要改組

從「寧漢合流」後到 1932 年 5 月，中央社的業務發展仍較為緩慢。1927年 9 月，中央社隨國民黨中央黨部遷至南京丁家橋，工作人員增加到 25 人。1928 年 1 月，王啟江任中央社主任，6 個月後由余唯一繼任。除南京總社外，中央社先後在北平、武漢設立分社，在上海設立電訊處。這時的中央社還不是全國性通訊社，它沒有自己的無線電臺，要依靠交通部電信局拍發電訊，信息傳遞不靈活。中央社附屬於國民黨中央宣部，宣傳味較濃，採用率不高，在國內影響非常有限。

---

1 汪學起、是翰生：《第四戰線——國民黨中央廣播電臺揭實》，中國文史出版社，1988年版，第 60 頁。
2 《申報》，1936 年 12 月 17 日第 4 版。

鑒於「九一八」事變期間國民黨宣傳的極其被動，蔣介石重新上臺後著手加強黨營新聞業，中央新聞業的建設尤甚。1931 年國民黨第四次全國代表大會召開前夕，國民黨第三屆中委執行委員會召開臨時全體會議，通過了「改進宣傳方略案」，其中提出「務於最短期內設立一有力之通訊社，藉以完成國內及邊境通訊網，並逐漸造成為有國際信用之通訊社」。[1]蔣介石接受葉楚傖推薦，決定由時任中宣部秘書蕭同茲擔任中央社社長。

蕭同茲向蔣介石提出三點建議：第一，使中央社成為一個社會事業，機構獨立，直接稱為「中央通訊社」。第二，中央社應當自設無線電臺，建立遍及全國的大通訊網。第三，在不違背國法和黨紀的原則之下，能有獨立處理新聞的自由。[2]這三點建議與國民黨中央改進和強化中央新聞業的指導意見基本相吻合，新聞業相對獨立並實行企業化經營有利於擴大宣傳效果。蔣介石同意了蕭同茲的要求。1932 年 4 月底，國民黨中常會決議中央社改社長制，獨立經營，蕭同茲任社長。

1932 年 5 月 1 日，蕭同茲到任後立即開始改組中央社。總社設編輯、採訪、事務三組，分別由劉正華、馮有眞、王商一擔任主任，並建立新聞專業電臺，後設電務組，高仲芹任主任。中央社辦公地點也從南京丁家橋國民黨中央黨部內遷入新街口洪武路壽康里三棟二層樓。蕭同茲擬定了《全國七大都市電訊網計劃》和《十年擴展計劃》，並提出「工作專業化」、「業務社會化」、「經濟企業化」的目標，使中央社的發展進入一個新的階段。

蕭同茲非常重視全國電訊網的建設。他上任後派人與交通部接洽建立中央社新聞無線電通訊網，很快獲得建臺許可。改組後第二個月，中央社開播了「甲種廣播」（CAP），每天從下午一時至午夜一時，發稿三次，供給南京幾家報社。再把新聞稿簡編成電訊，譯成電碼，通過自設電臺，向全國播發，日發 1 萬至 1.2 萬字。[3]

中央社最早用於播發新聞的電臺來自接收路透社的電臺。1931 年 10 月，中央社曾與路透社、合眾社、哈瓦斯社訂立交換新聞合約，收回其在華發稿權，但一直沒有落實。蕭同茲上任後派人與路透社洽商，要求接收路透社在南京、上海的兩座電臺。後來這兩部電臺分別轉入中央社南京總社和上海分

---

1 方漢奇：《中國新聞事業通史》（第二卷），中國人民大學出版社，1996 年版，第 377 頁。

2 周培敬：《中央社的故事》，三民書局，1991 年版，第 3～4 頁。

3 曉霞：《中央社在大陸的日子》，《民國檔案》，1995 年版。

社使用。1932 年 7 月，路透社在北平、天津的中文發稿權也由中央社收回。蔣介石也很支持中央社建立自己的新聞電臺，曾指令「軍委會」等部門撥給中央社電訊器材，國民黨中央也幾次撥款讓中央社自行購置以充實電訊器材。至 1933 年 7 月，中央社在南京、上海、漢口、北平、天津、西安、香港七個城市的無線電訊網已全部完成。中央社開始使用無線電向各分社播發新聞，由分社在當天轉發各報社，初步實現了新聞當天傳送各地。

隸屬於國民黨中央宣傳部的新聞通訊機構，還有國際新聞攝影社。該社 1933 年 10 月成立於南京，是專門的新聞攝影通訊社，該社消息靈通，拍攝了不少政界要人和各類時事照片。上海「八一三」抗戰開始後，國際社遷到武漢，1938 年撤銷，前後經營了五年。

（二）全國性通訊社的初步形成

在國民黨的大力扶持下，中央社實力不斷上升，其組織機構和業務規模日益擴大，逐漸控制了國內的新聞通訊市場，成為當時中國最強大的通訊社，各地報紙登載中央社消息明顯增多。從中央社改組初步完成至全面抗戰前，其發展大致有三個方面。

1、組織機構和體系的完善

中央社的組織機構分為總社、分社兩個層面。總社的最高首長是社長蕭同茲。秘書協助社長處理日常事務，相當於副社長，擔任秘書一職的先後有范乃賢、曹蔭稊。至 1936 年，總社設編輯、採訪、英文編輯、徵集、電務、事務六部，職員達 350 人。[1]

中央社還在各地設立分支機構，建立全國通訊網。抗戰全面爆發前，中央社在國內分支機構計有 35 處，包括上海、北平、天津、西安、武漢、南昌、重慶、成都、貴陽、廣州等國內分社，杭州、徐州、濟南、開封、鎮江、牯嶺、福州、昆明、張家口、西寧、安慶、蘭州、歸綏、洛陽、榆林、廈門、長沙、清江浦、保定、鄭州、太原、蚌埠、康定、綏德、青島等通訊員辦事處。此外，為開闢海外業務，中央社還在香港建立了分社，在東京設立特派員辦事處，在日內瓦、新德里設通訊員辦事處。

除一些大城市分社外，中央社在國內的很多分社、辦事處，都是在蔣介石對蘇區「圍剿」及對北上抗日紅軍圍追堵截的過程中設立起來的。為配合

1　馮志翔：《蕭同茲傳》，臺北傳記文學出版社，1975 年版，第 182 頁。

前方的軍事行動，蔣介石經常下「手令」叫中央社在某地迅即設立分社，或派遣記者隨同某軍某部「採訪戰地新聞」，他還命令當地的行營、省府或某軍等軍政部門，按月補助中央社經費。所以三五年間中央社就在各省市設立了它的分支機構，「特派員」「記者」遍及全國各地。[1]

2、業務活動及職能拓展

中央社在南京每天除發行油印新聞稿外，還編發各種新聞廣播，通過無線電臺發到各地分社，轉發當地報社。沒有分社的中小城市，由訂戶自備收報機抄收。為適應電訊網逐漸擴充的需要，中央社還在南京成立了一個小型無線電發報機製造廠，由黃履中負責。

1934 年春時，中央社每天發稿 4 次，分別在下午 4 時、9 時、12 時及凌晨 2 時發出。當時中央社自發和譯發外國通訊社電訊時用不同顏色的紙分類油印，中央社電訊用白紙，路透社電訊用紅紙，哈瓦斯社電訊用黃紙，海通社電訊用藍色紙。

中央社的廣播從早到晚不斷播出，呼號為 CAP。1935 年冬增設乙種廣播 CBP，選擇重要新聞 6000～7000 字，從下午 6 時播到午夜 2 時。1935 年 1 月，中央社建成 1000 瓦發報機，廣播效果大大加強。

除中文電訊外，中央社還對外發布英文新聞稿 CSP。1933 年 8 月，蕭同茲從北平英文時事日報找來任玲遜協助創建英文部。最初在天津分社發行英文新聞稿，油印，一天出 3 次，很快在天津打開局面。1934 年夏，任玲遜到南京組建中央社英文編輯組，9 月 11 日正式成立，在南京向各地發稿。1936 年改稱英文編輯部。中央社從南京發出的英文稿，通過無線電廣播，發到上海、北平、天津的分社，再由分社轉發給當地的英文報刊。各分社也陸續成立英文編輯部門，除發通稿外，也將當地新聞譯成英文，由電臺發至總社。

這一時期，中央社在拓展國內業務的同時，也邁出向國外發展的步伐。中央社香港分社於 1933 年 4 月成立，最初 4 年只轉發中文稿給當地中文報紙。1933 年，戈公振以中央社特派記者名義出席在西班牙馬德里召開的國際新聞會議，隨後到日內瓦做研究工作，後被聘為中央社駐日內瓦特派員，常有英文新聞電訊發回總社。1934 年 2 月在印度設特約通訊員。1936 年，中央社聘請原《北平晨報》總編輯陳博生任駐日本特派員，並籌設中央社東京分社，他駐日本期間發回很多分析中日問題的報導。1936 年 6 月，第 11 屆世界運動

---

1 左東樞：《我所知道的國民黨中央通訊社》，《新聞研究資料》，1982 年版。

會在德國柏林舉行，中央社採訪部主任馮有眞隨同中國代表隊前往。他利用世運會現場的廣播設備，以口語向國內播報中國隊參加各項比賽的情況和成績，受到國內各界人士好評。抗戰爆發前，中央社已在東京、日內瓦、新德里和香港建立了四處海外辦事機構。[1]

3、收回外國通訊社在華發稿權

中央社收回外國通訊社在華發稿權有一個較長過程。繼先後收回路透社在南京、上海、北平、天津的發稿權後。1934 年 1 月中央社又收回路透社在上海以外各地的中文發稿權。直到 1937 年 2 月 1 日，路透社才將上海的中文業務交由中央社代發，哈瓦斯社也於 1937 年 3 月 1 日將在上海所發中文稿交由中央社接辦。路透社在上海仍廣播中文電訊，直至抗戰初期上海陷落後被迫停止。1937 年 1 月，中央社與合眾社訂立新聞合約，在南京編發合眾社中文稿。1939 年 11 月，中央社還接收了德國海通社的電臺，並代編發該社新聞廣播。從 1932 年至 1939 年，中央社用了 8 年時間，終於收回外國通訊社在華發稿權。

收回外國通訊社在華發稿的同時中央社先後和一些在華外國通訊社建立合作關係，通過訂立新聞交換合同，使外國通訊社在華傳遞國際新聞必須先通過中央社過濾後再傳向全國各地，維護了國家利益，大大豐富了中央社的稿件內容。同時，中央社也向在華外國通訊社提供大量國內新聞。由於中央社的稿件時效、信息量都遠勝於國內其他通訊社，因而逐漸成爲當時國內最強大的通訊社。中央社作爲國家通訊社的地位由是確立。

1937 年全面抗戰爆發前，中央社已成爲具備全國性規模的通訊社。通過無線電通信網的傳播，當天的國內外新聞當天就能發出。據統計，1927 年全國報紙有 630 家，到 1937 年已增至 1030 家，這些報紙絕大多數都是中央社的訂戶。中央社的電訊經常佔據上海、北平、天津、漢口、香港等各地報紙的一版頭條。即使是國內偏僻地區的報紙，由於獲得中央社充分的新聞供給，新聞版面所刊載的消息與平、津、滬各大報同天的內容並無遜色。中央社的迅速崛起一方面打破了外國通訊社對中國新聞信息的壟斷，使全國報紙與之發生了密切的依存關係，另一方面也相對擠佔了國內其他通訊社的生存空間，有的民營通訊社因業務萎縮最終被迫關門。通過強力扶持中央社，國民黨在相當程度上控制了國內新聞界，爲其實施政治統治和思想控制發揮了重要作用。

1　萬京華：《中國人在海外開展通訊社業務之歷史考察》，《新聞春秋》，2016 年版。

（三）國民黨系統的地方通訊社

因通訊社創辦門檻較低，除中央通訊社外，國民黨各地黨部、政府紛紛興辦或資助通訊社。然因國民黨內部派系紛呈，內部鬥爭不斷，很多通訊社成為國民黨政治派系鬥爭的工具。

江蘇是國民黨蔣介石集團的統治中心，除中央通訊社外，江蘇省內比較有影響的地方通訊社是江蘇通訊社。江蘇通訊社由國民黨江蘇省黨部於 1930 年 9 月 22 日創辦於江蘇省政府所在地鎮江。負責人周化鵬、胡玉章。社內設編輯、記者、總務三部，編輯記者由省黨部宣傳部人員兼任。每日發油印新聞通訊稿一至兩次，每期發行 245 份，內容以通訊和本埠新聞為主。該社在抗戰全面爆發後停辦，抗戰勝利後恢復，1949 年春人民解放軍渡江戰役前停辦。[1]

新桂系控制的兩廣地區兩家通訊社：廣東通訊社和廣西通訊社。廣東通訊社由國民黨廣東省執行委員會宣傳部於 1929 年 3 月創辦，社址在大東路國民黨省黨部內，發行人先後為陸舒農、張蔚文。新桂系李宗仁、黃紹竑、白崇禧統治廣西初期，提出「建設廣西，復興中國」的口號。為宣傳廣西建設成績，1930 年冬在當時省會南寧成立廣西通訊社，社址在南寧府前街附近鐘鼓樓處。由廣西省黨務整理委員會宣傳部主辦，部長陸宗騏主管。社長雷動。通訊稿為 8 開油印，訂成 1 貼（每期 5～10 頁）。每天印發 100 份，寄發給全國及香港、澳門各大報社或通訊社，以宣揚「廣西模範省」的政績。[2]

中原大戰後蔣介石勢力逐漸控制了中原地區。1930 年冬，北伐戰爭中的「福將」劉峙被任命為河南省主席和陸海空軍總司令開封行營主任。國民黨的黨、政、軍、團等各級機關開始在河南開辦通訊社業務，主要有和平通訊社、河南通訊社。為對省外宣傳其政績，劉峙資助創辦了和平通訊社。和平通訊社隸屬開封行營（1931 年 11 月改為駐豫綏靖主任公署），1931 年 2 月 16 日開始發稿，社址在河南開封大坑沿街附近。負責人是劉峙秘書彭家荃，[3] 彭家荃一度兼任河南省政府機關報《河南民報》總編輯。

和平通訊社擁有電臺，可收發電報。該社與南京中央通訊社電訊聯絡密切，由專人負責編輯每日向中央社拍發有關河南的黨政消息，同時抄收

1　據《江蘇省志・報業志》，江蘇古籍出版社，1999 年版，第 381 頁。

2　據《廣西通志・報業志》，廣西人民出版社，2007 年版，第 156 頁。

3　據國民黨中央宣傳委員會 1933 年編製的《全國報紙暨通訊社一覽》所列，和平通訊社負責人為黃俊，後由毛健吾任社長。

中央社新聞電訊印發各報,抄收中央社的密碼參考電報,供黨政軍要員參閱。該社派出記者可以「行營(綏署)隨軍記者」身份採寫戰地新聞,所發新聞稿件有本埠訊、外埠訊。1932年後,張鈁、劉峙赴信陽、羅山指揮「進剿」中共鄂豫皖邊區,綏署即派和平社記者、編輯同電臺人員隨行,採寫的軍事新聞由電臺向和平社發報,並就地油印新聞稿分發省內外報紙。所發新聞稿件有本埠訊、外埠訊。1938年2月駐豫綏署撤銷,該社停止發稿。[1]

河南通訊社是直屬國民黨河南省黨部的新聞機構,1931年2月24日開始發稿。社址設在開封貢院街國民黨省黨部內。該社創辦時由省黨務指導委員、宣傳部長楊一峰為名譽社長,後由蕭灑繼任。段醒豫、高照臨、梅之美等先後擔任社長。省黨部執行委員、書記長張玉麟也曾兼任社長。1941年11月停辦。[2]

在山西太原的閻錫山也熱衷創辦通訊社。1931年3月1日成立大同通訊社,社址先後設在太原新道街、二府巷和樓兒底。該社設董事會,8名董事有6人是閻錫山軍隊高級將領,由進山中學校長趙乙峰擔任董事長兼社長,總編輯先後為梁伯弘、牛青庵。該社成立時閻錫山下野到大連,晉軍高級將領需要依託這個通訊社加強聯繫和互通情況,團結一致維護晉系,並通過新聞報導宣傳他們的觀點。其發行的新聞稿是當時各通訊社供給各報刊稿件最多的一家。[3]1937年抗戰全面爆發前停辦。

閻錫山出任太原綏靖公署主任後,1933年11月25日在上肖牆街成立了民信通訊社。該社由閻錫山主導的「建設救國社」所辦。社長張至心,總編輯王正平。民信通訊社以宣傳閻錫山提出的「建設救國」為主要宗旨,奉行蔣介石「攘外必先安內」政策。1936年2、3月間,中國工農紅軍渡過黃河東征抗日時期,國統區各報刊登載誣衊紅軍的所謂「剿匪」消息多來自民信通訊社。這個通訊社實際上是太原綏靖公署和山西省政府的機關通訊社。[4]1936年6月,隨著「建設救國社」解散,民信通訊社停辦。

1936年10月創辦的太原通訊社是繼民信通訊社之後,太原綏靖公署和山西省政府的機關通訊社。社址設在太原橋頭街。主要宣傳閻錫山的「勞資合

---

1 《河南省志·新聞報刊志》,河南人民出版社,1994年版,第146～147頁。
2 《河南省志·新聞報刊志》,河南人民出版社,1994年版,第147頁。
3 馬明主編:《山西新聞通訊社百年史》,新華出版社,1999年版,第3頁。
4 馬明主編:《山西新聞通訊社百年史》,新華出版社,1999年版,第4頁。

一」、「土地公有」主張和唯中學說。社長先後由山西公報館館長方聞、徐培峰兼任。每天發行的新聞稿件，太原各報採用較多。1937 年 10 月底，太原淪陷前停辦。

這 3 家通訊社在當地較有影響。此外，閻錫山軍隊高級將領還資助當地的新新通訊社等，爲閻錫山「合理負擔」、「十年建設」和「特產證券」等主張做宣傳。這一時期，山西國民黨系統的通訊社還有 1933 年由山西國民黨黨員通訊處主辦的雙十通訊社等。

在四川主要有四川省政府主辦的成都新聞編譯社和四川省黨部主辦的四川通訊社。成都新聞編譯社於 1934 年 3 月 15 日開始發稿，由四川省政府主辦。日發新聞稿一次。社長王白與。省府每月供給經費 150 元。社址位於成都新街後巷子 9 號，後遷到總府街民亨里 90 號。該社主要爲省府發布新聞，分送成都各報登載，宣傳政令，同時也兼發社會新聞稿。1935 年，四川省政府對各報社、通訊社宣布，「以後省府政訊及其他消息，一律由新編社發布」，其他通訊社、報館不得自由登載。但有的報館往往通過私人關係，直接向省府探訪消息，爭先披露，這又引起其他報館的不滿。《成都快報》爲此於 9 月 7 日發表社論《爲成都新編社進一言》，呼籲恢復省府「消息統發制度」，「杜絕各報操縱」。該社於 1939 年 6 月停止發稿，改由省府編譯室發《每週情報》，並注明「不得在報端披露」。[1]

1934 年 8 月，國民黨四川省黨部郫縣黨部黃伯君、施清宇等爲進行派系鬥爭，加強聯絡，發起組織四川通訊社。次年 1 月開始發稿。董事長陳清輿，社長黃伯君、張治平。社址在成都東華門街 56 號。1935 年 10 月，四川省黨部書記魏廷鶴接辦四川通訊社，作爲省黨部聯絡通訊機構，並指定盧起勤、魏晉軒、陳映輝等人負責。1940 年因經費無著停辦。[2]

二、民國南京政府前期共產黨的新聞通訊社

本時期共產黨的新聞通訊社主要有兩家，一是國統區處境艱難、堅持活動的中國工農通訊社，一是主要在革命根據地活動的紅色中華通訊社。

（一）中國工農通訊社的活動與影響

在白色恐怖的國統區，共產黨除在各地恢復和重建革命報刊外，還先後

---

1 《成都市志·報業志》，四川辭書出版社，1999 年版，第 191 頁
2 《四川省志·報業志》，四川人民出版社，1996 年版，第 153 頁。

創辦了一些通訊社，其中較爲著名且產生重要影響的是中國工農通訊社（最初名爲中國工人通訊社）。

1931年春，中國工人通訊社（Chinese Worker's Correspondence，簡稱CWC）由中共中央宣傳部在上海創辦，次年改稱中國工農通訊社（Chinese Worker's Peasant Corresppondence，簡稱CWPC），記者外出活動時曾用過「時間通訊社」名義。最初成員有林電岩、童我愉、朱伯深、馮達等，負責人先後爲林電岩、朱鏡我、董維鍵、李少石。除上述人員外，先後參加通訊社工作的還有潘企之、廖夢醒等。他們或負責採訪、寫稿，或從事英文翻譯和打字油印工作。

中國工農通訊社每週或10天左右發稿一次，每期約3000～4000字，用中、英文兩種文字發稿，以英文稿爲主。包括通訊和言論。中文稿一般用複寫紙複寫七八份，秘密發給國統區的中共黨報及工人報刊。英文稿件油印後寄發國外報刊。發稿內容主要包括：一、介紹中國共產黨的政策和江西蘇區的建設情況；二、報導革命根據地工農紅軍的戰況；三、各地工人運動的消息；四、「九一八」事變後風起雲湧的抗日救亡運動；五、揭露國民黨反共反人民的政策及其黑暗統治；六、針對當前各種社會思潮進行分析評論。[1]

中國工農通訊社的活動得到著名作家應修人、丁玲、洪深等人的幫助。工農通訊社還和旅居上海的外國記者和進步作家如史沫特萊、尾崎秀實、伊羅生（美籍猶太人）等保持密切聯繫，他們不僅在自己主辦的刊物或所寫的文章中大量引用工農通訊社的材料，還爲其向國外寄發英文稿提供了幫助。史沫特萊曾將工農通訊社的報導內容選載入她的著作並注明根據CWC發稿的油印原件。1935年，中國工農通訊社因負責人被捕被迫停止發稿。

（二）紅色中華通訊社的創辦與發展

紅色中華通訊社是新華通訊社的前身。爲了報導中華蘇維埃第一次全國代表大會，擴大中國共產黨和工農紅軍的影響，在1931年11月7日大會召開當日對外發稿成立的中央革命根據地第一家中央級通訊社。當晚，紅色中華通訊社首次播報了「一蘇」大會勝利召開的消息，在國內引起了一定反響。

紅色中華通訊社與12月11日創辦的《紅色中華》報是一個機構、兩個牌子，簡稱紅中社或紅色中華社。擔任紅中社新聞稿件編輯工作的是在大會秘書處負責宣傳工作的王觀瀾，王觀瀾同時負責《紅色中華》報日常編輯。

1　方漢奇：《中國新聞事業通史》（第二卷），中國人民大學出版社，1996年版，第280頁。

除王觀瀾外，紅中社最初編輯人員還有楊尚昆的夫人李伯釗。承擔無線電臺文字廣播工作的是紅軍電臺的技術人員王諍、劉寅、曾三等。廣播電臺設在離會場約七八十米遠的一戶老鄉家裏。向全國播發新聞的電臺，是紅軍在反「圍剿」戰爭中繳獲的功率 100 瓦的無線電臺。紅中社播發新聞使用的呼號為 CSR，即中華蘇維埃無線電臺（Chinese Soviet Radio）的英文縮寫，這個呼號一直被新華社沿用 20 多年，直到 1956 年改用漢字模寫廣播為止。

紅中社堅持每天對外播發文字新聞，先是通過中央軍委電臺，後通過蘇維埃中央政府電臺。因發報能力有限，初期每天只播發二三千字，後來逐漸增加。主要內容有：受權發布的中華蘇維埃共和國臨時中央政府的文件，包括聲明、宣言、通電、文告、法律、法規；根據地建設的新聞和紅軍部隊的戰鬥捷報；也播發一些根據電臺抄收的中央通訊社等媒體的電訊選編的國統區消息和國際新聞。[1]紅中社播發的新聞，傳播範圍有限，影響卻是深遠的。

隨著中央蘇區與各蘇區之間無線電聯繫的逐步建立，各地紅軍勝利的消息和蘇維埃政權建設等方面的新聞不斷彙集到紅中社，紅中社播發的新聞也越來越多地被刊載到各蘇區的報紙上。當時的湘贛、贛東北、鄂豫皖、湘鄂西、川陝、閩浙贛等蘇區都有電臺抄收紅中社的新聞。[2]

紅中社播發的電訊還曾傳播到國統區甚至海外。如從 1931 年開始中央蘇區即通過電臺和在上海中央局建立了無線電聯絡，紅中社播發的新聞「上海中央局是抄收的」[3]，《紅旗週報》上關於蘇區的材料，很多都源自紅中社。天津中共北方局也曾抄收紅中社電訊，新中國成立後，劉少奇在對胡喬木、吳冷西、朱穆之等人的一次談話中也曾提到：「過去我們在天津做秘密工作的時候，總要收聽塔斯社的新聞，收聽紅色中華社的新聞，並且還要油印出來。因為從這些新聞裏可以瞭解一些真實情況。那時帝國主義國家的記者也對紅色中華社的新聞非常注意，收到了就發新聞。」[4]隱蔽在國民黨第十七路軍中的中共地下電臺曾抄收紅中社播發的新聞。中共在蘇聯出版的《蘇維埃中國》

1 新華通訊社史編寫組：《新華通訊社史》（第一卷），新華出版社，2010 年版，第 11 頁。

2 萬京華：《從紅中社到新華社》，《百年潮》，2011 年版。

3 任質斌：《回憶紅中社》，《新華社回憶錄》，新華出版社，1986 年版，第 14 頁。

4 新華通訊社史編寫組：《新華通訊社史》（第一卷），新華出版社，2010 年版，第 71 ～72 頁。

一書和在巴黎出版的《救國時報》上，都曾刊載紅中社播發的新聞。此外，當時的一些外國駐華記者也曾接觸到紅中社新聞，並據此對外發稿。[1]

紅中社擔負的另一重要任務是抄收中央通訊社及外國通訊社播發的新聞，編印成「參考消息」，提供給蘇維埃中央政府和紅軍領導人參閱。「參考消息」在江西瑞金編印時先後名爲《無線電材料》和《無線電日訊》，該刊爲油印，逐日出版，每期約 2～8 頁，發行量約四五十份。早在 1931 年 11 月，中華蘇維埃第一次全國代表大會在瑞金召開期間，紅中社和軍委電臺就曾向與會代表提供抄收到的國內外新聞，特別是國民黨在南京召開的第四次代表大會的相關消息。紅中社成立初期，抄收和播發新聞均由軍委電臺兼爲承擔，1933 年 5 月，成立了專門抄收新聞電訊的新聞臺。新聞臺行政領導歸中央軍委，業務領導歸紅中社，負責人先後爲岳夏、黃樂天。「這部新聞電臺可稱是我黨我軍的第一部新聞電臺」，[2]其任務是抄收中央通訊社每天播發的電訊，直接送紅色中華社，由該社譯電員李柱南很快譯成中文，然後油印出來，送給中共中央、中央軍委負責同志參閱。

紅中社重視培養工農通訊員和建立通訊網。建立了專門負責與通訊員聯繫的通訊部，並出版指導通訊員寫作的新聞業務刊物《工農通訊員》。對通訊員來稿如不採用，及時退稿，並說明不登載的理由，有時還給通訊員寄發紀念品來保護和調動通訊員的積極性。1933 年 5 月 2 日，《紅色中華》報 75 期第四版刊登《告通訊員同志》的一封信（信尾署名「紅中通訊社」），要求「把通訊工作健全起來，使我們的通訊員成爲一支有力軍隊，在各地參加和領導實際鬥爭，把各地消息像電一樣快的反映到紅色中華上面來。」[3]在編輯部的努力下，紅中社的通訊員網在 1933 年底已初具規模，到 1934 年時，通訊員隊伍已發展到近千人。[4]

1931 年至 1934 年間，曾在紅中社工作過的負責人或編輯人員，除以上提到的周以栗、王觀瀾、李伯釗外，還有梁柏臺、李一氓、楊尚昆、沙可夫、任質斌、徐名正、韓進、賀堅、瞿秋白、謝然之等。紅中社的工作人員，初期僅有兩三個人，最多時曾達到十餘人。

1　萬京華：《從紅中社到新華社》，《百年潮》，2011 年版。
2　岳夏：《我黨我軍的第一部「新聞電臺」》，《新華社回憶錄》，新華出版社，1986 年版，第 22～23 頁。
3　《紅色中華》，1933 年 5 月 2 日。
4　萬京華：《從紅中社到新華社》，《百年潮》，2011 年版。

（三）紅中社在陝北更名為新華社

紅軍開始長征後，原擔任播發紅中社新聞的蘇維埃政府電臺及其人員隨軍長征，紅中社的新聞廣播暫時停止，但紅軍電臺的抄報工作仍繼續進行。除時任紅中社負責人的瞿秋白等紅中社工作人員留在中央蘇區堅持鬥爭外，還有一部分人被調到部隊，隨軍長征。[1]

1935 年 10 月，紅一方面軍抵達陝甘根據地。11 月 25 日，紅中社文字廣播與《紅色中華》報在瓦窯堡同時恢復，廣播呼號仍爲 CSR；同時繼續抄收中央通訊社的電訊，出版參考刊物《無線電日訊》。擔任紅中社負責人的是時任中華蘇維埃共和國臨時中央政府駐西北辦事處秘書長的任質斌，此時紅中社的專職編輯人員有白彥博等，譯電員是在瑞金時期就擔任紅中社譯電工作的李柱南。此時的紅中社同長征前在瑞金時一樣，同時肩負通訊社與報社的任務。紅中社文字廣播任務由軍委三局二分隊承擔，隊長陳士吾，報務主任申光。發報機是陝北紅軍在戰鬥中繳獲的，功率爲 50 瓦。[2]

1936 年春，任質斌調紅軍總政治部，紅中社工作由向仲華接替。當時紅中社與《紅色中華》報在陝北瓦窯堡。隨著軍事鬥爭的不斷勝利和抗日民族統一戰線工作的開展，紅中社的工作條件逐漸改善，工作內容有所增多。1936 年 7 月初，中共中央、蘇維埃中央政府由瓦窯堡遷往保安，紅中社隨之遷至保安。12 月廖承志抵達保安參加紅中社工作。紅中社當時由中華蘇維埃中央政府西北辦事處領導。時任西北辦事處主席的博古主持召開紅中社工作會議，決定由廖承志負責翻譯全部國外電訊；向仲華負責國內報導，每天發 2000 字廣播稿，同時負責編輯《紅色中華》報；李柱南負責全部中文譯電。[3]

1936 年 12 月發生震驚中外的西安事變。爲加強中共在西安事變期間的宣傳工作，12 月 19 日周恩來致電毛澤東、博古「決定在西安設紅中通訊社，請注意廣播宣傳，並將所有公開電報、信件及宣傳品均用廣播發出，布置發報散佈（播）時有補（充）者亦編入。」[4]西安的紅中通訊社即紅中社西安分社，是新華社第一個分社。其主要任務是向西安各報社和社會團體印發紅軍駐西安辦事處電臺抄收的陝北紅中社新聞和中共中央文告、宣言等。西安分社的

1 萬京華：《從紅中社到新華社》，《百年潮》，2011 年版。
2 萬京華：《從紅中社到新華社》，《百年潮》，2011 年版。
3 萬京華：《從紅中社到新華社》，《百年潮》，2011 年版。
4 新華通訊社史編寫組：《新華通訊社史》（第一卷），新華出版社，2010 年版，第 110 頁。

負責人為時任中共陝西省委宣傳部部長的李一氓，工作人員有陳克寒、陳養山和布魯（陳泊）。1937 年 3 月，隨著李一氓、陳克寒等先後離開西安，西安分社的工作也即停止。

　　1937 年 1 月中旬，紅中社隨中共中央機關從保安遷駐延安，初期社址在延安城內南大街。為適應建立抗日民族統一戰線的新形勢，中央決定紅色中華社改名為「新中華社」，簡稱「新華社」，《紅色中華》改名為《新中華報》。通訊社和報紙仍是一個機構，社長由博古兼任。紅中社西安分社亦更名為新華社西安分社。1 月 29 日，《新中華報》在延安出版，在頭版頭條位置刊登了一篇新聞稿，題為《和平解決有望，前線無大動作，紅軍力求和平》，末尾署名為「新華社二十五日」。這是至今見到的以新華社名義播發的最早的一條消息。

　　新華社是延安獲取國內外新聞信息的主要來源，除抄收中央通訊社的新聞外，還抄收外國通訊社的電訊，如日本同盟社、法國哈瓦斯社、蘇聯塔斯社、美國合眾社、德國海通社等。這些消息不斷匯總到新華社，再從這裡被編印成供中央參考的內部刊物，同時提供給報紙和通過無線電臺對外播發消息。

三、民國南京政府前期的民營新聞通訊業

　　民國南京政府前期的民營新聞報業相對繁盛，帶動了民營新聞通訊業進入鼎盛時期，國內相對穩定的環境、通訊社創辦門檻低、全國抗日救亡運動的興起等因素也是民營通訊社進入鼎盛時期的重要因素。然而在國民黨中央通訊社一家獨大的牽制下，民營新聞通訊業數量雖多，但業務水準普遍偏低，且基本侷限在國內新聞市場。這一時期也出現了一批略有成就的專業通訊社如新聲通訊社。本時期申時電訊社發展迅速，躋身於全國通訊社行業，最後被國民黨劫收。

（一）民營通訊社發展進入鼎盛時期

　　民國南京政府前期，民營通訊社逐漸進入了鼎盛時期。1936 年調查統計，全國通訊社的數量達 759 家，到 1937 年 4 月為止在政府登記註冊的通訊社達520 家，全國只有個別地區沒有通訊社。上海為民國新聞事業的中心，也是民國通訊業的中心。民營通訊社數量不是最多，發展水平卻是最高的，有影響力的國內知名民營通訊社大都集中在上海，如國聞通訊社、申時電訊社、新

聲通訊社等，一批略有成就的專業化通訊社業也首先在上海出現。北平、天津的民營通訊社發展水平也較高，成都、武漢、杭州等城市的通訊業數量較多。如成都地區，到 20 世紀 20 年代末，共湧現出四十餘家大大小小的通訊社。30 年代初，成都還成立了通訊社聯合會；[1]武漢地區民營通訊社總數超過 100 家，發稿內容多為社會新聞。[2]甚至在邊遠省份的甘肅、寧夏、貴州、綏遠等地區也出現了通訊社。民營通訊社的「鼎盛」卻是「虛火旺盛」：數量多但分布不均，地區發展水平差異大，知名通訊社少，與國外通訊社差距懸殊。

地區分布方面，通訊社多集中在東南沿海城市，浙江是通訊社數量最多的省份，全省各地都有通訊社，據國民黨浙江省黨部的調查，1933 年浙江省有通訊社 97 家。1934 年底，湖南有通訊社 73 家，縣級小城鎮也出現了通訊社，1930 年有醴陵通訊社、淥江通訊社，瀏陽、新化、衡陽、湘潭等地都先後設立了通訊社。受經濟、文化、交通落後等條件制約，內陸地區的通訊社很少。1931 年至 1934 年內蒙古僅有綏遠、歸化、塞北、西北、綏遠、華光等 6 家通訊社；陝西到 1934 年只有邊關電訊社、陝西災情通訊社、陝西通訊社、西安通訊社、中央社西安分社 5 家通訊社，貴州也只有 3 家通訊社，與東南沿海地區相比，這些地區的通訊社生存，普遍不易。[3]其次，通訊社多集中在經濟、文化活躍的大都市，一些縣域也出現了通訊社。1933 年浙江省有通訊社 97 家，杭州就有 69 家，其餘則零星散佈於全省各縣、市，就連寧波、紹興這樣的中等城市也不多。[4]如海鹽的海鹽通訊社、德清的德清通訊社、蕭山的農聲通訊社、昌化的國民通訊社、餘杭的餘杭通訊社，甚至有的縣城竟不止一家，如新昌有沃聲、新光兩家通訊社，嵊縣有乘風、民聲兩家。[5]河南也是如此。全省十餘家通訊社中省會開封一地就集中了和平、河南、兩河、大華等 10 家通訊社，洛陽有河嶽通訊社 1 家，其餘地方沒有，山西的 7 家通訊社全都設於太原。西部、邊疆地區通訊社都集中在大城市，陝西五家通訊社全在西安，貴州的就都設在貴陽。[6]四川省從民國初期到解放戰爭結束的 36

1　王伊洛：《〈新新新聞〉報史研究》，成都，巴蜀書社，2008 年版，第 62 頁。

2　湖北省地方志編撰委員會編：《湖北省志·新聞出版》（上），湖北人民出版社，1993 年版，第 104 頁。

3　來豐：《中國通訊社發展史》，復旦大學博士學位論文，2002 年。

4　《浙江省輿論概況》，中國國民黨浙江省委員會 1933 年 5 月印行，第 89 頁。

5　《浙江省輿論概況》，中國國民黨浙江省委員會 1933 年 5 月印行，第 88 頁。

6　來豐：《中國通訊社發展史》，復旦大學博士學位論文，2002 年。

年間共有通訊社 590 多家，其中成都有 300 餘家，重慶有 200 餘家，兩地就集中了四川全省通訊社的 80% 以上，另外的就零星分布在自貢、樂山、宜賓、瀘州、達縣、涪陵等地。[1]

　　發展水平方面，上海的民營通訊社明顯比全國其他地方高出一籌。儘管上海的通訊社數量不多，1934 年底上海只有 26 家，發展水平卻是最高的。其中最明顯的是出現了一些在全國知名度較高的通訊社，如向全國性通訊社方向前進的國聞通訊社、申時電訊社等民營大通訊社；新聲通訊社也是國內知名通訊社，其經濟新聞報導頗有特色，受到歡迎。新聞通訊業務方面，上海的通訊社除採訪本地新聞還能收發國際、國內電訊，在其他地方的通訊社幾乎都只能採訪本地新聞。到 1934 年上海有國民通訊社、世界電訊社、華聯通訊社等三家通訊社專事收發國際電線，有申時電訊社、遠東通訊社、中國聯合新聞社能收發國內電訊，還有新聲通訊社、華東通訊社、國聞通訊社等一批採訪本地新聞並為新聞界信任的民營通訊社。其他地區就連採訪本地新聞能有一定知名度並為新聞界所信任的民營通訊社都極少。由於稿件質量較好，上海的通訊社收費和發行量比其他地區的要高不少，而其他地區更多的通訊社根本無法通過賣通訊社稿件以維持生計。發稿次數上看，上海的通訊社基本能保證每日發稿，不少還能每日發稿多次。統計顯示，1936 年新聞通訊社、新上海通訊社、復興通訊社 3 家每日發稿三次以上。[2]通訊大省浙江絕大多數通訊社不能按日發稿，1934 年杭州一地有 76 家通訊社，能按日發稿不間斷的不到十分之一，[3]能發稿的也寥寥數條而已，內容也大多雷同，鮮有特殊價值。

　　出現如此眾多的通訊社，其因主要有二。一是「九一八」事變後，中國陷入國難危亡的動盪時局，給新聞業提供了無數的新聞素材。隨著民族危機的日益加深，民眾對時政新聞的需求與日俱增，國內新聞市場龐大。民營報業步入繁盛期，自身採訪力量卻相當薄弱，遂滋生了專門為報館供稿的通訊社遍地開花。二是創辦通訊社的門檻較低、簡單易行，不少失意文人借通訊社以謀生。在漢口，當時辦通訊社的手續大致是先向市政府社會科領一份登記表，在發行人欄中將當時一些有聲望的人的名字填上。然後籌集經費，主

1　《四川省志・報業志》，四川人民出版社，1996 年版，第 148 頁。
2　方漢奇主編：《中國新聞事業編年史》，福建人民出版社，2000 年版，第 1335 頁。
3　《通訊事業漫談》，《報學季刊》，1935 年第 1 卷第 2 期。

要是做招牌、印記者證、做證章等裝門面的費用，實際用於日常開支的不過是幾張紙，半月一盒油墨。[1]在天津，很多通訊社的設備只有一部油印機和兩塊謄寫板。能夠傳輸電訊稿件的民營通訊社為數甚少，很多通訊社都是通過複寫紙抄寫新聞。大多數通訊社通過郵政甚至腳力來傳送新聞，有的雇一個送稿人，有的數家合用一人送稿，還有由社長或記者親自出馬送稿。[2]如此眾多的通訊社，表面看來相當繁榮，實際上除了少數幾家外，多數均無規模和成績可言。

（二）出現一批略有成就的專業化通訊社

民營通訊社的大量出現加劇了行業間的競爭。為能在新聞通訊市場中立足，一些民營通訊社開始走專業化道路，根據自己特長採擷特定的消息，立足獨特資源在市場上取勝。如新聲通訊社，1930 年 8 月創辦於上海，社長嚴諤聲，副社長吳中一，宣稱宗旨為「宣達社會工商建設等真實消息」，招募高素質專業人才，1933 年時有惲逸群等編輯數人，記者 8 人，幹事 7 人。陸續設立電訊部、廣告部、攝影部、出版部，供應給各報的內容包括上海政治、經濟、商情等方面的消息以及國內各要埠電訊和國際消息。每天發稿兩次，一次為中午 12 時到下午 1 時半，第二次為下午 3 時到午夜 3 時，重要消息再增加一次發稿。遇到重大活動均派記者採訪。因嚴諤聲本人長期擔任上海市商會秘書，與上海工商界有廣泛聯繫，副社長吳中一也熟知金融界內幕，故該社經常能發布上海重要經濟新聞的獨家報導。1933 年 8 月 24 日中國經濟學社第十屆年會在青島舉行，新聲通訊社派惲逸群、朱圭林前往採訪，會上一些重要發言都全文記錄，由於會議內容極為重要，航寄稿件被京、津、滬各報刊載後轟動一時。「九一八」事件後，新聲通訊社兩次印發《田中義一侵略滿蒙政策》一書，揭露日本侵華陰謀，還出版《民國二十二之新聲通訊社》《新聞法令章規》等書。

湖南新聞「不倒翁」杜氏三兄弟開辦的「大中通訊社」，自建社後只在長沙「馬日事變」時暫時歇業，歷十多年而不倒，杜氏三兄弟一生以通訊社為業，20 世紀 20 年代三兄弟分工合作，老大專跑湖南省議會新聞，老二跑軍政消息，老三採集社會新聞，30 年代國民黨主政湖南後都在省政府當速記員，

---

1 程一新、衛衍翔、商若冰：《漢口民營新聞通訊社內幕》，《武漢文史資料》，1989 年第 1 輯。

2 俞志厚：《一九二七年至抗戰前天津新聞情況》，《新聞研究資料》，1982 年版。

採集政府新聞有先天優勢，幾乎壟斷了湖南省政府新聞，該社成為當地通訊社中的佼佼者。「三餘通訊社」的陳幼鳴、陳揚延因是錢業公會理事，在獲取經濟信息方面近水樓臺先得月，故專攻經濟新聞，包辦了湖南省範圍內經濟新聞的供應。[1]無錫的教育通訊社主要關注教育、文化方面的消息及知識，陝西邊關電訊社發布的稿件全都是有關西北邊疆的消息以及相關的各種調查報告，上海的華東通訊社注重於體育新聞報導。[2]

　　「九一八」事變後，報紙、畫報和時事性刊物都加強了攝影報導。一些攝影家從「為藝術而藝術」的唯美主義攝影向「為人生而藝術」的現實主義攝影轉變，他們順乎時代潮流紛紛組建攝影機構，以適合報刊對新聞攝影圖片日益增長的需要，這使 20 世紀 30 年出現了大量的專業攝影通訊機構，如武漢新聞攝影通訊社、東北新聞影片社、中國新影社、新聞攝影社、中國新聞攝影社、北洋新聞社、新聲攝影社、煥章新聞社，民覺社、國際社、亞東攝影通訊社、華北新聞攝影社、長江攝影社、東北攝影社、中國攝影社、世界航空新聞社、西北新聞社、中外新聞社、遠東社、民聲攝影通訊社等。「七七」事變前夕，新聞攝影機構已達數十家。從業務範圍來看，上述攝影通訊社主要分為兩類：一是專門攝取和提供新聞照片的通訊社，如中國攝影社；一是既發文字新聞稿又發時事照片的新聞機構，如中外新聞社等。從地區分布來看，不僅在文化較發達的大城市如上海、天津、南京、武漢等地建立了新聞通訊機構，一些中小城市如南昌、長沙、唐山及較落後的綏遠、廣西等地也有新聞社，供應新聞照片。上述新聞攝影機構，人員一般都很少，活動範圍多限於當地，多數難以持久，只有少數單位有派駐記者或臨時派員赴外地採訪。主要在於攝製新聞照片成本高，時局動盪，攝影記者生活沒有保障等因素。其中維持時間較長的有 1930 年中央銀行漢口分行職員舒少南在漢口創辦「武漢新聞攝影通訊社」。該社向全國發布有關武漢及湖北地區發生的重大戰爭事件、社會新聞、文化體育、工業建設、名勝古蹟、山川風物、戲劇舞蹈、婦女兒童等方面的照片，作品大多登載《武漢日報》《掃蕩報》《中國晚報》《良友畫報》《東方雜誌》《聯合畫報》等報刊上。[3]

1　《湖南省新聞志》，湖南出版社，1993 年版，第 401 頁。
2　來豐：《中國通訊社發展史》，復旦大學博士學位論文，2002 年。
3　舒興文：《記武漢新聞攝影通訊社》，《武漢文史資料》，1987 年第 3 輯。

發稿較多、影響較大的是東北新聞影片社。東北新聞影片社成立較早，社址在瀋陽，專門發布東北地區的所聞照片。北平《世界畫報》、《北晨畫刊》以及上海等地的報刊都採用過它的稿件，如《張學良就任東北航空司令後全體官佐高呼中華民國萬歲光景》、《華北學生徒步旅行團攝影一張》等。

（三）出現了最具規模和力量的民營通訊社

申時電訊社創辦於 1924 年，創辦人是深得史量才器重的《申報》經理張竹平。在張竹平經營下，申時電訊社迅速崛起，成為國內最具規模和力量的民營通訊社。申時電訊社也成為張竹平「《時事新報》《大晚報》《大陸報》和申時電訊社聯合辦事處」的重要成員。

申時電訊社是申報館經理張竹平在協助《申報》工作之餘，得到史量才默許發展起來的。1924 年 11 月，申時電訊社在上海成立並發稿，最初並沒有正式名稱，僅是張竹平聯合《申報》及《時事新報》兩報編輯部人員，在編報之暇，將兩館所得各方專電擇要編譯，用電報拍發給外埠數家有關係的報社採用。試行幾年後，外地委託他們拍發電訊的報社越來越多，兩報編輯已無法同時兼顧報社、通訊社工作。1928 年間，申時電訊社釐清組織，擴充資本，聘請專職編輯翻譯隊伍，增加各地採訪人員，分別編發中英文電訊，「申時電訊社」之名也開始為社會所稱道。1929 年冬，張竹平辭去《申報》職務專心經營申時電訊社，其業務蒸蒸日上。1934 年，申時電訊社的電訊按數量收費，新聞稿午、晚兩稿各收 30 元，發行量為 150 份左右。[1]與申時社訂立合同的各地報社達 118 家，國內有上海、蘇州、無錫、鎮江、南京、杭州、寧波、蚌埠、蕪湖、安慶、九江、南昌、漢口、長沙、重慶、成都、昆明、貴陽、濟南、煙台、天津、北平、開封、西安、福州、廈門、汕頭、廣州等地用戶，海外有香港、馬尼拉、新加坡、爪哇、檀香山等地用戶。專任採訪記者遍布全國各重要都市不下 30 餘處（由於張竹平控制了《時事新報》《大陸報》《大晚報》，其中有的實際上是這些報社的記者[2]），每日除刊發《申時電訊稿》外，還出版《申時經濟情報》，每日收發電訊平均約有 6 萬字。[3]此外，申時電訊社還很重視新聞學研究，出版新聞學刊物《報學季刊》，作為溝通全國同行交流

1　《上海等七市通訊社調查》，《報業季刊》創刊號，1934 年版，第 117 頁。

2　黃卓明、俞振基：《關於時事新報的所見所聞》，《新聞研究資料》，1983 年版。

3　《十年來之申時電訊社》，《十年——申時電訊社創立十週年紀念特刊》，《中國人民大學新聞學院藏稀見民國新聞史料彙編》，國家圖書館出版社，2012 年版，第 91 頁。

意見的工具；出版《十年——申時電訊社創立十週年紀念特刊》等，在新聞界產生重大影響。

　　張竹平對申時電訊社期望很高，不僅要建成中國民營通訊社中的翹楚，還要成為國際性的大通訊社。申時電訊社十分重視新聞稿質量，注重一手信息的採集，通過增加各地採訪人員、實地採訪等，在當時構建起豐富的信息採集網絡，所發電訊全面、敏捷、靈通，「首發率」和「自採率」較高，形成較強的內容供應能力，吸引了大批用戶。1932 年 1 月 28 日夜，日本駐滬陸戰隊無故侵犯閘北，「一二八」事變爆發。該社即派記者多人，親赴作戰區，堅持報導戰場最新戰況。申時電訊社所發的消息，比外國通訊社更詳實、準確、迅捷，受到各方好評，為申時電訊社博得聲譽。各地要求提供電訊的報社紛至沓來，成為該社發展轉折點，1932 年夏，申時社擴充內部組織，大量招聘人員，積極擴展規模。[1]

　　為了與外國通訊社競爭，申時電訊社設立郵訊股負責採編本地新聞和國內外長篇通訊，以補短篇電訊的不足。郵訊股聘有本埠記者、旅行記者、各地特約通訊員等。其特約通訊記者幾乎遍布國內外各重要都市，另聘邊遠省區通信員，寄發邊陲要聞，派旅行記者到東北、西北、長江流域、珠江流域各地區，採集各地有關國計民生的消息。為掌握第一手資料，申時電訊社常派記者實地採訪，如福建事變發生後直接派記者乘飛機到福建、廣東、浙江實地瞭解情況；新疆時有騷亂發生，就派記者由內蒙入疆調查實際情況。對上海本地新聞，則注重政治之設施、外交之轉變，都市金融及鄉村經濟之消長，社會意識與民生形態之動向。[2]

　　新聞採寫方面，該社堅持寧缺毋濫原則。為使新聞生動活潑，設立攝影、製版各部，製作圖片新聞；[3]為提高新聞時效，《時事新報》《大陸報》《大晚報》每天收到的電訊，在自身尚未刊發之前，就以極敏捷的方法，集中給申時電

1　《十年來之申時電訊社》，《十年——申時電訊社創立十週年紀念特刊》，《中國人民大學新聞學院藏稀見民國新聞史料彙編》，國家圖書館出版社，2012 年版，第 91頁。

2　《十年來之申時電訊社》，《十年——申時電訊社創立十週年紀念特刊》，《中國人民大學新聞學院藏稀見民國新聞史料彙編》，國家圖書館出版社，2012 年版，第 91頁。

3　《十年來之申時電訊社》，《十年——申時電訊社創立十週年紀念特刊》，《中國人民大學新聞學院藏稀見民國新聞史料彙編》，國家圖書館出版社，2012 年版，第 91頁。

訊社採用。在不懈努力下，「各地委託供給電訊者，乃日增無已，外人電訊社遂不復能如昔日之操縱壟斷」。[1]

　　爲了滿足各地報刊產品多樣化、市場多樣化的需求，以經營電訊及出版事業爲宗旨的申時電訊社，通過供應多種新聞信息產品、擴大服務範圍等方式，發展了一大批報刊用戶。根據客戶的不同需求，該社按稿件內容和字數多少，供應甲種電訊（每日約 1000 字）、乙種電訊（每日約 500 字）、丙種電訊（每日約 100 字）、丁種電訊（每日約 50 字）四種電訊，所需電報費由訂戶自理。至於郵訊，分普通郵訊（各地一律之稿件）、特別郵訊（一地每家一種之稿件）兩種，方式上有平信、快件兩種，須快遞或航空郵遞者每月另須預繳快郵費 5 元，實行不同的收費標準以滿足各類用戶的需求。另外，向申時電訊社訂稿的報社如有關於政治、經濟、軍事、教育、商業、實業、風俗人情等有趣味有系統記述的，還可以與申時電訊社的郵訊互相交換，兩不收費，具體辦法則根據稿件優劣酌定。

　　在服務上，申時電訊社考慮到內地交通不便、經濟不發達，報社設備簡陋，應他們的要求設立了攝影股、製版股，將新聞照片製成銅版、鋅版、鉛版或紙版，使缺乏製版條件的報社也能及時刊登新聞照片。[2]爲了靈通消息，擴大服務範圍，增強新聞市場競爭力，申時電訊社於 1934 年 10 月 11 日起，每日下午一時至二時增發午刊，以便當日所獲新聞可供晚報採用，這種做法一下子又爲申時社爭取了很多用戶。

　　張竹平十分重視申時電訊社的廣告業務。據《申時電訊社廣告股啓事》介紹：廣告股負責辦理的事項包括：「廣告之招攬與介紹」「廣告之設計與撰擬」「廣告之調查與統計」。《啓事》中宣稱：「現在國內外重要都市中，委由本廣告股代理廣告之保管，共計百二十餘家，凡長江上下游各地，東北西北各處，粵港川桂與滇黔各省，以及南洋新加坡菲律賓爪哇各埠，罔不包括。」即便有所誇大，也能看出當時申時電訊社的廣告業務用戶之廣泛。申時電訊社代理某些報社的廣告業務，既爲一些效益不好的報社解決了部分經濟問題，又牢牢地控制了這些報社使之成爲它的客戶。

1　張竹平：《申時電訊社之回顧與前瞻》，《十年——申時電訊社創立十週年紀念特刊》，《中國人民大學新聞學院藏稀見民國新聞史料彙編》，國家圖書館出版社，2012年版，第 60 頁。

2　《十年來之申時電訊社》，《十年——申時電訊社創立十週年紀念特刊》，《中國人民大學新聞學院藏稀見民國新聞史料彙編》，國家圖書館出版社，2012年版，第 92 頁。

在經營和管理上，申時電訊社積極借鑒先進的現代經營理念，以規範運營管理為基礎，同時探索推進集團化建設，在托拉斯化發展方面邁出步伐。申時電訊社原為張竹平獨資經營，為使新聞通訊事業有進一步的發展，1934年 2 月，在慶祝成立十週年前夕，申時電訊社改組為股份有限公司，向實業部重新登記，領取營業執照，成立董事會，公推杜月笙、萬樹雄、潘公弼、俞佐庭、蕭同茲、張孝若、董顯光等人為董事，張翼樞、宋春舫等人為監察人，張竹平任總經理。

1934 年，在申時電訊社組織及業務關係表中，領導層為股東會、董事會、總經理、社長。下設電訊股：採訪、收電、譯電、編輯、發電；郵訊股：採訪、編輯、繕印、遞送；攝影股：時事照片、名人照片、風景照片；廣告股：介紹廣告、互換廣告、撰製廣告、消息廣告；製版股：銅板、鋅版、鉛版、紙板；出版股：定期刊物、不定期刊物；事務股：會計、庶務、文書、營業、其他，組織結構清晰，各股職能明確，職位職責清晰，一個現代企業架構已初具雛形。

張竹平對申時電訊社還有很多設想，將申時社改組成股份公司只不過是奠定了進一步發展的基礎，他還希望在這之後聯合各地的報社，「取得多方之合作，再經歲月，更蛻化而採取會員制度，俾各地報社委由本社供給消息者，進而為本社之主翁，如美國之聯合新聞社，即至好之先例也。」

1932 年末，張竹平成立時事新報、大陸報、大晚報、申時電訊社聯合辦事處。「四社」集資經營、聯合辦公，大大擴大了申時電訊社的稿源，《時事新報》《大陸報》《大晚報》每日收到的大量消息都儘量供申時電訊社採用，內容囊括政治、經濟、軍事、經濟、教育、實業、社會等各方面，促使了申時電訊社的業務蒸蒸日上，其電訊稿日均收發電訊約有 6 萬字，為各方所矚目。

1935 年，「四社」全部產權被孔祥熙強行劫奪，申時電訊社成為孔祥熙控制的民營通訊社。抗戰爆發後申時電訊社停辦，中國最大的民營通訊社就此結束。

四、民國南京政府前期的外國在華新聞通訊社

民國南京政府成立前，外國在華新聞通訊社已壟斷了中國新聞市場，國際領域尤甚。民國南京政府成立後，國民黨一面組建中央通訊社，逐步收回外國通訊社的發稿權，打破外國通訊社的壟斷局面，一面加強在華外國新聞記者管理。本時期的外國在華通訊社仍是民國新聞事業組成部分的「客觀存

在」，本質上仍是外國在華利益的新聞工具。因外國在華利益的錯綜複雜，美、英等國的在華通訊社爲中國局部抗戰也曾進行過積極有效的國際宣傳。

（一）日本在華新聞通訊社的興起及其新聞侵略活動

隨著日本「蠶食」中國戰爭的推進，伴隨日本在華新聞報業急劇增長的是日本在華通訊社的興盛。新聞通訊社同樣是日本軍國主義侵略中國的工具。

日本非常重視發揮在華通訊社的文化侵略作用。1925 年，東方通訊社與日本國際通訊社合併組成日本新聞聯合社，在中國仍以東方通訊社名義發稿。1929 年 7 月 1 日，改爲日本新聞聯合社上海分社。[1]日本佔領東北後，1932 年 12 月在僞「滿洲國」首都「新京」（長春）成立「滿洲國通信社」（簡稱「國通社」），由日本電報通訊社滿洲分社和日本新聞聯合社滿洲分社合併而成，隸屬於關東軍司令部。「國通社」社長、理事和監事都由日本人充任。僞「滿洲國」所屬各省均設立一個支局。該社在資產、信息、人員、管理等方面都依賴於日本通信社，有關政治、國際時事消息一律來源於日本的「同盟社」和「共同社」。僞「滿洲國」各報社、各廣播電臺的新聞節目一律採用「國通社」稿件，其他任何新聞團體和個人都不能自行發稿。[2]1937 年 4 月，「國通社」與日本同盟社簽訂「日滿通訊一體化」協定，實際上「國通」已成爲日本同盟社的一個分社。1933 年有文章稱，「在華日本通訊社已有五處之多，總社設立上海，通信員則密布我國各大都市，其本國消息既能傳達遠方，而國外新聞，亦可悉數羅置。」[3]

1936 年日本政府將日本新聞聯合通訊社和日本電報通訊社重組定名爲同盟通訊社，爲日本政府的官方通訊社，標誌著日本新聞統制的大大加強。聯合社獲得外務省支持，電通社具有陸軍背景，爲協調一致，外務省和陸軍最後同意兩社合併，成立一個一元化的國家通訊社。同盟社成立後，兩社原在上海的支社（分社）改組爲同盟社華中總社，資金、人員大大增加，成爲日本在華重要新聞機構。日本駐華新聞機構中最早得知並報導西安事變消息的是同盟通訊社上海分社記者松本重治。[4]此外，日本朝日新聞社等新聞機構也

1　上海通志編纂委員會編：《上海通志》（第九冊），上海人民出版社，2005 年版，第 5890 頁。
2　霍學梅：《東北淪陷時期日僞對新聞的控制與壟斷》，《東北史地》，2010 年版，第 59 頁。
3　黃憲昭：《在華之日本報紙與其活動》，《磐石雜誌》，1933 年第 1 卷第 2～3 期。
4　張功臣：《外國記者與近代中國（1840～1949）》，新華出版社，1999 年版，第 236 頁。

中國設立「支局」。到 1940 年爲止，日本在中國（不含東北三省）的通信社（包括各大通信社的支局和各大報社的支局）約 80 餘家。其中「七七」事變前就在中國立足的有 20 多家，約占 1／4。幾乎遍布中國南北各大城市，日本國內對中國的瞭解，大部分要依賴於這些通信社的報導。[1]

日本通訊社在日本侵略中國時頑固站在日方立場「挑撥是非造謠惑眾」，爲日本殖民侵略搖旗吶喊。1928 年 5 月「濟南慘案」發生。日本當局處心積慮掩蓋其侵略罪行，極盡歪曲事實之能事。電通社報導稱「一說謂因中國方面，有暴徒圖搶，日軍組織爲其動機」，東方社竟斷言「以中國兵之搶掠爲起因」，煽動日本民眾仇華情緒。日本通訊社的顛倒黑白極大地影響世界各國有關「濟南慘案」的輿論。中國從官方到民間受到極大刺激，一面採取措施管制在華日本新聞記者，一面逐步加強國際宣傳。

1929 年 12 月，石友三發動浦口兵變，南京陷入混亂。電通社記者根據流言刊發蔣介石「已經消失在空中」的不實報導。民國南京政府剝奪了該記者使用中國的電報、無線電和長途電話設備的優先權，迫使對方作出正式道歉。1931 年 3 月，鑒於日本聯合通訊社發布有關蔣介石與胡漢民之間爭鬥的不實報導，民國南京政府禁止該社記者使用上海至南京的長途電話。日本記者發表聲明強烈譴責民國南京政府，民國南京政府隨即禁止日本聯合通訊社記者使用中國境內的任何電報、電話及無線電設備，時間長達 8 個月之久。[2]「九一八」事變後，日本通訊社更是蓄意歪曲、造謠，積極爲其侵華政策搖旗吶喊，相關史料罄竹難書。

（二）美英法等國家在華新聞通訊社的新變化

隨著日本蠶食中國的局部侵略戰爭的推進，遠東局勢日趨動盪，西方各國民眾越來越關注中國新聞。爲順應這一變化，美國、英國、法國、意大利、德國及蘇聯等國通訊社加強了中國報導的力量，紛紛在華設立分支機構。另一方面，國民黨加強了中央通訊社的建設，逐步收回了外國在華通訊社的新聞發稿權。兩種力量共同導致西方在華通訊社在本時期發生了較大變化。

1　王向遠：《日本對華文化侵略與在華通信報刊》，《蘇州科技學院學報》（社會科學版），2005 年版。

2　趙敏恒著，王海等譯：《外人在華新聞事業》，暨南大學出版社，2011 年版，第 18～21 頁。

　　英國路透社在華的壟斷地位不復存在。路透社較早在華設立分社，上海分社是路透社遠東分社的駐地。自 1920 年始，威廉·特納一直擔任遠東分社社長。1931 年底，特納返回倫敦總部，查斯勒（C.J.Chancellor）接替。在查斯勒及其繼任者張樂士主持期間，路透社和中央社簽訂了稿件互換協議。1933 年 11 月，路透社上海分社負責人科克司（M.J.Cox）赴東京上任，上海日報公會 19 日設宴送行。科克司在答謝詞中稱，「鄙人到華後，工作至爲艱巨，既將國外新聞之收發改組完善，復賴馬素及密勒梁先生之協助，將本埠發稿事宜，組織成立。鄙人深信本埠發稿之成功，須賴報界之合作。當 1912 年秋間，路透在滬發稿時，即得報界十八家之訂閱，此應於今日追求者。」[1]「九一八」事變爆發後，路透社最早向全世界報導了這一消息，其獲知事變的時間比民國南京政府還要早好幾個小時。1932 年 10 月，國際聯盟派出的李頓調查團發表了關於中國東北的調查書，路透社也最早發出了調查書的摘要。

　　1935 年 12 月，「一二九」運動爆發，埃德加·斯諾的夫人海倫·斯諾得知黃華等人起草《平津十校學生自治會爲抗日救國爭自由宣言》後，立即找到路透社駐北平記者弗蘭克·奧利弗（Frank Oliver），想讓外國報紙刊登這份宣言，遭到拒絕。她又把這條新聞轉給合眾社記者麥克拉肯·費希爾（McClaken Fesher），得到後者支持，北平學生運動才爲國際社會所知。海倫·斯諾在自傳中感慨道：「這件事象徵著美國人把火把從英國人手中接過來的時刻。反對法西斯軸心的戰爭也是我們的戰爭，合眾社模模糊糊地懂得這一點。昏然的大英帝國在那一天象徵性地碎落塵埃，卻像往常一樣毫無知覺。」[2]

　　美國在華通訊社的力量有所加強。1929 年 3 月，合眾社上海分社成立。美國國務卿史汀生發來賀電稱，「以前美國在東亞，缺乏足以代表美國之機構，及在亞洲植其勢力之不易，即因中美間往來之新聞爲量不多也。一般美人，對於東亞情形，都茫然不知。故欲爲其在華之代表處理，實無從著手。今此項新聞事業之發展，足以是美國在本部之人民，與東亞發生較密之關係；並能發揚美國在華正大無私之旨。」[3]合眾社上海分社成立後，除向美國總社發送新聞稿外，也向中國報紙發稿。其中文稿由國民新聞社代發，該社是民國南京政府的半官方通訊社，合眾社上海分社成立後便和國民通訊社簽訂了

1　胡道靜：《新聞史上的新時代》，世界書局，1946 年版，第 51 頁。

2　張功臣：《與中國革命同行——三十年代前後美國在華記者報導記略》，《國際新聞界》1996 年版。

3　胡道靜：《新聞史上的新時代》，世界書局，1946 年版，第 55 頁。

互換稿件的合同。英文稿由出價最高的報紙壟斷，並非向全部報社發稿。自1930 年起，《字林西報》以每月一千兩白銀的高價獨享合眾社的英文稿，後《大陸報》、《大美晚報》也曾出鉅資購買合眾社的稿件。合眾社提供的稿件大部分是關於美國的，所以除了留心國際或美國事務的人外，國民通訊社代發的合眾社稿件並未能引起足夠的注意。《字林西報》購買合眾社的稿件主要是為了吸引在華美僑的讀者。[1]

合眾社設有遠東總經理，總管中國、日本、菲律賓等處的事務，起初駐地設在東京，上海分社成立後遷到上海，同上海分社一同辦公。合眾社在華的負責人還有高爾德（Randall Chase Gould）。高爾德 1923 年來華擔任英文《北京日報》副總編輯，並兼任合眾社駐北京通訊員。由於高爾德對中國政局的觀點經常和美國駐華公使馬慕瑞不同，後被調往馬尼拉。1929 年他又重返上海擔任合眾社分社社長。之後又被調回美國，伊金斯（H.R.Ekins）接替他的職務。[2]

美聯社在 1926 年商得路透社同意後，開始在日本和中國推廣業務，並於1929 年設立上海分社。1931 年 3 月 31 日路透社宣布與美聯社達成協議，後者可向《上海泰晤士報》和《大陸報》兩家英文報紙供稿。不同於其他外國在華通訊社，美聯社很少與在華外報聯繫，也不在中國提供新聞服務。根據與路透社達成的協議，駐紮在路透社上海總部的美聯社記者可使用路透社所有在中國發出的新聞，因此，美聯社在中國的活動只侷限在能夠吸引美國讀者興趣的一些獨家報導上。

美聯社駐中國記者主要有哈里斯（M·J·Harris）、惠芬（Wdter Whiffen）、托馬斯·斯帝普（Thomas Steep）、格倫·巴布（Glenn Babb）、詹姆斯·豪（James Howe）等。其中哈里斯是美聯社在中國的負責人，駐紮上海數年。已故的惠芬最著名。托馬斯·斯帝普在惠芬休探親假時接替了後者工作。格倫·巴布為美聯社駐北平辦事處記者，從《日本廣知報》調來，1928 年又調回東京，詹姆斯·豪接替了其北平的職位。[3]美聯社社長何懷德在 1925 年、1929 年，1933 年來華訪問。1933 年 6 月 8 日，何懷德第三次來華到上海時，上海日報公會設宴歡迎。12 日，何懷德在南京受到蔣介石的接見。

---

1 胡道靜：《新聞史上的新時代》，世界書局，1946 年版，第 55～56 頁。
2 趙敏恒：《外人在華新聞事業》，暨南大學出版社，2011 年版，第 73 頁
3 趙敏恒：《外人在華新聞事業》，暨南大學出版社，2011 年版，第 73～74 頁。

　　美聯社還聘請美國留學歸來的趙敏恒擔任駐南京記者。自 1928 年起，趙敏恒先後擔任美聯社、路透社駐南京特派員。雙方商定趙敏恒採訪的普通新聞都供給路透社，只有與美國有關的特殊新聞才供給美聯社。趙敏恒採寫了不少重大新聞，以其新聞敏銳性、準確的判斷力、高超的採訪能力和新聞專業主義精神蜚聲中外。有一段時期，趙敏恒除爲路透社和美聯社工作外，還同時擔任倫敦《每日電訊報》、美國國際新聞社和世界通訊社、日本聯合通訊社、大阪《朝日新聞》、蘇聯塔斯社的兼職記者，成爲國際新聞界的明星。[1]1936年西安事變爆發當日，國民政府要員張道藩打電話給路透社南京分社負責人趙敏恒，打聽路透社在西安的情況。趙敏恒根據隴海鐵路火車只通到華陰、西安與南京之間聯繫中斷等蛛絲馬蹟，判斷出西安發生兵變，率先進行了報導。此時，甚至民國南京政府官方也不得不向路透社打聽有關西安的消息。[2]

　　「九一八」事變後，遠東局勢越來越緊張，中國新聞的重要性日益突出，西方國家加大了對中國新聞的關注力度。1931 年 10 月，法國哈瓦斯通訊社正式設分社於上海，總攬遠東事務。除採集新聞外，每天向當地報紙發稿。[3]此前的 1929 年冬，哈瓦斯社收買印度支那太平洋廣播通訊社並加以擴充，還在上海、香港、北平、哈爾濱設特派員。1933 年，意大利斯丹法尼通訊社（又譯斯蒂法尼通訊社，Agenzia Telegrafica Stefani，Stefani）也在上海設立了分社。[4]「斯丹法尼社在上海也有它的分社，不過只發英文稿，有時我們在上海泰晤士報和上海大美晚報上看到斯丹法尼社的電訊，中文報紙是很少見的，所以中國的讀者很少知道意大利的斯丹法尼社在上海也有它的分社。」[5]該社「主要收集遠東及中國重要新聞發往總社，不向當地報紙供稿，也不同其他通訊社有業務往來。」[6]路透社也正式設立了南京分社，任命記者趙敏恒爲主任，這是外國通訊社首次聘請中國人擔任駐華分支機構負責人。德國新聞通訊社也從 1933 年派代表常駐上海。之前，該社 1921 年在北平活動，1928 年遷至上海，正式成立分社，不久該社遠東總分社設在上海，與分社合併辦公。

1　陳玉申：《趙敏恒：「最了不起的華人記者」》，《青年記者》，2007 年版。
2　陳玉申：《趙敏恒：「最了不起的華人記者」》，《青年記者》，2007 年版。
3　上海通志編纂委員會編：《上海通志》（第九冊），上海人民出版社，2005 年版，第 5894 頁。
4　諸曉琦：《民國時期塔斯社上海分社在華宣傳活動》，《史林》2015 年版。
5　范泉主編：雨君：《國際問題研究法》，永祥印書館，1947 年版，第 46 頁。
6　馬光仁：《馬光仁文集》，上海社會科學院出版社，2013 年版，第 481 頁。

不同於美英法等歐美通訊社，蘇聯塔斯社在華新聞活動較爲特殊。因國民黨敵視蘇俄新生政權，南京國民政府長期沒有與蘇聯建交。本時期，蘇聯官方的新聞傳播受到很大的影響，不過塔斯社駐華記者仍堅持工作。1932 年 3 月塔斯社在上海重設分社，4 月 13 日開始發稿。斯科爾皮列夫‧安德列‧伊萬諾維奇從 1930 年起爲工農紅軍情報部的幹部，其後擔任塔斯社駐中國上海分社社長（1934 年 10 月～1937 年 3 月）。[1]

第三節　民國南京政府前期的圖像新聞業

經過近 30 年的孕育積累和摸索準備，隨著攝影、電影製作、銅版印刷等技術的引進與推廣，圖像新聞業迎來了一個新的發展高潮。畫刊出版業空前活躍，出現約 500 餘種畫刊；新聞照片、新聞漫畫成爲報刊的標配，「無圖不成報」成爲較普遍現象，出現了大量專業攝影通訊機構，專門爲報刊提供新聞照片；電影走向了紀實，出現了反映抗戰的新聞紀錄電影。在抗日救亡大潮推動下，畫刊、新聞照片、新聞漫畫、新聞電影也紛紛轉向抗日救亡的輿論動員，爲中國抗日救亡運動做出了卓越貢獻。

一、新聞畫刊的空前活躍

由於印刷、攝影技術的廣泛使用及攝影機構的大量出現，畫刊業在本時期空前活躍。據說全國共創辦 500 餘種畫刊，但目前收集到刊名確定的只有 240 多種。這些畫刊多集中在上海、北平、天津等報業較爲發達的地區。畫刊的空前活躍主要在於三點。一是新聞攝影機構林立，除專業如武漢新聞攝影通訊社、東北新聞影片社等數十家新聞攝影機構向畫刊供應新聞照片外，少數報紙也建立攝影組織，如申報新聞攝影社，時報攝影部，良友新聞攝影社，西京日報攝影部等。這些組織除了供給本報新聞照片外還向全國報刊發稿。二是新聞攝影群體興起，出現了諸如王小亭、方大曾等知名新聞記者。三是日本局部侵華戰爭造成的國難危亡，也迫切需要具有「本眞」表現的新聞照片來展開廣泛的輿論動員，新聞畫刊的市場需求旺盛。

（一）上海地區的主要畫刊

上海照相業林立，又是民國新聞報業的中心，使上海也成爲民國畫刊出

1　蘇智良：《左爾格在中國的秘密使命》，上海社會科學院出版社，2014 年版，第 122 頁。

版的中心。1934 年上海出版的畫報（不包括報紙的圖畫附刊）就有 23 種。[1]在取材上，多數刊物能面向現實，貼近生活，印刷和內容都有顯著改進。其中有影響的畫刊主要有：《良友畫報》《文華》《時代畫報》《圖畫週刊》《中華》《上海漫畫》《上海戰事》《上海漫畫》等。

1、《良友畫報》《文華》與《時代畫報》

《良友畫報》是大型的綜合性新聞畫報，月刊，1926 年 2 月 15 日在上海創刊，創辦人伍聯德（1900～1972）。社址在上海北四川路 851 號，由伍聯德 1925 年 7 月創辦的良友印刷所印刷，主編有伍聯德、周瘦鵑、梁得所、馬國亮等。刊物 1941 年 10 月暫時休刊，1945 年 10 月一度復刊，先後在上海、香港兩地出版了 19 年 174 期。20 世紀 70 年代後又在香港復刊。是「中國新聞史上辦的最成功的，影響最大的，聲譽最隆的一家畫報」。[2]薩空了在《五十年來中國之畫報》讚譽為「中國印刷最精美之畫報」。[3]《良友》是以圖為主、圖文並茂的刊物。圖的部分充分調動攝影、書法、繪畫、剪影等藝術手段，累計刊出了彩圖 400 餘幅，照片 32000 餘張及大量原創的漫畫作品。[4]其中攝影照片主要來源有三，一是美術攝影記者，如朗靜山、胡伯翔等，二是特約新聞攝影記者或業餘新聞攝影師，如黃英、蔡俊三、俞創碩、沙飛等，三是新聞通訊社供稿。文的部分，除新聞和言論外，還發表了大量的詩歌散文小說等文學作品，涵蓋了魯迅、茅盾、郁達夫、周瘦鵑、曹聚仁等眾多名家和大家。內容涉及政治、經濟、文化、軍事、體育及社會生活等各個方面，該刊印刷精美，可讀性強，最高發行量曾達 40000 份，代售處遍及全世界，「成為中國現代出版史上出版時間最長，發行範圍最廣，發行量最大，報導信息最及時，內容最豐富的一部大型的綜合性新聞畫報」。[5]本時期《良友》畫報刊出有影響力的圖畫專集主要有：《北伐畫史》（1928 年 8 月，376 副照片）、《奉安大典寫真集》（1929 年 7 月，134 副照片）、《世界運動大會圖畫特刊》（1936

1　見《全國定期刊物一覽》（民國二十三年），《報學季刊》，第 1 卷第 2 期。
2　方漢奇：《〈良友畫報〉與上海都市文化·序》，吳果中：《〈良友畫報〉與上海都市文化》，湖南師範大學出版社，2007 年版，第 1 頁。
3　宋原放：《中國出版史料》（第一卷現代部分，下冊），山東教育出版社，2001 年版，第 340 頁。
4　方漢奇：《〈良友畫報〉與上海都市文化·序》，吳果中：《〈良友畫報〉與上海都市文化》，湖南師範大學出版社，2007 年版，第 1 頁。
5　方漢奇：《〈良友畫報〉與上海都市文化·序》，吳果中：《〈良友畫報〉與上海都市文化》，湖南師範大學出版社，2007 年版，第 1～2 頁。

年 7 月，300 副照片）等。[1]重要攝影作品有：1937 年淞滬抗戰日機轟炸上海火車站，魯迅遺像及當時的社會名流、明星名媛等。

　　《文華》1929 年 8 月創刊，上海好友藝術社出版，上海文華美術圖書公司印刷發行。該刊 8 開本，每期 50 頁，月刊，間有脫期。至 1935 年 4 月出 1 至 54 期，在 54 期中宣稱自本期起革新，繼續出版。繪畫編輯梁鼎銘、梁雪清，文藝編輯趙苕狂，攝影編輯黃梅生。該刊稱：「要之本社以實事求是為原則，本宣揚藝術之宗旨，務使本報大眾化、普遍化、崇尚化。尚希各界同好予以有力之贊助，本社同人有厚望焉。」「本社之目的，在聯合全國文藝家、美術家、攝影家為一戰線，而齊向藝術之途進展。歡迎同志入社。茲將簡章列下，幸垂察焉：一、凡繪西洋畫國粹畫、攝影、文藝、小說等具有一技一長，及能夠表達名人作品者，即得為本社社員……」。創刊號封面為美女畫，第一頁刊孫中山像及遺囑，次頁為本期目錄，並刊出三編者頭像。美術攝影及現代繪畫共 15 幅，皆出自當時名家之手。還有下列欄目：《濟南換防》，刊日本侵略軍於 1928 年 5 月 3 日在濟南製造「五三慘案」並盤踞濟南一年之後撤出時照片 9 張；《海外珍聞》，刊新加坡海岸及博物館照片 3 張；《國內珍聞》，刊時事照片 7 張；《馬六甲籌賑遊藝》，刊照片 4 張；《華僑消息》，刊出照片為胡漢民招待華僑代表後合影和馬六甲僑胞悼念北伐陣亡將士、華僑巨商之子之婚禮共 3 張；《小劇場》，介紹革命藝術家梁又銘，刊出此人之肖像與傳略，此人北伐時任職黃埔，隨兄梁鼎銘擔任畫報編輯及總政治部藝術宣傳委員（郭沫若任總政治部副主任），黨部農民畫報編輯等職，並為京中《圖畫京報》作諷刺畫；《體育消息》，刊出四大學學生運動員合影照片 5 張；《藝術界》，刊出現代繪畫 8 張，其中 1 張為外國名畫；《女子的作品》，刊出女畫家作品 6 幅。還有《小朋友》（兒童照 5 張）、《旁觀的心理》（介紹張光宇夫婦）、《婦女目》（刊女畫家，交際花 5 人照片）等三個欄目，各占一版或二版；《航空》（滬蓉通航）、《海軍》兩個欄目，共刊 6 張照片；《西貢遊記》，刊出照片 4 張，並刊文字遊記；《小舞臺》，刊諷刺畫 6 張；《本社社員之一部分》，刊出好友社社員 23 人之照片，戈公振、陸小曼皆榜上有名有照片，另有圖畫，文藝特約選述 72 人名單；《電影界》刊中外女演員照片 3 張，並有文字介紹。44 至 50 頁刊文藝及後記，刊行徵求社員的文章，

1　吳果中：《〈良友畫報〉與上海都市文化》，湖南師範大學出版社，2007 年版，第 119
　　～120 頁。

還「徵求外埠特約編輯員」，目的為搜集海外名作及精品。此刊這些做法都是為擴大資源。特約撰稿人屠哲隱，還在此刊登徵求勞工照片的啓示：「鄙人現徵求關於國內外工業及農業之勞工照片，來件請於每張背後注明何地何種照片，寄南京×××屠哲隱收。僅以鄙人之風光藝術作品，相當名酬，即資交換，復謝厚誼，此啓。」屠哲隱為當時有名的攝影家，《文華》曾為他出過作品集，他為《文華》提供了不少照片。從創刊號所刊國內政治、經濟、軍事、文化、教育、婦幼等封面的圖文來看，這一畫報辦得極有聲有色。以後每期內容，各有側重，日寇侵佔東北、「一二八」進攻上海、進犯熱河，此刊都刊載了大量照片，並出了專集，揭露暴日之罪行。其中有些照片是該報特派攝影記者拍攝的。

《時代畫報》1929 年 10 月 10 日創刊。初為半月刊，1936 年改為月刊，由張光宇、邵洵美、葉淺予合組的時代圖書公司的時代畫報雜誌社出版，上海中國美術刊行社總發行。張光宇、葉淺予、葉靈風、梁得所等先後任編輯主任。1937 年冬終刊，共出版 118 期。第 4 期與《上海漫畫》合併，簡稱《時代》，由月刊改為半月刊；2 卷 7 期改名《時代》圖畫半月刊；1936 年梁得所接編後，由半月刊改為月刊。發刊詞《時代的使命》寫道：「宇宙的世輪，循著他鐵一樣的定律，一刻不停地轉變，昨日驕視一切的花兒，今天已被人篡奪了王位……為了彌補這莫大的缺陷，我們才創設了這時代畫報……」在《寄給讀者的話》中說「本報雖然特約不少攝影家和文藝家，供給著最新穎的材料，但是一方面也很歡迎讀者們來幫助著。」又說「本報注重的圖畫稿，是含有藝術性與療養性的照片，及一切富於意趣的繪畫。」該畫報刊載時事照片很多。國內時事照片，每期都有刊出。陶行知的鄉村教育、魯迅先生逝世、蕭伯納來華、馮玉祥被迫下野在泰山讀書等都有報導。文教、體育、婦女兒童的照片也很多。各個攝影藝術團體，如華社、黑白社歷屆影展作品和著名攝影家的攝影藝術作品也常刊載。為畫報提供時事新聞和各種內容照片的有通訊社、新聞攝影社、電影場等十餘家，個人提供照片的有王小亭、沈逸千、伍千里，鄭用之、倪煥章、黃仲長、金石聲等。戈公振寄回很多國際時事照片，有不少是介紹蘇聯的。葉淺予的滑稽畫《王先生》，從 1 卷 4 期起連載，每期刊一組，每組八九幅，至 1935 年 4 月，共刊出 77 組，後單出了《王先生》專集 3 冊。此刊編者變動頻繁，最初為張光宇、葉靈鳳、第 2 期就增加張振宇、葉淺予、以後常有增減，多達 7 人，少則 2 人，出至

8 卷，編輯只剩張大任一人。時代圖畫公司原爲張光宇、邵洵美、葉淺予等合組，後因國內經濟衰落，滬出版業大受打擊，時代公司營業不振，虧累甚鉅，使得《時代》的正常編輯與繼續出版都難以維持。1936 年，梁得所接編後，《時代》又以新的面目出現，成了一個很受社會重視和讀者歡迎的畫報，僅出了六期，因抗日戰爭爆發停刊。這也是《時代》半月刊的一段艱難歷程。

2、《圖畫週刊》《中華》與《上海戰事》

《圖畫週刊》1930 年 5 月創刊於上海，爲《申報》附刊，戈公振主編，週刊。對開，逢星期日出版，隨報附送，逢元旦及節日即擴大爲全張。內容除名畫家的山水、人物之外，餘爲攝影作品，主要是「時事照片」和「學藝照片」。該刊的出版主要歸功於戈公振，當時在《申報》工作的戈公振在建議創辦《申報》畫報的意見書中說：「近世各國大報，未有不重視圖畫者，英國報紙每日有圖畫一大頁。美國報紙每星期日有印刷甚精之圖畫增刊，日本且從電報或飛機傳遞照片，本報爲中國唯一大報，似不能只付缺如。圖畫爲新聞之真實者，不待思考研究，能直接印入腦筋，而引起其愛美之感，且無老幼，無中外，均能一目了然，無文字深淺，程度高下之障礙。故本報欲使銷路增加不爲功——本報尚有圖畫增刊，不僅增加聲價，推廣銷路而已，且將爲國家光榮有進一步之努力焉。」《申報》的史量才與中國照版公司訂立合同，《圖畫週刊》由該公司用影寫版印刷，清晰美觀。當時中國報刊印插圖多用銅版，影寫版印刷首次試用於《東方雜誌》的插圖，報紙攝影附刊採用影寫版，申報《圖畫週刊》是第一家。《圖畫週刊》刊登的新聞性比較強的照片有《梅蘭芳赴蘇俄演劇》、《賽金花六十時寓居北京小巷中》、《蘇聯版畫展覽》、《最近由港來滬之革命耆宿尤烈》、《上海文化協會歡迎離國十年之郭沫若及救國會七君子》、《北平學生之救國運動》、《日人在綏之特殊機關松田公館》等，都有一定的歷史意義或參考價值。鄒韜奮評論說，戈公振先生主編的申報《星期畫報》，是「目前我國各日報中星期畫報最爲精彩的」畫報。「一二八」事變後《圖畫週刊》停刊，時已出至 81 期。1934 年 3 月 15 日復刊，更名《圖畫特刊》，對開半張，每週發行兩次，星期一、四出版。1936 年 1 月 15 日，《圖畫特刊》又改爲每週發行一次。戈公振約編了 200 期左右，1935 年 10 月他去世後由攝影家胡伯洲任畫刊編輯工作，直至 1937 年 8 月日軍進攻上海時特刊，共出版 265 期。

　　《中華》為時事圖畫雜誌（The China Pictorial），1930 年 7 月在上海創刊。文字主編周瘦鵑和嚴獨鶴、美術主編胡伯翔與郎靜山，第 4 期起，總編輯為胡伯洲，助理編輯為周志靜、許和。上海中華雜誌社出版，上海新中華圖書公司負責總發行。雜誌社社址位於上海海寧路北四川路口 825 號。該畫刊為綜合性刊物，規格為 8 開本，每期載有 46 頁左右的內容，採用影寫版印刷。畫報約於 1941 年 8 月停刊，共出刊 104 期。[1]該刊主要登載中外時事新聞、科學發明、名人近影、博物美術、各地名勝、婦女兒童、電影戲劇、社會生活、漫畫小品等豐富多彩的內容。該刊與《良友》畫報一樣，是三十年代都市風采畫報的代表，只是其刊行時間較短，影響力不如《良友》，但在格調品位上遠勝當時刊行的其他畫報。創刊號上，嚴獨鶴寫道：「為什麼今天的新聞紙上，關於重要的新聞，不能同時將照片刊出，為什麼做宣傳工作的人，各種標語而外，不能多多地張貼圖畫，為什麼一般閱讀者，對於圖畫刊物歡迎的態度有時還在文之上。這便是事實告訴我的，圖畫的效用，十分真切，也十分地偉大。同人所以創刊中華圖畫雜誌。也是認定圖畫有真切和偉大的效用。想將文藝界的「真」、「善」、「美」三點，借圖畫之力儘量貢獻於閱者。」

　　《上海戰事》為三集畫刊。1932 年 1 月 28 日日本侵略軍進攻上海，19 路軍奮起抵抗。良友新聞攝影社、申報新聞攝影社、聯華影片公司、時報攝影部、隨營作戰之學生義勇軍等等單位拍攝了數萬張照片，選編成畫刊三集。第一集有暴日挑釁、我軍拒敵、上海商務印書館及上海北火車站被炸毀等二十個欄目。刊出《慘無人道》照片 5 張，《死裏逃生》的照片 7 張，還編入了宋慶齡到前線視察和與 19 路軍軍長合影。第二集有十六個欄目。第三集有二十個欄目，還錄蔡廷鍇寫的抗日詩一首。每集之後，有《上海中日戰爭紀詳》的長文（從 1932 年 1 月 18 日起至 4 月 25 日止），揭露了日寇侵華暴行。

（二）北平、天津地區的畫刊

　　北平、天津地區報業基礎較好，照相業也較為集中，這是該地區畫刊較為集中的重要原因。本時期，北平、天津有代表的畫刊主要有：《北晨畫報》《世界畫報》《天津商報圖畫週刊》、《中華畫報》等。簡介如下：

1　此處「共出 104 期」，見周利成編著：《中國老畫報：上海老畫報》，天津古籍出版社，2011 年版，第 60 頁。

　　《北晨畫刊》1934 年 5 月創刊於北平，前身爲《北晨畫報》，北晨報社編，1937 年 4 月終刊。這兩份畫報都是 4 開 4 版報，兩者出版時間相隔不遠，辦報風格相近，紙型也相近，都類似今天的膠版紙。印刷精美，所刊的文字、照片至今仍然非常清晰，雖然字比較小，但讀者看起來並不困難，欄目也闢有「攝影」、「雜談」、「漫畫」等，版面比較活潑，圖文並茂。該刊第一卷 1 至 13 期（1934 年 5 月 19 日至 8 月 8 日），金石書畫及評文占版面的一半有奇。第二卷 1 至 13 期（8 月 18 日至 11 月 10 日）攝影所占版面逐期增多，每期刊照片十幾張乃至二十多張，金石書畫則僅占版面的三分之一。金石多爲珍品，書畫多爲古今名作。攝影則有：一、時事，包括國內、國外時事新聞、中外文化交流，體育活動，學生生活等；二、藝術攝影及寫眞，有時也稱藝術寫眞或攝影藝術或藝術攝影，雖不是每期都刊，但每卷總要刊出名家作品二三十幅，如張印泉、趙澄、鄭景康的作品；三、風光攝影，凡國內名山、大河、古蹟和外國的名勝，每期刊攝影圖片八九張、乃至十多張，編者加以文字渲染，美景勝蹟、引入入勝。其次，此刊也刊雕塑和漫畫，不過數量不多。

　　《天津商報圖畫週刊》1930 年 7 月 6 日創刊於天津，爲《天津商報》附刊，曾改名「天津商報圖畫半週刊」、「天津商報畫刊」、「天津商報每日畫刊」。綜合性畫刊，8 開 4 版，由天津商報館出版發行，社址在法租界 24 號路。主旨是要規規矩矩爲讀者辦一張畫報，不給某人做宣傳，不替哪一方面張目，不對某一件事吹捧、謾罵。主要內容有時事政治、社會新聞、美術攝影作品、名伶明星劇照、生活照、小說連載等。1937 年 7 月停刊，出版至第 23 卷 39 期（每卷 50 期）。存 1930 年 7 月第 1 卷第 1 期至 1937 年 7 月第 24 卷第 39 期。

　　《中華畫報》1931 年 3 月創刊於天津。週刊，後改爲半週刊、二日刊。中華畫報社刊行，8 開本 4 版，道林紙印刷。存 1931 年 3 月第 1 卷第 1 期至 1933 年 9 月第 3 卷第 346 期。文化藝術畫刊。以表現時代精神、介紹藝術結晶、暴露社會內幕、暗示人生片段爲宗旨，主要刊載藝術品介紹、文史知識、書畫作品、攝影作品、明星伶人照片、小說連載等內容。1932 年 1 月 22 日之前爲獨立畫報，此後則附屬《中華新聞畫報》合併發行。諫果、夢人寫的《向讀者致詞》中說：「我們的使命是：（一）表現時代精神，（二）介紹藝術結晶，（三）暴露社會內幕，（四）暗示人生片段。」它公開徵求的是名媛近影、時事照片、沒事攝影、古今書畫、諷時漫畫、歷史照片、學校寫眞、男女名伶

造像等方面的照片和繪畫作品，在刊行的 350 期中，所刊內容都不出此範圍，只是在後期刊出的電影介紹較多，沒有反映時代精神，也沒有暴露社會內幕。

二、新聞照片的廣泛使用

民國南京政府前期是中國新聞攝影從起步到發展，從幼稚到成熟的重要歷史期。過去報刊主要以採用照相館攝影師提供的照片，以「××照相館攝影」署名，本時期，新聞攝影記者逐漸取代了照相館攝影，在報刊和通訊社的培養下，一個相對專業的新聞攝影記者群體開始出現。王小亭、方大曾等一批在中國攝影史上具有開創性貢獻的攝影記者，也正是在此時初見鋒芒。加之新聞攝影機構廣泛向報館源源不斷提供新聞照片，新聞照片在報刊上得到的廣泛的使用。

王小亭被譽為「中國人投身於新聞攝影界之鼻祖」，曾任職《申報》新聞攝影部主任，其攝影作品多在《良友畫報》《申報》《世界畫報》《時代畫報》等刊物上發表。周遜是當時活躍在上海的一名攝影記者，1927 年他拍攝了上海五卅紀念日市民集會，上海租界戒嚴交通阻絕，跑馬場民眾舉旗致哀，建築中的五卅烈士公墓以及上海五九紀念大會，勿忘國恥，上海市民慶祝北伐勝利大會等一系列的新聞活動。張建文是活躍在北平的一名新聞記者，他拍攝了 1928 年黎元洪出殯，1929 年北平軍隊為總理銅像奠基建築中山臺，第四軍團修築迎柩大道；1930 年的陝西災區寫真。黃河沿岸古式居屋，災民居住在臨時搭建的草棚中，中央慰勞團慰勞東北將士等事件。蔣漢澄鏡頭下的北平大水，街道被淹沒，水勢洶湧；北平的清潔運動中，學生們舉著掃帚參與活動；1929 年 3 月，北平舉行總理銅像奠基典禮，林森發表演說，數千民眾參加了典禮活動；他還記錄了 1933 年動亂之中的平津：日軍侵略平津，市民惶惶不可終日，車站擠滿了離京逃難的民眾，車廂中擠滿了逃難的婦孺老幼，幾無立足之處，北平街頭布滿工事，隨時應對日軍侵犯，天津南市區大街上商業清冷，滿目荒涼；津南、海下一帶，難民們乘船逃至津埠，內河停泊船隻不下六七十艘；天津南市街口築起沙袋工事預備防衛。他拍攝的另一照片顯示，1933 年軍政部長何應欽以華北戰局嚴重，特親自北上視察。方大曾 1929 年 17 歲時曾發起成立少年攝影團體「少年影社」，1936 年綏遠抗戰爆發後，活躍於長城內外，寫下多篇附有攝影作品的通訊，成為「馳騁長城內外，報導救亡愛國事蹟的名記者」，1937 年在瀘定橋前線採訪時失蹤。

「九一八」事變後，日本取代西方成爲對民國新聞攝影影響最大的一個國家。在國難危亡面前，民國新聞攝影倉促上陣，被迫改變自我，介入兩國間的影像戰爭。1931 年 9 月 18 日，《上海畫報》本日刊發了南京中華社拍攝的兩張照片，其一爲日使重光葵進入國府向蔣介石呈交國書，禮兵樂隊吹奏迎接的情景；其二爲重光公使覲見蔣主席時的儀式。這一版面中還有一幅遼寧舉行國術比賽的決賽的場景。9 月 18 日發表這類照片，今天看來卻頗不是滋味。從 1931 年 9 月 27 日起，《上海畫報》開始大量刊載反日新聞照片，其中有被日寇拘禁遼寧省政府主席臧式毅之近影，他手持禮帽，肅然站立；暴日侵略瀋陽時首先佔領的東北無線電臺，照片中是電臺的大門和主體建築。9 月 24 日又刊發「中日絕交」的新聞，照片只有美國飛行家林白大佐夫婦抵京及其飛機在南京玄武湖降落的情景。1931 年 9 月 30 日的版面上抗戰新聞照片激增，三幅採自美聯社的照片顯示「暴日在瀋陽城外向華人射擊」和「暴日佔據瀋陽兵工廠之後」大門外的情景，以及全副武裝的日軍推著大炮行進在瀋陽的商埠間，「暴日鐵蹄下的瀋陽北陵」，瀋陽文淵閣被日軍捆載而去的四庫全書目錄及樣張，上海 20 萬人參加的抗日救國大遊行，密集的人群行進在街頭，標語密布，口號如猶在耳；除了上海，無錫數百上千市民的抗日救亡大遊行照片。這些新聞照片反映了當時抗日救亡的全國性聲勢。

隨著戰事趨緊，報刊上的新聞照片越來越接近事件熱點。《良友》畫報在 1931 年第 64 期以《黑龍江失陷》爲題表述此乃「黨國奇恥」，照片上黑龍江省黨部門前的國旗被撤下，換上了日本旗；齊齊哈爾街頭騎著馬趾高氣揚的日軍軍隊。由黃英拍攝的《國事紀要》專欄中，主要爲國民黨第四次代表大會，其中除了蔣介石正在作報告的會場和國民政府大樓外景，此版另有五幅照片均爲民眾在國府門口遊行示威向政府請願的照片，數十萬學生聚集在國民政府門口高呼口號，警鐘社在國府門口日夜不息地敲擊警鐘。到了 1932 年，第 70 期良友在《因九一八事件而起之種種事端》中，刊載了兩幅飛機在長城上空飛翔的照片，文字表述：日本軍機在熱河邊界偵查，另一幅爲日軍在榆關外實施陸空軍演習。長城在這兩幅照片中一以縱向透視，殘破猶在，一以橫向蜿蜒呈現，依然博大遼遠，而盤旋之上的戰機將戰爭的緊迫感徒然凸顯。這兩幅由東北新聞影片社拍攝的照片，將長城這一中華民族的標誌性建築，顯現在敵機的威脅下，國難危亡之含義得到了充分表達。在《國內所見》欄，四個整版的內容包含了：我軍鎮守山海關、蔣介石由盧山到達武漢、上海男

女童軍大檢閱等戰況訊息，而滬杭公路在閔行舉行通車典禮、抵制日貨不如提倡國貨運動、上海各界在清涼寺舉行土布展覽會等照片，顯示了國難深重時期報刊提振民心的渴望。1933 年，《日軍大炮威脅下的山海關》等照片出現在報紙畫刊中。「天下第一關」的匾額在關隘門樓上殘存，濃霧彌漫中，編輯者將一幅可怕的骷髏圖像懸於照片中的城門左側，喻示著死亡和恐怖。而《榆關的失陷》，顯示殘破的關隘，失落的山河。蔣漢澄和東北社拍攝的這 10 幅照片，閱之令人痛惜。從山海關遠望長城，關外已經是煙霧彌漫。良友雜誌的編輯者慨歎：「東三省失地未收，此地亦已淪入敵人之手。同胞睹此，作何感想？」《悲壯的前線》整頁 7 幅圖片，顯示中國士兵正在用高射炮射擊，在戰壕中作戰，這是榆關失守後退守石河的戰鬥。

　　除中國攝影記者奔赴前線拍攝戰時新聞照片外，還有許多新聞照片來自美聯社等在華通訊社。這些照片同時供中、日兩國媒體使用，解說詞卻針鋒相對。從《上海畫報》1931 年 10 月 3 日刊發的多幅標注來自美聯社的照片看，這些照片與日軍最早發布、後來出版的攝影集中的照片高度相似，其中一幅標注美聯社發布的照片，顯示兩名日軍在瀋陽街頭由空油桶壘置的掩體後面向中國人射擊，另一幅照片是一些日軍在佔領的瀋陽兵工廠大門口守衛，門口的牆上書寫著「非日兵出入此門者射殺之」的手書。10 月 12 日發表的一幅照片仍是美聯社發布的日軍自己拍攝並大量傳播的照片：日軍在掛有「東北軍邊防軍司令長官公署衛隊司令部」的木牌邊，依牆射擊。由是可推定：日軍當年的戰事照片在國內迅速傳播的同時，幾乎以同步之速向國際予以傳播，當然其文字表述肯定以顯示其戰爭的正義之說，而中國新聞界從西方通訊社的「轉播」中以相距數日的時間差獲得了同樣的照片。此時，關於戰爭的同樣的一張戰事照片，在戰爭對立的雙方，完全獲得了截然相反的意義表述——日軍的耀武揚威以及所謂的赫赫戰績；在中國新聞媒體上，正好成為其侵略中國的無恥行徑的事實罪證。

三、新聞漫畫迎來新高潮

　　新聞漫畫在本時期贏來了一個新的發展高潮時期，「這個新高潮以刊物多、作者多、作品多、專集多這『四多』為標誌。」[1]名家輩出，佳作如林，呈現出一派蝶舞蜂喧、欣欣向榮的繁榮景象。

1　畢克官、黃遠林：《中國漫畫史》，文化藝術出版社，2006 年版，第 104 頁。

　　上海是中國漫畫的發源地。1926 年 12 月 7 日漫畫會成立後，即開始籌備創辦會刊《上海漫畫》，以使漫畫會的活動成果能得到一個物化和展示的陣地。1927 年 12 月 25 日，《申報》刊登《新刊上海漫畫出版有期》一文披露了其籌備情況：

　　　　漫畫會會員王敦慶、黃文農、葉淺予三君，集合文藝界同志，將發行一種畫報，以五彩橡皮版精印，每三日出版一期，命名《上海漫畫》，其宗旨在以文字及圖畫藝術主吹國內工業、美化現有社會、傳導革命精神。逐期內容，有長期及短期滑稽活動畫各一套，美的裝束畫諷刺畫笑畫等約二十餘幀，文字方面，有社會雜評短篇小說及富有趣味之記載等。對於圖畫材料之籌備、文字風格之揀選，已達一年之久，故將來錄登作品無不與尋常畫報及其他三日刊有所迥異，聞該報准定於十六年十二月三十一日出版。[1]

　　雖然《上海漫畫》並沒有按照預定的時間準時問世，但漫畫會的幾位同人確實一直在緊張而忙碌地籌備著。《上海漫畫》先是由漫畫會的智囊王敦慶提出設想，邀黃文農、葉淺予參加，三人組成編輯部，「在一家小旅館租了一間房做臨時編輯室，大家夜以繼日忙了三天，第一期《上海漫畫》編就。」[2]「第一期《上海漫畫》」就是 1928 年 1 月 2 日出版的《上海漫畫》「創刊號」[3]。由於資金和編刊經驗，社會效果不理想。葉淺予曾回憶說「畫報印出，我和王敦慶送到望平街，報販子看到只半面有字有畫，另半面空白，就皺起雙眉，說這哪像一張報，沒法上市。幾經商量，仍遭拒絕，我們垂頭喪氣，只好把畫報都拉到廢品收購站當廢紙賣掉。」他們的失敗嘗試卻引來了張光宇的注意，由張光宇出面重新組織編輯部，資金由張光宇負責籌集，將漫畫和當時風氣正盛的攝影、小品文章熔於一爐，於是 1928 年 4 月 21 日，《上海漫畫》重新問世。《上海漫畫》，週刊，每逢星期六出版，每期用道林紙半張摺成八版，其中彩色石印四版，單色銅版攝影和鉛印文字四版，漫畫由張光宇、張振宇、葉淺予負責，攝影由郎靜山等負責。漫畫部分第一版是封面漫畫，第

1　《新刊上海漫畫出版有期》，《申報》，1927 年 12 月 25 日。
2　葉淺予：《葉淺予自傳：細敘滄桑記流年》，中國社會科學出版社，2006 年版，第62 頁。
3　葉淺予先生在《葉淺予自傳：細敘滄桑記流年》中回憶《上海漫畫》時，認爲《上海漫畫》創刊號出版是「1927 年底的事」（《葉淺予自傳：細敘滄桑記流年》第 62頁），應該是記憶有誤。現出版時間爲根據上海書店出版社影印的《上海漫畫》創刊號封面標注的出版日期確定。

四、五版是名家漫畫，第八版是葉淺予的長篇連載連環漫畫《王先生》，其他版面靈活機動。新的《上海漫畫》內容豐富，印刷精美，結果一炮打響，1930年6月7日出至第110期時，因併入《時代》畫報而停刊。當時《上海漫畫》每期發行量達到3000多份，被譽為「在中國漫畫史上樹起了一個嶄新的旗幟」，[1]正是由於他們集團式的奮鬥，使中國漫畫新聞進展到一個新的時代。

1936年5月10日，上海漫畫社將《上海漫畫》（英文SHANGHAI SKETCH）復刊，該刊主編為張光宇，其他編輯大部分是來自於上海漫畫會的成員。16開，每期40頁（包括封面、封底），上海獨立出版社出版發行，中國圖書雜事公司總代售，內容以刊載漫畫作品為主。該畫刊前後共計出版了13個期次，終刊時間為1937年6月30日。《上海畫報》在內容刊載形式上承襲了上海漫畫社成員所創辦、出版的刊物，諸如《上海漫畫》（1928年版）、《時代漫畫》和《獨立漫畫》等。每期刊載大量漫畫家的作品，無論是當時已聲名顯赫的葉淺予、張樂平和黃堯，還是初出茅廬或小有名氣的漫畫家汪子美、胡考和許若明等人，他們的作品在《上海漫畫》中皆有一席之地。《上海漫畫》出版社位於上海福州路三百八十號。

「九一八」事變後，「國難當頭，人民大眾的愛國熱情空前高漲，民眾對國家命運的重視使表達個人觀點和活躍思想的雜文與漫畫受到普遍歡迎，漫畫界人士紛紛以畫代筆，用漫畫來抒發情感。」[2]僅上海一地，就有不下20種漫畫刊物出現，如《時代漫畫》、《漫畫生活》、《獨立漫畫》等，呈現出空前的繁榮，中國漫畫進入了真正意義上的鼎盛期。其間，以抗日救亡運動為主題的新聞漫畫主題量多質精，引人注目。如《「九一八」之曲線的發展》。這幅新聞漫畫發表在1933年10月1日出版、由徐朗西主編的《朔望》半月刊第1卷第11期。這是一幅四格漫畫，它通過四個畫面分格來敘述對「九一八」事變後，國民黨對日妥協、實行不抵抗主義所造成的過程和惡果。第一格是1931年「九一八」事變發生之時，瀋陽被日軍佔領，陷入彌漫的硝煙大火之中，面對危在旦夕的急迫形勢，中國卻「鎮靜」處置，與瀋陽近在咫尺的北平仍笙歌燕舞，管絃陣陣，一片升平氣象；第二格是1932年的「抗爭」，抗爭的結果是日軍佔領的地方越來越多，國民黨的所謂「抗爭」如同撐起一把紙傘來抵擋真槍實彈，弱不禁風；第三格是1933年，中日交戰雙方因談判

1 黃世英：《中國漫畫發展史》，《漫畫生活》，第13期，1935年9月20日。
2 上海圖書館編：《老上海漫畫圖志》，上海科學技術文獻出版社，2010年版，第66頁。

取得「諒解」而舉杯言歡慶祝，畫面上的日本人將中華民國國旗踩在腳下，高興得咧嘴大笑；第四格是表現 1934 年中國的「前途」，畫面上是一幅「廿三年新中國形勢圖」，地圖上東北全部和華北一部已經盡墨，淪入敵手。這幅新聞漫畫以概括手法敘述了中國自「九一八」事變以來在抵抗日本侵略過程中的「曲線的發展」。漫畫新聞前三格的內容爲歷史事件的客觀敘述，爲「實」，第四格是對未來的預測，爲「虛」。因有前三格「實」的逐步鋪墊，第四格的「虛」就具有邏輯上的「實」的品格和力量。這幅四格漫畫新聞如同一個電影短片，虛實相生，對蔣介石國民政府的不抵抗主義的行徑給予了強烈的批判和嘲諷。

四、新聞紀錄電影聚焦抗戰

　　早期的中國新聞紀錄電影所拍影片多爲短小的新聞片，爲數不多的紀錄片也多屬新聞報導性的，只是有的影片在編輯過程中對材料有所選擇，進行綜合概括地加工處理，如黎民偉攝製的《海陸空軍大戰記》。20 世紀 20 年，中國先後有大小近 20 家影片公司可拍攝新聞紀錄片，攝製有 100 多部，有些影片記錄知名人士，如《孫傳芳》、《盧香亭》、《吳佩孚》、《馮玉祥》、《張學良》等。有些記錄重大事件，如《上海光復記》、《濟南慘案》、《張作霖慘案》等。

　　「九一八」事變爆發後，在國難危亡現實下，民營電影公司、左翼電影人士都積極拍攝反映中國人民反抗日本帝國主義的局部侵略戰爭，宣傳愛國主義精神的新聞紀實電影，此類電影也被稱爲「抗戰電影」。觀眾也樂於觀看反映抗日的電影。當時《影戲生活》雜誌收到過 600 多封讀者來信，要求影片公司攝製抗日影片。一些大電影廠開始攝製抗日新聞紀錄片。如明星影片公司拍攝了《十九路軍血戰抗日　上海戰地寫真第一集》、《上海之戰》（導演程步高、攝影周詩穆、董克毅）；聯華影片公司（1929 年由民新、大中華、百合等四個影片公司聯合而成）拍攝有《暴日禍滬記》、《十九路軍抗日戰史》（攝影師黎英、黃紹芬等）；天一影片公司有《上海浩劫記》。還有一些小的公司也拍攝了一些抗日的影片：如惠民公司的《十九路軍光榮史》、亞細亞公司的《上海抗敵血戰史》、暨南公司的《淞滬血》、慧沖公司的《上海抗日血戰史》、錫藩公司的《中國鐵血軍戰史》等，及時報導了中國部隊抵抗日本侵略軍的情況。

　　《上海之戰》是一部內容較豐富的影片，記錄了 1932 年「一二八」上海淞滬抗戰中十九路軍在閘北一帶抵抗日軍侵略的情況。展現了閘北地區遭日寇飛機轟炸，大火焚燒、房屋倒塌、遍地瓦礫的淒慘景象。表現了十九路軍抗日將士在巷戰中，逐屋戰、逐點戰，戰士的壯烈英勇，影片還表現了兩個英勇的指揮員翁旅長和吳營長。影片還詳細介紹了上海市民如街頭講演、募捐、做棉衣、送慰問袋等慰問和支持十九路軍的活動，其中有田漢、金焰、聶耳、王人美、黎莉莉、吳永剛等電影工作者到戰地及傷兵醫院的慰問演出的鏡頭。

　　導演是著名故事片導演程步高。程步高曾拍攝過一些新聞紀錄片，如 1924 年拍攝了《吳佩孚》、《洛陽風景》等。攝影師周詩穆也是著名故事片攝影師，他拍攝過的新聞紀錄片有《孫中山》（生前和死後）、《北伐完成記》、《總理奉安》等。攝影師董克毅也是著名故事片攝影師，後來他又拍攝過紀錄片《海京伯大馬戲》。為拍攝這部影片，攝製人員多次深入閘北戰場，拍攝難得的現場材料。又在部隊撤至二線後，補拍一場石橋爭奪戰，使影片實戰的戰鬥氣氛更為激烈。影片表現出中國軍隊抗擊日本侵略者的意志與決心，表現出中國人民支持軍隊、軍民一條心，極受人民群眾的歡迎。

　　中共地下組織領導的左翼文化工作者也積極參與抗戰電影的攝錄、放映等工作。1931 年 9 月，中國左翼戲劇家聯盟《最近行動綱領》提出「本聯盟目前對中國電影運動實有兼顧的必要」。為使電影為革命鬥爭服務，需要開闢自己的陣地，「產生電影劇本供給各電影製片廠並動員盟員參加各製片公司活動外，應同時設法籌款自製影片」，特別提出「工廠與農村的電影運動暫時為主觀與客觀條件所限制……只能夠利用『小型電影』攝取各地工廠與農村相異的狀況，映出於各地的工廠與農村之間」。這裡提到的「小型電影」即是新聞片，可看出當時已認識到了新聞片在工廠與農村的作用。

　　最早介入電影界的是阿英。1926 年，他和周劍雲等組織上海六合影片營業公司。1932 年，夏衍、阿英、鄭伯奇等在瞿秋白同志支持下進入明星影片公司，為之編寫劇本。1933 年春，中共電影小組正式成立，由夏衍、阿英、凌鶴、王塵無、司徒慧敏組成。此外也有一些左聯、劇聯的盟員參加電影工作，團結進步的電影工作者，於 1933 年在上海成立「中國電影文化協會」，並攝製了一批反帝、反封建的好影片。中共地下組織還成立影評小組評論影片，既促進創作，又影響觀眾，使黨的反帝反封建的總綱領在電影戰線上體現出來，對攝製抗日救國為內容的影片起了推動作用。

第六章 民國南京政府前期的少數民族新聞業、軍隊新聞業和外國在華新聞業

本章主要敘述民國南京政府前期的少數民族新聞業、軍隊新聞業和外國在華新聞業，以使讀者對這一階段中國新聞業的這三個側面有更爲具體的瞭解。

第一節 民國南京政府前期的少數民族新聞業

民國南京政府前期的少數民族新聞業有了較大發展。朝鮮文報刊、蒙古文報刊興起，新疆地區報業獲得了較快發展，也出現了回族、藏族報刊。少數民族報刊的創辦者雖然多元，但在國難危亡面前都紛紛轉向抗日救亡宣傳。

一、朝鮮文報刊的興起

朝鮮文報刊主要集中在東北，以朝鮮族同胞爲讀者對象，另外有流亡在上海的朝鮮獨立運動領導人所辦朝鮮文報刊。東北地區的朝鮮文報刊主要有三類，一是中國共產黨領導或創辦的朝鮮文報刊，一是朝鮮共產主義者創辦的報刊，一是親日的朝鮮文報刊。前兩者數量較多，雖然出版條件艱苦，但在抨擊日寇侵略罪行，號召朝鮮族人民參加抗日游擊戰爭等方面做出了卓越貢獻。後者數量較少，但出版實力雄厚，是日本軍國主義者奴化朝鮮人民的輿論工具。

（一）中國共產黨領導或創辦的朝鮮文報刊

1931 年東北淪陷後，朝鮮族同胞與各族人民一道深受日本帝國主義的蹂躪，朝鮮族同胞積極投身於東北抗日的洪流中，不完全統計，先後有 10 多萬朝鮮族人民參加了艱苦卓絕的抗日戰鬥。爲動員朝鮮族同胞參與抗戰，中國共產黨領導或參與創辦了許多面向朝鮮族同胞的朝鮮文報刊。主要有《民聲報》《兩條戰線》《青年鬥爭》《農民鬥爭》《勞力者的生命》《東滿洲報》《赤鬥消息》《解放戰線》《赤旗報》《東滿民眾報》《少年先鋒》《大眾報》和《戰鬥》等 10 餘種報刊。這些報刊的共同特點是集中宣傳馬克思主義及中國共產黨的方針政策及抗日主張，揭露日寇侵略東北的陰謀與罪行，號召各族人民結成統一戰線與日寇作殊死鬥爭，其次是存續時間不長，多在東北游擊區創辦。其中《民聲報》影響已逾國界，擴大到朝鮮半島。《兩條戰線》、《青年鬥爭》具有代表性。

《民聲報》係由延邊地區（時稱間島）四縣（延吉、琿春、和龍、和清）和龍井的教育與工商人士集資創辦，1928 年 2 月 12 日在延邊龍井村創刊。[1]首任總編輯爲國民黨員安懷音，繼任者是中共東滿特委書記蘇子元，朝文版總編輯尹華郊、金成龍，文藝版主要編輯周東郊，[2]辦報人員大多是中共黨員，如尹和洙、陳道、孫祐民（後接任主編）等，中共滿洲省委又派孫緞生（即孫祥霖）到該報工作，使《民聲報》成爲中共滿洲省委宣傳工作的重要組成部分，愈加旗幟鮮明。[3]《民聲報》在朝鮮漢城設總分社，在羅南設有分社，影響擴大到朝鮮半島。

《民聲報》初兼有漢、朝兩種文字的報紙。創刊之初的一、二版爲漢文版，三、四版是朝鮮文版，朝鮮文版與漢文版內容完全一致。自 1928 年 9 月 1 日分爲漢文版和朝文版。宗旨是「藉言論以喚醒同胞」，「以代表民意，爲民族喉舌爲己任。」設有「文藝」、「工人園地」、「婦女」等專欄，並創辦各種專版。文藝副刊連載蘇聯文藝作品如《鐵流》等，也報導蘇聯文藝動態。期發量 2000 份。讀者稱該報是「延邊人民的引導者」。[4]《民聲報》是延邊地區

1　《東北新聞史》稱該報創刊於 1928 年 1 月。《東北新聞史》，黑龍江人民出版社，2001 版，第 215 頁。

2　周東郊係中共延邊第一個黨支部的創建者。有資料說，他後繼任總編輯。著有《鐵窗內外》。

3　《東北新聞史》，黑龍江人民出版社，2001 年版，第 216 頁。

4　白潤生：《中國少數民族新聞傳播通史》（上），中央民族大學出版社，2008 年版，第 249 頁。

反帝反封建的旗幟。該報朝鮮文版發表最多的是控訴日寇侵略罪行，朝鮮族人民背井離鄉等內容的詩歌，如《流浪民》和《白色恐怖》等。其次有文藝評論、深度報導、社論等內容。深度報導《延邊調查實錄》揭露了日寇侵略罪行，作者沈茹秋 1930 年 4 月 5 日遭日本警察的暗殺，年僅 26 歲。[1]該報 1928 年聲援延邊人民反對日寇鋪設鐵路和購買鐵路運營權，1930 年春展開了持續 3 個月的反對舊禮教、提倡新文化等為主題的文化論戰，呼籲發展延邊的中小民族工商業，提出「抵制舶來商品，挽回我國權益」的口號，反對東北當局禁止延吉縣六校使用朝鮮語，呼籲恢復停辦的朝鮮族學校等。該報還在顯著位置刊登有關民族運動和工農運動的文章，主要有《東滿運動縱橫觀》《東滿青年運動斷想》《列寧主義關於民族問題的概述》《請看鼓分所長之劣跡》等。東北易幟後，1929 年秋，該報主編周東郊、朝鮮文總編輯尹華秀、記者金哲曾被逮捕入獄，周東郊被判刑入獄一年半。《民聲報》被迫停刊數日。[2]東北淪陷後，該報被迫於 1931 年 12 月停刊。《停刊詞》宣告：「同人等志在寧為玉碎，不求瓦全，決不甘心俯首事敵也」。[3]

《兩條戰線》為中共東滿特委機關報，用漢文、朝鮮文兩種文字油印出版，曾在朝鮮民族聚居區內廣泛流傳。1933 年 1 月中共東滿特委正式建立紅軍 32 軍東滿游擊隊，特委書記童長榮在游擊隊根據地小汪清密營中創辦了《兩條戰線》。該刊主要刊登中共東滿特委的指示、文件與言論，反對黨內左右傾主義。特委書記童長榮經常為該刊撰寫評論，如第 10 期的《滿洲的情形和我們的錯誤》。1934 年 3 月 21 日，童長榮在戰鬥中犧牲，《兩條戰線》出自 16 期後被迫停刊。《青年鬥爭》由中共延吉縣委於 1933 年在頤宮區南洞創辦，以報導中共共青團如何面對當前的鬥爭和縣內新聞為主，主要刊登了《少先隊當前最主要任務是什麼？》《勞動青年同志們，怎樣進行英勇鬥爭？》《伽伢哈蘇維埃的最新消息》等文章，該報及時報導朝鮮族青年反擊日寇鬥爭的每一個戰役（戰鬥）及取得成果，也報導東北軍打擊日寇的新聞及抗日游擊區緊張而歡樂的生活。

1　白潤生：《中國少數民族新聞傳播通史》（上），中央民族大學出版社，2008 年版，第 250 頁。

2　白潤生：《中國少數民族新聞傳播通史》（上），中央民族大學出版社，2008 年版，第 251 頁。

3　《民聲報》的報史，1930 年（民國十九年）12 月 3 日《吉林時報》的《1930 年東三省民國報紙調查》（署名無妄生）一文也有過介紹，譯文載吉林《新聞研究》。

（二）朝鮮共產主義者的朝鮮文報刊

朝鮮被日本佔領後，流亡在東北朝鮮共產主義者在 20 世紀 20 年代末也開始創辦報刊，早期主要有《曙光》《布爾什維克》《農雨》[1]等，1936 年後他們先後又創辦了《三·一月刊》《華甸民》《曙光》《鐘聲》《鐵血》等報刊。這些報刊面向朝鮮族及朝鮮人民宣傳抗日民族獨立運動和無產階級革命，號召他們進行艱苦的抗日武裝鬥爭。

《曙光》1928 年 1 月 15 日創刊於吉林省武松縣，由 1927 年冬在吉林省武松縣成立的曙光少年同盟創辦。該報廣泛報導日本侵略軍的殘酷罪行和掠奪政策，號召全體朝鮮人民爲國家獨立和人民自由與日本帝國主義戰鬥到底。《布爾什維克》由吉林省卡倫朝鮮革命軍和反帝青年聯盟於 1930 年 8 月聯合創辦，金赫任主編。油印，初爲月刊，發行兩期後改爲週刊。該刊以 1930 年在卡倫召開的共青團及反帝青年聯盟領導幹部會議提出的革命路線和方針政策爲指導思想。其中占該刊篇幅較多的是蘇聯建設社會主義和中國革命的消息及世界時事、文化啓蒙、反封建破除迷信等報導。《農雨》由吉林省淮德縣吳稼子村農友會於 1930 年 10 月改辦，原爲農民聯盟時創辦的大眾性政治刊物，月刊。該刊面向農民朋友宣傳抗日武裝鬥爭路線，也刊登朝鮮消息和分析世界形勢的文章。

《三·一月刊》是吉林省武松縣東江區機關刊物，1936 年 12 月 1 日出版，主要在朝鮮人民革命部隊和長白山區發行，還遠銷朝鮮國內。該刊根本任務是向朝鮮人民系統地通俗地宣傳解釋「祖國光復會十大綱領」。創刊詞強調受到國內外愛國人士和同胞們支持和擁護的「祖國光復會十大綱領」是祖國光復會勝利完成任務的指導思想。《三·一月刊》有鮮明的政治宣傳色彩，理論與時事又兼顧，受到讀者歡迎。《華甸民》是朝鮮民族解放聯盟機關報，1937 年 1 月創辦。該刊以《三·一月刊》爲榜樣，經常轉載和摘發後者文章。《曙光》寓意朝鮮革命即將迎來黎明曙光，1937 年 5 月創刊。《鐘聲》是朝鮮人民軍主力部隊機關報，1937 年 12 月在吉林省孟江縣麻唐溝營寨軍政訓練期間創辦。

（三）在上海出版的朝鮮文報刊

流亡在上海的朝鮮獨立運動上層人士在上海創辦了一批朝鮮文報刊。主要有《上海新聞》《上海韓報》《震光》《朝民》《韓國青年》及《醒鐘》週報

---

1 李應弼：《朝鮮報刊百年史》，金日成綜合大學出版社，1985 年版，第 92～129 頁。

等。《上海新聞》由安昌浩、李東寧成立的韓國獨立黨主辦，1931 年 3 月創刊，李裕弼負責編輯和發行。車利錫、李秀峰、朴昌世、李基成等參加該刊工作，其宗旨是與韓國獨立運動者同盟唱對臺戲。《上海韓報》於 1932 年出版。《醒鐘》週報由上海韓人青年黨人於 1932 年 4 月 17 日創辦。《朝民》（又譯《韓民》）係金九派人士在上海於 1936 年初創建的韓國國民黨的機關報，同年 3 月 15 日創刊。《韓國青年》係韓國國民黨於 1937 年 7 月 11 日組建的青年團的機關刊物，同年 8 月創刊，月刊。以朝文、漢文、英文等三種文字刊出。《吉林新聞》由居住在吉林省牛馬行的權守貞等人於 1936 年 6 月籌辦。朝、漢兩種文字，據說因滿洲事變而流產。

（四）日本侵略者控制的朝鮮文報刊

「九一八」事變前後，爲向朝鮮人民宣揚日本帝國主義的大陸政策和「八紘一宇」、「日鮮一體」等反動理論，推行「皇民化」措施，鼓吹「王道樂土」的協合精神，日本軍國主義者在東北創辦了一批奴化朝鮮人民的朝鮮文報刊。主要有《滿洲日報》《間島新報》《間島日報》《滿蒙日報》《滿鮮日報》等。此外，還有文藝刊物，如朝鮮文版的《北鄉》（1935 年至 1936 年，共出 4 期）和《天主少年》（1936 年，共出 8 期）等。這些親日報紙有的是日寇直接出面創辦，有的由其幕後操縱並補貼大量資金，是日寇推行奴化朝鮮族人民的輿論工具。

「九一八」事變前，親日的朝鮮文報刊主要有《滿洲日報》《間島新報》《間島日報》《滿鮮日報》等。《滿洲日報》是在中國出版的第一個親日朝鮮文報刊，1919 年 7 月創刊於奉天，1920 年後停刊。《間島新報》前身係 1910 年 2 月 24 日創刊於龍井的《間島時報》，1921 年 4 月改爲《間島新報》。朝、日兩種文字出版。《滿鮮日報》1924 年 5 月 31 日在奉天（瀋陽）信濃町創刊，社長係日本人，採編業務和管理工作由朝鮮人擔任，期發量約 1500 份。

「九一八」事變後，影響最大的日本人御用報刊是《滿蒙日報》及由前者更名而來的《滿鮮日報》。其影響與漢城總督府機關報《每日新聞》滿洲版和日本關東軍機關報不相上下。《滿蒙日報》是日寇推行侵略政策的重要輿論工具，1933 年 8 月 25 日在新京（長春）創刊，原名《東明日報》。該報財政資源雄厚，初期投入資本 30 萬。1934 年報社有職員 38 人，工廠職工 36 人，期發量 38000 份。社長李庚在，編輯局長李金晚（一說金祐枰[1]），在東北地區

1　參見《新聞總覽》，電報通訊社，1934 年版，第 513 頁。

設有幾個支社，安英均任延吉支社社長和特派員。1936 年由李金晚接李庚在任社長。11 月兼併《間島日報》出版《滿蒙日報》間島版。

為更好地奴化朝鮮人民，強化新聞統制，1937 年 10 月 21 日，《滿蒙日報》更名為《滿鮮日報》，間島的滿蒙日報社支社也同時併入了該報。其任務是「指導在滿鮮人」。社址仍設在長春，社長為創立間島林業公司等實體的實業家李容碩，副社長李性在，編輯局長為廉尚變。主幹為日本人山口源二。作為僑弘報協會第一批加盟社的朝鮮文報紙，日本當局每年給《滿鮮日報》6.4 萬元補貼。1937 年報社有職員 95 人，職工 57 人，期發量達 2 萬份。《滿蒙日報》和《滿鮮日報》均為日刊。發行過晨報、晚報，也發行過綜合版、間島東滿版和朝鮮版。出版過《間島》《北滿》《南滿》等專集。設有《家庭文藝》（或《家庭》）《學術》《時事解釋》《星期日兒童節目》（或《兒童》《兒童讀刊》，日文）等專欄。刊登短篇小說、長篇連載、詩等文藝作品，也經常刊日本產品廣告。

《滿蒙日報》和《滿鮮日報》都是日寇和僑滿政府的代言人。以「五族（日本人、朝鮮人、滿洲人、蒙古人和中國人）協和」加強在滿朝鮮人「國民自覺性」，積極推動朝鮮人「皇民化」，實現「王道樂土」作為自己的使命。為達此目標，兩報極力讚揚日寇的大陸侵略政策，竭力美化日寇侵略罪行，重點報導所謂後方軍民支持侵略戰爭的詳細情況，動員朝鮮青年參加日寇的侵略戰爭；極力宣傳「農業滿洲，工業日本」的口號，企圖把東北地區變成侵略中國的糧食基地；散佈「五族協和」、「同源分流」的輿論，製造「日鮮同祖」、日語和朝語「同系論」的謬論，意圖奴化朝鮮族人民。

二、蒙古文報刊的興起

蒙古文報刊始於 1905 年的《嬰報》，民國時期約有 30 餘種，主要集中在內蒙古自治區所屬各地及北方 7 省區，有石印、油印、鉛印等多種印刷形式，讀者主要是政府官員和文化階層人士。民國南京政府前期，蒙古文報刊興起，創辦者主要有南京國民政府蒙藏委員會、國民黨內蒙古地區等地方黨部、中共地下組織蒙古族在綏遠、北平、南京等地學生團體及日本佔領者。民國南京政府及國民黨地方黨部所辦的蒙古文報刊多體現國民黨治理內蒙古的政策、主張，中共地下組織及蒙古族青年學生所辦的蒙古文報刊具有鮮明的進步性，國難危亡面前，兩者都呼籲蒙古同胞團結起來共禦外侮，僑「滿洲國」

等敵偽創辦的蒙古文報刊是奴化蒙古族同胞的輿論工具。此時期的蒙古文報刊多為蒙漢合璧。

（一）南京國民政府及國民黨地方黨部主辦的蒙古文報刊

內蒙古、綏遠等邊疆地區是日、俄爭奪的重要區域。中華民國政府沿襲清政府理藩院於 1912 年設立了專門掌管蒙古、西藏等地區少數民族事務的中央機關——蒙藏委員會。南京國民政府成立後於 1928 年修訂通過《國民政府蒙藏委員會組織法》，明確了蒙藏委員會的相關職能和行政地位。為強化國民黨及南京國民政府在內蒙古自治區的統治「存在」及反擊日寇策動內蒙古「自治」運動。南京國民政府蒙藏委員會、國民黨地方黨組織創辦了一批蒙古文報刊。屬於蒙藏委員會的有《蒙藏旬刊》，屬於國民黨地方黨部主辦的有《民眾日報》《阿旗簡報》《綏遠蒙文週報》等。

1、蒙藏委員會主辦的《蒙藏旬刊》

《蒙藏旬刊》1931 年 9 月 20 日在南京創刊，前身是 1929 年 9 月創刊的《蒙藏週報》。《蒙藏旬刊》為上翻式裝訂的 16 開石印本，蒙、藏、漢三種文字出版，主要讀者對象是蒙藏同胞。每期封底均有藏文和蒙古文的刊名，社址設在南京絨莊街 31 號、26 號。1934 年改名為《蒙藏半月報》，同年 4 月又易名《蒙藏月報》，卷期另起。

《蒙藏旬刊》向廣大蒙藏同胞闡明中華民族當前的危機和帝國主義侵略的本質，宣傳「只有實行三民主義才能救蒙藏同胞」的政治主張。其發刊詞（克興額撰寫）稱「我們總觀蒙藏地位處境之危險，與赤白帝國主義者利用其侵略先鋒之反宣傳的『新聞政策』毒辣，我們真不寒而慄！⋯⋯我們要打破這種障礙，剷除這種礁石，惟有將本黨的王道的主義與政策，及中央造福於五族的政令與計劃，用相當的刊物，多多地傳播灌溉⋯⋯本刊矢志在中央訓導之下，負擔起來努力去做的⋯⋯意志猶存的蒙藏同胞，接受我們的貢獻，向新的方向轉換，而予我們以步伐的一致，共同攜手，向三民主義的大道前進！」[1]東蒙歷來是日俄兩國爭奪之地，「九一八」事變後，日本佔據了東北和內蒙古的呼倫貝爾、哲理木兩個盟，西藏在英國挑撥下形勢嚴峻。《蒙藏旬刊》在此背景下創刊承擔了重大的政治使命。

1　見徐麗華：《藏學報刊匯志》，中國藏學出版社，2003 年版，第 59、60 頁。

　　《蒙藏旬刊》出版週期較短，時效性快，內容新穎，能及時反映最新政治動態和信息。該刊大量報導國內外大事及蒙藏重要消息，選載有價值的講演論著、評論及蒙藏地方文藝和通信。設有社評、言論、蒙藏時聞、國內紀要、國際紀要、一旬大事日誌、黨義、調查、轉載、大漠等欄目。其中「社評」欄主要刊載對蒙藏及國內外時事問題理論探討性與事實批評性文章。如《揭破日人所謂滿蒙中和國之酷辣陰謀》（第 4 期）揭露了日本侵略者所謂「滿蒙中和國」的欺騙本質，引導蒙藏同胞團結一致抗日。「言論」欄擇優選輯有關國民黨、南京國民政府高層，國內外著名人士的講演與評論，內容主要是弘揚愛國主義，呼籲蒙藏同胞團結起來抵抗外國侵略及國民黨中央的治邊政策。「蒙藏時聞」欄主要介紹中央對於蒙藏地區施政及蒙藏地方的社會情況。「調查」欄選載蒙藏地區的社會、政治、經濟、制度、文物、風俗習慣等方面的實地調查報告。「專載」欄刊登中央重要法令、章制、文告及革命紀念宣傳大綱。「大漠」欄是一個較活潑而自由的文藝園地，主要刊載蒙藏地方具有先進思想的文藝作品。

　　《蒙藏旬刊》是國民政府蒙藏事務委員會治理蒙藏事務的輿論工具，讀者對象主要是蒙藏王公、喇嘛等上層社會或少數文人，該刊很少刊登南京國民政府的治理邊疆的政策、成就，卻大量選登反映蒙古、西藏、青海、新疆等少數民族生產和生活方式和獨特風俗的文章、照片，連載國內外有識之士的講演、論述及來自蒙藏地區的文藝作品，很少刊登反映蒙藏普通牧民、平民百姓生活和疾苦的文稿。總之，《蒙藏旬刊》是國民黨向蒙藏同胞灌輸愛國意識和進步思想，團結蒙藏同胞，治理邊疆，共同保家衛國的輿論喉舌。

2、國民黨地方組織、團體的蒙古文報刊

　　國民黨綏遠省地方黨部、綏遠省政府、綏遠蒙古文化促進會等機構根據工作需要，創辦面向蒙古族同胞的蒙古文報刊。主要有：國民黨綏蒙黨務特派員辦事處創辦的《民眾日報》（1929 年）、傅作義主政的綏遠省黨部創辦的《綏遠蒙文週報》（1933 年）、國民黨阿拉善旗中央直屬區黨部主辦的《阿旗簡報》，綏遠省政府秘書處主辦的《綏遠蒙文半月刊》（1929 年）、國民黨綏遠省黨部主辦的《蒙文週刊》（1933 年）、綏遠蒙古文化促進會主辦的《醒蒙月刊》（1936 年）、蒙古各旗聯合駐（南）京辦事處主辦的《新聞報》（1937 年）等。

　　《綏遠蒙文週報》由傅作義主政的綏遠省黨部於 1933 年 6 月 30 日創辦於歸綏。該刊蒙漢合璧，16 開本，漢文鉛印，蒙古文石印，社長陳國英、編輯主任張登魁，另有編輯 2 人，翻譯、訪員各 1 人。1934 年仍在出版，終刊時間不詳。《綏遠蒙文週報》以「宣傳黨義，灌輸民治，喚起蒙胞，誠心內向，增厚感情，共同衛國」[1]爲宗旨，設有「論壇」「蒙事紀要」「蒙旗地方通訊」「黨義」「專載」等欄目。發刊詞稱「蒙古民族亦軒黃子孫，與漢民族同一宗祖」，「外人視蒙古爲俎上肉，均欲取而啖之也」。

　　《醒蒙月刊》是綏遠蒙古文化促進會[2]主辦的綜合性刊物。該刊蒙漢合璧，漢文鉛印，蒙古文石印，16 開，由綏遠新聞社印製，1936 年 8 月 1 日出版。編輯有文琇、賈漢卿等，賈漢卿是綏遠報界老人，編輯過《西北實業雜誌》《西北實業日報》《蒙古知行月刊》、《綏遠事業週報》和《綏聞晚報》等。《醒蒙月刊》目前所知僅出一期，現存於北京國家圖書館，內蒙古圖書館有複印件。根據存世的原件可知，該刊宣稱其主旨是「發揚蒙古文化，促進蒙古民族一切利益」。分析蒙古民族衰敗的原因，思考使其復興的途徑或措施是本期《醒夢月刊》的主要內容。該刊封面是一幅寫意的綏遠城城門木刻，出自國立綏遠蒙旗師範學校教導主任宗榮賡之手；刊名由蒙藏委員會委員長黃慕松題詞。國內要人于右任、李宗仁、張學良、閻錫山、黃慕松、吳鼎昌、王用賓、焦易堂、宋哲元及綏遠省地方政要傅作義等題詞祝賀，設有論說、短評、文藝、雜葅、時事紀聞、轉載等欄。蒙古文內容基本是漢文內容的翻譯，校對文字錯訛頗多，編輯水平不高，欄目歸類亦有不妥之處。內容主要有探討蒙古文化、蒙漢關係史、內蒙古制度、如何改善蒙古教育、蒙古時政、經濟與文學等。其中如何改善蒙古教育的文章最多，如吳德新的《推進蒙旗教育之先決條件及實施計劃》、釋僧的《設施蒙旗民眾教育芻議》、英飛的《談談蒙古教育問題》、文繡的《蒙古學生膺鼎充斥》、鄂勒德尼哈什的《從蒙藏學校招生說起》等。《醒蒙月刊》記載了當時社會實況和人們看法，史料價值不容忽視。

　　《民眾日報》1929 年 7 月 1 日以蒙漢兩種文字石印刊行。該報 4 開 2 版，主要報導綏蒙抗戰動態及淪陷區的情況。《綏遠蒙文半月刊》1929 年 11 月 15

1　張麗萍：《內蒙古民國報刊史研究》，內蒙古大學出版社，2014 年版，第 135 頁。
2　綏遠蒙古文化促進會成立於 1935 年 12 月 21 日。聲稱「以促進蒙古文化，提高蒙民知識爲宗旨」，具有濃厚政治色彩，表面是自發成立的民間文化團體，實際是綏遠省政府操縱成立並負有政治任務的官方組織。

日在歸綏創刊，石印，蒙漢對照的 16 開本。該刊以「傳達政令、溝通蒙漢之間的聯繫」為宗旨，設有新聞、講演等欄目。約在 1932 年停刊。《蒙文週刊》1933 年在綏遠創刊，蒙漢對照，16 開。社長陳國英。該刊「以闡揚總理遺教，宣傳中央意旨，報告國內外要聞，啟迪蒙胞知識，融洽蒙漢感情，共同救國建國為宗旨」。主要內容有軍事、政治、教育、新聞等。1937 年停刊。《新聞報》1937 年在南京創刊，蒙古文，週刊，負責人等不詳。

（二）中共地下組織、蒙古族學生團體創辦的蒙古文報刊

在北平、內蒙古地區，中共地下組織創辦了兩種蒙古文報刊：《勵志月刊》《蒙古嚮導》。《勵志月刊》1931 年 3 月底在北平創刊，該刊蒙漢合璧，32 開，鉛印，蒙古青年勵志會出版部主辦，社址在北平後門外雨兒胡同。《勵志月刊》「期表同情之同志學友……結成一似漆投膠堅固團體，共負喚醒民眾之重任，……而建設燦爛無缺之中華」為宗旨，內容有論文、文藝、新詩、新聞等，專贈蒙古人士閱讀。因經費困難，僅出一期。《蒙古嚮導》1935 年 3 月 31 日在綏遠創刊，該刊蒙漢合璧，16 開本，由綏遠蒙古嚮導月刊社出版，主辦人兼總編賀耆壽，蒙文翻譯伊鍾秀，社址在歸綏市家廟巷 1 號。聲稱「以啟迪民族，共圖一切進展；贊助國家，完成邊疆建設為宗旨」，《蒙古嚮導》「以提成邊事，譯權獻替；灌輸智識，溝通隔閡為原則」。內容有社論、論著、常識、一月來時事要聞、一月來蒙事紀要等。

在北平、綏遠、南京、日本東京等地的蒙古族青年學生組織也創辦的一些蒙古文刊物，主要有《綏遠旅平學會學刊》（1929 年）、《蒙古》（1929）、《祖國》（1929）《蒙古前途》（1933）、《寒圃》（1932 年）、《固陽》（1932 年）、《西北青年》（1932 年）、《綏遠青年》（1932 年）、《綏鋒月刊》（1933～1935 年間）、《新綏遠》（1935 年）、《東北蒙旗師範學校校刊》（蒙漢合璧，1930 年）、《漠聲》（蒙漢合璧，1935 年）等。

《綏遠旅平學會學刊》是綏遠旅平學會會刊，前身是 1919 年創辦的《綏遠旅平學會會刊》（月刊，16 開鉛印），1929 年起更名為《綏遠旅平學會半月刊》，第 2 卷起又更名《綏遠旅平學會學刊》，1936 年 11 月 7 卷 1 期起又改回《綏遠旅平學會會刊》（又名《綏遠》月刊）。綏遠旅平學會是在北京求學的綏遠青年學生的組織。初名綏遠旅京學會，以聯絡旅京綏遠青年學生感情為宗旨。該刊編印在北平，發行主要在綏遠。經費來源主要由政府撥款、募捐、

文藝演出籌款。當時政府和民眾都比較重視和支持。政府所撥經費多由傅作義主席簽批，所以經費不是很窘迫。[1]1937 年因時局緊張停刊。

《蒙古》由蒙古留平學生會主辦的不定期刊，1929 年創刊於北平，原名《蒙古留平學生會》，該刊蒙漢文合璧，16 開鉛印，蒙文書社承印。自第 2 期後更名《蒙古》，《蒙古》以「號召成吉思汗的子孫團結起來，反對帝國主義及大漢族主義的壓迫，復興蒙古民族「為宗旨，內容有論說、評論、文藝、新聞等。1934 年 1 月改為《蒙新月刊》（一說《新蒙古》），[2]1937 年終刊。

1929 年北平蒙藏學校[3]因任命雅林沛勒為校長而激起學潮。日本東京蒙古留日學生會為聲援北京蒙古族學生，於同年創辦《祖國》，該刊蒙漢合璧，反映了旅居日本的蒙古族同胞關心國內民族振興，反抗壓迫的熱情。

《蒙古前途》是南京蒙藏學校（附設在中央政治學校）主辦，蒙古前途月刊社出版，1933 年創刊，創辦人是綏遠籍學生陳紹武（超克巴圖爾）。該刊初為蒙古文，自第 10 期左右改為蒙漢合璧，鉛印（蒙古文為石印），16 開本，月刊，「本三民主義，以研究學術喚起蒙古民眾及探討蒙古實況，促進蒙古建設為宗旨」以「喚醒廣大蒙古兄弟，為振興民族而共同努力」為目標。《蒙古前途》設有論著、蒙事紀要、政論文、文藝、記述等。社內設理事會，下設編輯、出版、總務事組。陳獨秀曾負責校對，並建議該刊「應本著孫總理遺教，說話硬一點」。該刊主要刊登研究有關蒙古政治、軍事、文化、社會等問題的文章。經費來源主要是南京蒙古官員捐助、社內同學交納以及國民黨中央宣傳部補助，蒙古各盟聯合駐京辦事處、章嘉活佛駐京辦事處也固定給予補助。百靈廟蒙古地方自治政務委員會也資助過該刊。每期印數初為 500 份，後增至 1000 份。主要分送察綏各盟及南京、北平等地的蒙古族人士和蒙古族學生。後因經費不足，於 1936 年停刊。後復刊更名為《現代蒙古》。國家圖書館現藏有 1936 年出版的一期《蒙古前途》。其要目有《本刊二十五年之顧望》《復興蒙古民族與蒙古青年心理之改造》《現代青年應有的條件》《綏境各

1　見張麗萍：《內蒙古民國報刊史研究》，內蒙古大學出版社，2014 年版，第 78～79 頁。
2　見張麗萍：《內蒙古民國報刊史研究》，內蒙古大學出版社，2014 年版，第 80 頁。
3　北平蒙藏學校又稱「蒙藏學堂」。1913 年由北洋政府建立，校址在北京西單小石虎胡同，始稱蒙藏專科學校，為我國最早開辦的民族高等學校。上世紀 20 年代改為中等教育學校。新中國建立後在舊址開辦過中央民族學院附中。

盟旗設自治政委會》《對綏境蒙政會設立之意見》等。另該刊蒙古文部分常有漫畫刊載。[1]

（三）偽「滿洲國」等敵偽機構創辦的蒙古文報刊

偽「滿洲國」成立後，日本侵略者通過創辦蒙古文報刊鼓吹侵略政策、奴化蒙古族同胞。主要有《興安總署彙刊》《蒙古報》《蒙古新報》《蒙疆日報》和《蒙古週刊》等。

《興安總署彙刊》由偽「滿洲國」興安總署總務科主辦，1934 年出刊，福文盛印書局印刷。該刊蒙漢對照，旨在傳達政令、法規等。1934 年該署撤消成立蒙政部，此刊改爲《蒙政彙刊》。《蒙古報》約 1934 年由偽「滿洲國」興安總署創刊，月刊，蒙古文，社址新京（長春），以「努力進行蒙人的社會教育」爲宗旨。

《蒙古新報》1937 年 4 月創辦於長春（日人改爲新京），蒙古會館主辦。該刊蒙古文，對開 4 版，鉛印，週刊。蒙古會館是偽「滿洲國」當局支持設立的「滿洲國內全蒙古民族爲體現民族協和之大精神，痛感首先自身向上發展之必要所成立的文化促進機關」和「民族互相親善機構」，宗旨名爲「提高蒙古族的文化，使之正確認識其他民族」，實際上是爲其反動的民族思想作宣傳。《蒙疆日報》是德王蒙古聯盟自治政府機關報，日本顧問杉古善藏創辦，1937 年 10 月 16 日刊行，社址設在厚和（即呼和浩特），蒙古文。該刊鉛印 4 開 4 版，以「加強蒙日合作，共建大東亞共榮圈」爲宗旨。在日偽新聞統制下，因具體辦報人思想較爲進步，也出現了具有知識性和啓發性的蒙古文報刊，如青旗報社創辦的《青旗》和《大青旗》等報刊。

三、新疆地區少數民族報業的較大發展

新疆位於中國西北邊陲，面積 160 餘萬平方公里，是維吾爾、哈薩克、回、蒙古等 40 多個少數民族聚居區。新疆第一份報紙是 1910 年 3 月 25 日創刊的《伊犁白話報》，用漢、維、滿、蒙 4 種文字出版。[2]因新疆統治者楊增新（1912～1928）、金樹仁[3]（1928～1933）壓制文化事業，新疆新聞業發展始終

---

1 張麗萍《內蒙古民國報刊史研究》，內蒙古大學出版社，2014 年版，第 81～82 頁。
2 吐爾孫・艾拜：《中國維吾爾文報刊源流考》，《國際新聞界》，2011 年版。
3 金樹仁（1879～1941）新疆地方官僚。甘肅導河（今臨夏）人，字德庵，軍閥楊增新門生。1928 年在楊增新被殺後繼任新疆省政府主席。因重利盤剝新疆各族人民，引起全疆各地暴動。1932 年 5 月 2 日被國民黨政府免職、逮捕。1935 年 10 月特赦釋放。

較爲遲緩，僅出現了《新疆公報》《天山報》等官辦報刊，外省報刊也很少流入新疆。[1]自 1933 年起，盛世才[2]（1933～1944）統治新疆後，政局初步穩定，加之盛世才重視包括報刊在內的文化教育事業，新疆報業才獲得較大發展。

（一）金樹仁時期的《天山日報》

金樹仁是楊增新的門生。1928 年將楊增新刺殺後繼任新疆省政府主席。金樹仁仍取文化壓制政策，重利盤剝新疆各族人民，主政新疆期間，新疆報業的發展仍然遲緩。1929 年 3 月，金樹仁將《新疆公報》改稱《新疆省政府公報》，由新疆秘書處編印，數月出一期，每期一百多頁。1930 年 4 月 15 日[3]在新疆迪化（今烏魯木齊）創辦《天山日報》，魯倫（曾任督辦公署秘書、省臨時政府委員）任社長。[4]社址迪化市梟前街。《新疆公報》由楊增新於 1914 年 6 月開辦（有 1913 年，1915 年兩種說法），新疆省官報局發行，有漢、維文兩版，內容以「命令」、「公牘」「公電」爲主。[5]該刊出至 147 期便宣告停刊，取而代之的是《天山報》。《天山報》1918 年 8 月創刊，爲 4 開小報，不定期刊，實際是《新疆公報》的翻版，除轉載有限的、已過時的內地報刊文章外，其餘均爲官方文告。[6]

《天山日報》是金樹仁爲首的新疆省政府的機關報，也是新疆第一張全省性現代報紙。[7]《天山日報》爲漢文報，週六刊（週一無報），序號續《天山報》，期數累計，故《新疆公報》和《天山報》可謂《天山日報》的前身。該

1　夏晨茹、左紅衛：《新疆維吾爾文化促進會與新疆近代新聞傳播》，《新疆社科論壇》，2006 年版。

2　盛世才（1896～1970，一說 1892～1970），新疆地方軍閥。遼寧省開原縣人。漢族，字晉庸。1931 年赴新疆，歷任新疆省督署參謀長、新疆邊防督辦和省政府主席等職。曾一度接受中國共產黨入新疆工作，倡導「六大政策」。1942 年轉而監禁和殺害共產黨人和進步人士。在疆 11 年製造大批冤案，殘害各族人民達十餘萬人。1949年前夕去臺灣。著有《新疆，小卒還是軸兵》《盛世才十年回憶錄》《牧邊瑣憶》等。

3　方漢奇主編：《中國新聞事業編年史》（中）第 1132 頁稱該報創刊於 1929 年 4 月18 日。由劉光漢、潘樹基、任尚志任主筆。日出 4 開 4 版，週六刊。新聞紙鉛印，1931 年該報因紙張困難，改用白棉紙單面印刷，日出 2 版。1932 年恢復新聞紙印刷，擴張爲日出對開 4 版。1936 年 4 月更名爲《新疆日報》。

4　魏長洪、艾玲：《解放前的新疆報學史縱述》，《西域研究》，2005 年版。

5　吐爾孫‧艾拜：《中國維吾爾文報刊源流考》，《國際新聞界》，2011 年版。

6　夏晨茹、左紅衛：《新疆維吾爾文化促進會與新疆近代新聞傳播》，《新疆社科論壇》2006 年版。

7　白潤生：《中國少數民族新聞傳播通史》（上），中央民族大學出版社，2008 年版，第 321 頁。

報石棉紙鉛印，單面印刷，對開 2 版，各版均六欄。一版「要聞」、「本省新聞」、「外省新聞」等；二版副刊和廣告，續登「外省新聞」。《天山日報》設有專職記者採訪迪化市新聞，外地也設有通訊員，但記者素養較差，報紙上經常出現不交代時間、地點和事件的新聞稿。消息來源大部分來自內地報紙，也借助廣播收聽內地消息，但收音機效果較差，這使該報新聞時效性差，通常《天山日報》上的消息距事發時間要遲發一兩個月之久。當地新聞、本省新聞要晚半個月才能見報。版面編排也較混亂，「外省新聞」欄竟然出現國際新聞《德國輿論激烈》稿件等類似現象出現較多。該報新聞寫作上文字比較短小，尤其是「要聞」欄內所載新聞多則三四十字，少則十幾個字，如 1075期（1931 年 11 月 24 日）《於珍業已釋放》只有幾個字：「於珍已釋放回寓」。

金樹仁時期的《天山日報》以新疆報導為主，主要宣傳民國南京政府和金樹仁治理新疆的政績。「九一八」事變後該報宣傳抗日救亡，刊登《舉國一致共驅倭寇》（1931 年 11 月 21 日，1073 期）；《仇日歌》和馬懷衷的《抗日救國歌》（1931 年 11 月 27 日，1078 期）等揭露日寇侵華罪行和國內外的聲討活動的報導。

（二）盛世才前期在烏魯木齊出版的新聞報刊

1933 年 4 月 12 日，新疆迪化發生政變，金樹仁的統治被推翻，盛世才掌握了新疆的軍政大權。盛世才統治新疆長達 11 年。民國南京政府前期，盛世才為鞏固其統治地位提出反帝親蘇口號，後發展為包括民族平等、和平、建設、清廉等六大政策。盛世才重視新聞報業，懂得利用報刊宣傳其政績。在其主政新疆的前期（1933 年至 1937 年），盛世才 1933 年改組了《天山日報》，委任宮振瀚為社長，留日學生郎道衡為副社長。1935 年郎道衡接任社長。《天山日報》也改用老五號宋體印刷面目一新。1935 年 8 月，該報詳盡報導了蘇聯向新疆地方政府貸款 500 萬金盧布一事，並配發了社論。

1934 年 8 月 5 日，新疆維吾爾文化促進會（維文會）成立並在新疆各區縣成立分會，隸屬於同年 8 月 1 日由盛世才批准成立的新疆民族反帝聯合會。維文會以發展本民族固有文化為宗旨，初期以宣傳政府政策、反帝教育、發揚民族文化藝術和傳播科學知識為主要任務。[1]同年省維文總會在迪化出版玻璃版印刷的《新新疆》週報，薩吾頓·祖弄任社長，卡迪力·阿西木任總編，

1　夏晨茹、左紅衛：《新疆維吾爾文化促進會與新疆近代新聞傳播》，《新疆社科論壇》，2006 年版。

哈依達爾任副總編，1935 年 8 月 5 日在外力‧艾合買提的資助下改爲石印版，發行量爲 500 份。1935 年 12 月 10 日，《新新疆》改稱《新疆維吾爾報》，成爲省維文總會和省政府的機關報，發行量爲 2000 份，1936 年由蘇聯購來鉛字改爲鉛印。1936 年 4 月 12 日，《新疆維吾爾報》同《天山報》合併改名爲《新疆日報》[1]，曼蘇爾任副社長，阿玉普‧曼蘇爾任總編（一說宮振瀚、郎道衡分別擔任該報正副社長）。盛世才題寫過報名。《新疆日報》成爲「全國最早的少數民族文字省級報紙」[2]，該報連續出版至 1949 年新疆解放，是新疆出版時間最長的多語種報紙。

　　1936 年後的《新疆日報》，對開四版（俄文版爲 4 開 4 版，較之其他文種版面較小），編排技術有所改進，增添了幾種大號標題，新聞報導量擴大，並用新聞紙印刷。政府在迪化組建第一印刷廠專責承印《新疆日報》。該報除用漢文出版外，還用維吾爾文、哈薩克文、俄羅斯文出版，後又增蒙古文版。幾種文字版的內容大致相同。在伊犁、阿山（今阿勒泰）、塔城、阿克蘇、喀什、和田等地成立新疆日報分社，分別出版當地的《新疆日報》。各分社《新疆日報》文種不一，如伊犁分社出版維吾爾、哈薩克、漢文版；阿山出哈薩克和漢文版。其他分社則出維吾爾文和漢文版，共計 17 種之多，大多是隔日刊、三日刊、週刊。迪化總社與各地分社是行政領導關係，不向分社播發稿件。各分社獨立發稿，報導內容以當地新聞爲主。宣傳口徑與總社一致。該報發行量超過 10000 份，訂戶開始增多。少數民族作者（記者）隊伍明顯擴大，迪化乃至全疆的知識分子逐步凝聚在《新疆日報》周圍，報紙文藝版得到廣泛關注。

1　關於《新疆日報》的前身，有多種說法，一種說法是維文會創辦不久，即油印出版了第一份維吾爾文《新疆日報》，向維吾爾族群眾報導了盛世才等人的講話，使維吾爾族群眾第一次詳細地瞭解了盛世才的政治主張。1934 年年末又出版了維吾爾文《新疆》週刊。1935 年維文會與省政府合辦並鉛印出版《新疆維吾爾報》。不久，《新疆維吾爾報》同《天山日報》合併改名爲《新疆日報》。見夏晨茹、左紅衛：《新疆維吾爾文化促進會與新疆近代新聞傳播》，《新疆社科論壇》2006 年版。另一種法是 1934 年 8 月 5 日迪化市出版了一份維吾爾文《新新疆》週報，包括政治、經濟、文藝等方面內容，報紙像現今出版的《參考消息》。這是一張用塑印機打印的維吾爾文週刊。4 開 2 版。第 19 期開始石印出版。發行 500 份左右。1935 年 12 月 10 日改名爲《新疆維吾爾新聞》作爲當時新疆省政府和維吾爾文化促進會的機關報，鉛印出版，廣大讀者把它作爲獲取科學技術信息的重要窗口。期發量 2000 份。1936 年該報與漢文《天山報》合併。

2　白潤生：《中國少數民族新聞傳播通史》（上），中央民族大學出版社，2008 年版，第 323 頁。

全面抗戰爆發前，《新疆日報》社內有不少中共黨員，該報除重點宣傳盛世才的「六大政策」，報導新疆各族民眾反帝聯合會等活動外，還宣傳報導中國共產黨的抗日民族統一戰線及各項政策、方針，蘇聯社會主義建設成就及蔣介石等國民黨高層的演講和國內各族群眾的抗日鬥爭等，是新疆地區最大的宣傳機構，在傳播信息、鼓動抗戰、建設新疆等方面發揮了積極作用，為繁榮新疆文化，推動新疆地區民族新聞業的發展也做出了重要貢獻。

在迪化，除《新疆日報》外還有新疆反帝聯合會主辦的馬克思主義政治時事期刊《反帝戰線》。該刊 1935 年創刊於迪化，為維、漢文兩種文字的綜合理論性刊物。主編黃火青，編委會成員由王壽成、萬獻廷、錢綺天、王寶乾、傅希若、陳培生等共產黨員和杜重遠、沈雁冰、薩空了等進步人士及革命青年組成。該刊聲稱半月刊實為不定期，開本和頁數不等。初創時發行量為 4000 份，後增至 15000 份。售價不等。1940 年 1 月 3 卷第 4 期改為月刊，是新疆最早傳播馬列主義的刊物。盛世才公開反共後，大批共產黨員和進步人士被捕入獄，該刊於 1942 年 4 月停刊，共出漢文版 55 期，維吾爾文版 8 期。《反帝戰線》設有轉載、時評（國內外大事）、專論、學術研究（新哲學、政治經濟學）、蘇聯研究、特約講座、評述、文藝創作與理論、檢討與批評、地方特寫與通訊、漫畫特輯等欄目，還經常出版紀念特刊、專輯，如「蘇聯十月革命紀念」「七七抗戰週年」「五一」「魯迅先生逝世紀念」「高爾基逝世四週年紀念」等。

《反帝戰線》發刊詞宣告自己是「建設新疆過程中思想和理論的唯一正確領導者」。「打倒帝國主義必須要有銳利的武器，而最要緊的武器之一是思想武器，也就是反帝理論。」號召「建設新疆的先鋒隊——反帝會員，各族的知識分子、教授、作家、學生以及軍人，對反帝戰線的愛護，應該比愛護你們最寶貴的眼珠還要加重的愛護她，並且指導她，使她能夠擔負起領導思想和領導鬥爭的偉大使命。」該刊主要內容是通過專欄和特刊、專輯，用馬列主義精神宣傳解釋六大政策（反帝、親蘇、民族平等、清廉、和平、建設），宣傳抗日救亡運動和黨的方針政策，介紹蘇聯社會主義革命經驗和建設成就，揭露帝國主義本質，介紹抗日根據地情況，報導新疆各族人民反帝聯合會的領導進行獻寶、募捐寒衣支持抗日戰爭的事蹟和經濟建設事業的發展。所刊載的《辯證法的運用》《毛澤東與合眾社記者的談話》《馬克思主義——列寧主義關於戰爭形式的學說基礎》《新民主主義論》等文章在讀者中產生很

大影響。還刊登文藝理論方面的文章，指導文藝創作，介紹抗戰文藝和魯迅思想、促進新疆的抗日救國新文化啓蒙運動和現代革命文藝的發展。比較重要文章有《通俗化、大眾化與中國化》《六大政策下的新變化》及《演出了〈新新疆萬歲〉以後》等。同時配合刊物內容和當前形勢，刊登木刻、漫畫、連環畫，雅俗共賞，尤其受到美術愛好者和識字較少讀者的歡迎。中蘇友協新疆分會把它作爲交換刊物向蘇聯贈送，促進了中蘇文化交流。

（三）盛世才前期新疆其他地區出版的新聞報刊

在盛世才統治前期的新疆，迪化以外的阿勒泰、喀什、阿克蘇、塔城等地區也出現了一些少數民族報刊。

阿勒泰地區有《新疆阿勒泰》（哈薩克文版）。《新疆阿勒泰》1935 年 12 月 27 日創刊，是我國最早的哈薩克文報刊，在我國少數民族文字報刊史上具有特殊意義。該報主要反映少數民族同胞爭取民主與社會進步的要求，聲援和支持中國共產黨領導的抗日戰爭及抗日救亡活動。該報 1945 年易名爲《自由阿勒泰》。

喀什地區有《自由生活報》《新生活報》《喀什新疆日報》等報刊。《自由生活報》1933 年 6 月創刊，前身是《喀什日報》。據《喀什文史資料》載，從 1933 年起喀什地區先後出現了幾家爲土耳其主義和軍閥割據勢力效勞的報刊。這些報刊一出籠就遭到各族人民的唾棄，隨著分裂主義和割據勢力的倒臺而銷聲匿跡。出版《自由生活報》的目的是爲了改變維吾爾文化落後的狀況。由於喀什當地印刷技術落後、印刷技工短缺，報社雇傭隨瑞典傳教團來到喀什的印刷技工。該報最初爲一版，後改爲兩版發行，發行量很有限，出版後不久停刊。《新生活報》1934 年 8 月 23 日出版。1934 年 8 月初，南疆戰亂結束。控制喀什政局的麻木提師長支持發展喀什報業。盛世才遂下令封閉瑞典基督教行道會駐喀什代辦處，並將印刷設備交付報社使用。該報先後得到喀什地區教育局和地區維吾爾文化促進會的資助。《喀什新疆日報》（《新疆日報》喀什版）1937 年創刊。1935 年 3 月，盛世才派人接管《新生活報》。1937 年以新生活報社爲基礎建立了新疆日報喀什分社，由李泰玉任社長，出版《喀什新疆日報》。該報一方面揭露政府官員的奢侈生活，另一方面倡導人民脫離封建迷信，學習新文化，響應自由、平等的口號，團結起來反對壓迫者。報紙的發行量日益增加，二戰期間一度增加到一萬多份。

　　阿克蘇地區有《阿克蘇信息報》。該報 1934 年由達尼西・達毛拉・哈納緋創辦，塑印機打印出版，4 開小報，期發量爲 100 份，一直出版到 1936 年。達尼西・達毛拉・哈納緋被盛世才逮捕，塑印機被沒收，報紙被迫停刊。不久，哈吉・亞合甫等一些知識分子秘密創立新筆信息團，秘密出版《阿克蘇信息報》，初爲手寫 8 開 2 版，每週發行一次約 50 份。後從烏魯木齊購得塑印機，每週發行兩次，總數 100 份左右。1937 年新筆信息團停止活動，哈吉・亞合甫到烏魯木齊學習，該報停刊。

　　塔城地區有《我們的語音報》[1]、大版面的《新疆日報》、《伊犁河報》等報刊。《我們的語音報》1930 年出版，尼亞孜・薩克創辦，該報爲維吾爾文版，也刊登哈薩克文、塔塔爾文的文章。初爲 2 版後改爲 8 開 4 版，石板印刷。因塔城民族眾多，採用塔城穆斯林都能看懂的「普通話」。大版面的《新疆日報》於 1937 年用維吾爾文、漢文兩種文字出版，維吾爾文版的文章多從漢文版翻譯過來。翻譯工作由阿布都拉・紮克諾夫等負責。後來該報蒙古文版也以塑印機打印出版，每週一打印出版一次。《伊犁河報》，創刊時間及負責人等信息不詳，該報後改名爲《伊犁新疆報》，被稱爲哈薩克族新聞事業起步的兩隻翅膀。

四、回族、藏族報刊的概況

　　回族報刊目前在國內僅發行三種，其中兩種在民國南京政府前期出版，分別爲《廣西回教》和《月華》，一種在全面抗戰期間出版，爲《回教月刊》。該刊 1941 年在內蒙古厚和（今呼和浩特）創刊，西北回教聯合會主辦。此外，在本時期，海外回族—東幹族創辦了本民族歷史上第一份報紙：《東方火星報》，印度出版了藏文報刊《各地新聞明鑒》。

　　《廣西回教》1934 年 10 月創刊於廣西南寧，以報導廣西各地回教徒活動情況。《月華》旬刊 1929 年 10 月（一說 11 月 5 日）由馬雲亭在北京創刊，[2]刊

1　《我們的語音報》也可譯作《我們之聲》，創刊時間說法不一。
2　《月華》（北京）以「啓發西北回族知識」爲宗旨設有史乘、經典、回民教育、教務、國內回民概況等欄目。由孫幼銘人第一任主編。孫幼銘，原名孫曜，字幼銘、卣銘。生於 1890 年（同治十六年）。1938 年（民國二十七年）因積勞成疾而歸眞，遺稿有《幼銘日記》及其報刊文字資料。他是一位德高望重刻苦治學，對伊斯蘭教育及其文化建設有重要貢獻的人。《月華》抗戰期間，積極宣傳抗戰，號召教民愛國愛教。1937 年（民國二十六年）因抗戰停刊，後多次復刊。共出 8 卷 418 期，有 8、20、16 多種開本。該刊歷時 19 年，遠銷國內外十幾個國家，成爲當時影響最大、歷時最長的回族報刊。

名取「明月光華，普照大地」之意，由中國回民救國協會和成達師範學校共同創辦，月華報社編輯、出版、發行。《月刊》設有論壇、回教聖訓、海外鱗爪，回教世界消息、教義、轉載、新書介紹、文章、通訊、詩歌等。內容豐富多彩，均與伊斯蘭教及回民生活、教育有關。《月華》是中華郵政特准掛號立券的伊斯蘭報刊。該刊 1938 年 12 月 7 日到 1942 年底在桂林出版，1946 年初在重慶出版，後遷北京，1948 年 6 月終刊。發行量最大時為 5000 份，讀者遍及海內外，影響之大為眾多回族報刊之首。

《東方火星報》是海外回族——東幹族歷史上第一份報紙，1932 年 3 月 6 日創刊。東幹族是 120 多年前陝甘回民起義失敗後遷居中亞的回族華人後裔，主要分布在中亞的哈薩克斯坦、吉爾吉斯斯坦和烏茲別克斯坦三國。《東方火星報》是隨著以拉丁字母為基礎的東幹文字的創製而出現的，並隨著東幹文字的變革而發展。以亞瑟兒・十娃子為代表的年輕作家紛紛在《東方火星報》發表文章，推動了東幹書面文學的產生和民族文化的傳承。《東方火星報》，1965 年改名為《十月的旗》，1986 年改為《蘇聯回族報》，1991 年蘇聯解體後又改名《回族報：陝西回民的報》，並沿用至今。[1]

《各地新聞明鑒》是綜合性藏文報刊，約於 1924 年[2]在印度噶倫堡創刊，月刊[3]，石印，4 開 8 版，報紙刊號為 1386。該報第一版上端中央為火焰寶圖；左角為太極法輪；右角為珍寶雲水圖；火焰寶下為十字金剛杵圖；邊框為望不斷花邊。主要欄目有新聞、諺語、文學、廣告、圖畫等。新聞主要登載印度、西藏、昌都、內地、錫金和其他國家和地區的新聞，該報對康藏戰爭、達賴喇嘛代表到京等有較詳細的報導；諺語欄目以傳統民間諺語為主；文學欄目裏主要刊登詩詞、散文等文學作品；廣告欄目中的商品有羊毛、工業產品、藏文圖書等。該報曾刊載一篇《中國軍隊長官馮玉祥》報導稱：「馮玉祥信仰耶穌教，其軍隊亦跟隨其後，他和軍隊讚美耶穌和祈禱，並在軍隊行進時還要唱歌，歌詞是：耶穌之軍隊，奔赴戰場時，耶穌走在前，軍隊跟其後，吾之耶穌將戰勝一切敵人。看吧，他走在我們前面。」從該報記者與中國政府使臣夫人訪談錄得知，此報在西藏銷售不到 100 份。主要讀者對象為印度、尼泊爾的西藏商人和西藏上層人士。終刊時間不詳。

1　王國傑：《論東幹學與中國回族學》，《中央民族大學學報》，2000 年版。

2　這是從 1930 年（民國十九年）6 月 27 日出版的一份報紙上刊出的藏文藏頭詩中推斷而來的。

3　據報中「每月一份，年十二份，連郵費價格每份二元」等語得知為月刊。

第二節 民國南京政府前期的軍隊新聞業

民國南京政府前期的軍隊新聞業主要由國民黨軍隊新聞業和共產黨領導中國工農紅軍的新聞報業組成。國民黨軍隊新聞業以《掃蕩報》為龍頭，它得到了國家政權的支持，進入了門類齊全的發展軌道，陸軍、海軍、空軍及軍隊院校，都出版報刊，呈現出多樣化的發展態勢，同時也廣泛利用電影、通訊、廣播做政治宣傳。中國工農紅軍高度重視新聞宣傳工作，把辦報與讀報列入軍隊政治工作。在開展武裝起義、創建、捍衛革命根據地以及萬里長征中，中國工農紅軍創辦了《紅旗日報》《紅軍報》《紅星畫報》《政治消息》《紅色戰場》《戰士的話》《戰士報》等大批報刊，為世界軍隊新聞業走出了一條極具中國特色的發展之路。

一、國民黨軍隊新聞業的發展

國民黨軍隊新聞業由軍隊報業、軍隊通訊、軍隊廣播及電影等組成。軍隊報業可追溯到 1925 年初，國民黨先後創辦了《中國軍人》、《軍人日報》等約 30 家軍報。[1]民國南京政府前期，國民黨軍雖實行了統一番號，實際卻由蔣介石集團的中央軍與閻錫山、馮玉祥、李宗仁等地方實力派的地方軍組成，各軍首領對軍隊政治工作的重視程度不一，由是形成了國民黨中央軍《掃蕩報》為龍頭，陸軍部隊報刊為主體，其他軍種部隊報刊、地方軍報刊為補充的複雜軍報體系，使這一時期國民黨軍報呈現多樣化發展態勢。

（一）國民黨軍報的龍頭：《掃蕩報》

《掃蕩報》初名是《掃蕩三日刊》，該刊由南昌行營政訓處處長賀衷寒秉承蔣介石旨意於 1931 年 5 月在南昌創辦，約 32 開本，軍內政工系統發行。賀衷寒確定報名的寓義是「掃除匪賊，蕩平匪巢」，確定的宗旨是鼓舞士氣，掃蕩「共匪」，教育官兵「認識政治及為何作戰的道理，以加強其戰鬥意識與信心，同時也在陣地民間散發，宣傳民眾、訓導民眾、組織民眾」，使之助戰，「配合其他人力與工具，滲進敵人的陣營中，以揭發其罪惡，瓦解其士氣。」[2]初創時每期印行數千份，另出理論性的《掃蕩旬刊》（宣傳科編撰股編輯）和藝術性的《掃蕩畫報》（宣傳科藝術股編輯）。

---

1 丁淦林編：《中國新聞事業史》，武漢大學出版社，1990 年版，第 221～222 頁。
2 袁守謙：《掃蕩二十年卷首語》，中華文化基金會：《掃蕩報二十年——掃蕩報的歷史記錄》，1978 年版，第 1～2 頁。

　　1932 年 6 月 23 日，《掃蕩三日刊》改組爲《掃蕩日報》，社長由「湘鄂贛三省剿匪總司令部」政訓處負責人劉詠堯兼任，設編輯部、經理部、人事室、會計室及印刷廠，劉任秋、彭可健任編輯。社址在南昌磨子巷。該報日出對開一大張，軍內發行（一說不在限於軍內發行），經費在政訓處節餘項下開支。1933 年 2 月 13 日（一說 1 月 13 日）《掃蕩日報》曾有短期的「奉令停刊，整頓業務」，[1]3 月 29 日復刊，改出 4 開一小張；1934 年 1 月增爲 4 開兩小張。《掃蕩日報》新購成套設備，紙張較爲潔白，版面編排醒目，力求新穎美觀，注重刊載廣告和報紙發行，印刷水平在同地出版的《江西日報》《國民日報》之上。該報以美化編印、標題恰切、清除錯字、出報早、價格廉等方式招攬讀者顧客。一年之內，發行量由 0.9 萬多份增至在江西報界看來了不起的 3.5 萬多份。[2]另行出版《掃蕩旬刊》（54 期），《掃蕩畫報》（25 期），編印《掃蕩叢書》（13 種）。1935 年 2 月，國民政府軍事委員會南昌行營撤銷，《掃蕩日報》停刊。

　　《掃蕩日報》遵循蔣介石意志，以激勵士氣「剿匪」，闡揚三民主義，有很強的法西斯主義色彩。該報率先宣傳蔣介石提出的「攘外必先安內，抗日必先剿匪」的政策，[3]提出並宣傳了五項「一個」的政治主張：「一個主義——三民主義，一個黨——中國國民黨，一個政府——國民政府，一個軍隊——國民革命軍，一個領袖——蔣委員長。」[4]還積極響應政府倡導的新生活運動及國民經濟建設運動。《掃蕩日報》報導國內外新聞，戰訊軍情迅速，社論文詞犀利。副刊《戰旗》宣稱「戰旗所到的地方，也就是火力最猛的地方，我們不退縮，不投降，決心戰鬥。……我們要插穩我們的戰旗！」[5]對於江西省政缺點也斟酌實情，偶而刊出，扼要評論，提出建議，以供參考。該報攻擊官僚政客，將新月派、村治派視爲共產黨，[6]曾罵倒了北伐時一度附和軍閥孫

1　戴豐：《掃蕩報小史》，載李瞻主編《中國新聞史》，臺灣學生書局，1979 年版，第422 頁。

2　劉詠堯：《我創辦掃蕩日報的回憶》，中華文化基金會：《掃蕩報二十年——掃蕩報的歷史記錄》，1978 年版，第 57 頁。

3　鄧文儀：《掃蕩報的建設及其貢獻》，中華文化基金會：《掃蕩報二十年——掃蕩報的歷史記錄》，1978 年版，第 23 頁。

4　鄧文儀：《掃蕩報的建設及其貢獻》，中華文化基金會：《掃蕩報二十年——掃蕩報的歷史記錄》，1978 年版，第 23 頁。

5　彭可健：《二、南昌——一個戰鬥報紙的誕生》，中華文化基金會：《掃蕩報二十年——掃蕩報的歷史記錄》，1978 年版，第 76 頁。

6　彭可健：《二、南昌——一個戰鬥報紙的誕生》，中華文化基金會：《掃蕩報二十年——掃蕩報的歷史記錄》，1978 年版，第 77 頁。

傳芳的姜某所辦的《助民報》。

　　1935 年 5 月 1 日，《掃蕩日報》隨「剿匪」行營遷移到漢口民生路江河街下段 102 號重新安置，並改名《掃蕩報》，隸屬蔣介石任總司令的鄂豫皖三省剿匪總司令部。社務重新由賀衷寒指揮，袁守謙、劉翔鳳、丁文安歷任社長，總編輯陳友生，全社約 20 人。初由陳友生、丁文安撰寫社論，政訓處改為政訓部後約半年，又增畢修勻、吳克剛、羅聞喜、卜紹周輪流寫社論，畢修勻兼總主筆。社址在漢口市民生路河街口。程仲文等 5 人奉丁文安指派到師承天津《大公報》的漢口《大光報》編輯部上夜班，進行為期一周的版面編排技術學習。1935 年 10 月 10 日，由日出對開 8 版增為 12 版。第一版是報頭和廣告，第二版是社論，第三、四版是國內新聞和國際新聞，第五、六版是教育體育新聞，第七版是各地通訊，第八版是副刊《野營》，第九版是武漢新聞，第十版是社會新聞，第十一版是經濟交通新聞，第十二版是副刊《瞭望哨》。面向社會發行。每週另出畫報。

　　武漢報館集中、競爭激烈，1935 年左右的政治氣候為抗日輿論所主導。為適應這一環境，《掃蕩報》實行賀衷寒提出的「以報養報」方針，[1] 以商業報紙理念經營軍報，獲得成功，使該報大部分開支依靠廣告收入，擺脫了津貼依賴。一是報導領域由政治、軍事領域擴展到政、經、文化、教育、體育等領域，軍事新聞常有獨家報導。1936 年春，該報在日本「二二六」政變發生後 3 個小時就印發號外引起讀者重視。報紙也由對開 4 版先後擴為對開兩大張 8 版，3 大張 12 版，並附出《戰鬥畫刊》；二是更新設備，改進編排、發行等業務，發起讀報運動、組織讀報會。1935 年 5 月 14 日至 20 日發起讀報運動，組織讀報會。該報初期使用平板印刷機，晝夜不停印報也僅能印萬餘份。半年後改用 1.2 萬元購買的上海明晶機器廠產的套色輪轉印報機，每小時可印對開報萬餘份。此外還購置電氣鑄字爐、製紙版機、壓紙板機、無線電臺、柴油發電機等設備。除了對於造紙廠有興辦計劃外，其餘凡生產報紙所需的印製、通訊設備，均已初具規模。[2] 同年 10 月擴充篇幅，銷量繼續增長。發行方面提出漢口的直接訂戶限上午十時送到，武昌的限十時半送到。創刊一個月後的發行量，由不足千份突破 5000 份。部隊的軍、師、旅、團長對於《掃蕩報》，「不僅以先睹為快，而且於訓話時，莫不取材於本報，尤其在社論方

1　萬枚子：《憶國民黨軍委會〈掃蕩報〉的變遷》，《湖北文史》，2008 年第 1 輯。

2　丁文安：《三、武漢之一——在武漢保衛戰中》，中華文化基金會：《掃蕩報二十年——掃蕩報的歷史記錄》，1978 年版，第 82～83 頁。

面。」[1]三是《掃蕩報》面對日本的威脅，屹立不屈，積極宣傳抗日救亡，獲得讀者讚譽，報紙銷數增至兩萬份以上。[2]1936 年底，《掃蕩報》在編排、印刷、內容等方面均列武漢及湖北報界前列。街頭報販子叫賣報紙的次序為之變換，由原來的「大光、武漢、掃蕩」，改變為「掃蕩、大光、武漢」。廣告收入非常可觀，合印刷營業所得，盡可自給自足。[3]

《掃蕩報》在宣傳上「報導復興中國革命與復興中華民族的行動方針與目標」，堅持反共立場與「化敵為友」編輯方針，[4]鼓吹擁護領袖和政府，繼續宣傳「剿匪」建國，妖魔化報導中國共產黨及革命根據地的活動。社論、專論和新聞、副刊文字「都以復興革命運動及復興民族運動為主要題材」。1936年 12 月西安事變發生，何應欽組織討逆軍。《掃蕩報》主張討伐，斥責中共。

《掃蕩報》也意圖引領社會風氣變革，號召全國軍民在蔣介石領導下一致奮起，以武漢三鎮為中心，革命革心，變政變俗；要求徹底改變武漢社會嫖、賭、抽鴉片煙的「三多」腐化風氣；厲行整飭軍紀吏治，懲治腐敗，嚴格各級軍官須與士兵共同生活等。《掃蕩報》的言論及新聞，產生了權威性的效力。數月內，武漢的社會風氣、政治紀綱與軍隊紀律有了很大改觀。蔣介石每日要看《掃蕩報》，「地方官吏多求表現，希望筆下留情。」[5]

《掃蕩報》儘管有數度變遷，其宗旨也略有變化，其本質卻始終未變，即始終是蔣介石的忠實喉舌，完全聽從蔣介石的旨意，按照蔣介石確定的「敵人」，一邊整合軍隊乃至社會意志，一邊大肆攻擊之。從蔣介石把中共貼上「共匪」、「匪寇」的政治標籤，到「攘外必先安內」政策的出臺和實施，及 1935年後對日態度的轉變中，該報均充當了宣傳的急先鋒。

（二）國民黨軍隊報業的多樣化發展

國民黨軍隊擁有統一番號，名義上歸屬國民政府軍事委員會領導，有陸軍、海軍、空軍等軍種及培養軍隊幹部的軍事院校組成。但民國時期的蔣介

1　聞汝賢：《漢口掃蕩報點滴》，中華文化基金會：《掃蕩報二十年——掃蕩報的歷史記錄》，1978 年版，第 158 頁。
2　《掃蕩報二十年之大事記略》，中華文化基金會：《掃蕩報二十年——掃蕩報的歷史記錄》，1978 年版，第 405 頁。
3　《掃蕩二十年》，中華文化基金會，1978 年版，第 79 頁。
4　萬枚子：《憶國民黨軍委會〈掃蕩報〉的變遷》，《湖北文史》，2008 年第 1 輯。
5　聞汝賢：《漢口掃蕩報點滴》，中華文化基金會：《掃蕩報二十年——掃蕩報的歷史記錄》，1978 年版，第 158 頁。

石始終沒有實際上統一軍權。中原大戰前，軍權由蔣介石、閻錫山、馮玉祥、李宗仁、白崇禧等軍事首領分別掌控，中原大戰後，形成了以蔣介石中央軍一家獨大，地方軍尾大不掉的軍權格局。國民黨傚仿蘇俄在軍中設立政訓處等機構，以軍隊報刊等形式加強軍隊政治工作，但各軍首領對軍隊政治工作的重視程度不一，由是形成了這一時期國民黨軍報不均衡、多門類、多樣化的發展態勢。

1、國民政府軍事委員會等軍隊最高領導機關出版的軍隊報刊

國民政府軍事委員會是國民黨軍隊的最高領導機關。蔣介石任委員長。曾於 1928 年 11 月被撤銷，1932 年 3 月又恢復。軍委會設辦公廳和第一、二、三廳，轄參謀本部、訓練總監部、軍事參議院、航空委員會、軍事長官懲戒委員會、資源委員會、禁煙總會、審計廳、銓敘廳、調查統計局和政訓、防空、軍法和中央軍事學校畢業（員）生調查等處。1930 年始設軍委會委員長行營。這一時期的國民政府軍委會及下屬單位、委員長行營、國民黨軍總部等機關，先後出版了十餘種報刊。主要的如：《國民革命軍日報》由國民政府軍委會主辦，1928 年創辦於南京，總編輯俞育之。《軍事雜誌》由軍委會軍事雜誌社主辦，1928 年創辦於南京。《政治週刊》由軍委會北平分會政訓處主辦，1934 年 7 月創刊於北平。《政治訓練旬刊》由國民黨軍訓練總監部政訓處主辦，1929 年創辦於南京。《中國日報》由海陸空軍總司令部政訓處主辦，1932 年 1 月 20 日創刊於南京，該報由海陸空軍總司令部政訓處接到蔣介石手令後創辦，對開 8 版。政訓處「剿匪」宣傳大隊第一大隊長康澤兼任社長，聘張容公、徐烺亭分任主筆和總編輯。《掃蕩三日刊》由國民政府軍委會委員長行營主辦，1931 年 5 月創刊於南昌。《政務週刊》由鄂豫皖三省剿匪總司令部主辦，1933 年 1 月在漢口創刊。《軍政旬刊》由國民政府軍委會委員長南昌行營第二廳主辦，1933 年 10 月創刊於南昌。《軍事週報》由軍委會委員長行營主辦，1935 年創辦於武昌。《政訓半月刊》由軍委會委員長行營參謀團政訓處主辦，1935 年 8 月創刊於成都。

2、國民黨陸軍部隊大量出版報刊

陸軍是國民黨軍隊的主要軍種及部隊構成的主體。國民黨陸軍軍制是集團軍、軍、師、旅等，後重定了陸軍軍制，將戰略單位等級由軍改為師，師以下設旅、團。包括低層級和非主力等在內的各層次陸軍部隊報刊積極性有明顯提高，使國民陸軍部隊的報刊在數量上明顯佔據絕對優勢。

　　集團軍層面的報刊主要有：第一方面軍政訓處在廣西南寧的《護黨救國句刊》（1931 年）、第 4 集團軍總司令部政訓處在廣西南寧創辦的《政訓句刊》（1933 年 4 月，鉛印）、第 4 集團軍總政訓處在南寧創辦的《創刊月刊》（1934 年 8 月）、第四路軍（總司令余漢謀）在廣州創刊的《民族日報》（1937 年 1 月 1 日）、第四路軍總指揮部創辦的《四路軍日報》、第五路軍總政訓處在廣西南寧創辦的《創進》半月刊（1933 年）。

　　軍級單位層面的報刊主要：第 7 軍的《柳州日報》，由第 7 軍政訓處與廣西柳州縣 1936 年 1 月合作創辦，4 開 4 版，柳州縣縣長楊盟兼任社長，第 7 軍政訓處長胡學林兼任總編輯，第 7 軍和柳州縣政府支付經費，社址設在福建會館。第 21 軍的《政務月刊》（1932 年 8 月）、《革命軍人》（1933 年 2 月）《我們的吶喊》（1934 年）等軍報。《政務月刊》由第 21 軍政務處在重慶創辦，《革命軍人》由該軍特別黨部創辦，《我們的吶喊》由該軍特務委員會創辦。第 28 軍有《上游》。該報在成都創辦，其他信息不詳。第 29 軍有《政治》旬刊、《引導》旬刊，都由該軍政治部創辦。《政治》在成都創辦，《引導》在中壩創辦。此外，第 38 軍有《三民畫報休旬刊》（雲南）。第 30 軍有《軍聲報》（湖北麻城，8 開 4 版）。湖南贛粵湘鄂剿匪軍西路第三縱隊司令部有《剿匪三日刊》。滇黔綏靖主任公署政訓處有《兵友週報》（1936 年），等。

　　師與地方部隊層面的報刊主要有：第 10 師司令部的《力行》月刊、第 15 師的半月刊《軍人新世界》（廣州）、第 42 師的《四二導報》（1931，週報）、第 86 師的《上郡日報》（1931 年）、第 138 師的《戍康週刊》（1937 年）、川康邊區屯殖司令部的《屯殖週刊》（1931 年，4 開 4 版）、陝西安康綏靖軍司令部撥款創辦的《民知時報》、廣西民團總指揮部政訓處的《民團月刊》（1931 年）、廣西民團幹部學校政訓處的《民團週刊》（南寧，1935 年）、第 24 軍 138 師 402 旅的《戍聲週報》（1936 年）等。其中《四二導報》在陝西大荔出版，該報 4 開 4 版，初為油印，後改石印，主編陳伯謀。《上郡日報》由第 86 師師長井岳秀在陝西榆林創辦，1931 年 10 月創刊。該報 4 開 4 版，全國發行，師總參謀景岩徵、軍需處長王卓如先後兼任社長，1936 年春改名《陝北日報》，由國民黨榆林縣黨部接辦。《民知時報》於 1934 年 1 月 23 日創刊，安康綏靖軍司令張飛生的秘書、少校宣傳隊長閔繼騫兼任社長，該報 4 開 2 版，石印，週刊。《戍聲週報》是第 24 軍 138 師 402 旅（後改 408 旅）的軍報，1936 年 10 月創刊於四川裏塘（一說在康定創刊，1937 年遷至裏塘）。旅長曾言樞為

發行人，旅部政訓人員賀覺非、徐耕篘編輯。該報 16 開，油印，每期印 200 份，發至本旅基層部隊及康南、康北各縣。《戍聲週報》旨在奉行主義，服從領袖，利濟友情，設「簡論」「特載」「專著」「文電」「譯述」「西康風志」「地方通訊」「一周消息」「塞外吟壇」「雜錄」等欄目，每週附有小說、傳說、故事等形式的藏文文稿，出版週年特大號、慶祝西康省政府成立等特刊。報導軍事政治動態，介紹康南地區的社會組織、時政、歷史沿革、宗教、文化、經濟、農牧生產、風俗習慣、風景名勝等。1940 年 8 月出版至 198 期停刊，1941 年秋又出版了 15 期《戍聲通訊稿》。[1]

國民黨非蔣系的地方軍隊的報刊主要有：楊虎城第 17 路軍總指揮的《軍事週刊》[2]（1931 年 7 月 4 日，西安）。蔡挺鍇第 19 路軍的《國光日報》（1933 年 1 月 28 日，福州）、《挺進》雜誌（1933 年 5 月 15 日，漳州，蔡挺鍇撰寫發刊詞）以及在福建事變期間接收國民黨福建省黨部的《民國日報》而出版的《人民日報》（1933 年 11 月 23 日）和《人民晚報》（1933 年 11 月 20 日）。張學良統領的東北軍 1935 年 9 月後被調至陝西後，在西安出版了《西北響導》（1936 年 3 月，叢德滋主編）、《西京民報》、《活路》和《東望》等雜誌。

3、國民黨其他軍種及軍隊院校出版的報刊

國民黨也建立了海軍、空軍、炮兵，但力量遠遜於陸軍。海軍、空軍也創辦了許多報刊。這一時期的國民黨也創辦了許多軍事學校，為國民黨軍隊培養軍隊幹部，為了教學等需要，這些軍事院校也創辦了一些報刊。

國民黨海軍報刊有：《革命的海軍》（中國國民黨海軍特別黨部）、《桅燈月刊》（第 1 集團軍艦隊司令部）、《海軍雜誌》（海軍部海軍編譯處，南京，1929 年[3]）等，國民黨空軍報刊有：《空軍》週刊（總編輯凌鄂蓀，南京）、《空軍》半月刊、《革命空軍》、《防空雜誌》季刊（軍事委員會防空委員會，南京，1935 年 9 月）、《炮兵雜誌》（南京炮兵雜誌社，南京，1935 年 5 月）、《騎兵雜誌》、《技術軍人》、《軍工先聲》、《兵工雜誌》（國民政府軍需部兵工署，南京，1929 年 7 月 15 日）等。其中《空軍》雜誌圍繞空軍建設問題，刊載《空

---

1 周曉晴：《三四十年代西康地區期刊（藏族部分）之述略》，《西南民族學院學報》（哲學社會科學版），2000 年版。

2 王檜林、朱漢國：《中國報刊辭典（1815～1949）》，書海出版社，1992 年版，第 205 頁。

3 王檜林、朱漢國：《中國報刊辭典（1815～1949）》，書海出版社，1992 年版，第 341 頁。

軍與邊疆》（徐鶴林）、《中國空軍之軍的精神》（蔣堅忍）、《建設空軍的三大原則》（蔣堅忍）、《中國空軍往哪裏去》（陳嚴森）、《中國建設空軍芻議》（王偉）、《此時此地，建設中國空軍且莫忘了精神條件》（周至柔）、《建設完整空軍之面面觀》（鄧德積）等文章，開展學術討論。

　　國民黨軍事院校主要由中央軍事政治學校、中央陸軍軍官學校等。中央陸軍軍官學校的前身是廣州黃埔中央軍事政治學校，該校 1927 年遷至南京，1928 年春改爲現名，同年 3 月 6 日開學。中央陸軍軍官學校在武漢等地創辦分校區，主校區、分校區都先後創辦了軍隊報刊。中央陸軍軍官學校（南京）有《黨軍日報》、《黨軍週刊》（該校政治部，1928 年 4 月 20 日創刊，後改名《黨軍半月刊》）、《黨軍月刊》（《黃埔月刊》前身）、《政治特刊》、《革命與戰鬥週刊》、《黃埔》（該校政治訓練處 1930 年 6 月創辦）。中央軍校武漢分校特別黨部的《江浦潮日報》（1930 年 10 月），中央軍事政治學校第一分校的《當頭棒》週刊（1932 年 5 月 8 日）、《軍校週刊》（1933 年 5 月），中央陸軍軍官學校特別訓練班（南京）的《明恥》（1934 年，月刊，3 日刊），中央陸軍軍官學校成都分校《黨軍導報》（約 1936 年 1 月）等。

　　其中《黨軍日報》由中央陸軍軍官學校政治部於 1928 年 4 月 17 日在南京創刊，對開 4 版。該報初名《黨軍日刊》，出版一月改本名，[1] 于右任題寫報名。創刊號報名之下標注「第一號（非賣品）中華民國十七年四月十七日出版，中央陸軍軍官學校政治部黨軍日刊社」，有校政治部主任周佛海的《青年同志的責任和本校學生的使命——代黨軍日刊發刊詞》等文章。黨軍日報社編輯由校政治部下屬的編輯部專人充任，設欄目「社論」「校聞」「國內新聞」「國際新聞」「軍事閒話」「政治問答欄」等和《黨軍副刊》。1928 年 11 月至1933 年，爲擴大副刊範圍曾改出對開 6 版。抗戰爆發後，該報 1939 年 1 月 1日在四川成都復刊，1945 年 7 月 9 日北伐誓師紀念日奉命改名《黃埔日報》。

（三）國民黨軍隊對電影、通訊、廣播的利用

　　國民黨軍隊重視電影、通訊社、廣播電臺的政治宣傳作用。早在 1925 年，蔣介石任社長的黃埔軍校軍人藝術團體血花劇社就有電影科，該科曾嘗試性以蔣介石爲對象拍攝電影，北伐戰爭期間，血花劇社電影科附設於北伐軍總政治部，攜帶自製的幾套影片隨軍出發，經粵、湘、贛等省進至南京，途中

1　何江：《黃埔軍校南京時期軍校報刊史料考證》，
　　http：//www.huangpu.org.cn/hpyj/201704/t20170427_11755078.html。

放映電影，宣傳三民主義，以與軍民同娛，所得成效顯著。北伐戰爭爆發後，黃英被任命為北伐軍總政治部攝影組組長，他隨軍拍攝了北伐戰爭大型文獻紀錄片《蔣介石北伐記》。白崇禧任總司令的第四集團軍邀請上海大中華百合公司攝製了《北伐完成記》，該片由導演王元龍、王次龍兄弟率領 3 名攝影師拍攝，白崇禧親自參加拍攝，反映了第四集團軍的戰地生活、英勇作戰，民眾歡迎國民革命軍等。1927 年 5 月，軍委會總政治部在京漢鐵路開行繪有圖畫、寫有標語、設置圖書室和展品並放映蘇聯電影的宣傳列車。這次囫圇吞棗採用的蘇式宣傳，沒有激起中國民眾的共鳴，宣傳列車也被紅槍會搗毀。[1]

1932 年「一二八」事變期間，黃埔軍校第三期政治班畢業生鄭用之進行戰地拍攝，後輯為《淞滬抗日大畫史》。鄭用之對電影有深厚興趣，曾與黃埔校友尹伯休合寫小冊子《如何抓電影這武器》。鄭用之後受邀籌建國民黨軍隊電影組織。他在上海與鄭伯璋、鄭仲璋等延攬攝影師、放映師、發電員等，購置法國、美國生產的電影攝影機、放映機等設備及飛機、輪船、汽車、火車、槍炮等音響的一套唱片和音樂、戲劇唱片和一些動畫影片的電影拷貝。1933 年 9 月 1 日，國民政府軍委會委員長南昌行營政訓處電影股成立，下設劇務、技術和秘書三個組，股長即鄭用之。電影股的日常工作是攝製新聞片和隨軍赴前線及深入鄉村巡迴放映影片。電影股攝製了一些國民黨軍「圍剿」工農紅軍的軍事新聞片，編輯《電影新聞》放映，整理了一部大型紀錄片《孫中山逝世記》，還嘗試攝製故事影片。1934 年以怒潮劇社演員為班底，攝製故事影片《光明》。該股放映隊所放映的影片，除自己攝製的影片，多為上海聯華、明星公司出品的卡通片。至 1933 年冬，電影股放映隊在贛北、贛東大小城鎮利用部隊駐地廣場或鄉鎮空地放映電影。福建事變期間電影股隨軍開赴福建，鑒於福州政權有改換國旗、國號的舉動，刻意在各影院放映中華民國國旗、總理遺像及蔣介石像，播放國歌唱片。

1935 年春，電影股遷至漢口，改名漢口攝影場，改隸湘鄂贛「剿匪」總部政訓處，仍由鄭用之主持，擴充至 50 餘人。3 月 24 日，蔣介石特意囑咐陳慶雲、周至柔，派員前往各省市中學生軍事訓練班放映電影，以提高青年學生對空軍的熱情。[2]1936 年春訂購的有聲電影設備、武漢電影廠設備次第完

1 曾虛白：《中國新聞史》（第 5 版），三民書局，1984 年版，第 650、657 頁。

2 《蔣介石致陳慶雲、周至柔電》，1935 年 3 月 24 日，《蔣中正「總統」檔案》，「國史館」藏：典藏號 002-080200-00416-152，轉引陳祐慎：《抗戰時期的國民黨部隊電影事業》，《抗戰史料研究》，2012 年第 1 輯。

成，規模有所擴大。漢口攝影場擁有攝影棚、剪接室、錄音室、放映室、攝影室、美工室、卡通室、洗片室、印片室等，影片攝製也由無聲電影進入到有聲電影階段，攝影了 30 餘本《電影新聞》和《峨嵋軍官訓練團》、《南京秋操演武》等紀錄片。

通訊社方面，國民黨軍隊通訊社主要有：第 21 軍政訓部 1929 年 1 月 7 日在重慶創辦的新川康通訊社，陸海空軍總司令開封行營 1931 年 2 月在開封創辦的和平通訊社，軍委會南昌行營通訊社「剿匪」別動隊在浙江衢州開設省委分支機構衢州通訊社，該通訊社在各縣設站，傳遞軍事文件和軍事情報。

廣播電臺方面，軍事委員會委員長南昌行營 1933 年秋創建的南昌廣播電臺（呼號 XGOC），主要用於「剿匪」宣傳。該臺 1930 年 8 月正式開播，使用由國民政府洛陽辦事處移至南昌的 250 瓦發射機，1935 年 2 月南昌行營撤銷，南昌廣播電臺也移交給江西省政府，以原名繼續播音。[1]

閻錫山等地方實力派的軍隊也懂得利用電影、通訊與廣播電臺做政治宣傳。1924 年 6 月，閻錫山令山西都署宣傳主任曾望生、憲兵司令張達三聘請英美煙草公司上海總公司電影部的外籍攝影師來晉，拍攝晉系的閱兵電影，為此還耗資 5 萬銀元為參加閱兵的部隊添置服裝。天津《大公報》予以報導。[2]1935 年 7 月 8 日，閻錫山授意成立的西北電影公司開業，該公司設於太原市壩陵橋裕德東里 12 號的四合院，內景攝影棚設於海子邊公園（今兒童公園）內北側的勸工樓（今為孫中山蒞臨太原講演紀念館）。閻錫山的秘書郝振邦擔任經理，溫松康任主任（後任經理），導演石寄圃，編劇宋一舟（宋之的）、周彥，攝影沈家麟，呂班負責演員培訓。西北電影公司設經理室、導演組、洗印組、攝影組、總務組、會計室，還舉辦演員訓練班，招收 30 名學員。同年冬創辦刊物《西北電影》。1936 年春，閻錫山停撥經費，西北電影公司一度暫停。

通訊社、廣播電臺方面。1936 年初春，以李宗仁、黃紹竑、白崇禧為代表的新桂系，在桂林創辦民眾通訊社，由國民革命軍第四集團軍政訓處處長潘宜之兼任社長。新桂系負責為廣西省政府籌辦南寧廣播電臺。1934 年 1 月 6 日，第四集團軍總司令部負責籌建的廣西省政府南寧廣播電臺正式開播。

1　曾虛白：《中國新聞史》（第 5 版），三民書局，1984 年版，第 611、613 頁。
2　《閻錫山閱兵電影已攝成》，天津《大公報》1924 年 6 月 4 日第 1 張第 3 版。

1936 年 6 月 23 日，第四集團軍總司令部政訓處巡講團用大車裝置播音機，每晚 18 時至 21 時 30 分在南寧各街道播音，宣傳抗日，教唱抗日歌曲。1936 年，國民黨軍無線電專科學校試驗性廣播電臺在廣州開播，每天定時播音。後隨隊轉移。

（四）國民黨軍隊新聞業的主要特點

國民黨軍隊新聞業的特點是由國民黨軍隊的內在結構與特點決定的，國民黨軍隊新聞業具有不均衡、多門類、多樣化的顯著特點。

1、不均衡

主要體現有四：一是國民黨中央軍的報刊數量最多，地方軍的報刊數量偏少。二是國民黨中央軍報刊以隸屬於國民黨軍委會委員長行營的《掃蕩報》實力最雄厚，影響力最大，其他軍隊報刊難以望其項背。三是國民黨陸軍報刊數量龐大，空軍、海軍及軍隊院校的報刊數量偏少。國民黨陸軍龐大，各方面軍、集團軍、軍、師、旅等部大都有自己的報刊，空軍、海軍力量較為薄弱，其報刊也相對較少。四是國民黨軍隊的報刊數量偏多，電影、廣播、通訊社的數量偏少。

2、多門類

主要表現在國民黨軍領導機關、各集團軍、軍級、師級等軍事單位以及不同軍種都有自己的軍報。如國民政府軍委會的《國民革命軍日報》、軍委會的《軍事雜誌》，國民黨軍訓練總監部的《政治訓練旬刊》，海陸空軍總司令的《中國日報》，國民政府軍委會委員長行營的《掃蕩報》系列報刊。第一方面軍的《護黨救國旬刊》、第四集團軍的《政訓旬刊》、第四路軍的《民族日報》、第 7 軍的《柳州日報》，第 21 軍的《政務月刊》、第 28 軍的《上游》，第 29 軍的《政治》旬刊、《引導》旬刊，第 38 軍的《三民畫報旬刊》等。

3、多樣化

主要表現有二：一是主辦單位多樣化，上有國民政府軍委會、委員長行營、國民黨軍總部等領導機關，下有各方面軍、各集團軍、各軍、師、旅等低層次部隊及非主力部隊。二是報刊形態多樣，有日報、畫報、週刊、旬刊、半月刊、月刊等，版面由 4 開 2 版，4 刊 4 版，對開 8 版、8 開 4 版等，有石印、鉛印等多種印刷。

二、中國工農紅軍的軍隊報業

　　中國工農紅軍是中國共產黨領導的，在武裝反抗國民黨腐敗統治中創建的人民軍隊。中國工農紅軍是農村革命根據地的創建者、捍衛者，也是中國抗日救亡的一支關鍵力量。民國南京政府前期，中國工農紅軍從無到有，在國民黨「圍剿」中艱難發展壯大，先後組建了中國工農紅軍第一、二、四方面軍和陝北紅軍等。為建立抗日民族統一戰線需要，1937 年 8 月 25 日，中共中央決定將中國工農紅軍第一、第二、第四方面軍和西北紅軍等部改編為國民革命軍第八路軍（簡稱八路軍），留在南方八省進行游擊戰爭的中國工農紅軍和游擊隊改變為國民革命軍新編第四軍（簡稱新四軍）。

　　中國共產黨在創建工農紅軍和開闢革命根據地過程中，非常重視軍隊的政治工作。國民革命軍北伐時期，共產黨人大都從事軍隊政治工作，初步積累了報刊工作的經驗。南昌起義部隊在各軍、師設黨代表和政治部，團、營、連設政治指導員，也曾籌劃創辦《前敵日報》。[1]毛澤東領導的秋收起義軍（後組建為工農紅軍第四軍），第四軍 1929 年 12 月通過古田會議，決定將黨組織建立在連上。古田會議確定了黨對軍隊的絕對領導，奠定了紅軍政治工作的基礎。

　　中國工農紅軍自創建時就是發動群眾的主力軍，非常重視宣傳工作。毛澤東強調「紅軍的宣傳工作是紅軍的第一個重大的工作。」[2]1927 年 12 月，中共發動廣州起義期間，起義軍曾借用《七十二行商報》社址出版了《紅旗日報》；1929 年 11 月紅七軍在百色起義期間創辦《右江日報》，1930 年 1 月紅八軍在龍州起義後創辦《工農兵報》；1929 年 9 月紅五軍在開闢湘贛革命根據地和湘鄂贛革命根據地時創辦《工農兵》，1930 年第一方面軍第一軍團在井岡山根據地創辦《戰士報》，[3]等。為更好地指導和規範紅軍政治工作，1930 年 11 月或 12 月初，中共中央借鑒蘇聯紅軍黨政工作法典和國民革命軍北伐期間政治工作的有關規定，制定了《中國工農紅軍政治工作暫行條例草案》。該草案規定紅軍出版報刊和開展讀報的工作任務，並規定有關人員可使用「軍人記者」稱謂。[4]

1　陶範：《包惠僧鮮為人知的記者生涯》，《黨史文苑》，2007 年版。

2　毛澤東：《紅軍宣傳工作問題》，《毛澤東新聞工作文選》，新華出版社，1983 年版，第 15 頁。

3　廣州軍區政治部戰士報社：《〈戰士報〉80 年》，新華出版社，2010 年版，第 4 頁。

4　《中國工農紅軍軍、師政治部工作暫行條例草案》，中國人民解放軍政治學院政治工作教研室：《軍隊政治工作歷史資料第二冊・第二次國內革命戰爭時期（一）》，1982 年版，第 334 頁。

這一時期的紅軍報刊經歷了初創、發展和衰弱三個發展階段，1930 年至 1934 年是紅軍報刊的繁盛時期。其中《紅星報》是中華蘇維埃共和國中央革命軍事委員會機關報，是紅軍報紙的傑出代表。《紅軍日報》是紅三軍團攻佔湖南省城長沙後短暫出版的一份大型日報，影響一時。紅一軍團的《戰士報》是目前中國人民解放軍史上最為悠久的軍報。

（一）中國工農紅軍出版的軍報軍刊

中國工農紅軍自創建起就既重視發動群眾，也重視自身的政治工作建設，以確保軍隊為人民保家衛國的根本屬性。紅軍總政治部、紅一、二、四方面軍，紅軍野戰部隊、地方部隊都紛紛創辦了各自的軍隊報刊。

紅軍總政治部出版有《紅軍報》（約為 1930 年）、《紅星報》（1931 年）、《政治工作》（1932 年）、《黨的工作》（1932 年）、《政治簡報》（1932 年）、《戰士》（約為 1933 年）、《紅星畫報》（1932 年）。紅一方面軍有《政治消息》（1931 年）、《火光》（1933 年）、《紅色戰場》（1933 年）。紅二方面軍有《戰士的話》《紅星》報。紅四方面軍有《戰場日報》（後改名《紅軍》）和《反帝國主義》。工農紅軍學校有《紅軍戰士》、《紅校週刊》、《革命與戰爭》畫報、《紅軍報》（工農紅軍學校第四分校，1931 年 12 月 16 日）、《紅色醫報》（工農紅軍衛生學校 1,933 年）。

紅軍野戰部隊創辦的報刊主要有：紅一軍團的《戰士》報（1930 年），紅二軍團的《紅星》（1930 年夏秋之交），紅三軍團的《武庫》（1931 年）、《挺進》（1931 年）、《火線》（1933 年 1 月）、《政治生活》，紅五軍團的《猛進》（約為 1933 年），紅六軍團的《湘贛紅星》（1933 年 10 月），紅七軍的《火爐》（江西興國，1931 年 7 月 18 日），紅十五的《努力》（1933 年），紅三軍團第八軍的《鐵軍旬刊》（1932 年），紅十六軍的《紅軍實話》、《工農小報》（1932 年）。紅四方面軍第四軍的《紅旗》（1931 年）、第九軍的《不勝不休》、第三十軍的《赤化全川》、第三十一軍的《紅星》。第二十二師的《鐵拳報》（1933 年），紅五軍團第十五軍第四十三師的《努力》（1933 年）等。[1]

紅軍地方部隊創辦的報刊主要有：福建軍區的《紅色戰線》（1932 年 3 月）、《軍區通訊》（1934 年）、《戰線》（1934 年 4 月 3 日），江西軍區的《紅光》（1932 年），《拂曉報》（1934 年，閩浙贛軍區的《紅星報》；閩贛軍區的《紅色射手》

---

1 傅柒生、李貞剛：《紅色記憶——中央蘇區報刊圖史》，解放軍出版社，2011 年版，第 302～303 頁。

（1933 年 4 月），湘鄂贛軍區的《鐵軍》半月刊、《紅軍小報》、《鐵軍畫報》、《瞄準畫報》（1932 年），湘贛軍區的《湘贛紅星》（1932 年 4 月）。川陝根據地西北軍區的《紅軍》報，鄂豫皖革命根據地的紅軍的《紅色戰士》、《紅軍生活》、《紅軍黨的生活》和《消息彙報》等報刊。（駐紮江西的）紅軍獨立三師的《三師生活》（1931 年 1 月 9 日）。江西省尋烏縣赤衛軍的《紅潮》（1930年秋，紅潮週報社編輯出版）。[1]

　　紅軍部隊還與中共地方黨組織、地方蘇維埃政府機構等聯合辦報。如中共閩浙贛省委、省蘇維埃政府、省軍區政治部、省總工會聯合創辦的《紅色東北》（1933 年 6 月），中共湘贛省委、省蘇維埃政府和工農紅軍湘贛軍區聯合創辦的《紅色湘贛》報（1933 年），中共福建省委和福建軍區聯合創辦的《紅色福建》（1934 年 10 月 21 日創刊），中共閩北分區委、共青團閩北分區委、閩北蘇維埃政府、閩北軍分區政治部、閩北工會聯合創辦的《紅色閩北》（1933年初）等。

　　主力紅軍長征後留在南方八省的紅軍游擊隊也堅持創辦報刊。如 1931 年底，堅持右江革命根據地鬥爭的中共右江特委書記、紅七軍二十一師政委陳洪濤等在東蘭縣西山創辦不定期的油印《紅旗報》。[2]1935 年 12 月底，閩西南軍政委員會通過國民黨政府區長家童養媳購買蠟紙、油墨、油印機等創辦了《捷報》。該報 16 開，油印，印行 500 多份，發給游擊隊指戰員，在村莊和小學的牆壁上張貼，使國民黨散佈的「紅軍被消滅了」謠言不攻自破。[3]

（二）中華蘇維埃中央革命軍事委員會機關報《紅星報》

　　《紅星報》是中華蘇維埃中央革命軍事委員會機關報，軍委總政治部主辦。1931 年 12 月 11 日在江西瑞金葉坪鄉洋溪村創刊，後遷往瑞金沙洲壩鄉（今沙洲壩鎮）沙洲壩村白屋子。[4]《紅星報》出版週期、印刷方式、報紙編號有較大變動。1935 年 8 月 3 日停刊。在 3 年零 8 個多月內，該報經歷了三

1　程沄：《江西蘇區新聞史》，江西人民出版社，1994 年版，第 47 頁；杜昕生：《鄂豫皖革命根據地的出版活動及其作用》，中國近代現代出版史編纂組：《新民主主義革命時期出版史學術討論會文集》，中國書籍出版社，1993 年版，第 183～186 頁。
2　陳欣德：《土地革命戰爭時期左右江革命根據地的新聞出版工作》，中國近代現代出版史編纂組：《中國近代現代出版史學術討論會文集》，中國圖書出版社，1990 年版，第 282 頁。
3　福建省地方志編纂委員會：《福建省志·新聞志》，方志出版社，2002 年版，第 74 頁。
4　陳信凌：《江西蘇區報刊研究》，中國社會科學出版社，2012 年版，第 322 頁。

次停刊，兩次重新出版，重編期號，[1]可分爲江西瑞金（1931 年 12 月 11 日至 1934 年 10 月）和長征途中（1934 年 10 月至 1935 年 8 月）兩個階段。該報文章短小精悍，通俗樸實，版面活潑，文圖並茂，有著很強的戰鬥性和指導性。

《紅星報》在江西瑞金共出版 124 期，中央革命軍事委員會印刷所承印。創辦之初爲 5 日刊，毛邊土紙印刷，1932 年 2 月 4 日第 8 期起變爲不定期出版，長則半月出 1 期。一般爲 4 開 4 版，有時出 2 版或 6 到 8 版，有時增出號外。1931 年 12 月 11 日自 1933 年 5 月 12 日自成編號，共出 35 期，其中第 1 至 31 期爲毛邊紙鉛字印刷，1933 年 3 月 3 日第 32 期改爲手刻蠟板油印的 32 開本至第 35 期。1933 年 8 月 6 日改版，重新編號至 68 期（1935 年 1 月 15 日）。其第 1 期至 66 期爲 4 開 4 版鉛印，第 68 期手刻蠟版油印。改版後初爲 5 日刊，實爲不定期刊，短則 2 天、長則 15 天出版一期。10 月 22 日增出不定期的 32 開本或 8 開鉛印《紅星附刊》，該刊系統介紹蘇聯紅軍政治工作經驗，報導紅軍的工作經驗。1934 年 10 月 20 日該報在長征途中又重新編號出版 26 期（1935 年 8 月 3 日），此 26 期《紅星報》全係手刻蠟板油印。

《紅星報》的編輯部僅三、五個人組成，主要依靠編輯部之外的作者隊伍辦報。初期主編先後由張如心、李弼延擔任，確切時間已難考證。[2]該報擁有一支 500 多人的專職通訊員隊伍，包括黨和軍隊的各級領導、基層連隊幹部和戰士，周恩來、王稼祥、賀昌、羅榮桓、袁國平、彭加侖、羅瑞卿、蕭華、張愛萍、向仲華、張際春、數統、毛澤東、朱德、李富春、陳雲、彭德懷等紅軍領導幹部是都積極寫稿的通訊員。[3]《紅星》刊登的社論中署作者名有 21 篇，其中博古 3 篇，周恩來 7 篇，張聞天、王稼祥、楊尚昆、李維漢、聶榮臻、陳雲、騰代遠、鄧發、賀昌寫過社論。未署名 18 篇，部分出自鄧小平。[4]

創辦《紅星報》是爲了「加強紅軍裏的一切政治工作」「提高紅軍的政治水平」「完成使紅軍成爲鐵軍的任務」。該報發刊詞《見面話》用「大鏡子」「大

---

1 1982 年 11 月，中央檔案館出版發行了影印合訂本，爲現在能看到的最爲齊全的《紅星報》。

2 王健英：《中革軍委的由來與演變》，《黨史文苑》，1995 年版。

3 綜合黃少群、金耀雲的說法，見黃少群：《鄧小平在中央蘇區》（下），《百年潮》，2004 年版，金耀云：《〈紅星〉報伴隨紅軍長征到延安》，《新聞與寫作》，2005 年版。

4 陳信凌：《江西蘇區報刊研究》，中國社會科學出版社，2012 年版，第 334 頁。

無線電臺」「政治工作指導員」「政治工作討論會」「俱樂部」「裁判員」，來形象化的比喻自己所承擔的工作職能，以「完成使紅軍成爲鐵軍的任務」。設「社論」「論文」「要聞」「專電」「捷報」「前線通訊」「黨的生活」「支部通訊」「革命戰爭」「新的工作方法」「擴大紅軍」「紅星號召」「響應號召」「紅軍生活」「紅軍家信」「群眾工作」「列寧室工作」「讀報工作」「自我批評」「紅軍紀律」「法廳」「軍事測驗」「問題徵答」「軍事常識」「衛生常識」「小玩意」「詩歌」等 20 多個欄目和文藝副刊《俱樂部》，形式活潑，文字淺顯，配以漫畫和插圖，版面活躍，被紅軍指戰員讚譽爲革命戰爭的號角。

《紅星報》以紅軍指戰員爲主要讀者對象，同時面向根據地的黨政機關幹部和民眾發行。部隊發行工作由總政治部及（1933 年設立的）出版發行科負責，設在江西瑞金縣城的工農紅軍書局經營報紙銷售業務。每期報紙訂閱大洋 3 釐，零售銅元 1 枚。[1]增出的《紅星附刊》隨報附送。1933 年 9 月 17 日，《紅星報》刊登啓事要求各位通信員應負推銷之責，爲突破兩萬份而奮鬥。1933 年底，僅在中央根據地就發行 1.73 萬份。[2]

江西瑞金時期的《紅星報》遵循了《見面話》中的辦報定位，宣傳貫徹黨和紅軍的方針路線，內容主要有探討思想政治工作的理論文章與宣傳工作經驗，戰事動態、關鍵戰役、紅軍戰鬥英雄的報導及服務於紅軍戰士的軍事知識與技能、打仗行軍的衛生知識等，集中突出報導了第四次反「圍剿」戰爭的重大勝利。第五次反「圍剿」中曾宣傳「左傾」機會主義錯誤路線，遵義會議時得以糾正。

1934 年 10 月，《紅星報》隨中央紅軍長征，共出版 28 期。長征前開始後，鄧小平任《紅星報》主編[3]（1933 年底至 1934 年 10 月）。鄧小平主編《紅星報》「差不多是唱獨角戲」，[4]並爲《紅星報》撰寫了許多消息、社論與重要文章，多數沒有署名。中央軍委負責人周恩來、紅軍總政主任王稼祥、副主任賀昌常常爲該報修改、審定或撰寫重要社論和理論文章。當時，一臺鍾靈牌

1　程沄：《江西蘇區新聞史》，南昌，江西人民出版社，1994 年版，第 58、168 頁。
2　毛澤東：《蘇維埃文化教育的方針和任務》，《毛澤東新聞工作文選》，新華出版社，1983 年版，第 34 頁。
3　金耀雲：《永恆的鼓舞，無限的懷念——憶小平同志關於〈紅星〉報史研究的回信》，《新聞戰線》，1997 年版。
4　金耀雲：《永恆的鼓舞，無限的懷念——憶小平同志關於〈紅星〉報史研究的回信》，《新聞戰線》，1997 年版。

油印機、幾盒油墨、幾筒奧國蠟紙、兩塊鋼板、幾支鐵筆和一些毛邊紙就是《紅星報》的全部家當。11 月 27 日，紅軍為突破國民黨軍湘江封鎖線扔掉了笨重的油印機，換成手滾油印機輕裝前進。紅軍每到一地休息或宿營時，該報編輯就用鐵皮箱當桌子，背包當凳子，趕緊動筆寫稿。負責油印的人先睡覺，等刻好蠟版再起來趕印報紙。刻蠟版的鋼板、蠟紙和印報的紙張，在長征路上不斷加以補充。遵義會議後，中國工農紅軍總政治部宣傳部部長陸定一主編《紅星報》（一說紅軍長征時陸定一就出任主編），期印七八百份發往連隊。《紅星報》的作者隊伍基本是中央蘇區的領導人、中央工農紅軍的各級領導幹部，蘇區的領導人幾乎都在《紅星》報上發表過文章。

《紅色中華》停刊後，長征途中堅持出版的《紅星報》事實上擔負了黨報和軍報的雙重使命，成了中共中央和中革軍委共同的喉舌。該報及時傳達中共中央的戰鬥號令、紅軍在長征途中的勝利喜訊，宣傳中共的政策主張，完整地記載了紅軍長征戰略目標的變遷，簡要報導了遵義會議，較詳細地報導紅軍強渡烏江、攻佔遵義、搶渡大渡河等戰役，在紅軍長征中發揮了重要的指導作用。

（三）紅軍報刊中唯一的鉛印對開大報《紅軍日報》

1930 年 7 月 27 日，彭德懷、騰代遠、何長工等率紅三軍團乘軍閥混戰、湖南省城守敵力量空虛之機一舉攻佔長沙。當晚紅三軍團政治部進城，僅用一天時間就利用長沙皇倉坪國民日報館設施與人員，於 7 月 29 日創辦了紅軍報刊中唯一的鉛印對開大報《紅軍日報》。《紅軍日報》8 月 4 日停刊，共出版6 期。

《紅軍日報》的迅速創辦既反映了紅三軍團領導對出版報紙開展對外宣傳工作的高度重視，也反映了紅三軍團政治部工作人員在政治部主任、黃埔軍校四期生袁國平領導下雷厲風行的工作效率。長沙《大公報》為此深表感歎：紅軍戎馬倥傯「猶知注重報紙宣傳，不稍疏懈，吾人對之，寧無愧色乎」。[1]

《紅軍日報》初為對開 4 版，7 月 31 日增設兩版的文藝副刊《血光》後改為 6 版。該報設有「社論」「專電」「紅軍特訊」「國內新聞」「國際新聞」「本

---

[1] 黃勝一：《過去之湖南新聞事業》，《大公報二十週年紀念特刊》，1935 年，轉引湖南省博物館：《湖南革命史料選輯·紅軍日報》，湖南人民出版社，1980 年版，第 2頁。

省新聞」「地方新聞」「本埠新聞」等專欄。軍團政治部主任袁國平直接領導報紙出版工作，左基忠主編。刊載的新聞佔據報紙的主要篇幅，數量較多，文字簡短；言論富有鼓動性；副刊重視刊載大眾歌謠來宣傳革命道理。

《紅軍日報》第 1 版刊載《共產黨十大政綱》《土地政綱》，第 2、3 版刊載社論、新聞和《爲反對軍閥混戰告民眾書》《告工農書》《中國紅軍第三軍團總政治部懸賞嚴拿白匪何鍵劉建緒等歸案究辦》，第 4 版及副刊版刊載《告小商人及智識分子書》《告勞苦青年書》《反改組派宣傳大綱》《告長沙工農勞苦群眾書》《中國工農紅軍第三軍團總政治部爲建設湖南省蘇維埃政府敬告工農兵》《爲實行湖南總暴動敬告全湘民眾書》《告勞苦婦女書》等文告和一些文藝作品。較爲全面地宣傳了中國共產黨和工農紅軍的政治主張。《紅軍日報》在《告小商人和知識分子書》中宣傳共產黨取消苛捐雜稅、允許商人自由貿易，對於不反動的普通小商人與一般小資產階級的財物概不沒收，並予以相當保護；對於知識分子依照他們才幹大小，分配他們相當的工作。

（四）南北征戰的《戰士報》

《戰士報》1930 年創刊於江西井岡山，紅一軍團政治部出版。據一些老紅軍回憶，「《戰士報》報在井岡山時期，一期沒有中斷過出版。可惜這一時期的《戰士報》，沒有保存下來。」[1]該報由軍團政治部宣傳部部長張際春兼任主編。4 開 2 版，手刻油印，不定期出版，發至連和相當于連的基層單位。由於缺乏紙張，使用紅、綠、白等不同顏色的紙張印刷報紙。

《戰士》（副刊）1931 年底由紅一軍團政治部創辦。油印，半月刊，蕭向榮、舒同等爲主要編者和作者，主要刊載社論、政治消息、論文、實際工作經驗與教訓、文藝、批評和問答等方面內容。出版至第 17 期改革版面，充實內容。1935 年 9 月至 11 月初，一度以「中國工農紅軍總政治部」名義出版。

紅一軍團政治部在戰鬥異常頻繁、環境異常險惡的長征途中，堅持出版《戰士報》《戰士》（副刊）和創辦《戰士》（快報）。1935 年 9 月 17 日，紅一軍團取得了臘子口戰鬥勝利，9 月 20 日出版的《戰士》（快報）即加以報導。1935 年 5 月 26 日第 184 期《戰士》報，使用大字標題《向「牲部」全體指戰員致敬禮》，報導了紅一團 5 月 25 日晚強渡大渡河的英雄事蹟。第 186 期《戰士》報在《我們鐵的紅軍無堅不摧戰無不勝的勇猛精神掃平一切當前敵人》

---

1 廣州軍區政治部戰士報社：《〈戰士報〉80 年》，新華出版社，2010 年 7 月第 1 版，第 4、6 頁。

的大欄題下，刊登了《大渡河沿岸勝利的總結》，詳細報導「牲部」強渡大渡河的 17 名勇士、5 名特等射手的事蹟及「勇部」（紅四團）田灣大捷及奪取天險瀘定橋等捷訊。

1935 年瓦窯堡會議期間，《戰士報》第 206 期（12 月 30 日）用第 1、第 2 兩個版刊登軍團政治部主任朱瑞的長篇政論《艱苦的一年——偉大的一年》，在第 3 版的版邊刊印了類似對聯的詞句：「戰勝白軍團匪衝破無數重圍打坍敵人四百零十團」，「歷盡險山惡水踏過十一個省長征行程兩萬五千里」。紅一軍團第 1 師 3 團政委蕭鋒在 1936 年 1 月 1 日日記中稱：朱瑞主任的這篇文章《艱苦的一年——偉大的一年》，「確實說出了我們的心裏話。我們團幾個領導研究後，決定由政治處通知各營、連隊認真學習座談。」[1]

抗日戰爭時期《戰士報》為八路軍第 115 師機關報[2]，隨部挺進山東。中華人民共和國成立後，《戰士報》改由廣州軍區政治部主辦，1996 年 10 月 1 日由 4 開小報改為對開大報，2016 年 1 月 15 日休刊。

第三節　民國南京政府前期外國在華新聞報業的新格局

民國南京政府前期的外國在華新聞業中，佔據主流地位的是老牌的英國和後來居上的美國，其中美國新聞業大都傾向於支持民國南京政府，英商的《字林西報》等以維護英國利益為原則。日本在華新聞業成為日本帝國主義侵略的急先鋒。蘇聯在華新聞業支持中國局部抗日。斯諾、史沫特萊、斯特朗等一批外國記者來到中國，向全世界報導中國人民英勇抵禦外敵的壯舉。

一、英國在華新聞報業的發展

作為最早打開中國大門的英國，這一階段的在華新聞業仍有一定影響力。英國路透社的在華壟斷地位不復存在，路透社和中央社簽訂稿件互換協議，上海仍是路透社遠東分社駐地。《字林西報》仍由英商字林洋行所長期經營，享有治外法權，在上海仍保持著它的影響力。國民革命軍開始北伐後，該報公開反對。「他們擔心蔣介石的北伐深入到通商口岸會導致他們喪失特權」。[3]1929 年，《字林西報》駐北平記者甘露德（Rodney Yonkers Gilbert）和

1　蕭鋒：《長征日記》，上海人民出版社，2006 年版，第 131 頁。
2　廣州軍區政治部戰士報社：《〈戰士報〉80 年》，新華出版社，2010 年版，第 1 頁。
3　保羅·法蘭奇著，張強譯：《鏡裏看中國：從鴉片戰爭到毛澤東時代的駐華外國記者》，中國友誼出版公司，2011 年版，第 158 頁。

新上任的編輯索克思（George E.Sokolsky）因撰寫攻擊國民黨的文章而惹怒國民黨。國民黨中央執行委員會 4 月函稱「上海《字林西報》言論記載詆毀本黨，造謠惑眾，並挑撥金融及商人反抗本黨，請嚴加取締，通令扣留，並飭外交部交涉」。[1]5 月 3 日，民國南京政府對《字林西報》實施禁郵。面對禁郵《字林西報》迅速聲明改變態度。6 月 6 日，民國南京政府撤消了禁郵令。《字林西報》在登載這則消息時的按語稱「並未有改變政策之聲明，彼報有七十餘年之歷史，凡涉及中國問題，無不以中國人民之最善利益為前提，本此旨趣而有所評騭有所讚美，從無成見與私意於其間，此之政策，將繼續不變」。

《字林西報》態度發生改變，一方面是 1930 年埃德溫·哈瓦德（Edwin Haward）取代了原來堅定的親英分子 O.M.葛林擔任報社主編，停止了對民國南京政府的批評，轉而對南京當局的任何建設計劃都採取溝通的態度。1931 年，哈瓦德表示希望英國駐華公使邁爾斯·蘭普森（Miles Lampson）能與民國南京政府外交部長王正廷達成關於廢除英國在華治外法權的協定。[2]另一方面，隨著日本對中國的侵略步步加深，歐美各國對中國普遍報以同情的態度，「他們越來越覺得應該和國民政府站在一起，而不是與之對立。」[3]

「八一三」上海抗戰爆發後，《字林西報》予以持續報導。1937 年 10 月日本飛機多次轟炸平民區，大批困居南站的難民慘遭不幸，《字林西報》以「兩百名難民在上海南站死於空襲」記錄當時慘狀，並在評論中指出，日機轟炸行為「是對人類所犯的最慘酷罪行」，這種暴行只能「激起一個民族不可征服的抵禦精神」，「加強中國人的抗敵意志」。[4]

《字林西報》對日軍的侵略政策給予一定程度的揭露。指出日本的「每次和平談話之後，又旨在向中國提出非常的壓迫的要求」，「日本現時的行動，在事實上兼著如此威脅性的侵略」。還提醒說退讓政策永遠不能制止日本帝國主義侵略野心，「我們不相信黃河的河流，有什麼魔力能擔保同樣的情形不會復演？」《字林西報》還呼籲西方國家警惕日本侵略的陰謀和手段，支持中國的抗戰鬥爭，這樣有利於和平，又可以阻止野心國家對亞洲其他國家的覬覦，以保護西方在遠東的利益。[5]

1　記工編著：《歷史年鑒：1929》，吉林文史出版社，2006 年版，第 99 頁。

2　趙敏恒：《外人在華新聞事業》，暨南大學出版社，2011 年版，第 48 頁。

3　保羅·法蘭奇著，張強譯：《鏡裏看中國：從鴉片戰爭到毛澤東時代的駐華外國記者》，中國友誼出版公司，2011 年版，第 158 頁。

4　馬光仁：《上海新聞史》，復旦大學出版社，1996 年版，第 797 頁。

5　馬光仁：《上海新聞史》，復旦大學出版社，1996 年版，第 798 頁。

二、美國在華新聞業及其記者採訪活動

隨著美國在中國影響力逐漸增加，美國新聞記者紛紛來華，合眾社、美聯社於 1929 年在上海設立分社，在中國推廣新聞業務。《大美晚報》《密勒氏評論報》等美國報刊影響力有所增加。美國記者斯諾、史沫特萊、斯特朗來華採訪，將中國共產黨及革命根據地的情況向世界做了報導，成為了中國人民的好朋友。但絕大多數美國在華記者、美國在華報刊都支持民國南京政府，相信國民黨可以領導中國走向富強。

（一）美國在華報紙的發展

《大美晚報》（*Shanghai Evening Post*）始辦於 1918 年，由國民政府外交部長陳友仁在武漢創辦，起初名為《上海公報》（*Shanghai Gazette*），也曾名為《新聞晚報》（*Evening News*）。是應孫中山的建議在中國主要城市創辦系列的英語報紙。經多次轉手直至 1928 年 4 月成為美國報業公司的財產。這家公司的宗旨就是「收購報紙，將之變為獨立的刊物，沒有任何宣傳目的，不為任何政策服務，唯一的準則就是提供準確公正的信息，輿論觀點只安排在社論版」。[1]

曾在《大陸報》任職的卡爾·克勞也加盟《大美晚報》並出任總編輯。他遵循了其好友密勒辦報的原則：「支持國民黨政府，反對日本軍國主義。」[2] 1929 年 4 月 16 日《大美晚報》正式出版，起初日發行量只有 300 份，在卡爾·克勞的帶領下，《大美晚報》與英國在華英文報刊《文匯報》（*Shanghai Mercury*）展開了激烈的競爭。1930 年 8 月，《大美晚報》成功收購《文匯報》，並將英文名稱改為「*Shanghai Evening Post and Mercury*」。這時，《大美晚報》已經成為上海晚報界的領軍，發行量達到了 4000 份以上。《大美晚報》的讀者分布在上海市區、公共租界、法租界，以及整個大上海地區。4000 餘名讀者中有 90％都在上述區域。該報主要流行於上海地區，在南京也有售，甚至遠銷到南方的香港以及北方的奉天。[3]

薩克雷（Theodore Olim Thackrey）1930 年 9 月開始擔任《大美晚報》編輯，後全權負責報紙的經營。1930 年末，《大美晚報》聘請了《京津泰晤士報》

1　趙敏恒：《外人在華新聞事業》，暨南大學出版社，2011 年版，第 57 頁。
2　Paul French. *Carl Crow -a tough old China hand.*Hongkong University Press, 2006. p171.
3　趙敏恒：《外人在華新聞事業》，暨南大學出版社，2011 年版，第 59 頁。

主編伍海德擔任專欄作家，雙方商定若《大美晚報》編輯認為他的任何文章屬於誹謗或者對報社不利，報社擁有禁止發表的權力。1931 年 3 月間，伍海德在專欄中詳細披露了中國鴉片的運輸，並附上上海鴉片商的姓名和地址，在上海轟動一時。伍海德在報界素有「頑固分子」的名聲，初到上海不久便成為許多英文期刊上中國撰稿人攻擊的對象。在當時中日衝突的問題上，他拒絕贊同「日本的干涉毫無理由」這一觀點，毫不掩飾地認為只有中國軍隊從上海附近撤出衝突才會停止。因為自己的言論，伍海德受到了許多匿名的刺殺威脅。[1]

1933 年 1 月 16 日，《大美晚報》增出華文版。其創刊號採用小型報的形式，4 開紙 4 欄橫向印刷，每份 16 頁，同年 9 月改為對開大報。創刊號《向讀者致敬》表明該報宗旨是「以迅捷敏快之方法，謀中外消息之溝通，採訪務求準確，記述務求公正，不作任何個人之工具，不為一黨一系而宣傳」，以「實事求是，活潑之中，不涉輕薄，新聞之中，不賣標題，準確之中，不參呆笨，簡要之中，不流短促」為辦報風格。[2]其內容大多譯自英文版，沒有社論，大量譯載上海其他外報社評和文章，也轉載中國報刊的言論。[3]

《大美晚報》對中國持同情和支持態度，積極報導中國人民的抗日救亡活動，揭露日本帝國主義試圖侵佔中國的陰謀。「九一八」事變後，該報相關評論和消息不斷增多，特別對日本掠奪東北和妄圖控制華北的行為尤為注意。「七七」事變後，《大美晚報》大量報導了日軍對手無寸鐵的中國平民犯下的罪行。針對日軍戰機無視國際公法大量轟炸集中在上海南車站的難民，該報指出「據調查，南車站死者無一士兵」，「惟有窮苦的難民和婦孺」，日本侵略者這種「野蠻舉動」是「違犯戰爭公法的殘酷行為」。

《密勒氏評論報》一直支持國民黨和蔣介石。1926 年北伐戰爭開始後，該報就刊文介紹蔣介石的生平，稱蔣是中國的「希望之星」。民國南京政府成立後，更是稱蔣介石是中國復興的「領袖」，對蔣介石治下的中國充滿了希望。1928 年，鮑威爾和斯諾主編的厚達 198 頁的《新中國》特刊中預言，中國五十年內將會「在每個城市中出現宮殿式的建築……就像美國的摩天大廈，而

---

1 伍海德：《我在中國的記者生涯：1902～1933》，線裝書局，2013 年版，第 185 頁。
2 王欣：《一份頗具影響的外商華文晚報：〈大美晚報〉》，《新聞研究資料》，1991 年版。
3 馬光仁：《上海新聞史（1850～1949）》（修訂版），復旦大學出版社，2014 年版，第 792 頁。

且有很多電梯。那時，再也見不到人力車，只有機動車在行使。」該報還闢有《財政與建設》專欄，1931 年 12 月又編輯出版《重新建設》特刊，介紹蔣介石統治下中國取得的成就。

「九一八」事變後，《密勒氏評論報》當即做出反應譴責日本的罪行，並調整版面和內容設置，大量刊登社論、圖片等，報導和評論中日戰局。明確指出「九一八」事變是「日本蓄謀已久的」，是「日本進攻中國的一個藉口」，真正目的是要永遠佔領滿洲，實現其 1927 年制定的「大陸政策」。[1]在中國人民抗日救亡運動逐漸高漲的過程中，該報對中國共產黨的抗日主張逐漸瞭解，對共產黨的態度也有所改變，並主張國共合作共同抗日。1935 年底，《密勒氏評論報》報導了「一二九」運動，並把學生們提出的「停止內戰，一致抗日」的口號強調出來，標誌著它對共產黨態度轉變的開始。[2]

「七七」事變後，《密勒氏評論報》對中國的支持達到新的高度。此後無論是評論、專文或是其他內容，還是它編輯出版的特刊、小冊子、專集，全都和中國的抗戰相關。1937 年 7 月 10 日至 1941 年 12 月 6 日共 231 期數千篇社論和專文中，除個別篇外都與中日戰爭有關。[3]最值得一提的是 1937 年 12 月，《密勒氏評論報》刊登了關於兩名日軍少尉展開殺人比賽的新聞。這則新聞轉自東京《日日新聞》，題為《南京紫金山下》。除了轉載《日日新聞》的報導外，文中還講到：「日軍嗜殺，外國教士皆可證明。當日寇進佔南京時，未及逃出之我國難民，手誤寸鐵，皆為驅集一處，以機槍掃射而死，在日寇佔領區域內，除被迫搬運對象者外，殆無所謂俘虜，皆一律殺死，即中國軍繳去武器，亦被殺死。難民區之著壯丁服者，亦被指為兵士，而整批被槍殺。如此暴行，可謂慘絕人寰矣。」[4]後經多份報刊轉載，此事被國人熟知。

（二）斯諾、史沫特萊、斯特朗在華採訪活動

斯諾、史沫特萊、斯特朗是中國人民親密的朋友，因三人英文名字第一個字母均為 S，故被稱為「3S」。其中斯特朗最早來到中國。安娜・路易斯・斯特朗（Anna Louise Strong，1885～1970）出生於美國內布拉斯加州費倫德城，1908 年獲得芝加哥大學哲學博士學位。斯特朗年輕時就投身美國的社會

1　張注洪主編：《中美文化關係的歷史軌跡》，南開大學出版社，2001 年版，第 104 頁。
2　張注洪主編：《中美文化關係的歷史軌跡》，南開大學出版社，2001 年版，第 107 頁。
3　張注洪主編：《中美文化關係的歷史軌跡》，南開大學出版社，2001 年版，第 109 頁。
4　戈寶權主編：《中國抗日戰爭時期大後方文學書系・第十編・外國人士作品》，重慶出版社，1989 年版，第 622 頁。

改革和福利運動，在多家報刊任職，撰寫新聞和社論。受十月革命的影響，1921 年斯特朗去了莫斯科，之後在蘇聯生活近 30 年，寫了數百篇文章，出版了 15 本書，其中最著名的是 1935 年所寫的自傳《我來到改變了的世界》。

　　從 1925 年起斯特朗六次訪問中國。第一次訪問適逢省港大罷工，她在廣州結識了孫中山夫婦和鮑羅廷，並成為省港大罷工委員會允許採訪的唯一外國記者。在報導中，她向外界轉達了罷工領導人蘇兆徵尋求西方國家工會支持的呼籲，稱此次罷工是「世界革命的一部分」。[1]1927 年，斯特朗二度來華，當時中國正處在「四一二」反革命的恐怖氛圍中。在兩個月的時間裏，斯特朗採訪了日益高漲的工農運動和反對軍閥的國內戰爭，也報導了國民黨反動派屠殺共產黨人、鎮壓工農運動的惡行。她還前往湖南，深入採訪那裡的農民運動。但她到達湖南時，當地的農民運動已經進入低潮。最後，斯特朗將自己訪華的所見所聞撰寫成《千千萬萬的中國人》一書。

　　1937 年斯特朗第三次訪華。當時斯諾夫婦正在上海，專程前往香港會見斯特朗，並向她介紹了紅軍的情況。這次會見使得斯特朗深信接觸紅軍會有良好的結果，於是決定步斯諾的後塵去蘇區採訪。[2]斯特朗在香港乘坐飛機前往漢口，在漢口住在一位傳教士家裏。1938 年 1 月，斯特朗從漢口乘火車北上，目的地是八路軍總部所在地臨汾。到達臨汾後，乘坐汽車前往八路軍總部，朱德、賀龍、劉伯承、林彪等人迎接她的到來。在八路軍總部斯特朗一共停留了 10 天。八路軍的生活給她留下了特別深的印象，八路軍的領導「對待部隊從來不是監工式的或恩賜式的」。[3]在 10 天裏，斯特朗同指揮員和一般工作人員一起進餐、交談，住在一戶農民家，和所有人一樣吃青菜和米飯。她多次訪問朱德，朱德向她介紹八路軍的情況。斯特朗還多次同任弼時談話，並觀看了丁玲等人組織的「前線服務演出隊」的表演。結束在中國的訪問後，斯特朗回到了美國。第二年，美國摩登時代公司出版了她此行的新書《人類的五分之一》。

　　斯特朗從山西回到漢口時，史沫特萊（Agnes Smedley）正在等候她。史沫特萊 1892 年 2 月 13 日出生在美國密蘇里州奧斯古德附近的一個農場。小時候全家移居科羅拉多州礦區，父親是名礦工，母親給人洗衣做飯。史沫特

1　張功臣：《外國記者與近代中國：1840～1949》，新華出版社，1999 年版，第 152 頁。
2　斯特朗著，王松濤譯：《心向中國》，解放軍出版社，1986 年版，第 43 頁。
3　斯特朗著，王松濤譯：《心向中國》，解放軍出版社，1986 年版，第 46 頁。

萊 16 歲時，母親因過度勞累和營養失調而死。1917 年初史沫特萊前往紐約發展。在紐約的四年裏，她白天工作，晚上在紐約大學學習。1918 年 3 月，史沫特萊在紐約被逮捕，罪名是煽動反抗英國對印度統治的叛亂罪及冒充外交人員罪。關押六個月後被釋放。1921 年史沫特萊前往柏林，繼續參加印度民族獨立運動和女權運動，1925 年完成自傳體小說《大地的女兒》。

1928 年，史沫特萊以《法蘭克福日報》記者身份前往中國。12 月下旬，她經蘇聯從滿洲進入中國。到達中國後，她爲《法蘭克福日報》寫的第一篇報導題爲《瀋陽的五位婦女》，描寫了五個不同年齡、不同階層的婦女。1929 年 4 月，她先後去過天津、北平、南京等地，同年 5 月到達上海。

1929 年底，史沫特萊第一次和魯迅會面。魯迅幫她找到了《大地的女兒》一書的中文出版商和翻譯者，並發表了她關於中國農村狀況的文章，這是史沫特萊第一次發表中文作品。1930 年，史沫特萊加強了與左翼聯盟的聯繫，並和他們一起工作。1931 年 2 月 7 日夜，柔石等左翼作家被殺後，魯迅將《黑暗中國的文藝界現狀》一文給史沫特萊，請她翻譯成外文在國外發表。因擔心此文發表後魯迅可能被捕，她未按魯迅的要求做，而是和茅盾說服魯迅撰寫呼籲書，之後將呼籲書翻譯成外文，託人帶到紐約、柏林、莫斯科等地。1931 年 6 月《中國作家致全世界呼籲書》在美國《新群眾》上發表，引發了各國文藝界的關注，世界各地的作家、藝術家給國民黨發了幾百封抗議信和電報。

1932 年 1 月，史沫特萊和伊羅生共同創辦了《中國論壇》（China Forum）。同年夏，前往贛東北的牯嶺蘇區採訪紅軍，後寫成《中國紅軍在前進》一書，1934 年出版。11 月，《大地的女兒》中譯本由上海湖風書局出版。這一年，史沫特萊將自己作品集結成冊起名《中國人的命運》。1933 年 1 月，《法蘭克福日報》被德國法西斯控制，史沫特萊被解雇。2 月，蕭伯納訪問中國，史沫特萊同蔡元培、魯迅、胡適、林語堂等人一同接待，並在上海宋慶齡的宅邸合影。5 月，史沫特萊前往蘇聯，一邊寫作，一邊療養。史沫特萊在蘇聯共住了 10 個月，1934 年 4 月，經歐洲回到美國，10 月份返回上海。

史沫特萊在上海一直住到 1936 年 9 月。在張學良手下擔任參謀的中共地下黨員劉鼎寫信邀請史沫特萊去西安，史沫特萊應邀前往。在劉鼎安排下，張學良和周恩來秘密會面。史沫特萊在西安見到了斯諾。當時斯諾已在根據地生活了四個月，斯諾的這次成功訪問正是在史沫特萊的鼓勵和幫助下實現的。12 月 12 日，史沫特萊親身經歷了西安事變。

　　1937 年 1 月 12 日，一直渴望進入延安的史沫特萊趁西安事變後的混亂狀態，花了三個星期到達延安，見到了毛澤東和朱德。在歡迎會的演講上，史沫特萊講到：「你們不是孤立的，你們的鬥爭是正義的，你們是世界偉大的反法西斯運動的一部分。」[1] 開始的數周內，史沫特萊訪問了毛澤東、彭德懷、朱德、周恩來等人。4 月份開始，史沫特萊制定了一個長期計劃，其中最重要的爲朱德寫傳記。史沫特萊定期在晚上採訪朱德，他們混合使用漢語、德語和英語，遇到難點就求助於其他人。最終這部傳記以《偉大的道路》爲題在 1956 年出版，當時史沫特萊已經去世六年。

　　在採訪的同時，史沫特萊還積極投身其他活動。她向世界呼籲延安需要藥物和醫生，對吸引白求恩的到來起到了部分作用；負責拓展新建的魯迅圖書館的外文書籍，其中紐約的《新群眾》最受讀者歡迎；努力幫助外國記者突破國民黨的封鎖來到邊區，其中包括《紐約先驅論壇報》的維克托·希恩、合眾國際社的厄爾·利夫以及斯諾的夫人海倫·斯諾。

　　埃德加·斯諾（Edgar Snow）於 1905 年 7 月 19 日生於密蘇里州堪薩斯城。1923 年，斯諾 18 歲時在堪薩斯西港中學畢業後，進入堪薩斯城初級學院學習，學習期間曾爲學報工作。1925 年春季，斯諾在紐約哥倫比亞大學選修了兩門課程。秋季進入密蘇里大學新聞學院學習，並擔任《堪薩斯星報》校內通訊員。

　　1928 年 2 月，斯諾開始了自己的旅程。7 月 6 日到達上海後，斯諾帶著密蘇里新聞學院院長威廉的推薦信見了《密勒氏評論報》的主編鮑威爾，初次見面斯諾便被鮑威爾吸引住。鮑威爾得知斯諾只打算在中國逗留六周後，便勸說他留下協助自己編輯即將出版的《新中國》特刊。斯諾和鮑威爾等花了三個月的時間製作了 198 頁的《新中國》特刊。

　　在當時交通部長孫科的建議下，斯諾開始了長達四個月的旅行，他乘坐火車，到了許多重要的城市，比如寧波、漢口、北平、哈爾濱等地，甚至還去了當時日本統治下的朝鮮。旅行的同時，他在《密勒氏評論報》上發表了許多文章，寫這些文章主要是爲了讓美國人相信在中國旅行是安全的。1928 年 12 月 30 日，斯諾在山東報導了日本人製造的「五三」濟南慘案，對日本在中國政策提出了尖銳的批評。1929 年 8 月，斯諾報導了西北地區的饑荒問

1　〔美〕麥金農著，汪杉等譯：《史沫特萊：一個美國激進分子的生平和時代》，中華書局，1991 年版，第 230 頁。

題，他呼籲中外社會的救援，稱這次採訪是「一生中的一個覺醒點，並且是我所有經歷中最令我毛骨悚然的」。[1] 同月，因《芝加哥論壇報》命令鮑威爾前往東北採訪，《密勒氏評論報》主編一職由斯諾代理，同時也爲數家美國報紙撰寫文章。

1930 年 9 月，斯諾開始了新的旅行。他用了一年的時間先後去了臺灣、福建、廣東、廣西和雲南等地，之後又去了緬甸、印度。在印度會見了甘地和尼赫魯，最後取道新加坡回到中國。斯諾一回到中國便乘船由鎮江沿長江北上，報導了長江發生的大洪災。1931 年 9 月份，在史沫特萊推薦下斯諾兩次訪問了宋慶齡。1932 年 1 月 28 日，斯諾親歷了日軍向上海閘北一帶發起進攻之事，用很短時間完成了對這一事件的報導，文章刊登在美國和英國一些報紙的頭版。隨後，斯諾根據東北和上海戰況的實地採訪寫出了他的第一本書《遠東前線》。

1933 年 3 月，斯諾移居北京。他同時爲多份外國報紙撰稿，其中包括《星期六晚郵報》《紐約太陽報》《每日先驅報》。1934 年 3 月，斯諾受聘於燕京大學新聞系擔任講師，主講「新聞特寫」「旅遊通訊」的課程。同年 10 月，斯諾採訪了蔣介石，蔣親口告訴他，紅軍已經被消滅。12 月，應司徒雷登邀請，斯諾向全校師生作關於法西斯主義的講座。1935 年 12 月 9 日，北平爆發了「一二九」運動，斯諾作爲這場運動的親身經歷者受到了很大的觸動。

1936 年 4 月，斯諾在上海拜會了宋慶齡，並請她幫助自己前往陝北蘇區採訪。中共中央收到斯諾的採訪問題單後，毛澤東、張聞天、博古、王稼祥等人開會以「對外邦如何態度——外國新聞記者之答覆」爲議題，就斯諾提出的 11 個問題進行了討論。[2] 斯諾於 6 月啓程，先從北平到達西安，拜會了楊虎城和邵力子，7 月初進入陝北，周恩來、葉劍英、李克農等到安塞白家坪歡迎斯諾到來。7 月 13 日，斯諾到達中共中央所在地安塞縣保安。

7 月 15 日，斯諾首次對毛澤東進行正式採訪，毛澤東回答了關於蘇維埃政府對外政策的問題。7 月 16 日，毛澤東同斯諾談了中國抗日戰爭形勢、方針問題、7 月 18、19 日，毛澤東同斯諾談蘇維埃政府對內政策的問題。7 月 23 日，毛澤東同斯諾談了中國共產黨與共產國際、蘇聯的關係問題，並回答了斯諾關於紅軍爲何能夠勝利以及抗日戰爭結束後國內革命的主要任務問

---

1 孫華、王芳：《埃德加‧斯諾研究》，湖南師範大學出版社，2012 年版，第 220 頁。
2 孫華、王芳：《埃德加‧斯諾研究》，湖南師範大學出版社，2012 年版，第 224 頁。

題。[1]之後，斯諾去了甘肅、寧夏等地，到了紅軍前線，並採訪了蕭勁光、楊尚昆、鄧小平、彭德懷等紅軍將領。9 月 20 日回保安。23 日，毛澤東對他作了關於黨的統一戰線政策問題的談話。10 月初，毛澤東向斯諾又談了自己的成長過程。12 日，斯諾離開保安，於 10 月底回到北平。[2]

　　1936 年 11 月 14 日、21 日，斯諾以《毛澤東訪問記》為題在《密勒氏評論報》上發表了毛澤東關於個人經歷的談話，並配上了毛澤東頭戴紅軍帽的大幅照片，此文章一經發布就引起國內外轟動。1937 年 1 月，斯諾夫婦與燕京大學一些教授創辦英文雜誌《民主》（Democracy），刊登了斯諾關於陝北蘇區的部分報導與照片。斯諾還將自己在陝北蘇區的所見所聞寫成報告，並製作了大量的幻燈片，到各地演講，讓更多的人瞭解蘇區和紅軍。斯諾的行為惹怒了南京當局，民國南京政府外交部情報司司長寫信威脅斯諾，如果再發此類電訊，將會導致政府方面採取措施。南京當局給當時西安行營主任顧祝同發去一個禁令，嚴禁新聞記者進入蘇區採訪，並附上斯諾為首的八個新聞記者的姓名。此外，當局還弔銷了斯諾的記者證達數月之久。[3]

　　斯諾從蘇區回到北平就開始撰寫《紅星照耀中國》一書，在單行本出版之前，該書的許多內容就以單篇的形式同讀者見面了。1937 年 3 月，為了讓中國讀者瞭解蘇區情況，斯諾將自己寫的一組報導、照片和正在寫作的《紅星照耀中國》的書稿交給北平愛國知識分子王福時等人翻譯成中文，編輯出版了《外國記者西北印象記》一書，書中有毛澤東和斯諾的談話，斯諾的演講稿，以及三十多幅照片和 10 首紅軍歌曲，並附有毛澤東手書的《七律·長征》。該書秘密印刷了 5000 冊，在北平各圖書館、大學、進步團體中散發。4月份，他的妻子海倫·斯諾隻身前往蘇區採訪，斯諾留在北平繼續寫書。

　　1937 年 10 月，英國維多克·戈蘭茨公司正式出版了《紅星照耀中國》（Red Star Over China）一書，出版當月就印刷三次，至 12 月已印刷至第五版。11月，美國蘭登公司決定出版此書，次年 1 月正式出版，三周之內便銷售 1.2 萬冊。1938 年 2 月，胡愈之等以復社名義出版中文版，並將書名改成較為隱晦的《西行漫記》，以便發行。之後，該書陸續被譯成法、德、俄、意、西、葡、日、蒙、瑞典等近二十種文字，流傳全球。

1　孫華、王芳：《埃德加·斯諾研究》，湖南師範大學出版社，2012 年版，第 225 頁。
2　張注洪主編：《中美文化關係的歷史軌跡》，南開大學出版社，2001 年版，第 160 頁。
3　孫華、王芳：《埃德加·斯諾研究》，湖南師範大學出版社，2012 年版，第 227 頁。

《西行漫記》在世界範圍內迅速傳播產生了巨大的影響，它不僅使人們瞭解了中國共產黨和蘇區，還吸引了許多外國記者沿著斯諾開拓的道路採訪紅色中國和報導中國革命。這些記者有的本來就是斯諾的好友，與斯諾聯繫密切；有的本身並無很多接觸，但在他們前往解放區訪問報導時受到斯諾直接或間接的幫助。[1]《西行漫記》出版後的幾年中，一批介紹抗日根據地、報導革命真相的書籍先後問世，如海倫‧斯諾《續西行漫記》（1939年）、埃文斯‧卡爾遜《中國的雙星》（1940）、詹姆斯‧貝特蘭《華北前線》（1941）、伊斯雷爾‧愛潑斯坦《中國未完成的革命》（1944）、福爾曼《中國邊區的報告》（1945）等。

三、日本在華新聞業的急劇增長

隨著日本「蠶食」中國局部戰爭的推進，東北等大片領土被日軍佔領，為日人在華新聞活動創造了更多的條件，日本在華新聞業急劇增長。「九一八」事變後，東北地區新聞業完全淪為日偽新聞業，用以展開殖民中國人民的奴化宣傳。除東北外，日本還不斷將新聞勢力滲透到國統區，做收集情報、混淆輿論等各種文化侵略活動。

（一）日本在華新聞報業的急劇增長

「九一八」事變爆發前，日本人在華新聞報刊數量不斷增長。1919年前日本在華各主要新聞報刊達44種，1928年增至184種。到1929年6月，關東州及「滿鐵」附屬地內發行的定期刊物中，「時事讀物45種，非時事讀物198種」。[2]在東北，尤以日文報《滿洲日日新聞》和中文報《盛京時報》的影響最大，擔當起協助日本鉗制言論的重要角色。《滿洲評論》是專門評述東北及中國內地政治經濟情況的刊物，此外還有《滿洲公論》《日滿公論》《滿蒙時報》等都是當時的主要雜誌。由滿鐵調查課主辦的《調查月報》是專門對中國東北及大陸進行調查研究的雜誌，在當時頗有影響。專門性的經濟報紙繼續發行，如日本人藤田辰雄於1930年在日租界創辦日文《華北商報》，不久改名為《華北經濟新聞》日報，以經濟記事為主。

1　張注洪主編：《中美文化關係的歷史軌跡》，南開大學出版社，2001年版，第166頁。
2　馬依弘：《「九一八」事變前日本在我國東北殖民文化活動論述》，《日本研究》，1992年版。

　　「九一八」事變後，隨著日本對東北地區的全面軍事佔領，日本人辦的漢文報成了日本軍國主義的喉舌，新的報紙特別是漢文報紙又有增加。事變第二天，關東軍佔據《東三省民報》《新民晚報》等報館並恫嚇各報主持人：今後不許發表反日言論和東北實況，否則將予以取締。1932年3月，偽「滿洲國」成立後，敵偽當局為達到「輿論一律」，採取各種手段對新聞出版等文化事業進行嚴密控制，對所有報紙施行嚴格的新聞檢查，《大連時報》《大陸》《滿洲時報》《遠東週報》等都因被指控有「越軌」舉動而勒令停刊。

　　日本欲征服中國的野心昭然於世。這一時期僅派往滿洲、上海兩地的《朝日新聞》和《每日新聞》兩社的記者就達300人。[1]日本在天津的青木特務機關曾派日本特務尾崎秀雄、三谷亨等創辦《中美晚報》，因質量低劣讀者反感，社會影響不大。《滿洲日日新聞》創刊於1932年，是日本侵略東北後最早創辦、也是勢力最大的日文報紙。讀者群是在東北負有侵略使命的日本人，包括上至操縱偽政權的日本軍政人員，中至掠奪東北財富的富商大賈，下至無惡不作的流氓浪人，屬於「奴主型」報紙。《哈爾濱新聞》1932年3月29日創刊，是日本人在哈爾濱的一家較有影響的私營日文報紙。以普通讀者為對象，努力以溫暖柔和的調子迎合群眾的口味，有關電影、戲劇、婦女、家庭等的欄目較多。[2]

　　日本以中文、日文、英文、俄文等多種文字在中國出版了大量報刊，其中的俄文報紙雖然數量不多，卻同樣是日本在華宣傳體系的一個環節，是日本對相關人群施行輿論控制的有效工具。日系俄文報紙集中出現在「九一八」事變之後。1931年11月3日，日本駐哈總領事館、哈爾濱特務機關和滿鐵事務所網羅白俄分子，面向俄僑讀者創辦一份俄文日報《哈爾濱時報》，目的是為日本侵佔哈爾濱製造輿論。《哈爾濱時報》逐漸吞併了哈爾濱所有的俄文報紙。[3]由日本軍國主義積極支持和操縱的俄國法西斯黨在1933年10月3日創辦機關報《我們之路》。1934年7月哈爾濱創辦的月刊《亞細亞之光》，後來也被俄僑事務局接管。這類報刊的版面上充斥著反蘇反共親日的文章。1934年，日本方面組織成立了哈爾濱白俄新聞記者聯盟，要求每一位新聞記者必

1　張昆：《十五年戰爭與日本報紙》，《日本研究》，1991年版，第42頁。
2　黑龍江省地方志編纂委員會編：《黑龍江省志》（第五十卷·報業志），黑龍江人民出版社，1993年版，第272～273頁。
3　趙永華《對「九一八」事變後日本在華出版俄文報紙及控制俄僑辦報活動的歷史考察》，《國際新聞界》，2011年版。

須到日僞政府機關登記註冊，誘導他們爲日本人效力賣命，利用報刊言論不斷掀起反蘇反共的浪潮。

從「九一八」事變到 1936 年僞「滿洲國」弘報協會成立，關東軍和僞滿洲國對中國東北舊政權時期的報業進行瘋狂破壞，日僞報業開始建立。[1]日本帝國主義在「無日本即無滿洲」的幌子下瘋狂進行經濟掠奪和文化專制。日僞期刊是「官制文化」的產物，宣傳「建國精神」「王道樂土」「五族協和」「日滿親善」「共存共榮」，爲所謂「涵養民力、善導民心」服務，具有出版高度集中、壟斷的特徵。在各級日僞政權主辦的期刊中，日本人掌握編輯出版的實際權力，毫無諱言地說：「滿洲國是一個特殊的出版文化國」。[2]「七七」事變之前，日本已累計有中文報紙 33 種，試圖影響中國讀者和輿論，干預中國政治，體現出明顯的政治傾向。[3]「七七」事變後，日本全面侵華，日本在華報刊更是持續增長。

（二）日本在華通訊社、廣播的興起

通訊社、廣播也是日本文化侵略中國的重要工具。截止 1940 年，日本在中國（不含東北三省）的通信社（包括各大通信社的支局和各大報社的支局）約 80 餘家。其中，「七七」事變前在中國立足的有 20 多家，約占 1／4。這些通信社幾乎遍布中國南北各大城市，日本國內對中國的瞭解，不用說，大部分要依賴於這些通信社的報導。[4]本時期，日本在華通訊社主要有日本新聞聯合社上海分社[5]、同盟社華中總社、僞滿洲國通信社。同盟社華中總社爲 1936 年原上海日本聯合通訊社、日本電通通訊社合併改組而來，是日本在中國的重要輿論宣傳機構。僞滿洲國通信社 1932 年 12 月在僞滿洲首都「新京」（長春）成立，「滿洲國」所屬各省均設立一個支局，其有關政治、國際時事的消息都來於日本的「同盟社」和「共同社」，實際是日本同盟社的一個分社。「七

---

1 霍學雷：《近現代東北報刊的創立與變遷》，《學問》，2014 年版。

2 黑龍江省地方志編纂委員會編：《黑龍江省志》（第五十卷·報業志），黑龍江人民出版社，1993 年版，第 182～186 頁。

3 易文：《中文外報：一個獨特的研究視野》，《廣西大學學報》（哲學社會科學版），2008 年版。

4 王向遠：《日本對華文化侵略與在華通信報刊》，《蘇州科技學院學報》（社會科學版），2005 年版。

5 上海通志編纂委員會編：《上海通志》第 9 冊，上海人民出版社，2005 年版，第 5890 頁。

七」事變前，日本幾家大的新聞機構已在中國設立了「支局」，如同盟通信社、朝日新聞社等。「七七」事變後，日本東方通訊社、聯合通訊社和電報通訊社也開始在中國設立分社。

　　廣播方面，日本在華廣播基本是隨著日本佔領區的建立而建立的。1925年 7 月本在大連設立的大連中央放送局（即廣播電臺）是東北最早的廣播電臺。該臺負有執行「國策」的特殊使命，呼號 JQAK，發射功率 500 瓦，[1]後移送僞滿洲國使用。「九一八」事變後，東北全境奉系的無線廣播電臺被日軍接管，並改造爲日本廣播電臺。1931 年 10 月 26 日，瀋陽恢復了「軍事宣傳放送」。1932 年 2 月，哈爾濱廣播電臺被日軍佔領，更名爲哈爾濱放送。1933年 4 月，日本在長春設立僞滿洲國的廣播中心「新京放送局」。該臺由日本關東軍司令部控制，第二年啓用 100 千瓦發射機，可覆蓋東北大部分地區。[2]1933年 9 月，日僞政權在東北大連建立「滿洲電信電話株式會社」（簡稱「電電」），成爲壟斷東北地區電報、電話、廣播的殖民奴化宣傳工具。

　　這一階段日本在華北的廣播電臺得到進一步發展。1936 年，日本駐津領事館主辦的日本公會堂廣播電臺開始播送東京電臺日語節目。在河北，日僞一度在唐山開辦「冀東防共自治政府」廣播電臺，後改爲僞唐山廣播電臺。1937 年 7 月日軍發動「天津事變」，日本公會堂廣播電臺播送日軍的「安民告示」。[3]天津淪陷後，僞天津廣播電臺於 1938 年 1 月開始播音，公會堂廣播電臺與之合併。「七七」事變之後，日軍每佔領一座城市，該城市的電臺即落入日手，不久就被改造爲日僞廣播電臺，成爲奴化中國人民的廣播工具。其中，日僞張家口廣播電臺於 1937 年 9 月 10 日開始播音。[4]日僞「大上海廣播電臺」於 1937 年 11 月日軍佔領上海後播音。日僞南京廣播電臺也在日軍佔領南京後建立。

四、蘇德法等國家的在華新聞活動

　　由於國民黨敵視社會主義國家蘇聯，蘇聯在華新聞記者的活動受到國民黨嚴格限制，不過塔斯社駐華記者仍堅持工作。1932 年 3 月塔斯社在上海重

1　馬依弘：《「九一八」事變前日本在我國東北殖民文化活動論述》，《日本研究》，1992年版。

2　賈世秋編著：《廣播學論》，成才科技大學出版社，1996 年版，第 37 頁。

3　馬藝：《天津新聞史》，天津人民出版社，2015 年版，第 390 頁。

4　趙玉明主編：《中國廣播電視通史》，中國廣播電視出版社，2014 年版，第 54 頁。

設分社，4 月 13 日開始發稿。斯科爾皮列夫・安德列・伊萬諾維奇從 1930 年起爲工農紅軍情報部的幹部，其後擔任塔斯社駐中國上海分社社長（1934 年 10 月～1937 年 3 月）。[1]東北地區，張作霖、張學良均壓制蘇俄報刊，1930 年僅有兩家蘇俄報刊。一是《哈爾濱》，一是在哈爾濱出版的地下報紙《眞理報》。《哈爾濱》是一份以英俄兩種文字發行的刊物，其英文版在宣傳蘇聯國內形勢方面有所作爲，1931 年 3 月被查封。哈爾濱《眞理報》只出到第五期，其出版機關就被當地警察局破獲。[2]「九一八」事變後，蘇聯在東北的新聞活動受到日僞勢力的嚴重干擾和破壞。1932 年，哈爾濱創辦了一家傾向蘇聯的俄文報紙《東方新聞報》，僞裝成普通僑民所辦，經常用各種報名來出版，1935 年 10 月被迫停刊。[3]塔斯社駐哈爾濱的分社被迫於 1933 年 6 月 22 日撤銷。不過俄羅斯法西斯黨的報刊在哈爾濱有所擴張。該黨總部設在哈爾濱，其機關報《我們的道路》（另一標題是《境外的俄羅斯民族思想刊物》，又譯《我們之路》），1933 年 10 月 3 日創刊，俄文。創始人是羅札耶夫斯基和瓦西連科。該刊一直刊行到 1938 年 4 月。此外，該黨遠東支部 1932 年 8 月在上海創辦了《民族》月刊，該刊在上海和哈爾濱發行。

在天津英租界，貝霍夫斯基在 1931 年 3 月到 1932 年編輯出版了一份日報《晨報》，具有蘇聯政府機關報性質，對外稱「猶太—俄羅斯」報紙，俄羅斯人認爲「是布爾什維克的報紙」，是《消息報》和《眞理報》在天津的翻版。《晨報》最初發行量很小，當《哈爾濱先驅報》因宣傳共產主義被查封後，因哈爾濱沒有了蘇聯報紙，《晨報》上來自哈爾濱的稿件越來越多，並開始刊登鐵路消息，鐵路沿線的訂戶多起來。[4]在武漢有共產國際領導下的紅色工會國際太平洋工會的刊物《太平洋工人》。[5]上海 1931 年曾有一個神秘的蘇聯電臺，該臺每晚 10 點後開始播音，放送音樂節目，用英語、俄語、漢語、法語、葡萄牙語、德語、西班牙語 7 種語言廣播，進行共產主義的宣傳。上海警察

1 蘇智良：《左爾格在中國的秘密使命》，上海社會科學院出版社，2014 年版，第 122 頁。
2 趙永華：《俄蘇在華辦報追溯》，《國際新聞界》，2001 年版。
3 趙永華：《對「九一八」事變後日本在華出版俄文報紙及控制俄僑辦報活動的歷史考察》，《國際新聞界》，2011 年版。
4 白潤生：《中國少數民族新聞傳播通史》（上），中央民族大學出版社，2008 年版，第 311～312 頁。
5 趙永華：《在華俄文新聞傳播活動史 1898～1956》，中國人民大學出版社，2006 年版，第 113～114 頁。

局沒能查出它的位置。[1]1933 年初出現了首家俄文廣播電臺：上海俄國廣播協會播音臺（簡稱「俄國廣播電臺」）。俄國廣播電臺爲廣大俄僑及其他懂得俄語、且喜愛俄國音樂的聽眾服務，1933 年 1 月 13 日晚首次播音。未幾即停止播音，同年 6 月 13 日起恢復播音，自 9 月 18 日起，轉播《上海柴拉報》新聞。[2]此外還有轄鞋廣播電臺，該臺 1935 年 12 月 8 日開始播音，創辦人爲易卜拉欣·艾哈邁托維奇·馬姆列耶夫。[3]

　　這一時期中德關係較爲友好，德國在華新聞業在滬、津、哈等地蓬勃發展。東北地區有德文《德國滿洲新聞》報，1929 年 11 月 1 日在哈爾濱創刊。是哈爾濱第一家德文日報，每日 4 版，無黨派日報，主編 R·克拉伊，1930年 7 月 23 日終刊，共計 149 期。[4]，德文《德國公報》1935 年 6 月 1 日創刊於哈爾濱，刊載「有關滿洲和德國間經濟聯繫的德文與英文資料」。[5]在華東地區的上海地區有德文報刊 3 種，即 1932 年 9 月 27 日創辦的《德文上海日報》、1932 年 10 月 1 日創辦的半週刊《德文協和報》（China Dienest）和二戰期間創刊的《德文新聞報》。[6]除《德文新聞報》外，都以刊登商業信息、刊登商業廣告爲主。1928 年，德國海洋通訊社遷至上海，正式成立分社，不久該社遠東總分社也設在上海，與分社合併辦公。從 1933 年，德國新聞通訊社派代表常駐上海。在華北地區。1930 年，德國人巴特爾在德租界創辦《德華日報》，編輯克萊，德華印字館承印。社址初設哈爾濱，因東北德國人少，無發展前途，不久即遷天津出版，巴德斯主持。該報是天津德國領事館的喉舌，爲德僑服務，經常向天津、北京、上海等地德國商人提供市場信息，廣告占了一定比重，發行約 2000 份。[7]有附刊《德華畫報》，多外國圖片，編印尚屬美觀。納

1　白潤生：《中國少數民族新聞傳播通史》（上），中央民族大學出版社，2008 年版，第 426 頁。
2　汪之成：《上海俄僑史》，三聯書店上海分店，1993 年版，第 596 頁。
3　白潤生：《中國少數民族新聞傳播通史》（上），中央民族大學出版社，2008 年版，第 425～426 頁。
4　《外國人在哈爾濱》，哈爾濱市政協文史和學習委員會編寫：《哈爾濱文史資料》，2002 年第 24 輯。
5　黑龍江省地方志編纂委員會編：《黑龍江省志》（第五十卷·報業志），黑龍江人民出版社，1993 年版，第 277 頁。
6　陳昌文編：《都市化進程中的上海出版業（1843～1949）》，上海人民出版社，2012年版，第 200 頁。
7　劉志強，張利民主編：《天津史研究論文選輯》（下），天津古籍出版社，2009 年版，第 1332 頁。

粹黨上臺後，改由納粹黨天津支部長魏策爾任經理，讀者對象爲德僑及其他各國僑民。[1]第二次世界大戰後，該報隨納粹的垮臺而停刊。

法國在華報刊代表是《中法新彙報》《法文上海日報》等。《法文上海日報》（Le Journal de Shanghai）由法國哈瓦斯通訊社特派員黃德樂（Jean Fontenoy）於 1927 年創刊，二戰結束前停刊，是瞭解民國南京政府抗戰時期的中國和上海一份不可或缺的珍貴資料。「一個中國人的筆記」（Note d'un Chinois）是《法文上海日報》僅次於社論的欄目，可看作爲對社論的一種補充。該欄目誕生於 1928 年 2 月 14 日，前身爲 2 月 7 日首次出現的「一個中國人的觀點」（Opinion d'un Chinois），該欄目作者並不署名，內容多涉及中國內政內情。[2]《法文上海日報》的主要讀者是法國僑民，後逐漸擴展到了法國的流亡俄僑和其他國家的僑民及中國、日本和越南等亞洲各國的知識階層。報導對象不僅僅侷限於西方或當地的法國僑民社會，對中國、日本、印度支那半島和其他亞洲各國也非常關注。[3]法國哈瓦斯社 1929 年後在上海、香港、北平、哈爾濱設特派員，1931 年 10 月在上海設立分社，總攬遠東事務。除採集新聞外，每天向當地報紙發稿。[4]法商法人廣播電臺 1932 年 8 月 19 日開始播音，呼號 F.F.Z.，發射功率 250 瓦。該臺原是法租界當局爲法兵娛樂而設，後爲法國僑商接辦。1947 年 1 月 6 日被查封。

1933 年，意大利斯丹法尼通訊社（又譯斯蒂法尼通訊社，Agenzia Telegrafica Stefani，Stefani）在上海設記者站，「主要收集遠東及中國重要新聞發往總社，不向當地報紙供稿，也不同其他通訊社有業務往來。」[5]有時「在上海《泰晤士報》和上海《大美晚報》上看到斯丹法尼社的電訊，中文報紙是很少見的。」[6]

---

1 于樹香：《外國人在天津租界所辦報刊考略》，《天津師範大學學報》（社會科學版），2002 年版。

2 李君益：《黃德樂時期的〈法文上海日報〉（1927～1929）》，上海師範大學碩士學位論文，2014 年版，第 52 頁。

3 周武主編：《上海學》第 2 輯，上海人民出版社，2015 年版，第 106 頁。

4 上海通志編纂委員會編：《上海通志》（第九冊），上海社會科學院出版社，2005 年版，第 5894 頁。

5 馬光仁：《馬光仁文集》，上海社會科學院出版社，2013 年版，第 481 頁。

6 范泉主編；雨君：《國際問題研究法》，永祥印書館，1947 年版，第 46 頁。

第七章　民國南京政府前期的新聞管理體制和新聞業經營

　　本章主要敘述民國南京政府前期的新聞管理體制和新聞業經營，以使讀者對這一階段中國新聞業的這兩個側面有更爲具體的瞭解。

第一節　民國南京政府前期的新聞業管理體制

　　和民國北京政府相比，民國南京政府對新聞業管理體制的建設有了明顯進步。被國民黨右派「清黨」血腥鎮壓的中國共產黨人與國民黨展開了「工農武裝割據」，並在相對穩定的紅色根據地逐步建立起紅色新聞業及其管理體制。

一、民國南京政府前期的新聞業管理體制

　　爲了控制輿論，鞏固南京政權，國民黨建立起了包括黨政雙重管理組織機制、新聞行業准入機制等在內的新聞業管理體制，基本實現了對新聞輿論的統一監管，但國民黨建立的新聞業管理體制在執行中漏洞百出，效率低下。這一體制在國民黨統治的核心區域——江浙地區的執行相對較好。

（一）法定的新聞自由保護制度

　　國民黨及民國南京政府在憲法、民法、刑法等層面建立了法定的新聞自由保護制度。一是通過憲法性質的《中華民國訓政時期約法》及《中華民國憲法》（草案）從國家根本大法層面明確人民享有新聞言論自由權。《中華民

國訓政時期約法》規定「人民有發表言論及刊行著作之自由」、「人民有通信、通電秘密之自由」、「人民有結社集會之自由」並規定這些自由「非依法律不得停止或限制之。」《中華民國憲法草案》（五五憲法）規定「人民有言論、著作及出版之自由。」

　　二是在民法、著作權法等國家基本法層面也對人民新聞言論自由權提供保護。1929 年公布的《中華民國民法》規定「一方以文學、科學、藝術或其他之著作，作為出版而交付於他方，他方擔任印刷或以其他方法重製及發行之契約。投稿於新聞紙或雜誌經刊登者，推定成立出版契約；出版權與出版權授予人依出版契約將著作交付於出版人時，授予出版人。出版權依前項規定與出版人之出版權於出版契約終了時消滅。」1928 年《著作權法》規定「書籍、論著及說部；樂譜、劇本；圖畫、字帖；照片、雕刻、模型；其他關於文藝學術或美術之著作物。其中樂譜、劇本有著作權者，並得專有公開演奏或排演之權。」這些法律把新聞中論著、說部、圖畫、照片、文學藝術作品等都列入著作權保護範圍。

　　此外民國南京政府還曾通過《保障輿論令》、《保障新聞事業人員令》等長官手令和行政命令方式保護新聞自由權。

（二）黨政雙重管理新聞業的制度

　　民國南京政府的最高決策與領導機構——國民黨中央執行委員會政治會議，成立宣傳委會或文化事業計劃委員會專門統一規劃、指導與決策新聞業管理，在政黨團體與政府行政部門建立一套相互獨立又相互支持的新聞管理體制。

1、以國民黨中央宣傳部為核心的黨部新聞管理系統

　　國民黨中宣部承擔直接指揮、領導與管理全國新聞宣傳業務的職能。1928年 3 月的《中央執行委員會宣傳部組織條例》確定中宣部下設普通宣傳、特種宣傳、國際宣傳、徵審、出版、總務六科，附設中央圖書館、中央日報社及中央通訊社等單位（1928 年 11 月增加指導科，負責黨內外新聞出版的指導工作）。1931 年改為中央宣傳委員會，下設指導、新聞、國際、文藝、編審、總務六科。新聞科下設管理股和審查股。1935 年恢復為宣傳部，下設新聞事業處和出版事業處分管新聞、出版事務。1936 年下設機構改組為宣傳指導、新聞事業、電影事業、國際宣傳和總務五處，新聞事業處專門負責統籌管理

新聞出版相關事宜。地方黨部宣傳部負責指導與管理所轄地的新聞宣傳業務。中央宣傳部附設中央通訊社、中央日報、中央廣播電臺，授權統一發布和報導國內外重大新聞，壟斷國內外主要新聞來源，同時對黨國政要及各方面消息負有迅速宣傳與精密審查的重任，以引領全國新聞業發展。

國民黨中央新聞檢查處作為國民黨中央新聞管理的執行機構，1933 年設立。隸屬國民黨中央執行委員會，由中央宣傳委員會主任葉楚傖兼任處長。1933 年 9 月在南京、上海、北平、天津、漢口等重要都市設立新聞檢查所，各重要縣市設立新聞檢查室。新聞檢查處（室）的職責是「掌理全國各大都市新聞檢查事宜」，「對各地電報檢查機關應取嚴密之聯絡」，「對各地新聞檢查所有所指示，應隨時抄送中宣會參考」，「處理所有關於各地報社違犯檢查辦法之處分及糾正」。

2、以行政院內政部為最高管理機構的行政新聞事業管理系統

行政院內政部是代表政府實施新聞出版管理職責的機構。《出版法》、《著作權法》規定行政院內政部負責出版品、著作權的登記註冊和審查，審查非涉及黨義黨務的內容。內政部下設「內政部警政司」，既是管理全國警察的最高機關，也是負責管轄出版物登記及著作權的國家機關。

（三）嚴格的新聞准入制度

國民黨為了統一輿論、有效管理全國新聞事業，對報紙、期刊實行登記制、發行許可證制，對廣播無線電臺實行創辦、收聽執照制。

1、對著作權、報紙、雜誌實行出版登記與發放許可證制度

為了保護報紙、雜誌的新聞宣傳作品的著作權，民國南京政府對社會所有著作權註冊登記並頒發執照，《著作權法施行細則》規定「著作物之註冊，由內政部將應登記之事項，登記著作物註冊簿上為之。著作物註冊後，應由內政部發給執照，並刊登政府公報公告之。」國民黨中央執委會常務會議通過的《日報登記辦法》，要求全國報紙均按該辦法申請審核登記。《中華民國出版法》對報紙、雜誌的創辦程序、申請條件、刊物內容、形式作了統一規定。規定報紙或雜誌必須申請登記方可公開發行售賣。同時規定「為新聞紙或雜誌之發行者，應於首次發行期十五日前，以書面陳明下列各款事項（略），呈由發行所所在地所屬省政府或隸屬於行政院之市政府，轉內政部聲請登記」；規定「新聞紙或雜誌應記載發行人及編輯人之姓名、發行年月日、發行

所印刷所之名稱及所在地。」對停止出版發行的報紙、雜誌實行注銷制。對報紙、雜誌發行人或編輯人身份做出明確資格限制，規定「在國內無住所者；被處徒刑或一月以上之拘役在執行中者；剝奪公權尚未復權者」，「不得爲新聞紙或雜誌之發行人或編輯人。」

2、對廣播無線電臺的創辦、使用實行營業執照與收聽執照制度

1928 年 12 月 13 日頒行《中華民國廣播無線電臺條例》規定對廣播無線電臺的創辦實行營業執照、付費收聽推行收聽執照制度。規定「廣播電臺之周率（波長）應遵照中華民國無線電周率（波長）分配表之規定。」「乙種（付費收聽）廣播電臺每地限設一臺。」任何公眾團體或私人創設廣播無線電臺都事前申請獲得營造證，工程建設通過驗收後領取廣播無線臺營業執照，該營業執照有效期五年。規定「廣播電臺得由中華民國政府機關公眾或私人團體或私人設立，但事前須經國民政府建設委員會無線電管理處之特許，違者由當地負責機關制止其設立。」「廣播無線電臺經無線電管理處派員查驗後，如與營造證所開各項並無不合者，得由處發給廣播無線電臺執照，隨繳執照費，甲種廣播電臺四十元，乙種廣播電臺一百元。」規定「廣播電臺之執照自發給之日起，以五年爲有效期間，逾期須另換新照。」交通部 1929 年 4 月頒行《廣播無線電臺及其裝設及使用暫行章程》，規定「廣播無線電臺除供作廣播新聞、講演、商情、歌曲、音樂等項外，不得作其他任何通行之用。」1935 年 8 月交通部通令全國實行收音機登記，由交通部發給執照方可收聽，違者按《電訊條例》處罰。另外交通部還頒布了《廣播無線電收聽機裝設及使用暫行章程》、《裝設廣播無線電收音機登記暫行章程》、《民營廣播無線電臺暫行取締規則》等廣播無線電臺行政管理條例。

3、對外籍新聞記者及軍事採訪實行統一登記或許可

規定外籍新聞記者必須向外交部情報司註冊登記方可在國內進行新聞活動，《頒發外籍新聞記者註冊證規則》（1933 年 3 月 16 日外交部公布）規定「凡外籍新聞記者如欲在中國境內執行記者職務，應呈請本部情報司發給註冊證。」[1] 還頒布《新聞記者隨軍規則》統一規範新聞記者的隨軍採訪活動。

1　《頒發外籍新聞記者註冊證規則》（民國 22 年 3 月 16 日外交部公布），劉哲民編：《近現代出版新聞法規彙編》，學林出版社，1992 年版，第 515 頁。

（四）嚴格的新聞宣傳審查制度

爲了統一與控制新聞輿論，國民黨中央宣傳部發布了一系列新聞審查的法令制度，建立了一套嚴格的新聞審查標準及審查程序、審查實施制度。

1、新聞宣傳品審查制度

明確宣傳品審查的範圍，1929 年 1 月 10 日公布的《宣傳品審查條例》規定「各級黨部之宣傳品；各級宣傳機關關於黨政之宣傳品；黨內外之報紙及通訊稿；有關黨政宣傳之定期刊物；有關黨政之書籍；有關黨政宣傳之各種戲曲、電影；其他有關黨政之一切傳單、標語、公文函件、通電等宣傳品」都屬審查範圍。

規定「各級黨部及黨員印行之宣傳品及與有關之刊物，均須一律呈送中央宣傳部審查；凡不屬本黨而與黨政有關之各種宣傳品，除由中央宣傳部調查徵集外，其關係重大者，各級黨部須隨時查察徵集，呈送中央宣傳部審查。」《出版法》規定「新聞紙或雜誌之發行人，應於發行時以二份寄送內政部。一份寄送發行所所在地所屬省政府或市政府，一份寄送發行所所在地之檢察署。其中新聞紙或雜誌有關於黨義、黨務事項之登載者，並應以一份寄送省黨部或等於省黨部之黨部，一份寄送中央黨部宣傳部。」

不斷修訂宣傳品審查標準。除在「刑法」中規定言論自由範圍外，1931年《出版法》規定出版品不得記載「意圖破壞中國國民黨或三民主義者；意圖顛覆國民政府或損害中華民國利益者；意圖破壞公共秩序者；妨害善良風俗者。」「不得登載禁止公開訴訟事件之辯論。」規定「戰時或遇有變亂及其他特殊必要時，得依國民政府命令之規定，禁止或限制出版品關於軍事或外交事項之登載。」1931 年《出版法施行細則》規定：「文書、圖畫，引用或闡發中國國民黨黨義者；記載有關中國國民黨黨義、黨務或黨史者；所載未直接涉及中國國民黨黨務、黨史，但與中國國民黨黨義、黨務、黨史有理論上或實際上之關係者；涉及中國國民黨主義或政綱、政策之實際推行者」，「均屬有關黨義黨務事項之出版品，適用出版法第七條、第十三條及第十五條之規定」。1932 年 11 月 24 日修正通過《宣傳品審查標準》禁止「謬誤的宣傳品：曲解本黨主義、政綱及決議者；誤解本黨主義、政綱、政策及決議者；思想怪癖或提倡迷信，足以影響社會者；記載失實，足以影響視聽者；對法律認可之宗教，非從事學理探討，徒事詆毀者。」絕對禁止「反動的宣傳品：爲其他國家宣傳危害中華民國者；宣傳共產主義及鼓動階級鬥爭者；宣傳國家

主義、無政府主義及其他主義而有危害黨國之言論者；對本黨主義、政綱、政策及決議惡意詆毀者；對本黨及政府之設施惡意詆毀者；挑撥離間分化本黨，危害統一者；誣衊中央，妄造謠言，淆亂人心者；挑撥離間及分化國族間各部分者。」

統一規定審查處理標準。規定「各種宣傳品經審查後之處理法：對於本黨主義、政綱、政策、決議案及一切黨政事實，能正確認識而有所闡發貢獻者，得嘉獎提倡之；謬誤者糾正或訓斥之；反動者查禁、查封或究辦之。」國民黨總裁蔣介石曾對新聞審查的要求發表談話強調：「關於開放言論，除刑法及出版法已有規定外，只對於下列三種，不能不禁止：一、宣傳赤化與危害國家，擾亂地方治安之言論與記載。二、洩露軍事外交之機密。三、有意顛倒是非，捏造毫無事實根據之謠言。」[1]此外還出臺了《審查刊物條例》、《指導普通刊物條例》等宣傳品審查的針對性法規。

2、實施新聞檢查制度

為控制新聞輿論，國民黨在重要都市及省市設立新聞檢查所對新聞紙專門檢查。1933 年《重要都市新聞檢查辦法》規定在「各重要都市如南京、上海、北平、天津、漢口，遇有檢查新聞必要時，經中央執行委員會常務會議核准，得設立新聞檢查所，受中央宣傳委員會之指導，主持各該地新聞檢查事宜。」特別規定「首都新聞檢查所，由中央宣傳委員會會同軍事委員會及行政院派員組織之。新聞團體得派代表一人參加。其他各地新聞檢查所，應由中央宣傳委員會（或當地高級黨部）會同當地高級政府及高級軍事機關派員組織之，當地新聞團體得派代表一人參加。」先後制定《新聞檢查標準》、《檢查新聞辦法大綱》、《各省市新聞檢查所新聞檢查規程》等深化新聞檢查的操作與實施的法規。

3、對廣播無線電臺實施新聞檢查制度

為加強對全國廣播無線電臺新聞宣傳內容的統一管理，國民政府建設委員會制定《中華民國廣播無線電臺條例》規定「廣播電臺之業務以左（下）列各項為限：公益演講；新聞、商情、氣象等項之報告；音樂、歌曲及其他娛樂節目；商業廣告，但不得逾每日廣播時間十分之一。」在廣播的內容方面，規定「廣播電臺不得廣播一切違背黨義、危害治安、有傷風化之一切事

1　馬星野：《三民主義的新聞事業建設》，《青年中國季刊》，1939 年版。

項，違者送交法庭訊辦。」此外還規定「無線電管理處於必要時得收管或停止私家廣播電臺」、「廣播電臺對於無線電管理處稽察員隨時入臺檢查時不得拒絕」、「廣播電臺執照不准移轉於其他廣播電臺，違者注銷其執照」及「廣播電臺對於執照內所開各項非先得無線電管理處之許可，不得任意更換，違者撤銷其執照。」

（四）統一的新聞傳遞優惠制度

國民黨及民國南京政府為支持新聞業發展，在電報、郵寄及空運等方面制定了新聞郵運優惠制度與措施。

1、傳輸新聞電報的優惠法規

1934 年交通部《新聞電報規則》規定推行優惠方便的資費制度，規定新聞電報付費按照程序與規定可以收報人付費，也可以發報人付費。且新聞電報按照國內國際與是否加急等差異分類收費。國內新聞電報分為尋常新聞電報與加急新聞電報，國際新聞電報分為尋常新聞電報、加急新聞電報與遲緩新聞電報，其中遲緩與尋常新聞電報依特定價收費，加急新聞電報按尋常電報價格收費。還就電報文字的使用範圍做出明確規定，該法規規定國內新聞電報應用中文、英文及羅馬字拼音明語書寫，國際新聞電報則限定使用中文、法文、英文、收報局所在國家指定準用文字以及收報新聞機關發刊之文字。[1]

2、新聞郵政服務的優惠措施

民國南京政府郵政總局 1933 年頒行《中華郵政新聞紙章程總則》規定「新聞紙須先在郵務管理局掛號，才能作為新聞紙類郵寄，並可享受郵資優惠」，否則按普通印刷物繳納郵資。[2]1934 年 4 月 1 日交通部公布《郵局代訂刊物簡章》規定所有辦理郵局代訂的報紙、雜誌在向「郵政管理局申請登記」後，「郵寄代訂刊物，按該刊物售價扣除手續費，計雜誌百分之十五，新聞紙百分之三十，其餘數即匯寄發行人。由發行人繕具訂單，寄回存查。」交通部還發布了《郵局代訂刊物辦事細則》、《郵局代購書籍章程》等新聞優惠制度實施的規章。

1　《新聞電報規則》（民國 23 年 5 月 21 日交通部修正公布）劉哲民編：《近現代出版新聞法規彙編》，學林出版社，1992 年版，第 471～475 頁。

2　《中華郵政新聞紙章程總則》，《江蘇月報》，1934 年版，第 23～25 頁。

3、航空載報收費的優惠政策

交通部 1933 年 4 月制定《航空載報減收運費規定》規定「郵局收取新聞紙航空寄費，原係每一航區十二公分，銀洋一角五分。現改爲不論航區，每五十公分，收取一角五分。又郵局給付主管歐亞兩航空公司之新聞紙運費，原係每一航區每公斤七元五角，現自同日起。改爲不論航區，每公斤給付三元。」[1]

（五）統一的新聞獎懲制度

爲了有效地統一管理和控制全國新聞輿論，國民政府還就新聞報導的事後獎勵或追懲制定了相應制度標準，加強了新聞報導的事後管理。

1、對優秀新聞宣傳品的獎勵制度

《黨義著述獎勵辦法》規定「於本黨主義、政綱、政策、史實有特殊之貢獻者；能將黨義描寫爲優良文藝作品者；對於本黨主義、政綱、政策爲有系統之解釋者；依據本黨主義、政綱、政策、史實對反動作品加以精密批評者」得「請中央給予獎勵」。「獎勵之辦法」包括「給予獎狀；介紹刊布；通令全國作爲學校之黨義課程參考書或黨員必讀書籍；給予獎金，其金額分爲五等：甲等二千元，乙等一千元，丙等五百元，丁等三百元，戊等二百元。」國民黨《中央宣傳部獎勵翻印總理遺教辦法》還專門獎勵有關孫中山遺教研究的著述。

2、嚴格的事後懲罰制度

國民黨及民國南京政府通過刑法等規定處罰罰則及《著作權法》、《出版法》的懲罰規定對違法違規的新聞宣傳的事後懲罰和處罰。

「刑法」及相關法律規定對新聞宣傳犯罪行爲追究刑事責任。1928 年《中華民國刑法》規定「以文字、圖畫、演說或他法，公然爲下列行爲之一者：煽惑他人犯罪者；煽惑他人違背法令，或抗拒合法之命令者；頌揚他人所犯之罪，致危害於公安者。」1935 年《中華民國刑法》規定：「意圖散佈於眾而指謫或傳述足以毀損他人名譽之事者，爲誹謗罪。處以一年以下有期徒刑、拘役或五百元以下罰金。散佈文字、圖畫犯前款識罪者，處以二年以下有期徒刑、拘役或一千元以下罰金。」1931 年《危害民國緊急治罪法》規定「以

---

[1]《交通部航空載報減收運費規定》，趙君豪：《中國近代之報業》，周谷城主編：《民國叢書》（第 2 編第 49 冊），上海書店，1990 年版，第 311 頁。

文字圖書或演說爲叛國之宣傳處死刑或無期刑法」、「與叛徒勾結或擾亂治安或爲之輾轉宣傳等行爲，處無期或十年以上有期徒刑。等刑事處罰。」[1]1934年《戒嚴法》、1936年《維持治安緊急辦法》等對新聞宣傳犯罪行爲都有相應刑事處罰規定。

　　新聞出版專門法規明確規定對新聞宣傳犯罪行爲的事後懲罰。1928年《著作權法》規定：「內政部於著作物呈請註冊時，發現其有下列情事之一者，得拒絕註冊：顯違黨義者；其他經法律規定禁止發行者。」規定：「著作權經註冊後，其權利人得對於他人之翻印、仿製或以其他方法侵害利益，提起訴訟。」規定：「翻印、仿製及以其他方法侵害他人之著作權者，處五百元以下、五十元以上之罰金。其知情代爲出售者亦同。」1930年12月公布的《出版法》規定「不爲第七條或第八條之聲請登記，或就應登記之事項爲不實之陳述而發行新聞紙或雜誌者，省政府或市政府得於其爲合法之聲請登記前，停止該新聞紙或雜誌之發行。」規定「內政部認出版品載有第十九條各款所列事項之一，或違背第二十一條所定禁止或限制之事項者，得指明該事項，禁止出版品之出售及散佈，並得於必要時扣押之」；「不爲第七條或第八條之聲請登記而發行新聞紙或雜誌者，處二百元以下之罰金」及「第十條各款所列之人發行或編輯新聞紙或雜誌者，處二百元以下之罰金。」

二、中國共產黨的新聞業管理體制

　　隨著各地革命根據地的建立和相對穩定，中國共產黨及其領導的工農蘇維埃政府逐漸建立起一套既有別於國民黨統治區新聞業及其管理體制，也有別於蘇聯新聞業及其管理體制的中國紅色新聞業及其管理體制。

（一）重新明確黨報的地位和功能

　　1931年1月21日，中共中央爲「糾正過去一來和等待通告的指導之習慣」，「決定改變過去發表極長的分析政治的通告的方式，而以黨報的社論爲代表中央政治局在政治上的分析與策略的指導，一切重要工作的具體指示，決以政治局的決議案來指導各級黨部。各級黨部必須切實而普遍的發到所有支部中去討論執行，全體同志應根據黨報的分析與指導來討論工作。」[2]這一

1　《危害民國緊急治罪法》，《立法院公報》，1931年版，第110～177頁。
2　《中共中央通告第二〇三號》，《中國共產黨新聞工作文件彙編》（上），新華出版社，1980年版，第70頁。

決定意味著黨報尤其是黨報社論事實上成爲中共中央核心意見的主要通知者，強化了黨報的核心地位。黨報的功能發生根本性轉變，不再僅僅是評論者或者宣傳者，而是中央意見的發布者。

1931 年 1 月 27 日，中共中央發布關於黨報的決議，指出「在立三路線之下，黨報形成一個單傳的對外的宣傳品，失卻其對黨的工作及群眾工作的領導作用」，「黨報不能回答一切實際工作中的問題，使理論問題的文章不能很好地聯繫到實際工作」。[1]爲此，必須改變目前狀況，重新認識到黨報必須成爲黨的工作及群眾工作的領導者，成爲擴大黨在群眾中影響的有力的工具，成爲群眾的組織者。[2]黨報是「黨的工作及群眾工作的領導者」，不僅傳播黨的思想，更要「要解說中共革命的理念問題策略問題，解說黨目前的中心口號」，發揮黨報「成爲擴大黨在群眾中影響的有力的工具，成爲群眾的組織者」的作用。黨報成爲「領導全黨的鬥爭，組織廣大群眾在黨的政治主張周圍的一種最重要的武器」。[3]

（二）重建新聞管理機構與制度

1929 年 6 月 25 日發布的《中共六屆二中全會宣傳工作決議案》重新釐清了黨的新聞管理的機構與制度問題，明確了新聞宣傳工作中的運作方式：一是明確規定「各級黨部必須有專門執行宣傳工作的組織」。[4]進一步健全宣傳部，中央宣傳部的職能不僅僅是進行中央內部的宣傳工作，更重要的是要對全國範圍內的新聞宣傳工作有著切實的領導與指導作用。各級省委及地方也需要有自己的宣傳部，其分管範圍分別爲省內和地方內部。即便是各個支部，也要設立專門的宣傳幹事，不應該由支部的書記同時兼任宣傳幹事。[5]二是規定「黨報委員會應當與宣傳部劃分清白」。[6]在明確宣傳部作用的同時，明確黨

---

1 《中共中央政治局關於黨報的決議》，《中國共產黨新聞工作文件彙編》（上），新華出版社，1980 年版，第 71 頁。

2 《中共中央政治局關於黨報的決議》，《中國共產黨新聞工作文件彙編》（上），新華出版社，1980 年版，第 71～72 頁。

3 倪延年：《中國新聞法制史》，南京師範大學出版社，2013 年版，第 224 頁。

4 《中共六屆二中全會宣傳工作決議案》，《中國共產黨新聞工作文件彙編》（上），新華出版社，1980 年版，第 59 頁。

5 《中共六屆二中全會宣傳工作決議案》，《中國共產黨新聞工作文件彙編》（上），新華出版社，1980 年版，第 59 頁。

6 《中共六屆二中全會宣傳工作決議案》，《中國共產黨新聞工作文件彙編》（上），新華出版社，1980 年版，第 59 頁。

報委員會的功能。文件指出「黨報委員會在中央以政局全體委員充當，在省委及地方黨部應以全體常委充當，只有這樣才能使整個組織直接主義黨報，才能使黨報眞正代表黨的正式意見」。[1]目的在於將黨報功能發揮到最大，讓黨報成爲黨的意見的代言人。三是明確了中央和省委宣傳部的組織架構。中央宣傳部應該對全國宣傳工作負責，與各省之間展開互動。同時收集地方經驗，指導各地工作。省委宣傳部也應按照中央要求，盡可能建立健全自己的組織架構。要切實指導全省範圍內的宣傳工作，不能僅僅是一個簡單的技術工作的機關。[2]該決議還對地方黨部和區委的宣傳部建設以及支部宣傳幹事的發展作了詳細規定。可以說，這一決議在很大程度上重新確立了以宣傳部爲中心的新聞管理架構，從中央宣傳部到地方宣傳部，從宣傳部的整體職能到各個部門的具體責任，都進行了明確的規定。

《中央政治局關於黨報的決議》則規定了黨報自身運作的組織架構。文件將《紅旗日報》定爲「中央機關報」；將《實話》定爲「中央經濟政治機關報」；將《布報》定爲「中央理論機關報」，將《黨的建設》定爲「中央關於組織問題機關報」。在此基礎上「成立中央黨報委員會，負責中央黨報一切領導」；同時「各機關報設主筆一人，四主筆成立一中央黨報編輯處」，在明確中央黨報的編輯運作組織的同時，也給地方做出了樣子。

（三）調整黨對新聞宣傳的指導方法

1928 年中共中央決定，「各地黨部須出版一種或以上的灰色刊物，以執行我們的宣傳鼓動工作，尤其是關於小資產階級的宣傳鼓動工作」。明確規定「這種刊物是灰色的，因此不能登載黨的文件或論文中露出與黨有組織關聯的話，而應作爲第三種人的口氣，既非國民黨也非共產黨」、「這種刊物說話的態度，不是拿黨的口氣的，也不是完全按照黨的政策和口號的，她的使命只在如何使小資產階級脫離國民黨的影響而投到我們方面來或力守中立。[3]當然，灰色刊物並不能取代旗幟鮮明的黨報主張」。「各級黨部在進行

---

1 《中共六屆二中全會宣傳工作決議案》，《中國共產黨新聞工作文件彙編》（上），新華出版社，1980 年版，第 59 頁。

2 《中共六屆二中全會宣傳工作決議案》，《中國共產黨新聞工作文件彙編》（上），新華出版社，1980 年版，第 60 頁。

3 《中共中央通告第五十五號》，《中國共產黨新聞工作文件彙編》（上），新華出版社，1980 年版，第 39 頁。

反帝宣傳工作中須注意時常用黨的名義發表黨的主張」，「設法廣泛推銷黨的刊物」[1]。

紅軍長征到達陝北後，國內矛盾已漸漸發生變化，中華民族與日本侵略者的民族矛盾逐漸上升爲主要矛盾。中國共產黨再次反思當時新聞宣傳中已不再適用的工作方法，如「抗日救國會的報紙與宣傳品，常常將黨的主張黨的口號都囫圇地吞下去，這就失去了抗日救國會在聯合戰線中的作用」[2]。中共中央指示全黨「我們的宣傳工作，必須爲適合於黨的策略路線，適合於奪取更廣大的群眾，適應於民族革命統一戰線而急劇的轉變」[3]。要求「一切的宣傳必須普遍深入，通俗簡明，改變過去一些高談闊論使人煩厭的宣傳」，「一切的宣傳工作中必須與組織上的團結緊密的聯繫起來」[4]。

（四）建設和管理黨報通信員隊伍

加強通信員隊伍的建設與管理是這一階段紅色新聞業管理體制的重要內容。也是與前一階段相比的一個明顯變化。中共中央認爲「過去中央黨報有一個很大的缺點，就是它不能反映全國的政治局勢及群眾鬥爭的情形」，原因是「中央黨報沒有建立各省及各重要區域之切實的通信員」[5]。爲此發布了《中央黨報通信員條例》，規定「各省至少必有一個中央黨報通信員，由省委指定當地同志充任。若有離省距離太遠的重要產業區域，或武裝鬥爭區域，則省委必須負責在那裡同樣建立中央黨報通信員」；「省委的責任，不僅在於指定通信員的責任人，而更必須負責督促通信員的工作，並加以工作上的指導」；「中央黨報通信員每半年作一總的政治形勢與群眾鬥爭的通信，每月作一次經常的通信，在發生重要事變及嚴重鬥爭的時候，必須隨時做通信」；「通信員不僅報告政治形勢及群眾鬥爭的事實，並必需儘量的搜集當地各種政治策略問題的觀點，爭論，等等，以供給中央黨報的參考」；「通信員之通信，最

1　《中共中央通告第五十五號》，《中國共產黨新聞工作文件彙編》（上），新華出版社，1980 年版，第 39～40 頁。

2　《中共中央爲轉變目前宣傳工作給各級黨部的信》，《中國共產黨新聞工作文件彙編》（上），新華出版社，1980 年版，第 82～83 頁。

3　《中共中央爲轉變目前宣傳工作給各級黨部的信》，《中國共產黨新聞工作文件彙編》（上），新華出版社，1980 年版，第 83 頁。

4　《中共中央爲轉變目前宣傳工作給各級黨部的信》，《中國共產黨新聞工作文件彙編》（上），新華出版社，1980 年版，第 84 頁。

5　《中共中央通知第七十二號——中央黨報通信員條例》，《中國共產黨新聞工作文件彙編》（上），新華出版社，1980 年版，第 62 頁。

好經過當地省委或宣傳部的審查。最好能加以修改，若時間不足可加以附評。但無論如何，此項通信必須立刻發出，不得遲誤」及「省委一定要注意通信員的人選，不得以不能負責的同志敷衍，到期沒有通信，責任由省委負擔。」[1]《條例》從多個層面闡述了建立通信員制度的必要性、重要性和基本原則，為通信員制度建立和發展提供了指導。

1930 年頒布的《中共中央黨報通訊員條例》進一步細化和完善了有關規定，通信員制度在中央黨報系統得到確立。1931 年《中共中央政治局關於黨報的決議》中重申建立通訊員的重要性，明確指出要「建立中央黨報的通信網，指定各地同志負責通信，寫文章，督促發行，及建立工農通訊員及讀報班。由黨報委員會起草詳細計劃」。[2]

同年發布的《中共中央關於加強黨報領導作用的決議》六項中有四項涉及通訊網制度：「二、各級黨部必須立刻擔負起給中央日報建立通訊網的責任。各省委各區委各支部須指定某一同志負責擔任通訊網的建立，在各工廠、各礦山、各企業、各學校以至各鄉村中訓練出工農通訊員（黨員或非黨員）並組織他們」；「三、各級黨部負通訊責任的同志必須經常搜集並編撰各種通訊交給各自的省委，由省委直轉中央日報社。在通訊網沒有建立以前，省委通訊員必須於每星期內供給中央二篇關於工農鬥爭的通訊稿子」；「四、出版《紅旗日報》的各省委，尤其應該迅速執行此決議。為中央日報通訊與通訊網的建立，就應該是各省紅旗報的編輯部負責同志」和「五、蘇區通訊網建立的責任，在目前擁護蘇維埃的運動中，尤其有特別重大的意義。中央責成各蘇區的中央局立刻開始這一工作。[3]

（五）建立全國性的發行網絡

中國共產黨在新聞管理中對發行、推銷等工作一直予以較高關注。1931年1月27日《中共中央政治局關於黨報的決議》明確提出要建立新聞發行網絡。指出「為建立黨的及其他革命刊物的全國完備發行網，應當在中央、省

---

1 《中共中央通知第七十二號——中央黨報通信員條例》，《中國共產黨新聞工作文件彙編》（上），新華出版社，1980 年版，第 62 頁。

2 《中共中央政治局關於黨報的決議》，《中國共產黨新聞工作文件彙編》（上），新華出版社，1980 年版，第 72 頁。

3 《中共中央關於加強黨報領導作用的決議》，《中國共產黨新聞工作文件彙編》（上），新華出版社，1980 年版，第 76 頁。

委、區委成立發行部（或科），管理整個發行網的工作」。[1]中共對出版發行進行了細緻部署：要求在中央、省委和區委各自成立發行部門，由上而下搭建起全國性的發行網絡；「中央及各級黨部應當經過黨團，建立工會、青年團、互濟會及其他團體的自下而上的發行系統」，兩種方式貫通一致，形成一個全面的發行系統。建立全國性發行網絡的整體部署，彰顯出中國共產黨對出版發行工作的管理思路。

中共中央設計的全國發行網制度主要有三個方面：一是在全國各個中心城市建立系統的發行路線，從而確保中央的各種出版物能夠按時按量送達，同時各個地方的出版物也可以與中央的出版物進行交換；二是要在蘇區建立發行網絡，供給各類刊物；三是要建立關於發行工作的巡視制度，由中央的或出版部的巡視員調查某一省份的發行建設工作，糾正錯誤並指導部署。[2]

在發行網的組織建設上，中共中央提出了五點要求：組建四人或四人以上的省委發行組織，管理與省委及區委的發行關係；區委將刊物發行給支部，支部發行給黨員，黨員發行給群眾；各群眾組織中的黨團負責給工會等群眾組織進行發行工作；要在檢查工作與報告工作中，對發行工作必須進行檢查報告；要及時統計發行數量，遞交上級或中央。[3]由此中國共產黨搭建了從中央到省委、到區委、到支部、到黨員、再到群眾的一整套發行網絡。通過建設完整高效的發行網絡，保證黨的新聞宣傳意見能夠層層傳遞，由中央直至地方，由黨內直至群眾。

第二節　民國南京政府前期的新聞業經營

民國南京政府前期的新聞業經營呈現出多樣化、現代化且不均衡的顯著特徵。總體說來大報普遍實行企業化經營，民營大報的企業化經營尤為突出且成效卓著。國民黨黨報 1932 年前後紛紛改組，《中央日報》的企業化經營較為成功。囿於特殊生存環境，中國共產黨報業採取相對統一的經營管理模

1　《中共中央政治局關於黨報的決議》，《中國共產黨新聞工作文件彙編》（上），新華出版社，1980 年版，第 72 頁。
2　《中共中央關於建立全國發行工作決議案》，《中國共產黨新聞工作文件彙編》（上），新華出版社，1980 年版，第 74 頁。
3　《中共中央關於建立全國發行工作決議案》，《中國共產黨新聞工作文件彙編》（上），新華出版社，1980 年版，第 75 頁。

式，非常重視發行業務。都市小報依然保持手工作坊式的經營模式。這時期廣播電臺、通訊社及在華外報的經營較爲複雜。其中國民黨中央廣播電臺、中央通訊社開始了企業化經營的探索。外國在華媒體的經營問題更爲複雜，經營水平卻偏低。

一、民國南京政府前期新聞業的經營概述

民國南京政府前期，中國政治權勢結構中外勾連，階級矛盾與民族矛盾交織，半殖民地經濟有較快發展，新聞事業多元雜處，使本時期的新聞業經營表現出鮮明的多樣化、現代化和非均衡的特徵。

（一）民營報紙經營的企業化、現代化現象初現

早在民國初年，《申報》《新聞報》即開啓企業化經營之路，20 世紀 30 年代《申報》《新聞報》等企業化經營朝縱深發展，出現規模化、集中化趨勢。

早在 1889 年，《申報》由個人經營改組爲股份有限公司。本時期的史量才已擁有《申報》全部股份，在史量才謀劃及改革下，1934 年《申報》館發展成爲以《申報》爲中心，擁有《新聞報》、月刊、年鑒、圖書館、學校等文化企業的集團，《申報館》改革組織機構設立總管理處統籌管理。《新聞報》「股權轉讓風波」後改組爲《新聞報》華商股份公司，成立了新董事會，史方董事吳蘊齋、錢新之，原董事何聯第、朱子衡，中間董事葉琢堂、秦潤卿。吳蘊齋任董事長，徐來丞任史方監察人；館務由原總理主持，人事制度不變更，管內人員不動。[1]張竹平建立以其爲紐帶的三報一社（《時事新報》、《大陸報》、《大晚報》和申時電訊社）聯合辦事機構，組成「四社」，成爲僅次於史量才的「報業大王」。組成「四社」的各單位都實行股份制，如《時事新報》1930 年組成股份有限公司，資產 20 萬，張竹平任董事長兼經理，董事會由張竹平、汪英賓、潘公弼、熊少豪、程滄波等組成。成舍我以《世界日報》爲中心，構建起由《世界日報》、《世界晚報》、《世界畫報》、《民生報》、《立報》等組成的「世界」報系，其中《立報》向報界人士招股募集 8 萬資本，由田丹佛、成舍我、嚴諤聲、蕭同茲、錢滄碩、管際安、吳中一等爲董事，蕭同茲爲董事長，胡樸安和程滄波爲監察，成舍我任社長，嚴諤聲任總經理。

1　協議內容沒有看到書面文件，係綜合汪仲韋、陶菊隱等人回憶而成。見方漢奇：《中國新聞事業通史》（第二卷），中國人民大學出版社，1996 年版，451 頁。

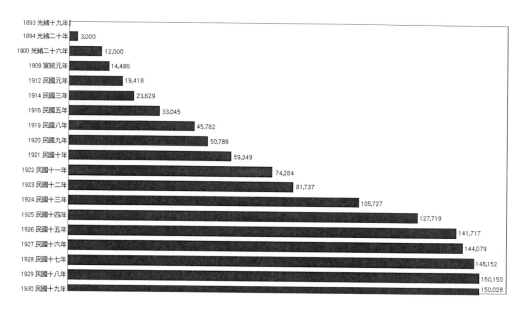

圖 7-1 《新聞報》歷年銷路比較表

　　在天津，吳鼎昌、胡政之、張季鸞組建「新記公司」，續刊新記《大公報》。新記公司由吳鼎昌出資 5 萬元，胡、張以勞力入股，並成立編輯部、經理部、社評委員會等組織機構，實行制度化管理。1928 年雷鳴遠創辦的《益世報》在劉濬卿主持下改組爲股份有限公司以吸納新股、重振報社。南京《新民報》1937 年成立南京新民股份有限公司，以蕭同茲、方治、梁寒操、盧作孚、李洋香、陳銘德、鄧季惺等 13 人爲董事，蕭同茲爲董事長。並建立了財務、發行、廣告、印刷、會計、稽校等制度，邁向企業化經營的道路。

　　民營報業的企業化管理形成潮流，其因主要有三：一是民國南京政府頒布《公司法》的推動。1929 年 12 月 26 日，民國南京政府頒布《公司法》，1931 年 7 月 1 日起施行。《公司法》的實施爲報業組建或改組公司提供了法律依據，新聞報業出現了改組公司註冊社團法人的潮流。二是報業經營規模擴大，傳統經營管理制度已不適應報業規模化生產的新需要。競爭日益激烈的新聞市場也迫使各報刊採取先進的管理制度，提升自身競爭能力。三是泰勒制等西方科學管理思想的引入。19 世紀末 20 世紀初，美國學者泰勒（F.W.Taylor）首創「產業之科學管理運動」，形成於美國資本主義經濟的快速發展時期。全世界迅速掀起科學管理浪潮。泰勒制的目標是如何提高企業生產效率，以期達到「人盡其才事適其人」、「增加效率減低成本」、「勞資合作均擔責任」的

目的。[1]20 世紀初，著名企業家穆藕初[2]最早將泰勒的科學管理思想引入到中國。「到 20 世紀 20～30 年代科學管理理念得到中國企業家的廣泛響應，許多企業在科學管理思想的支配下興起了一場頗具規模的科學管理改革，這是中國歷史上第一次大規模主動吸納異域管理思想文明成果。」[3]新聞業界自然也緊跟這一思潮，紛紛採取科學管理制度。

　　民營大報「做大做強」的規模化經營受到了國民黨的抑制。史量才收購《新聞報》受阻，1934 年又被暗殺。張竹平的「四社」被劫收，成舍我「世界」報系中的《民生報》夭折。其他如南京《新民報》等股份公司都有官方股份或官方身份的國民黨新聞人擔任董事長或重要董事。在杭州、濟南、武漢等城市的許多民營報紙多依靠津貼生存，經營基本處於「個人時代」，它們經常會陷入經營困難，時生時滅。

（二）國民黨新聞業掀起企業化改革浪潮

　　民國南京政府成立後，國民黨著手建立以《中央日報》、中央通訊社、中央廣播電臺為核心的新聞事業，其宣傳力量卻遠遜於民營新聞業。應對「九一八」事變的宣傳無力，國民黨新聞業面臨失去抗日輿論領導權的危險，極為被動。「一二八」事變後，蔣介石著手加強黨營新聞業的建設，命程滄波改革《中央日報》，蕭同茲改革中央通訊社，1932 年 11 月中央廣播電臺的新臺開播掀起了國民黨新聞業改革的一次浪潮。國民黨新聞業的改革以企業化經營管理為改革目標。改革前，國民黨新聞業嚴重依賴津貼，重視宣傳，忽視經營，報社組織取總編輯和總經理分別負責、編輯部與經理部各不相謀的雙軌制，形成國民黨中央黨部或宣傳部控制的編輯部一家獨大，內訌不斷的權力格局。改革後實行社長負責制，下設編輯部、經理部等各部門，淡化黨報

1　泰勒科學管理法包含四個基本原則：（一）科學研究工人的工作及其方法，以取代過去單憑經驗的方法；　（二）用科學方法選擇與培訓職工，使之成長；（三）使管理者與職工精誠合作，保證科學方法的實施；（四）　管理者與工人幾乎均分職責。王撫洲：《工業組織與管理》，商務印書館 1934 年版，第 2～3 頁。

2　穆藕初（1876～1943），名湘玥，上海人。近代著名企業家、管理學家。1909 年自費赴美留學，1915 年歸國後與胞兄穆湘瑤合資創辦德大紗廠，1916 年再與他人合夥創辦厚生紗廠並出任總經理，1919 年籌建豫豐紗廠，並在上海參與創辦恒大紗廠和維大紡織品股份有限公司。穆藕初是中國近代第一個將西方科學管理理論運用到中國企業的企業家。1916 年穆藕初與董東蘇合譯的《工廠適用學理的管理法》成為泰勒《科學管理原理》一書的第一個中譯本。

3　徐敦楷：《民國時期科學管理思想在中國的傳播與運用》，《中南財經政法大學學報》，2010 年版。

色彩，推行企業化經營，意在以廣告收入彌補虧損。但報社人事權、財政權、編輯權仍在國民黨中央宣傳部管控之下。

國民黨新聞業的企業化改革取得了一些積極效果，《中央日報》發行量超過3萬份以上，成爲地區性大報，奠定了最高黨報的地位。中央通訊社成爲全國性通訊社，壟斷新聞消息來源；中央廣播電臺的信號覆蓋全國。在國民黨中央黨部的推動下，國民黨地方黨報也展開了企業化經營的改革，如《東南日報》等國民黨地方黨報的企業化改革也取得了成功，實力大增，在地方一家獨大。

國民黨新聞業的企業化改革，幫助了國民黨新聞業建立了龐大的新聞宣傳網，使國民黨新聞業佔據了民國新聞業的半壁江山，也推動了民國新聞業經營管理的現代化進程。

（三）共產黨報業的經營重在建立通訊網、報刊發行網

中國共產黨自創建起，就將報刊視爲其政治工作的組成部分，始終重視報刊的政治動員、群眾動員、輿論鬥爭等宣傳功能，革命根據地的艱苦環境和國統區的白色恐怖環境，也不利於共產黨報業展開以廣告爲中心的經營管理。因此，共產黨報業的經營重在建通訊員網、建立發行網，以便將中共中央的聲音傳播出去，讓更多的群眾接受。

共產黨報業的通訊網、發行網是依靠黨的組織力量建立起來的。中共中央先後下發了《中央黨報通信員條例》《中共中央政治局關於黨報的決議》《中共中央關於加強黨報領導作用的決議》等文件，指示中共地方黨組織、蘇維埃政府通力合作，搭建了從中央到省委、到區委、到支部、到黨員、再到群眾的一整套發行網絡。《紅色中華》《紅星報》等黨報黨刊也積極努力建立自己的通訊員網、發行網。

（四）其他政黨報刊及外國在華外報的經營水平偏低

「第三黨」、改組派及地方實力派的絕大多數報刊以津貼爲主要經濟來源，以宣傳津貼者的政治主張爲宗旨，以中央社、中央廣播電臺等爲主要消息來源，自採新聞少，廣告相對較少，在國民黨彈壓下時生時滅。外國在華外報的經營情況較爲複雜，《字林西報》等老牌外報的經營已定型，以外商廣告、所在國資助等爲主要經濟來源，在華日本報刊以日本軍國主義資助、日本企業廣告爲主，抗日救亡輿論的興起，國人主動抵制在華日本中文報刊，諸如《順天時報》等報刊的經營陷入困境，不少日本在華報刊不得不停刊。

二、《申報》《新聞報》等民營大報的企業化經營

　　民國南京政府前期，上海、北平、天津等城市的諸如《申報》《新聞報》《大公報》《世界日報》、申時電訊社等民營媒體的企業化經營有聲有色，成就卓越，在民國新聞史上留下了濃墨重彩的一筆。限於篇幅，僅介紹《申報》《新聞報》新記《大公報》及成舍我「世界」報系的企業化經營。

（一）《申報》的漸進式變革

　　經史量才的改革，《申報》在 1932 年前達到了史上的最鼎盛時期，《申報》發行量高達 155900 份，申報館成為擁有四家報刊及學校、年鑑等的文化集團。在史量才的主持下，《申報》自 1930 年起在組織結構、人事管理等方面啓動了漸進式的變革。

1、結構變革：從直線制到直線參謀制

　　1930 年前的《申報》館組織結構是 U 型，基本由總編輯陳景韓、經理張竹平等負責，是公司制最簡單、最古老的結構形式，特點是直線經理被授予全面的職權，有權指揮每一個下屬，優點是結構簡單、決策迅速，職責明確，管理成本低。但部門之間缺乏橫向聯繫，易形成官僚主義作風。陳景韓、張竹平辭職後，史量才決定親自管理申報館，設立總管理處，總攬全報館事權。總管理處為最高權力機構，下設編輯部、營業部、印刷部等機構，其中「營業部」下設「發行處」，該處統管「推廣科」、「零定科」、「外埠科」、「本埠科」四科，分別負責發行促銷、報紙零售、外埠和本地市場的發行工作。還特設「服務科」和「特種發行科」，作為發行業務的補充（見表 7-1）。

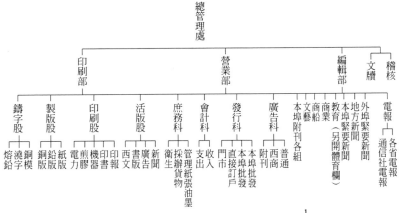

表 7-1：1930 年申報館組織結構圖[1]

1　黃天鵬：《中國新聞事業》，聯合書店，1930 年版，第 53～56 頁。

　　總管理處的設立，意味著申報館組織結構變爲直線—參謀制結構。該結構的優點是減輕直線經理的管理事務負擔，專家的指導和建議，利於公司實行專業化管理，不足是直線部門和參謀部門之間易產生矛盾，參謀權力過大或過小都不利於公司長遠發展。胡道靜認爲，「總管理處的設立是這一時期申報館在組織系統方面的最大革新」。

　　2、人事管理：從「人治」到「法治」

　　在推進申報館組織變革的同時，史量才也推進人事制度改革，使申報館的人事管理逐步走上科學管理之路。

　　一是以「推薦」和招考兩種方式錄用新人才。史量才認爲「子弟兵能盡忠」，沿襲傳統的私人薦舉方式，將本家、親友、同鄉延攬入館安置到一些重要崗位上。這一人才招錄方式帶有封閉的人情關係色彩。1930 年後，申報館也公開招考新聞人員，但爲保證錄用人才質量，多採用「薦舉加招考」方式來考核求職者，使優秀人才得以進入《申報》。對表現突出的工人，史量才也「打破慣例破格錄用」，提升爲職員。

　　二是以薪酬福利等機制建立良好的勞資關係。1927 年上海爆發規模較大的「工潮」。受此影響，《申報》成立工會並與資方協商制訂了工資標準，規定工人最低工資每月 29 元，每年增加 2 元，春節前發給雙薪，且根據報紙一年的營業狀況加發工資若干月作爲獎金（最多一年加發四個月）。1929 年《申報》編輯部要求改良待遇，結果加薪三成了事。[1] 由於勞資關係協調得當，且工資待遇顯然高於當時報館的平均水平，[2]《申報》內部沒有發生過罷工風潮。除工人工資固定外，申報館其他職員的薪資並不固定，高級職員也是如此。如總主筆陳景韓每月工資 600 元，其餘高級職員均在 200～300 元之間。除年底雙薪和數月工資獎金外，史量才視個人情況均發送款額不等的紅包。此外，《申報》薪酬管理有較濃的人性化色彩。如報館內部經常舉辦做壽儀式，爲年事已高的老職工賀壽；日常工作中供給職員膳宿，不收取住宿費，一日三餐免費供給；還創辦申報職工子弟學校，便利職工子弟升學就業，以減輕報館職工的子女教育負擔。

1　黃天鵬：《中國新聞事業》，聯合書店，1930 年版，第 97 頁。
2　胡太春：《中國報業經營管理史》，山西教育出版社，1998 年版，第 64 頁。

（二）《新聞報》的企業化經營管理

《新聞報》一直秉承「無黨無偏、完全中立、經濟自主」的辦報方針，主張「在商言商之主義」，在公司化轉型中進行了一系列卓有成效的組織管理變革。

1、《新聞報》館的機構設置趨向專業化

20 世紀 20 年代，隨著報館業務量的擴大，原有的組織結構不能滿足新的市場需要。汪漢溪遂根據採訪、廣告、發行等業務發展的需要，在編輯部和經理部增設三個科：在發行科之外增設了推廣科；在採訪科之外增設了考核科；在廣告科之外加設準備科，使《新聞報》館的機構設置已趨於完善。戈公振的《中國報學史》將之作爲同時期中國報館組織結構的樣板。[1]由於《新聞報》館組織結構健全，1924 年汪漢溪去世後，《新聞報》的運營幾乎沒有受到多大影響。

1927 年，《新聞報》館逐步形成董事會領導下的總理處負責制，由董事會聘任總經理、總主筆，然後由這些領導人分別聘任下屬機構部門負責人，報董事會備案。1929 年左右，《新聞報》工作人員設有 14 個等級，即總經理、協理、總編輯、部主任、課科股主任、課員、科員、股員、練習生、技術工友、無技術工友、練習工友、館使、館役。到 1934 年一級組織增加至 28 個，製版科新增的股最多，有印機股、電機股、煎膠股、銅版股、賽銀股，從中反映出印刷工藝的進步和分工的細密。[2]通過建立完備的組織架構和管理體制（見表 7-2），《新聞報》逐步走上現代化管理之路。

---

1 戈公振：《中國報學史》，生活・讀書・新知三聯書店，2011 年版，第 187 頁。

2 1924～1934 年，《新聞報》的機構設置不斷擴大，具體來說，總理處直轄科室改稱課，由 6 個增至 10 個；新增的部門有準備課、出納課、統計課和設計課；營業部屬下的收銀科與承印科取消，這兩科的工作由出納課與準備課承擔；準備課主要是事先籌劃廣告的版面，通過總理處命令編輯部按劃定的版面安排新聞和文章。編輯部取消整理科；印刷部取消機械科，增設物料科，原機械科工作由製版科承擔。參見姚福申：《解放前〈新聞報〉經營策略研究》，《新聞大學》1994 年春季號。

新聞報館有限公司組織系統表

股東會
董事會
總理處

印刷部　營業部　編輯部　庶務課　收發課　準備課　出納課　會計課　稽核課　統計課　設計課　文牘課　總務課

印刷部：物料科　製版科　機械科　澆注科　活版科　印刷科
營業部：推廣科　發行科　廣告科
編輯部：藏書科　採訪科　考核科　校對科　翻譯科　文藝科　教育科　經濟科　本埠科　外埠科　電訊科

木工股　賽銀股　銅牌股　銅鋅股　煎膠股　電機股　印機股　鑄字股　鉛版股　紙版股　刻字股　廣告股　新聞股　切訂股　印報股　承印股　售版股　承印股　定票股　遞票股　定報股　遞報股　廣告股　新聞股　圖書股　雜著股　譯電股　收電股

表 7-2：1930 年新聞報館組織結構圖[1]

2、人事管理將剛性制度與人性化管理相融合

本時期，《新聞報》人事管理漸漸擺脫了傳統做法，引入招考制度選拔人才，進一步完善了人員招聘與任用制度。薪酬與福利制度也穩步向前推進，使之更趨於健全、精細。

一是人才錄用以公開招考為主。《新聞報》高級管理職位是「父死子繼」。股權轉讓風波後，《新聞報》取董事會下的總理處或總經理負責制，在人事錄用和任命上已基本形成較完善的制度，對報館所需的大多數員工均向社會公開招考。從現存檔案記錄中可知，至少在 1929 年之後[2]《新聞報》就明確規定，對招錄的任何工作人員均須經過考試的程序，且考試含筆試和口試，考試科目視所需用何種人員而定；對擬錄用人才均要求做嚴格的體格檢驗，並要求保人擔保；招考人員一經錄用，必須經過一到三個月的試用期限。[3]

二是薪酬與績效掛鉤、賞罰分明。汪漢溪經營《新聞報》時期，該報就實行將經濟利益與工作績效掛鉤的考核機制。汪仲韋將之繼承，細化，專門設立考核科，每天核查對比上海各報的版面，發現別家刊出的重要新聞為《新聞報》所漏登的，立即追究脫漏原因，記入考核表，給予應有的處分；凡是

1　《新聞報》概況，上海檔案館館藏檔案，檔案號：Y8-1-20-3。
2　該檔案記錄未注明具體時間，根據記錄內容可推斷當不早於 1929 年。
3　孫慧：《新聞報創辦經過及其概況》，《檔案與史學》2002 年版。原載上海檔案館館藏檔案，檔案號：Q430-1-173。

《新聞報》獲得的獨家新聞，根據其新聞價值，對有功人員作出不同程度的獎勵。獎勵有統一標準，以體現公平競爭的精神。同時根據職工任職之勤勉及有功情況，依據《升級章程》酌定升級及特別超過規定的加薪；對於工作能力薄弱或不努力者，或擴假、請假逾規定日數及遲到早退者，則分別予以降級、減薪、扣薪等處理辦法。[1]此外還根據報館盈利狀況或時局變化，對報館職員、工友酌量分級加薪。可見，《新聞報》在管理中並不一味地固守原有制度，而是通過靈活的激勵機制使管理更富人性化色彩，激發員工的從業積極性。

三是福利制度更健全，頗富人性化。《新聞報》在福利制度方面比同時期的民用報紙更為深入細緻，關心、體恤到了職工生活的方方面面需求和困難。1926年，汪仲韋借鑒了滬杭甬鐵路局的福利制度，擬定了若干條優待職工辦法，內容涵蓋面廣泛，包括醫療、保險、撫恤金、退職金和發放花紅等福利。[2]尚有膳食津貼、公共宿舍、浴室等福利，已訂好計劃，準備購地建造家屬住宅，因抗戰爆發未能實現。這套福利制度「在當時上海各家報館中甚至整個出版界，也是首屈一指。[3]

（三）新記《大公報》的企業化經營

新記《大公報》創刊後，堅守「四不」方針與經濟獨立，開創了文人辦報企業化經營的新路徑。

1、創刊之始就明確組織結構與辦報宗旨

吳鼎昌、胡政之、張季鸞三人復活舊《大公報》時，就商定了該報的組

1　孫慧：《新聞報創辦經過及其概況》，《檔案與史學》2002年版。原載上海檔案館館藏檔案，檔案號：Q430-1-173。

2　汪仲韋擬訂的優待職工辦法，涵蓋廣泛，主要包括：（一）館內職工，凡工作勤慎，不犯過錯者，每年加薪一次。（二）陽曆年終發雙薪，公司有盈餘時，陰曆年終對股東發官紅利，對職工發花紅（大致相當於三個月薪水）。（三）職工離職時，視其在職年份長短，工作一年發給半個月薪水的退職金（例如工作十年，發給相當最後一個月薪水的500%）。（四）向華安人壽保險公司投保團體人壽險。保險費由報館負擔。保險人死亡，全部賠款由其家屬具領。超過十五年不出險情者，保險人可領回全部保險費。（五）根據合同，保險人可到華安保險公司醫務室看病，憑醫務室所開病假單給予病假。藥方向報館庶務課領取購藥摺，憑摺至指定的中西藥房或中藥鋪購藥，費用由報館總付。（六）職工死亡，家屬向保險公司領取賠款及報館規定的喪葬費外，家屬還可按死者在報館服務年份多少，每月向報館具領死者生前之半薪。如有成年子女，願意來館接替者，報館接受他當學徒。

3　汪仲韋：《我與〈新聞報〉的關係》，《新聞研究資料》1982年版。

織架構與辦報宗旨。三人商定成立新記大公報公司，由吳鼎昌出資 5 萬元股本，胡、張以勞力入股，並決定「失敗關門，不招股，不受投資，不要社外任何輔助」，避免了津貼、資助等政治勢力的介入，爲《大公報》言論獨立，專心辦報確定了制度保障。復刊之始，就提出「不黨、不賣、不私、不盲」的「四不」方針，恪守新聞報導的客觀、準確，言論的獨立自主，爲新記《大公報》企業化經營樹立了社會聲譽。

2、科學的人力資源管理

人力資源是報館興盛的關鍵，胡政之等大公報領導人任人唯才，善於挖掘人才，運用招考、推薦等多種方式吸引人才，並建立一整套科學的人力資源管理制度，覆蓋從人才的選拔、任用到管理等一系列環節，使《大公報》名記者、名編輯燦若群星。列入《中國新聞年鑒》『中國新聞名人介紹』欄的大公報編輯記者，累計達 36 人。被《中國大百科全書》（新聞出版卷）列爲條目加以介紹的大公報編輯記者達 12 人，占全部人物條目 108 條的 1／9。」[1]

人才挖掘和選拔。只要有助於報社發展的可用之才，大公報盡力將之吸納入館，並委以重任。如王芸生因與張季鸞打筆墨官司，被張慧眼識中進了報館，日後又擔綱大樑；胡政之資助北京大學學生范長江西北旅行採訪，因其旅行通訊連載後轟動南北。徐盈、彭子岡、杜文思等記者是從活躍的投稿者中發現被吸納入館的。此外，《大公報》還採用公開招考。《大公報》的招考對應試者的學歷背景、年齡、職業等不設限制，只要是有志於從事新聞事業的人士都可以來應考。曹世瑛、孔昭愷、曾敏之、陳凡、羅承勳、徐鑄成、王文彬等就是通過考試進入報館的。

人才的培養與任用。《大公報》著眼於人才自身和報館的長遠發展，並制訂了《大公報社職員任用及考核規則》，以制度規範人才的培育與任用。該《規則》規定新進員工經過培訓和實習，必須能夠掌握「寫」、「跑」、「照」、「論」等各方面技能，以兼通經理、編輯兩個部門的業務；通過輪崗制來培養員工的綜合能力，比如先擔任採訪記者，然後從事編輯工作，再外派到各地擔任特派記者，表現優異者還可提拔爲骨幹予以重點培養，如擔任要聞版編輯或編輯主任。這種崗位輪換制度大大提升了報館人才的綜合素質，有助於優秀人才脫穎而出。比如，張琴南、徐鑄成、王文彬、金誠夫、許萱伯等這些後來名動新聞界的人士，都是由普通記者一步步成長起來的。有人將這種培養

1　吳廷俊：《新記〈大公報〉史稿》，武漢出版社，2002 年版，第 2 頁。

和磨礪人才的方式概括為「養用結合」，[1]可謂貼切。

　　注重人才「保健」管理。對報館員工的薪酬獎勵、勞動福利、工作保障等也形成了一套有效的制度。天津時期，報館員工的薪酬收入比較穩定，高於一般北方報館，一般職員月工資 30 元左右，編輯一般 100 元左右。同時還規定，凡員工父母整壽或喪亡，本人整壽、婚嫁及子女婚嫁，報館都要贈送相當於本人兩個月工資的贈金，其中一個月代報館同仁贈送，免得彼此酬酢造成負擔。每屆年終員工還可以得到兩個月或三個月工資的獎金。有少數得力的編輯、經理、工廠人員，甚至會私下收到報館所發的紅包。員工平時遇到生活困難，只要情況屬實，報館都會借給他們一些錢救急。[2]穩定優厚的待遇、富有溫情的人性管理使《大公報》不斷吸引著優秀人才的加盟，並且凝聚了一支能力出色、富有士氣且忠誠度高的新聞人才隊伍。

3、狠抓廣告和發行業務

　　廣告是報業經營之本。續刊初期，《大公報》廣告很少，每家商戶每月廣告費不過二三十元。為了盡快提高發行量，新記《大公報》首先採取設立和拓展分銷處的策略。1927 年起，報館開始在天津以外設立分銷處。到 1930 年底，全國共有代銷點 293 個，1936 年，全國的分銷點達到 1300 多處。並且在國外也設有發行點，比如駐倫敦辦事處也分銷報紙。當時向外埠訂戶發報，一般憑押金發報。為了穩定發行量，報館對信用好的分銷戶網開一面，即使偶而押金短缺也照樣發報。報館還把從外埠訂戶增收來的郵費返還給他們，此舉大大激發了分銷處的積極性，於是紛紛添量。另外，報館還幾乎天天刊登招請分銷處的廣告以促進發行量的提高。

　　爭取時間是報紙發行的關鍵。為此報館不斷更新印報設備，提高印報速度，提前了出報時間。1928 年，報館用一年的盈收購入一臺美國產輪轉機，出報時間大大提前，報紙發行量一舉超過 2 萬份，廣告收入達每月 6000 元。1930 年，報社繼續投入大量資金改進印刷設備，1931 年 5 月發行量已增至 5 萬份。1933 年，《大公報》又購進一臺德國大型高速輪轉機，成為當時中國北方設備水平最高的報紙。另外，凡本市訂戶，報館一律採取專差送報上戶。

1　羅國幹：《新記〈大公報〉的經營管理——媒介經營管理研究之三》，《廣西大學學報》（哲學社科版），2006 年版。

2　羅國幹：《新記〈大公報〉的經營管理——媒介經營管理研究之三》，《廣西大學學報》（哲學社科版），2006 年版。

報館還在主要交通線和碼頭、公路、車站等地增設發報站，減輕了報販原來到報館取報的辛苦奔波，同時通過發報站又銷售了不少報紙。同時，為便利讀者訂報或送登廣告，各站營業時間延長到晚上 9 點以增加收入。

表 7-3：1927 年 7 月～1936 年 7 月《大公報》日出版數量及廣告情況抽樣統計[1]

日　　期	張　數	版面數	廣告版面	版面比例	當日廣告量	備　註
1927 年 7 月 1 日	4	8	3.5	44%	89	——
1928 年 7 月 1 日	5	10	5.5	55%	149	中縫有廣告
1929 年 7 月 1 日	8	16	10	63%	255	——
1930 年 7 月 1 日	6	12	9	75%	219	——
1931 年 7 月 1 日	6	12	5.5	46%	154	——
1932 年 7 月 1 日	6	12	7	58%	251	——
1933 年 7 月 1 日	7	14	6.8	49%	211	——
1934 年 7 月 1 日	9	18	9.5	53%	281	——
1935 年 7 月 1 日	7	14	7+	50%	248	——
1936 年 7 月 1 日	7	14	9	64%	231	——

為了吸引廣告，報館給予廣告公司七折優惠，以吸引他們拉廣告。到 1927 年夏，廣告收入由每月 200 多元增加到 1000 多元，發行量也漲到 6000 多份，由原來每月虧損 4000 多元變為收支平衡。隨著報紙發行量的不斷擴大，加上「許多廣告創意之獨到，繪畫之精美，令人拍案叫絕。廣告的生動性與大信息量，使讀者在閱讀正文後爭相瀏覽，品評《大公報》『精彩的商品世界』」。[2]《大公報》的廣告大客戶越來越多，廣告刊發量也有了迅猛增長（如表 7-3 所示）。尤其是整版廣告連篇累牘，帶來的收入十分豐厚，報館甚至規定以 3 方寸起碼，對那些不起眼的小廣告已經不以為意，無暇顧及。

由於措施得力，新記《大公報》廣告和發行量均增長很快，很快積聚起巨大資產。1937 年，新記《大公報》正式成立了大公報社股份有限公司，此舉標誌著《大公報》已由私人合夥公司轉變為正規的股份有限公司。

---

1 孫會：《〈大公報〉廣告與近代社會（1902～1936）》，中國傳媒大學出版社，2011 年版，第 63 頁。
2 由國慶：《〈大公報〉的老廣告》，載《大公報一百週年報慶叢書》編委會《我與大公報》，復旦大學出版社，2002 年版，第 408 頁。

（四）成舍我「世界」報系的企業化經營

這一時期，成舍我主張報紙「大眾化」並成功構建了「世界」報系。成舍我重視企業化經營，對報社的人事、資金、出版、經營實行有效管理和領導，堅持企業管理的思路。其企業化經營的特點主要有二：

一是「以報養學，以學強報」。為「世界」報系輸入人才，1933 年 2 月，成舍我創辦北平新聞專科學校，培養「德智兼修，手腦並用」的新聞人才。學員結業後全部到《世界日報》或《民生報》工作，學員月薪比從外面聘請有經驗的從業人員低得多，「學生給報社節約的開支和創造的價值遠遠超過了開辦學校的開支」[1]可見，北平新聞專科學校不僅為「成氏報系」節約了成本，而且為提高報業從業人員的素質做出了貢獻，「這不能不說是成舍我的精明之處」。[2]

二是率先實行科學管理。1930 年成舍我出國考察英、法、德、美等國報業，回國後即效法西方報業的科學管理法，在《世界日報》成立了總管理處，將之作為報館運營軸心。總管理處下設監核、總務、擴充、倉庫四組及編輯、營業、會計、印刷四處。財務實行新式簿記會計制度，進行成本會計。監核是科學管理的核心，成舍我高度重視，採取多種手段監核員工。如登報刊出舉報電話，表示歡迎讀者監督檢查。「世界」報系最具特色的監核是工作日記制度，即報社人員每人一本工作日記，必須記錄當日工作情況，下班時交至總管理處，然後由成舍我親自批閱，次日一早發還，有問題及時批示，獎罰分明。[3]

三、國民黨新聞業的經營改革

1932 年後，國民黨《中央日報》、中央通訊社的企業化改革，開創了中國黨營媒體企業化經營管理的新模式。

（一）《中央日報》的企業化改革

1932 年，程滄波上任後提出「經理部要充分營業化，編輯部要充分學術化，整個事業當然要制度化效率化」的口號，著手對《中央日報》進行企業化改革。[4]

一是領導體制上，仿《紐約時報》成例確立社長負責制。之前，《中央日報》社長由葉楚傖兼任，副社長由中央宣傳部副部長邵元沖兼任。社長不過

1　張潔：《中國近代民營報業經營方略（下）》，《新聞與寫作》，2005 年版。
2　張潔：《中國近代民營報業經營方略（下）》，《新聞與寫作》，2005 年版。
3　馬達：《成舍我成功的報業經營》，《青年記者》，2000 年版。
4　程其恒編：《記者經驗談》，臺北天地出版社，1944 年版，第 56 頁。

問業務，由總編輯和總經理負責實際工作。日常運作中經理部和編輯部各自為政，互不相謀。對此，程滄波仿照美國《紐約時報》成例實行社長負責制，由社長直接向國民黨中央黨部負責。所謂社長負責制，是指報社仍然作為黨的言論機關，但形式上已取得獨立的法人資格，在社長領導之下，報社擁有人事自主權和財務獨立核算權。[1]實行社長負責制後，社長直接向中央宣傳部的「指導黨報委員會」負責，下設經理室、編輯部、會計室。經理室負責《中央日報》的經營管理，對社長負責，下設廣告科、發行科、營業科、印刷科、文書科。這一改革避免了國民黨中央黨部等機構對《中央日報》的橫加干涉，報社內部行政機構相對獨立，事權劃一，編輯部掌握編輯權，經理室可專心負責廣告經營，社長統籌協調兩者的矛盾。《中央日報》實行社長負責制後，各項業務漸露生機，報社很快擺脫困境，不僅國內不少大報群起效行，而且為國民黨黨報經營管理體制的改革開闢了一條新路，成為 1932 年春至 1945 年 8 月期間國民黨黨報的主導組織結構。（見圖 7-3）

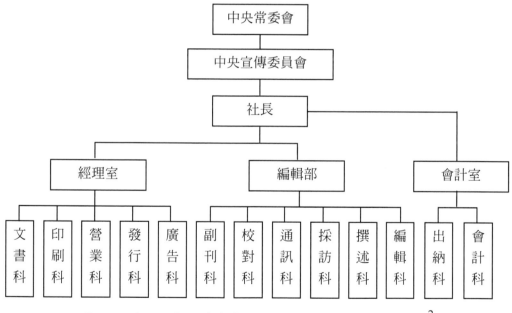

圖 7-3　中央日報社長負責制組織系統圖（1932 年 5 月）[2]

1　蔡銘澤：《中國國民黨黨報歷史研究（1927～1949）》，團結出版社，1998 年版，第 93 頁。

2　蔡銘澤：《中國國民黨黨報歷史研究（1927～1949）》，團結出版社，1998 年版，第 100 頁。

　　二是標榜「人民的喉舌」，取「多登新聞的政策」[1]。改革前的《中央日報》公開宣稱「本報爲代表本黨之言論機關，一切言論自以本黨之主義政策爲依歸」，遭到讀者的排斥甚至厭棄。改革之始程滄波撰寫改版社論《敬告讀者》提出「人民利益即黨之利益，爲人民利益而言，即爲黨之利益而言。故本報爲黨之喉舌，即爲人民之喉舌」以增強黨報的民間色彩。業務上，改革前報社只設有一名專職採訪記者，各地通訊員每月供稿也不過寥寥數篇，版面內容「實在過於貧乏」。改革後，程滄波提出「人人做外勤，個個要採訪」口號，且每天堅持親自跑新聞。《中央日報》也增闢《讀者之聲》專欄和《中央副刊》，使《中央日報》版面煥然一新，內容豐富多彩，爲吸引讀者，擴大發行量奠定了基礎。

　　三是確立並完善各項制度，積極更新設備，擴大發行網絡。《中央日報》創辦初期不重營業，全靠黨部津貼支撐，每月由國民黨中央撥付 8000 元經費。因經營不善，「職工欠薪，煤炭費用等欠歇，爲數頗巨。」[2]改革後，程滄波「確定館內各種會計制度，特別是加強廣告發行單據的管理，使其完全制度化。」[3]此外，花 2 萬元購置天津《庸報》印報機一臺，爭取國民黨中央財政撥款近 17 萬元，在南京新街口建起一座現代化的辦公大樓，爲企業化經營奠定了物質基礎。廣告方面，重訂各地分銷處簡章和廣告刊例，積極催收各地拖欠的廣告費和訂報款。人事方面，除通訊員之外，全部改爲專職崗位，奠定了進一步發展的根基。1933 年以後，《中央日報》營業情況有所好轉，經濟實力增強，發行量大大提高。據記載，該報的發行量由改組前的 9000 份左右增加到 30000 份以上。[4]

　　經程滄波改革後，《中央日報》在管理權限、經營形式和政治色彩等方面均有別於以前黨報，淡化了黨報色彩，負責人管理權限有所擴大，開始關心重視報刊經營，然而《中央日報》「仍屬黨報的範疇」，只是「在傳統黨報的基礎上它已向企業化報紙邁進了一步。這種變化雖然是微小的，非本質的，但畢竟比舊的模式前進了一步。」[5]

1　劉繼忠：《新聞與訓政：國統區新聞事業研究（1927～1937）》（上），花木蘭文化出版社，2014 年版，第 165 頁。
2　程滄波：《廿四年中的一段》，臺灣《中央日報》，1952 年 2 月 1 日。
3　程滄波：《廿四年中的一段》，臺灣《中央日報》，1952 年 2 月 1 日。
4　許晚成：《全國報館刊社調查錄》，龍文書店，1936 年版，第 37 頁。轉引自蔡銘澤：《中國國民黨黨報歷史研究（1927～1949）》，團結出版社，1998 年版，第 56 頁。
5　蔡銘澤：《中國國民黨黨報歷史研究（1927～1949）》，團結出版社，1998 年版，第 100 頁。

（二）中央通訊社的全面改組

　　與程滄波改革《中央日報》同時進行的是蕭同茲全面改組中央通訊社。改組前，中央通訊社依附於國民黨中央宣傳部，宣傳味較濃，在國內的影響非常有限。為改變這一狀況，蔣介石委任中央宣傳部秘書蕭同茲全面改組中央通訊社。在蔣介石及國民黨中央支持下，蕭同茲實行人事改革，倣仿《中央日報》，中央通訊社實行社長負責制，由社長全權統轄中央社，對國民黨中央黨部負責。辦公地點也從國民黨中央黨部遷入新街口洪武路壽康里，形式上獨立辦公，對外界以淡化黨營色彩。社長下設編輯、採訪、事務三組，分由劉正華、馮有眞、王商一擔任主任，後設電務組負責新建的新聞電臺，高仲芹任主任。二是擬定《全國七大都市電訊網計劃》和《十年擴展計劃》，提出「工作專業化」、「業務社會化」、「經濟企業化」的改革目標。具體措施主要有：（1）在南京建立總部，裝設最新式的「播音機和收音室」，及時收發全國消息。（2）國內廣泛設立分社。1933 年 7 月，中央社完成了在南京、上海、漢口、北平、天津、西安、香港七個城市的無線電訊網的建設。1935 年中央社電訊網向西南拓展，又成立南昌（江西）、成都及重慶（四川）、貴陽（貴州）四個分社。同年 9 月 1 日，在廣東設立第 11 分社。另在別的省會及重要鎮市派有通信員 30 人，甚至在一些偏遠地方都有中央社通信員的駐所。至 1937 年，中央社在國外設有日內瓦、新德里通訊員辦事處和東京特派員辦事處並逐步開始在世界範圍內擴張。（3）多種形式發稿。改組後第二個月，中央社開播「甲種廣播」（CAP），每天從下午一時至午夜一時，發稿三次，供給南京幾家報社。再把新聞稿簡編成電訊，譯成電碼，通過自設電臺，向全國播發，供給全國 250 家報紙及新聞，日發 1 萬至 1.2 萬字。[1]（4）與路透社、美聯社、哈瓦斯社和塔斯社簽訂新聞交換條約，收回各通訊社在中國發行中文通訊稿的權利。經過蕭同茲的努力，中央通訊社發展為全國性通訊社，基本實現了工作專業化、業務社會化與企業經營化的改革目標。

（三）中央廣播電臺的革新

　　1932 年 11 月 12 日，號稱「東亞第一，世界第三」的 75 千瓦的國民黨中央廣播電臺新臺正式開播後，隸屬關係上也由國民黨中央宣傳部改屬為「中央廣播電臺管理處」（後改組為中央廣播事業管理處），實行處、臺合一制，

1　曉霞：《中央社在大陸的日子》，《民國檔案》，1995 年版。

由中央廣播電臺管理處統籌管理中央廣播電臺及國民黨地方廣播電臺。中央廣播電臺管理處直屬於國民黨中央執行委員會。此外，中央廣播電臺在節目、廣告等方面也進行了革新，初步嘗試企業化經營，但中央廣播電臺的重心仍是政治宣傳。

　　節目方面，中央廣播電臺初期僅是《中央日報》中央通訊社的傳聲筒，不大重視節目，75 千瓦廣播電臺開播後，中央廣播電臺的節目改革提上了日程。1933 年該臺在北平從兩三千考生招錄了 3 名播音員：劉俊英、吳祥祐、張潔蓮，她們能寫稿、能播音、能歌詠、能演播廣播劇，文化素質高，嗓音圓潤，解決了中央電臺的播音員缺乏問題。1934 年傳音科科長垯本中以歐美廣播節目套路全面更新了中央廣播電臺的節目，形成了新聞、知識教育、娛樂、商情、服務、體育等節目類型。每天播音 12 小時，到 1936 年中央廣播電臺有 27、28 個廣播節目，星期天可完全聽到不重樣的 22 個節目，初步形成了自己的節目體系，爲中央廣播電臺的經營奠定了內容基礎。

　　廣告業務方面。自 1934 年 10 月 1 日起，中央臺仿照歐美電臺的運作方式，試辦播音廣告，在南京也設立中國電聲廣告社，專門辦理中央廣播無線電臺管理處各電臺播音廣告事宜，以服務企業、提倡國貨爲要旨。該廣告社收費低廉，分普通和特種兩個等級，普通級每次 2 分鐘，每次價格最低 4 元，最高 8 元；特種級每次 20 分鐘，音樂或歌劇團則由廣告戶自備，最低價格 12 元，最高 24 元，若連續播放，還可有一定折扣。由於該臺收費低廉且影響較大，同時倡導國貨，發展工商業，因此吸引了相當一部分客戶。

第八章　民國南京政府前期的新聞團體、新聞教育與新聞學研究

　　本章主要敘述民國南京政府前期的新聞團體、新聞教育和新聞學，以使讀者對這一階段中國新聞業的這三個側面有更爲具體的瞭解。

第一節　民國南京政府前期的新聞團體

　　《時報》1905 年刊發《宜創通國報館記者同盟會說》一文闡釋組織新聞社團的益處，倡議組織全國性記者團體，「報界之知有團體，似自此始。」[1]新聞社團開始出現。代表有上海日報公會（1909 年 3 月 28 日）、中國報界俱進會（1910 年 9 月 22 日）、全國報界聯合會（1919 年 4 月 15 日）等。民國南京政府前期，國民黨允許新聞從業者結社組團。中國共產黨也在國統區成立左翼新聞記者團體，團結進步記者。由於新聞業發展的多元並存、不均衡，新聞團體主要集中在上海、北平以及杭州、廣州等省市新聞業較爲發達的大城市。「九一八」事變前，東北主要有哈爾濱記者聯歡會，營口報界聯合會，大連記者協會及遼寧省、吉林省報界聯合會。

一、民國南京政府前期新聞團體的發展概況

　　新聞團體的興起與新聞記者呼籲提高生活待遇和尊嚴，保障職業獨立性以及參與社會改造的訴求有關，與當時時代背景和社會環境息息相關。有別於北洋軍閥放任新聞社團自由發展，國民黨允許其合法結社，對之加以指導

1　戈公振：《中國報學史》，三聯書店，1955 年版，第 280 頁。

與規範的約束政策，加之新聞業發展多元並存、不均衡，新聞從業者地域分布、政治取向多元，使本時期新聞團體的發展較爲複雜、多元。

（一）數量猛增遍及全國且組織漸趨健全

民國北京政府時期的新聞團體主要集中在上海、北平等新聞業較爲發達的地區。這一時期，上海、北平等城市的新聞團體仍然較多，社會影響也較大。上海一地就有 20 餘家，如上海日報公會、上海記者聯歡會、上海新聞學會、上海報學會、上海報界工會、上海記者公會、上海小報協會等，其中影響較大、存續時間較長的主要有上海日報公會、上海記者公會、上海報學會等。

1934 年國民黨中央以「報社屬於商店性質，應依法加入同業公會」要求各報社成立新聞社團，以通訊社「既不屬於商店性質又非自由職業團體」爲由拒絕通訊社與報社成立社團組織。[1]國民黨地方黨部紛紛在所在地成立國民黨地方黨報、準黨報，於是「由各地黨組織指導組織的新聞記者聯合會一時如風起雲湧，在縣有縣新聞記者聯合會，在省有全省新聞界聯合會，在市有市新聞記者聯合會。」[2]據江蘇省黨部新聞事業委員會統計，1933 年，本省的縣級記者公會已有 11 家，[3]還在督促成立的有吳縣、揚中、銅山、海門等縣。全國各省市新聞團體陸續創辦（見表 10-1），如武漢新聞記者聯合會（1927 年3 月）、湖南新聞記者聯合會（1927 年 3 月）、杭州記者公會（1927 年 9 月）、廣東新聞記者總會（1929 年 2 月）、青島新聞記者公會（1929 年秋），遼寧記者聯合會（1930 年 8 月）、濟南報界聯合會（1930 年 8 月）、撫順記者聯合會（1930 年 9 月）、開封記者聯合會（1931 年 3 月）、綏遠新聞記者聯合會（1933 年 11 月）。有些中小城市，如無錫、紹興、鎮江、江都、高郵等地也有新聞界團體出現。[4]據張靜廬觀察，當時有兩家以上報紙的省會城市都有了新聞記者的團體組織。[5]20 世紀 30 年代前，新聞記者加入職業團體受身份限制，30 年代後，加入新聞社團的會員身份及人數不再受限制，新聞職業社團發展趨於繁榮。

---

1 《公文》，《中央黨務月刊》，1934 年版。

2 潘覺民，《我國新聞界協作運動的回顧和前瞻》，《報學季刊》，1934 年版，第 71 頁。

3 《蘇事紀要：一月來之江蘇新聞界：各縣記者公會組織現況》，《江蘇月報》，第 1 卷，第 1 期，第 87 頁。

4 馬光仁，《我國早期的新聞界團體》，《新聞與傳播研究》，1988 年版。

5 張靜廬，《中國的新聞記者與新聞紙》，現代書局，1932 年版，第 79 頁。

　　新聞團體的組織也日趨完善。各新聞團體在成立前後都擬定社團大綱、章程及草案，明確規定組織的宗旨、目的、職責和運作方式，並向民國南京政府備案，獲得合法身份。1931 年 3 月，江蘇省黨務整理委員會頒布《江蘇省各縣新聞記者公會組織暫行通則》，要求江蘇省各縣新聞記者公會在中央未訂定辦法之前暫依照本通則辦理。通則明確「新聞記者公會以研究新聞學術發展新聞事業為目的」，具有如下職務：「一、關於研究新聞學術事項；二、關於發展新聞事業事項；三、關於辦理新聞事業之公益事項；四、關於新聞記者爭議之調解事項；五、關於舉辦新聞記者之訓練事項；六、關於新聞事業之調查事項；七、關於黨部政府委託事項。」[1]新聞記者公會的職責主要圍繞服務記者，發展新聞事業展開。記者公會設會員大會為最高權利機關，下有執行委員會和監察委員會兩個機構。幹事五到七人，候補幹事二至三人，由會員大會選舉產生。另設常務幹事一至三人執行日常事務。該新聞記者公會會員大會每月舉行一次，有特殊必要時由幹事會召集召開臨時會議。

表 10-1：本時期全國新聞記者公會、聯合會、學會不完全統計表[2]

序號	新聞團體名稱	成立年月	性　質
1	北京新聞學會	1927.1.1	學術團體
2	天津新聞學會	1927.3	學術團體
3	上海日報記者公會	1927.3.13	自由職業團體
4	上海通訊社記者公會	1927.3.22	自由職業團體
5	上海新聞記者公會	1931.11.6	自由職業團體
6	天津新聞學研究會	1927.3	學術團體
7	武漢新聞記者聯合會	1927.3.24	自由職業團體
8	杭州新聞記者聯合會	1927.5.6	自由職業團體
9	寧波新聞記者聯合會	1927	自由職業團體
10	無錫新聞記者公會	1927.10．10	自由職業團體
11	成都報界聯合會	1928.6.23	工商業團體
12	太原新聞記者聯合會	1929	自由職業團體

1　《江蘇省各縣新聞記者公會組織暫行通則》，《江蘇月報》，1934 年第 1 卷第 3 期，30～31 頁。

2　本表據《各省市縣記者公會調查》，《報學季刊》，1935 年第 1 卷第 3 期，151～152 頁，及部分地方志史料所製。

13	中國報學社杭州社	1929	學術團體
14	復旦大學新聞系新聞學會	1929	學術團體
15	廣東全省新聞記者總會	1929.2.17	自由職業團體
16	青島市新聞記者公會	1929 年秋	自由職業團體
17	江蘇省報界聯合會	1929 年	工商業團體
18	紹興新聞記者公會	1929.9	自由職業團體
19	燕京大學新聞學系新聞學會	1930	學術團體
20	青浦新聞記者公會（江蘇）	1930	自由職業團體
21	北平市新聞記者公會	1930.3	自由職業團體
22	寶應新聞記者公會（江蘇）	1930.7	自由職業團體
23	遼寧記者聯合會	1930.8	自由職業團體
24	濟南報界聯合會	1930.9	自由職業團體
25	貴陽新聞業公會	1931.2.14	自由職業團體
26	六合新聞記者公會（江蘇）	1931.3	自由職業團體
27	開封新聞記者公會	1931.3.30	自由職業團體
28	宿遷新聞記者公會	1931.3	自由職業團體
29	江都新聞記者公會（江蘇）	1931.3.30	自由職業團體
30	南通新聞記者公會（江蘇）	1931.3	自由職業團體
31	如皋新聞記者公會（江蘇）	1931.3	自由職業團體
32	高郵新聞記者公會（江蘇）	1931.4	自由職業團體
33	鎮江新聞記者公會（江蘇）	1931.4.1	自由職業團體
34	泰縣新聞記者公會（江蘇）	1931.4	自由職業團體
35	杭州新聞記者公會	1931	自由職業團體
36	瀋陽新聞記者協會	1931.5	自由職業團體
37	中山縣新聞記者公會	1931	自由職業團體
38	中國新聞學研究會	1931.10.21	學術團體
39	中國左翼新聞記者聯盟	1932.3.20	自由職業團體
40	綏遠省新聞記者聯合會	1933.11.4	自由職業團體
41	海門新聞記者公會（江蘇）	1933.10.1	自由職業團體
42	寧波新聞記者公會	1934	自由職業團體
43	永嘉縣新聞記者公會	1934	自由職業團體
44	汕頭市新聞記者公會	1934.10.20	自由職業團體

45	南京新聞學會	1935.6.15	學術團體
46	平津新聞學會	1936.1.1	學術團體
47	鄭州新聞記者公會	1936	自由職業團體
48	福州新聞記者公會	1936	自由職業團體
49	浙江省戰時新聞學會（紹興）	1937.7	學術團體

（二）新聞團體的類別多元，界限趨於明顯

民國北京政府時期，新聞團體多以報館負責人爲主體建立，旨在維護報館權益，如上海日報公會、中國報界俱進會等。民國南京政府前期的報館負責人、新聞記者、新聞研究者都組織了自己的社團，類型趨於多元。這一時期的新聞團體主要有四種類型。

一是以記者爲主體的記者社團，名稱有新聞記者聯歡會、新聞記者聯合會、新聞記者協會等，省市記者聯合會後來改爲記者公會。此類社團根據《自由職業團體組織辦法》，向民國南京政府民政部門備案成立，爲自由職業團體。此類新聞團體的職責是溝通、聯絡不同報館、通訊社等單位的新聞記者，維護新聞記者的權益，推動新聞職業發展。如 1931 成立的杭州記者公會，向各報發新聞稿；積極推動民眾反日運動，函告各報不登日貨廣告；開展民眾閱報運動，通過演講、遊行、文藝表演、散發傳單等方式，向民眾宣傳閱報的好處；聲援遭受迫害或不公正待遇的記者，爲公會會員爭取生活、工作中的優惠待遇等。

二是以新聞記者與報館負責人聯合組成的混合類新聞團體，名稱有報界公會、報界聯合會、報界協會等。報界公會多數成立於清末民初，北京報業公會（1908）、廣州報界公會（1908）、全國報界聯合會（1919）是近代中國成立較早的報界公會。一些報界公會存活至南京國民政府成立，但大多數壽命並不長久，最終停止活動或與記者聯合會合併成爲了記者公會。以上海新聞記者公會爲例，1931 年 11 月 6 日，上海新聞記者聯歡會[1]、上海日報記者公會和上海通訊社記者公會商議合併。上海新聞記者聯歡會通過《改組本會爲新聞記者公會議案》，推舉胡仲持、朱應鵬、杭石君、湯德民、李子寬、錢滄碩爲章程起草委員，籌備三會合併事宜。次年 6 月 24 日正式宣布合併，成

---

1 目前學界對記者公會的前身有所爭議，有聯歡會和聯合會兩種說法。《申報》1933 年 3 月 23 日《記者公會覆會員顧芷慕等函》稱，「本會成立之初，原係由上海新聞記者聯合會改組，當時以援助時事新報無故裁退職員」。

立上海新聞記者公會，與會 134 人，選舉馬崇淦、嚴諤聲、何西亞、金雄白、趙君豪、杭石君、余空我、錢滄碩等 15 人為執行委員，錢滄碩、余空我、嚴諤聲、瞿紹伊、馬崇淦為常務委員，下設組織、事務、交際、遊藝、文書等 5 科。原由戈公振等人編輯的《記者週刊》繼續作為上海新聞記者公會會刊出版。1937 年後，該會主持乏人，停止活動。

三是以報館為主體的日報公會。此類團體根據《工商同業工會法》成立，屬於工商業團體，向民國南京政府工商部門備案，旨在維護報館的合法權益。主要有上海日報公會、寧波日報公會、漢口日報公會等。其中上海日報公會成立最早，影響力最大。上海日報記者公會 1927 年 3 月 13 日成立，會章確定該會以「鞏固同人之團結，共謀本身之福利，保障職業之自由與安全，促進報業之進步」為宗旨。推選潘公展、潘公弼、嚴獨鶴、胡仲持、吳樹人等 15 人為執行委員，潘公展、潘公弼、吳樹人 3 人為常務委員，輪流主持公會活動。寧波日報公會是 1925 年由寧波新報社、四明日報社、時事公報社 3 家報社經理牽頭發起，臨時辦事處設在時事公報館內。[1]

四是以新聞研究者為主體的新聞學術團體，名稱有新聞學會、新聞學社、新聞學研究會等。此類社團根據《文化團體組織大綱》，依託各大學和機構成立，它們向民國南京政府教育部備案，屬於文化團體。如 1927 年黃天鵬等倡議成立的北京新聞學會，1929 年上海復旦大學新聞系師生成立的復旦大學新聞學會，1930 年成立的燕京大學新聞系新聞學會，1931 年在上海成立的中國新聞學研究會，1935 年南京新聞界成立的南京新聞學會，1936 年北平和天津新聞界聯合成立的平津新聞學會，1937 年成立的浙江省戰時新聞學會等。[2]

民國南京政府初期新聞社團參與者的身份相對模糊。為加強新聞社團管理，1932 年國民黨中央明確了各類新聞團體的政治屬性，不符合規定的新聞社團不得不改組進而更名。「到民國二十一年中央規定以報館為單位組織的為報業公會，應加入商會為商人團體，以新聞記者為單位組織的為新聞記者公會，屬於自由職業團體以後，於是各地的新聞記者聯合會和報界協會紛紛改組，然報業公會正式加入商會為會員者，寥寥無幾，大都仍各自獨立，無聯合組織。至於各地的新聞記者公會，因為種種關係，亦少有全國的聯合組織。」[3]

---

1 《浙江省新聞志》編纂委員會編：《浙江省新聞志》，2007 年。
2 劉泱育：《中國新聞事業史綱》，南京師範大學出版社，2015 年版，第 198 頁。
3 潘覺民，《我國新聞界協作運動的回顧和前瞻》，《報學季刊》，1934 年版，第 71 頁。

表 10-2：新聞記者公會、報業同業公會與新聞學會的比較[1]

	新聞記者公會	報業同業公會	新聞學會
立案依據	《自由職業團體組織辦法》	《工商同業公會法》	《文化團體組織大綱》
團體性質	自由職業團體	工商業團體	學術團體
團體宗旨	提升新聞職業化	增進同業公益	增進新聞學術
發起人限制	22 人以上	7 家以上報館	30 人以上
會員身份	新聞記者	報館	對新聞研究感興趣者
立案程序	經當地高級黨部批准後，報政府備案	報政府批准	經當地高級黨部批准後，報政府備案
主管官署	民政部門	工商部門	教育部門
組織限制	不得有違反三民主義之言論及行為	不得違反法令逾越權限；不得妨害公共利益	不得於三民主義及法律規定之範圍外為政治活動；不得妨害社會之公共利益

（三）地方性職業團體和學術團體的興起

　　不同於民國北京政府時期，這一時期「代表報館的團體組織逐漸衰落，而代表新聞記者的職業團體和學術團體卻代之而興。前者如各大城市之記者公會，後者如 1933 年代上海新聞記者聯歡會和上海新聞記者聯合會等已遍及全國各地，職業性與學術性的組合也從此慢慢的分開。「不過這個時期的職業團體也好，學術團體也好，大多屬於地方性之組織，有系統有目的之全國性組織，可以說還沒有。」[2]這一時期的新聞團體運作多以地方為單位，省、市、縣級的新聞團體佔據主體地位，全國性的新聞團體成立於抗戰之後。

　　職業團體與學術團體的分化說明這一時期記者的職業意識和業務探索意識漸趨成熟。各地新聞界業務探索的活動開展較早，早在各地新聞學會建立之前，不少地區已經成立有訪員協會、通訊社協會、探訪協會等組織。這些協會的目的在於提升自身業務水平，在實踐層面做業務上的探討。如成都一地即有成都市新聞探訪協會（1929）、成都市訪員協會（1930）、成都市新通

1　虞文俊，《規範與限制：國民黨新聞團體政策之考察 1927～1937》，《現代傳播》，2017 年版。

2　田景中，《我國的新聞團體》，《新聞戰線》，1945 年版。

信社聯合會（1932）、成都市通信社協會（1934）等新聞組織，[1]這些組織的成立爲「作學理上之研究」的新聞學會的成立充當了先鋒。另外，新聞學術團體的發展還仰賴各地區高校新聞系的建立，通過借助大學的人才資源和知識優勢，從學理層面對新聞事業進行初步探索，知名者有復旦大學新聞系新聞學會（1929）、燕京大學新聞系新聞學會（1930）等。

　　新聞職業團體的興起與國民黨正式認定新聞記者的職業資格與身份有關，也與新聞記者保障職業權益、提升職業地位的訴求有關。1929 年，民國南京政府明確將新聞記者與律師、會計師、醫生、工程師、教師等納入自由職業進行管理，加快了新聞記者職業發展的進程。新聞職業團體多由記者、編輯等具體新聞從業者組織構成，報館作爲新聞團體成員的角色逐漸褪去，記者個人的地位日益彰顯，新聞職業團體生機盡顯。在政府的主導和推動下，新聞記者的職業化轉型得以開展，職業團體的建立從組織層面進一步提升了職業合法性並增強了新聞記者的職業認同。新聞職業團體聯結各成員報館，在地方黨部指導下承擔新聞管控和教育的職能，政治化和專業性特徵共存共生，成爲南京國民政府前期新聞生態中的一個重要角色。

（四）國民黨新聞社團數量佔優勢，民營報業新聞社團影響力大

　　民國北京政府疏於管理，新聞社團處於放任發展狀態。國民黨奉行國家社團主義的社會治理策略，逐漸加強新聞社團的建設與管理。隨著國民黨各省黨部及各省黨報體系的建立，國民黨地方黨部主導的新聞社團也紛紛成立，使國民黨新聞社團在數量上佔據絕對優勢。由民營報館、報人、記者組成的新聞團體，因其成立較早且所依託的民營大報實力雄厚，社會影響力較大，但主要集中在新聞業較發達的上海、北平等城市。民國南京政府前期，僅上海一地的新聞團體就有 20 餘家。民營報業的新聞社團成立後，在促進記者交往、提升職業聲望等方面做出了許多努力，[2]社會影響力與日俱增。在促進記者交往方面，召開會議和組織聚餐遊藝是較常見的形式，會議主要有會員大會（或會員代表大會）、執行委員會、監督委員會、特別委員會等類型。聚餐也是增進交往的常見形式，各省市初期成立的記者聯歡會的主要內容即聚餐聯歡。上海新聞記者聯合會規定每週舉行一次記者聚餐，每年舉辦一次

1　西堂，《解放前成都的新聞界團體》，《新聞研究資料》，1987 年版。
2　田中初、余波，《職業團體與新聞記者職業化——以二十世紀三十年代爲中心》，《新聞大學》，2016 年版。

聯歡大會。提升職業聲望方面，記者公會、聯合會等組織十分重視改善記者從業環境，提升記者職業地位。

雖然這些新聞團體影響力較大，但此類社團也需到民國南京政府相關部門備案。正如表 10-2 所示，幾乎所有新聞團體都在國民黨掌控之下，因爲新聞團體的立案、管理等均需受到地方黨部的批准並遵守相應的法規。

（五）新聞社團維護新聞職業權益的意識增強

新聞團體的成立源於現實需要。1930 年 7 月濟南報界聯合會成立宣言明確聲明：本會成立之後之重大意義及使命，「乃在謀本身利益之團結，作一致之主張」，「力爭輿論自由不受任何惡勢力之壓迫」，「培養民主勢力」，「民眾如有痛苦，當力與宣揚；對封建勢力當力與周旋；對帝國主義更保不妥協之精神與之作殊死戰。」[1]「力爭輿論自由不受任何惡勢力之壓迫」是對言論自由的爭取，該目標也是這一時期其他新聞職業組織的共同追求。當年 8 月，重慶記者同盟針對《西蜀晚報》因言論得罪軍人，報館被毀、報人被傷事件，報界協會、記者協會、新聞社協會三團體一致議決全體罷工進行抗議，呼籲社會公裁。

雖然新聞團體的「黨化」色彩加重，但新聞職業團體積極履行職責，參與維護自身職業權益的各項反抗鬥爭，尤其對 1935 年國民政府出臺的《修正出版法》中強化新聞檢查、束縛言論自由表達了強烈的抗議。無錫、南京、上海、天津、北平等地的新聞團體積極向國民政府請願，要求立法院對傷害新聞自由的法律條文進行修改，迫使當局做出一定讓步。「九一八」事變後，民族危機日益加深，國內各新聞團體積極宣傳愛國主義，1936 年 10 月 2 日，京滬新聞界發表了《中日關係緊張中吾人之共同意見與信念》的宣言。在該宣言發表後的短短十多天內，各地新聞界通過通電和宣言的方式闡述國人和新聞界應該堅持的立場及對待中日兩國關係的態度。

二、國民黨對新聞團體的滲透與管理[2]

新聞團體既受國民黨以行政命令爲主、以立法規範爲輔的專門規範，也受到有關社團立法的一般約束。前者如《新聞記者等團體組織辦法》（1931）

1　《濟報界聯合會成立》，《記者週報》，第 50 號，1930 年 8 月 24 日，第 58 頁。

2　本目據虞文俊《規範與限制：國民黨新聞團體政策之考察 1927～1937》一文改寫，見虞文俊《規範與限制：國民黨新聞團體政策之考察 1927～1937》，《現代傳播》，2017 年版。

和各級黨部、政府公文，後者有《民眾團體會員總登記規則》（1928）、《人民團體組織方案》（1929）與《人民團體指導辦法》（1934）等。新聞團體從立案到運作，均受到國民黨的規範和限制。

（一）新聞團體創辦門檻有嚴格限定

國民黨對創辦新聞團體的管理體現在會員身份、發起人數與活動區域等方面。首先，國民黨對新聞團體構成人員有身份要求，同時拒絕跨媒體組織團體和小報記者組團的請求。會員亦須滿足特定條件才能入會。以長沙新聞記者聯合會爲例，會員違反下列任意一條者均無法入會：一、有違反三民主義之言論及行爲者；二、不接受中國國民黨之指揮者；三、吸食鴉片者；四、褫奪公權者。另外，新會員入會時須由組織委員提出執行委員審查通過。[1]其次，國民黨對新聞團體活動區域有嚴格限制，尤其是新聞團體的跨區域活動。1931 年，國民黨中央要求記者公會「以縣市爲區域，但有特殊情形，經省黨部之核准，得以省爲區域」[2]因此，新聞團體的建立多限於一縣一市，少有全省聯合，缺乏全國組織。最後，國民黨對新聞團體的成員數量有較高門檻。1929 年 6 月，國民黨出臺《人民團體組織方案》規定職業團體發起人五十人以上，社會團體發起人三十人以上。

（二）新聞團體備案程序繁瑣

民國南京政府規定不論何種性質的新聞職業團體，其成立和解散均須備案。

（1）新聞記者公會的立案程序

國民黨視新聞記者公會爲自由職業團體。「自由職業團體由各級縣市政府主管；自由職業團體經縣市政府核准後，應由縣市政府將其章程及職員名冊遞呈國府主管各部門備查」[3]各級省市新聞聯合會等組織的章程均由國民黨黨員起草，明確規定新聞團體的意識形態屬性，另通過選舉設置除新聞團體執行委員外的監察委員若干人等，監察委員一般多由國民黨黨員幹部擔任。如上海新聞記者聯合會與公會就分別設有執行委員會和監察委員會，執行委員會成員與監察委員會成員均由選舉產生。記者聯合會約有 70%的執監委員是

---

1 《長沙市新聞記者聯合會章程（民國二十一年）》，《長沙市新聞記者聯合會年刊》，1933 年版，第 1 頁。

2 《令知自由職業團體組織之依據》，《廣東省政府公報》，1931 年版。

3 《解答自由職業團體組織辦法之疑義》，《中央週報》，1931 年版，第 10 頁。

國民黨黨員，記者公會有半數的執監委員具有國民黨的背景。如上海記者聯合會監察委員陳德徽，即上海市黨部常務委員、宣傳部長、上海市教育局局長。[1]

（2）報業同業公會的立案程序

報業同業公會因報館爲商業機構的緣故性質屬於工商業團體。報業同業公會的組織須獲得國民黨黨部與政府雙方批准。具體的備案程序爲：1. 法定之發起人數聯名，推代表向當地高級黨部申請；2. 所在黨部派人審核情況，批准後發許可證書，並派員指導；3. 組織籌備會，推定籌備會，呈報民政機關備案；4. 籌備會擬定公會章程，懇請黨部審核；5. 依照章程組織完成後，經當地高級黨部認爲健全時，呈請政府核准章程立案。

（3）新聞學術團體的立案程序

1930 年 1 月，國民黨頒布的《文化團體組織大綱》規定「凡具有增進學術教育或改良風俗習慣等性質之團體皆屬文化團體」，須受黨部與政府雙重管理，黨部承擔指導與監督之責，主管官署爲政府教育部門。[2]新聞學術團體自行制定章程呈請當地高級黨部核准後，呈報主管官署立案。

除成立需要備案外，新聞團體解散也需備案。「新聞記者公會經會員公決自行解散須申明理由呈請主管機關備案。」[3]意味著黨部或縣市政府掌握新聞團體的生成權和選擇權。

（三）新聞團體行為受到明確限制

新聞團體開展社團活動需要符合國民黨規定，從思想到行動都受國民黨的指導。國民黨明確規定新聞團體「可以作爲」和「不可作爲」的事情。例如違反國民黨意識形態者不予登記，妨害社會公共利益者和個人行爲有失者一律不得成爲記者公會會員。在必要時，國民黨直接訓示新聞公會等團體要求整飭停止活動，聽候派員整理在案。1935 年 9 月 20 日，國民黨貴州省黨務特派員辦事處針對貴陽新聞記者協會發出訓令，要求該會 9 月 25 日召開談話會籌商該會改組事宜。1936 年 4 月 1 日，改組後的貴陽新聞記者協會在貴州省黨部內成立。規定新聞團體的合法作爲係「記者公會一般以發展新聞事業

1　徐基中：《上海新聞記者職業團體研究（1921～1937）》，華中科技大學博士學位論文，2016 年，第 54 頁。
2　《特種社團法規方案》，中國國民黨執行委員會社會部，1940 年版，第 1～2 頁。
3　《江蘇省各縣新聞記者公會組織暫行通則》，《江蘇月報》，1934 年版。

為目的，辦理有關新聞事業的公益活動，調解新聞記者之間的糾紛」等，新聞學會一般以「研究新聞學術發展」為宗旨。

（四）新聞團體的運作受到國民黨津貼補助

為加強對包括新聞團體在內的各人民團體的控制，國民黨《人民團體經費補助辦法》規定「黨部及政府統籌補助人民團體之經費，其總額至多不超過該團體經費預算百分之二十」，[1]後增至「百分之四十」。[2]由於部分團體會員會費和捐款時常不足以維持新聞團體的運轉，這一經濟資助手段緩解了不少新聞團體運營的困難。1930 年，長沙市新聞記者聯合會籌備處懇請湖南省黨務指導委員會津貼 500 元，湖南省政府批准每月津貼 400 元。「政治正確」是新聞團體獲得津貼的前提，「對三民主義頗能真實接受推行者」方有望獲得黨部的秘密補助。

三、國統區中國共產黨領導的新聞團體

民國南京政府前期，中國共產黨在國統區領導的新聞團體主要有中國新聞學研究會、中國左翼新聞記者聯盟、中國青年新聞記者學會。

（一）中國新聞學研究會

中國新聞學研究會成立於 1931 年 10 月 23 日。成員主要由《申報》、《新聞報》、《時報》等報社的進步記者、上海民治新聞學院和復旦大學新聞系師生構成。袁殊是重要的發起人之一。該會建立動機是「對過去新聞學是不滿足，對現在的新聞事業是不信任；在沒有專門的集體的組織而發起本會」。《宣言》指出「我們除了致力於新聞學之科學技術的研究外，我們更將以個力致力於社會主義為根據的科學的新聞學之理論的闡揚，我們認識這新聞學之研究的意義，我們要以對新聞之志願和堅決的信心，建立新聞學的基礎，推進新聞學運動的开展。」[3]該會屬於中國左翼文化界總同盟領導，瞿秋白、鄧中夏曾給予指導。

中國新聞學研究會有著明確的研究綱領和較強的自我批判與反省意識。該會因不滿意當時新聞學研究的現狀而將英文 Journalism 一詞改譯為「集

1　《人民團體經費補助辦法》，《中央週報》，1930 年版。

2　《民眾運動法規方案彙編（上冊）》，中央民眾運動指導委員會編印，1935 年版，第 7、50～51 頁。

3　孫萍、趙雲澤：《中國左翼新聞記者聯盟》，《新聞前哨》，2012 年版。

納」，放棄流行的「新聞學」一詞。「集納」的範疇不僅僅包括「狹義」的新聞，還包括經營、雜誌、書籍在內，與「大眾傳媒」的內涵接近。該會在新聞學方面做了一些有益的嘗試。新聞學觀點主要有五：（1）新聞的發生，是依據於社會生活的需要；（2）在階級社會裏，一切階級的現象和現實，是新聞產生的源泉；（3）新聞價值應以最大多數讀者的喜愛與否而確定，新聞工作者也必須以最大多數人的利弊為依歸；（4）在資本主義社會中，所謂新聞事業已成為某些階級壓迫、麻醉、欺騙另一階級的工具，所以必須無情的揭發，從而建立益於大眾利益的新聞事業；（5）主張新聞大眾化。[1]上述觀點在全國各地新聞工作者中產生很大影響，申請加入新聞學研究會的人不斷增加，很多城市相應建立了新聞學研究分會或小組。1932 年淞滬抗戰後，該會發表《檄全國新聞記者》呼籲「全國的新聞界同志們團結起來」，組成「統一的集團」，號召從新聞研究轉向新聞運動，以挽救國家危亡為主要目標。1933年，該會停止活動。

（二）中國左翼新聞記者聯盟

中國左翼新聞記者聯盟簡稱「記聯」，1932 年 3 月 20 日成立於上海。前身是中國新聞學研究會。瞿秋白、鄧中夏、潘梓年參與指導該組織成立。1932年 3 月 20 日，中國左翼新聞記者聯盟在上海成立，中國新聞學研究會隨之停止活動。

「記聯」成立大會通過了《中國左翼新聞記者聯盟鬥爭綱領》、《開辦國際新聞社傳播革命消息》和《廣泛建立工農通訊員》等決議。提出爭取言論自由，反對國民黨當局對新聞的統治，實行新聞大眾化，使新聞成為鼓動和組織大眾的武器等主張，明確「記聯」的任務一是批判資產階級新聞學，建立無產階級新聞學；二是爭取言論和出版自由；三是保障新聞記者合法權益，提高其待遇。「記聯」成立不久即在法租界創立國際新聞社，編發抗日稿件，報導中國共產黨和中國工農紅軍的活動。「記聯」還組織記者團集體採訪，揭露國民黨當局的政治腐敗和黑暗，引起當局的震怒。儘管「記聯」在國民黨嚴重白色恐怖下受到種種摧殘，但仍然採用各種不同的方式進行抵抗。「一方面運用盟員在其所服務的報社的公開合法的身份發揮作用；另一方面組織稿件通過種種關係分散供給報社登載。用不同的技巧，各種各樣的形式，暴露

---

1 賈樹枚主編：《上海新聞志》編纂委員會編，《上海新聞志》，538 頁。

國民黨政府的不抵抗主義，以及農村破產，工人失業，和社會的黑暗面，從而堅決主張爭取抗日救亡的活動。」[1]1934 年聯盟外圍組織上海記者聯誼會組織記者團赴蘇聯採訪時，國民黨當局逮捕了記者團全體成員。日文報紙《上海日日新聞》報導說「左翼記聯全部破獲，書記丁中被捕」。聯盟被迫轉入地下繼續開展鬥爭。1934 年 1 月 7 日，創辦新聞學刊物《集納批判》（出版了 4 期）提出要「闡揚以社會主義爲根據的科學的集納主義」，以列寧「報紙的作用，不僅限於傳佈思想，限於政治教育，和吸收政治上的同盟者，報紙不僅是集體的宣傳者和集體的鼓動者，而且還是集體的組織者」的原則用來教育和指導新聞工作者運用新聞宣傳的武器，開展革命的新聞活動。

1933 年夏，惲逸群等在上海組織成立了「記者座談會」，該會從 1934 年 8 月 31 日起發行《記者座談》週刊，至 1936 年 5 月 7 日終刊，惲逸群、陸詒、劉祖澄負責編輯工作。1935 年，又建立了公開對外發稿的機構「中華新聞社」。1936 年 5 月爲適應建立「抗日民族統一戰線」的新形勢，宣布自動解散。抗日戰爭開始後，部分成員參加中國青年新聞記者協會進行抗日宣傳。

（三）中國青年新聞記者學會

1937 年 11 月 8 日中國青年新聞記者學會在上海創建，次年 3 月在武漢正式成立，以團結廣大青年新聞記者、促進抗日宣傳爲目的，是中國共產黨領導的抗日民族統一戰線組織。

據胡道靜回憶，在 30 年代初期上海的記者之間時常舉行半座談半聚餐式的聚會。每次去的人基本都要掏錢出來付清 AA 制後的餐費。在聚餐過程中，除交換信息外，還對各大報紙新聞進行評論。這種聚會半月或一月一次，聚餐地點並不固定，也缺乏固定的組織形式和領導人選。這種聚會是由《新聞報》記者陸詒、新聲通訊社記者惲逸群、新世紀通訊社記者季步飛等人發起的記者座談會舉辦。記者座談會的誕生源於當時一些報人對新聞界不滿。30 年代上海的報紙記者不是流氓的徒弟，就是同資本家或富豪有關係，有政治背景的人。[2]該活動醞釀於 1932 年冬天，1933 年夏天開始運作，1937 年上海淪陷時停止。座談會啓動後，與會記者日益增多，劉祖澄、吳半農、傅於琛、戴湘雲、魯風、楊潮、朱明、邵宗漢、夏衍、范長江、石西民等都前來參加。

1　張靜廬：《中國左翼新聞記者聯盟史略》，《中國出版史料補編》，中華書局，1957 年，309 頁。

2　《丁淦林文集》，復旦大學出版社，2005 年版，第 38 頁。

記者座談會雖無正式的組織和綱領宣言等內容，但積極主張改革中國新聞事業，推動新興階級新聞事業的發展。記者座談會由《文藝新聞》創辦人袁殊牽頭，陸詒出面聯絡，共產黨員惲逸群予以指導。新聞記者座談會是中國青年新聞記者學會（簡稱「青記」）的基石，主要領導人物是推動「青記」成立的核心骨幹成員。

「青記」成立大會通過《中國青年新聞記者學會成立宣言》及學會《簡章》，聲明宗旨為「研究新聞學術，進行自我教育，促進中國新聞事業之發展，求取新聞事業及其從業人員之合理保障，以致力於中華民族之解放與建設。」學會名譽理事有邵力子、王芸生、于右任、葉楚傖、鄒韜奮、郭沫若、張季鸞、潘梓年等。范長江、惲逸群、袁殊、羊棗、朱明為第一屆幹事。1938 年4 月，創辦《新聞記者》月刊。隨著抗戰形勢變化，該會總會先後輾轉長沙、桂林、重慶等地，分會遍布全國，擁有會員近 2000 人。「青記」以服務工作為中心，其原則是為一切抗日報館、抗日新聞記者及抗日新聞工作服務，服務範圍有：代各報館介紹新聞技術人員，介紹新聞關係，辦理失業登記，失業救濟，成立記者之家，開辦新聞講習班，出版新聞學書籍雜誌，設立小型新聞圖書館，協助華僑記者並與海外有新聞興趣的青年聯繫，清除會員中主張附敵妥協求和者。

武漢淪陷前夕，「青記」工作轉移到長沙和桂林，最後到達重慶。1941 年春，總會及國統區分會被國民黨查封。香港、延安的和抗日民主根據地各分會仍繼續活動，直至中華人民共和國成立。

四、偽「滿洲國」控制的新聞團體

1932 年日本佔領東三省後扶植建立了偽「滿洲國」傀儡政權。這一時期的偽滿當局為加強對東北的文化專制和思想統治，對新聞事業尤為重視，以「宣傳建國並施政之精神」、「涵養國力，善導民心」為目標，在資政局中設弘報處，1933 年廢資政局成立總務廳，內設情報處，掌管偽「滿洲國」新聞、出版、廣播等輿論文化宣傳陣地。同時，偽滿為壟斷東北的新聞通訊事業，成立偽「滿洲國」通訊社。1935 年 10 月，[1]在關東軍「言論高度統制」要求

1　「弘報協會」的成立時間仍有待考證，目前僅筆者所見有三種說法，一為 1936 年9 月 5 日，《瀋陽市志》採用此說。一為 1936 年 9 月 2 日，孫繼強《侵華戰爭時期的日本報界研究 1931～1945》採用此說法；一為 1935 年 10 月，以梁利人主編的《瀋陽新聞史綱》為代表。

下，在「滿鐵」豐厚的經濟投資下，將報導、言論、經營三方面高度統一的偽滿弘報協會成立，「滿洲國通訊社」成為弘報協會首要會員。弘報協會成為偽滿弘報處的隸屬機構，是其控制東北新聞事業的主要抓手。

1936 年 9 月，弘報協會採取控股方式將偽「滿洲國」通訊社和一些主要報社控制在手中，其中有《盛京時報》《大同報》等。1937 年 5 月提出《滿洲第二次新聞整頓方案》，通過收買、兼併、關閉等手段，對報紙進行整頓。7 月 1 日，由弘報協會全部出資的偽「滿洲國」通訊社宣布成立取代原來的偽「滿洲國」通訊社：日偽政權在瀋陽、大連、長春、哈爾濱四城市，只准許保留弘報協會控制下的成員報紙中、日文各一種，其他各市縣取「一地一報」原則，對偽滿各地報社進行兼併和整理。經過此次整頓，弘報協會所控制的報紙發行量劇增，占偽滿報紙發行量的 90%，掌握了新聞輿論的絕對控制權。[1]

第二節　民國南京政府前期的新聞教育

經歷初創與起步期後，民國新聞教育在這一時期得到較快發展。燕京大學新聞學系成為新聞教育的重鎮，復旦大學新聞系、中央政治大學新聞系創辦，以培養學生新聞技能為主的民治新聞專科學校、世界新聞專科學校等私立新聞教育獲得發展。這些新聞教育多元呈現，各具特色，都能立足於社會，「應一時之需」。

一、燕京大學新聞學系名重一時

1927 年，燕京大學新聞系因經費困難停止。1929 年 9 月 27 日至 10 月 1 日，燕大慶祝海淀新舍落成，重新組建的燕大新聞系同時成立，它隸屬於文學院，聶士芬教授任系主任，他與稍後到校的黃憲昭教授擔任該系主要課程的講授。另一位來自密大的葛魯甫（Sam Groff）先生，是由密蘇里新聞學院來燕大新聞系交換的第一位研究生，研究廣告及報業管理，並講授廣告學。助教盧祺新負責系務和聯繫學生在報館實習，他在工作兩年後，作為第一位去密大新聞系交換的研究生赴美國進修，兩年學成後回新聞系執教。

1　梁利人主編：《瀋陽新聞史綱》，瀋陽出版社，2014 年版，第 22 頁。

重新組建的燕大新聞系按照學校制定的方針和教學計劃，嚴格認真地開展了教學活動，各項工作逐步趨於正規。從 1931 年開始，燕大新聞系每年舉辦一次「新聞研討會」，邀請中外新聞界名人、平津各主要報紙的主管以及知名學者參加，從不同角度與觀點對新聞學進行評論、探討，剖析新聞學與其他學科的關係，從者踴躍。

由燕大新聞系主辦、由「新聞學會」及本系同學自辦的出版物是學生的新聞實踐園地。1930 年創辦英文《燕大報務之聲》（Yenta News）；1931 年 9 月創辦《平西報》，1932 年創辦燕京通訊社和《新聞學研究》；抗戰期間，燕大新聞系西遷四川又出版《報學》雜誌和《燕京新聞》刊物，爲學生實踐提供舞臺。

新聞系的教學隊伍中外交孚，集中了一批各個時代新聞界的實力人物，使專業教學質量和學生中、英文業務能力很快得到提高。幾年間，燕大新聞系的辦學實績突出士林，聲名大震。從這裡走出去的畢業生很快成爲了中國新聞戰線上的一支生力軍。著名記者、新聞理論與教育家斯諾這個時期也在燕大新聞系任教。他 1936 年 10 月從陝甘寧蘇區訪問歸來，燕大同學最先讀到他日後輯爲《西行漫記》的通訊打字稿，最先聽到他介紹蘇區見聞。「新聞學會」作爲一次大型活動於 1937 年 2 月 5 日晚在臨湖軒聚會，斯諾放映和展示了他在陝北蘇區和延安拍攝的 300 英尺的影片、幻燈片和照片，使處於國民黨新聞禁錮下的學生看到一個抗日的「紅星照耀的中國」。主張親自實踐、掌握第一手材料的同學還沿著斯諾訪問陝北的路線，在 1937 年 3 月組團訪問了延安。這個「燕大學生西北旅行團」是第一個北平學生到延安的訪問團。受到毛澤東、朱德、董必武等親切接見。回校不久「七七」事變爆發，他們同全校師生參加抗日宣傳和勞軍活動。

到 1937 年止，燕大新聞系共有歷屆畢業生 62 人，絕大多數人在國內外的新聞界名重一時。如《大公報》駐英倫特派記者蕭幹、馬廷棟，駐西歐前線和太平洋戰區的隨軍記者黎秀石、朱啓平；當時中央社在世界各大都會如華盛頓、倫敦、巴黎、新德里、三藩市、馬尼拉、東京的記者任伶遜、湯德臣、盧祺新、沈劍虹、徐兆鏞；在戰時陪都重慶和桂林、成都、香港的新聞界名人陳翰伯、蔣蔭恩、余夢燕、王繼樸等，均爲燕大的畢業生。盧溝橋事變後，北方一些國立大學紛紛南遷，燕大作爲美國教會辦的私立大學，爲保持華北的文化自由決定留在北平，成爲日僞統治下保留文化自由的一個「孤島」。

　　此時燕大在日偽統治下獨立辦學，自成體系，仍以各種方式與大後方和抗日解放區保持聯繫，可說是「孤島」不孤。原系主任梁士純教授去美國，校當局臨時決定請曾任天津《益世報》總經理、總編輯的劉豁軒代理系主任，後任命為主任。後又請來在北平許多家英文報刊、通訊社工作的孫瑞芹先生任教。

二、復旦大學新聞系的創辦與發展

　　復旦大學的新聞教育最早始於 1924 年。教育先驅陳望道等目睹我國新聞專業人才奇缺現狀，學習「歐美各報，多託學校代辦新聞科，故人才輩出，報業乃興」的先進經驗，認為要改變我國地方報紙「實屬不堪」的現狀，必須開創中國的新聞教育事業。1924 年，當時擔任復旦大學國文部主任的邵力子，鑒於復旦學生仰慕老校友于右任創辦《神州日報》、《民呼日報》、《民吁日報》、《民立報》的業績和對新聞工作的愛好，倡設「新聞學講座」，經校方同意聘請有名望的主筆、記者、編輯來校講授新聞學知識。

　　1926 年 9 月，國文科改名為中國文學科。文學科主任劉大白銳意革新，在文學科內增設新聞學組，聘請曾在日本早稻田大學留學的謝六逸教授主持新聞學組，陳望道和邵力子共同擔任新聞學的講座。當年 9 月招收了一批專攻新聞學的本科生。1927 年秋，陳望道接任中國文學科主任，新聞學組繼續招收本科生。1928 年秋，聘《時事新報》主筆陳布雷為新聞學組學生講授社論寫法、聘《時事新報》經理潘公弼主講新聞編輯。1929 年春又聘請《時事新報》經理潘公弼主講新聞採訪，《申報》編輯主任馬崇淦主講《新聞學》。

　　1929 年 9 月，復旦大學在調整學科時把中國文學科分別成立中文、新聞兩個系，新聞專業從中文系獨立出來，謝六逸擔任新聞系首任系主任。聘請《申報》總經理助理戈公振主講《中國報學史》，《時事新報》編輯周孝庵主講《新聞編輯》、《報館實習》，《申報》編輯趙君豪主講《新聞學》。《復旦大學新聞學系簡章》明言「社會教育，有賴報章，然未受文藝陶冶之新聞記者，記事則枯燥無味；詞章則迎合下流心理；於社會教育，了無關涉。本系之設，即在矯正斯弊，從事於文藝的新聞記者之養成，既顯示以正確之文藝觀念，復導以新聞編輯之規則，庶幾潤澤報章，指導社會，言而有文，行而能遠」。

　　《簡章》規定 4 年制本科生的培養目標為：「養成本國報館編輯人才與經營人才」。施教方針「則在灌輸新聞學知識，使學生有正確的文藝觀念及充分

之文學技能，更使之富有歷史、政治、經濟、社會與各種知識，而有指導社會之能力」。課程設置，本著「理論與實踐並重，教學與科研並重」的精神，安排 4 類課程。第 1 類為基礎知識（必修課），如中國文學、英語、第二外語、心理學、倫理學；第 2 類為專門知識課，如報學概論、新聞編輯、新聞採訪、報館組織與管理、廣告學、發行、照相術、繪畫、印刷術；第 3 類為輔助知識課，如政治學、經濟學、歷史、地理、外交概論、法學概論；第 4 類為寫作技術課，如評論練習、通訊練習、新聞寫作、速記術、校對術等。一二年級主要學習基礎知識與輔助知識課，三四年級注重專門知識與寫作技術課。在業務實踐方面，低年級結合課程學習，去報社參觀；高年級學生，課堂學習時間減少，除去報社實習外在校要參加校刊《復旦五日刊》的採編工作。1931 年還成立「復新通訊社」，作為新聞系學生的實習機構；社內分設計、編輯、採訪、交際、校對等部門，均由學生擔任，每日發稿兩次，供上海、江蘇、浙江各大報採用。

復旦新聞系同上海新聞界聯繫密切。1930～1937 年間，上海新聞界來校兼任教授的有黃天鵬、郭步陶、章先梅、樊仲雲、夏奇峰等。新聞系教師，也去報社兼職，如系主任謝六逸教授，在 1935 年主編過《立報》副刊《言林》，1937 年主編《國民月刊》。

新聞系師生，重視新聞學術研究。1929 年由馬思途等學生發起成立復旦大學新聞學會，1930 年又在黃天鵬教授倡議下成立新聞學研究室，設陳列部、圖書部、學術部、實習部、調查部；黃天鵬教授兼任室主任，負責徵集、收藏、陳列國內外報刊及新聞學術著作，組織師生開展學術研究，新聞系師生還與校方共同集資創辦復旦大學印刷所，承接校內外印刷業務，既可為印刷術教學提供實習場所，也有利於新聞學書刊的出版。

1931 年民國南京政府教育部聘請謝六逸教授制定大學新聞系課程及設備標準，作為國內各大學新聞系的準繩。復旦大學新聞學的研究成果有三：一是創辦新聞學刊。先後創辦有《新聞世界》、《明日的新聞》、《新文學期刊》，1936 年 1 月還出版過一本關於首屆世界報紙展覽會的專刊《報展》。二是出版過一批新聞學專著，計有學生陶良鶴著的《最新應用新聞學》（1930）、郭箴一著的《上海報紙改革論》（1931）、杜紹文著的《新聞政策》（1931）；謝六逸教授著的《新聞教育之重要及其設施》（1930）、管照微教授主編的《新聞學論集》（1933）等。三是舉辦首屆世界報紙展覽會。1934 年，為慶祝復旦大

學建校 30 週年，學會會員舒宗僑、唐克明、夏仁麟、盛澄世、盛維繁等發起籌辦。經過一年時間徵集展品，展覽會於 1935 年 10 月 7 日開幕，參觀者達 1 萬多人次，被譽爲「中國新聞史上的創舉」。主要展品是 33 個國家的 2000 多種報紙，其中本國報紙 1500 種，有晚清《京報》、香港《循環日報》、上海《申報》創刊號。外國報紙 500 種，有英、美、日、德等國大報，不少展品是直接從外國徵集來的。對一些獻身於新聞事業的傑出人物，如邵飄萍、史量才等，做了專門介紹，有傳略，有照片。展覽會還設有機器展覽部，陳列從在滬外國印刷商處借來的多種新型的鑄字、排字、印刷機器，並且當場進行操作表演。

1937 年新聞系修訂課程設置大綱，規定以「灌輸新聞學知識，培養編輯採訪技能」，「養成本國報館的編輯和經營人才」爲辦系宗旨。大綱除規定本系必修課程外，還規定本系學生以政治或經濟學系爲輔系，必須在其中一個輔系修滿 12 個學分課程。這表明，新聞系培養人才的方案日趨完善，新聞教育水平日益提高。然而，正當它蓬勃前進的時候，日本帝國主義大舉侵華，1937 年 8 月 13 日校舍被炸，11 月 12 日上海淪陷，新聞系隨同校部西遷內地重慶，原有的圖書資料、教學設備損失殆盡。

三、中央政治大學新聞系的創辦與發展

這一時期國民黨新聞教育的代表性院系是設在南京的中央政治大學新聞系。1934 年 5 月，馬星野在密蘇里大學新聞學院得「新聞學士學位」後回國。同年 7 月被當時政校校長蔣介石召見，令其在政校從事新聞教育，訓練新聞記者。同年 9 月中央政治學校於「外交系開設『新聞學』選修科目，……第二學期改爲外交、政治、法律和經濟四個系的共同選修。」1935 年 9 月，國民黨中央常會決議在中央政校設立新聞系，馬星野負責籌建。「目標是培養眞誠純潔的青年，成爲大公無私，盡忠職守的新聞記者……信仰三民主義，忠愛國家民族，並以促進自由世界人士之團結與瞭解目標。深信新聞道德重於新聞的採編技術。新聞系之教育使命就是要敦品勵學，發揚以往的光榮傳統，開拓燦爛的未來」。[1]

這一時期，政校新聞系的課程設置及師資隊伍的大致情況是：在專業課方面，馬星野講授「新聞學概論」、「新聞事業史」、「新聞寫作」、「社論寫作」；

---

1 李建新：《民國時期新聞教育的多元呈現》，《學術交流》，2015 年版。

劉覺民、黃天鵬講授「報業組織與經營」(「報業經營與管理」);湯德臣講授「採訪與編輯」(「新聞採訪」);錢華講授「新聞採訪」、「新聞編輯」;沈頌芳講授「新聞編輯」;俞頌華講授「編輯學」;趙敏恒、顧執中講授「採訪學」;錢滄碩等講授「編輯學」;王芸生講授「評論」;戴公亮講授「攝影」等。在基礎課方面,有左舜生講授「中國近代史」;壽勉成講授「現代經濟問題」;趙蘭坪等講授「經濟學」;蕭孝嶸講授「心理學」;孫本文講授「社會問題」;胡貫一、詹文滸講授「哲學」;陳石孚講授政治學;戴德華(Edward G. Taylor)及其妻子懷娣(Roberta White)以及周其勳、高植等分別講授新聞英語、英文寫作與英文。其他課程還有文學與寫作、廣告學、會計學等等,使得專業理論與業務得以在新聞教育中相互印證和補充,[1]課程安排的比例是:社會科學占百分之五十,人文和語文學科占百分之二十五,新聞專業科目占百分之二十五,教學過程突出了「做中學」的特點,並在此基礎上逐步發展而成為了一種模式。這個模式的特點是為國民黨及其新聞事業服務,以定向培養的方式,本著快捷的原則培養新聞人才,基本是學習美國密蘇里的模式,重點是實踐。另外,從它的課程安排中可以看出,這個模式很注重社會科學與人文科學等知識的灌輸。

1934 年,國民黨中央政治學校在該校外文系開設「新聞學概論」課程,由馬星野主講,1935 年成立新聞系,由程天放擔任系主任,次年由馬星野繼任。1937 年,由於抗日戰爭開始,新聞系停辦而改為新聞專修科及新聞專修班,1943 年恢復。該系的宗旨是培植現代的新聞記者,使之能篤信三民主義,服膺職業道德,提高新聞事業水準。該系主要為國民黨政府宣傳機構培養工作人員,畢業生多任職於國民黨政府宣傳機構。課程著重語文及一般社會科學訓練。實習課分校內、校外兩種。校內實習以編印《中外月刊》為主,形式與美國《時代雜誌》相似;校外實習則利用寒假到《申報》、《新聞報》參觀 2 周。選讀「新聞學概論」一科的學生即為政大新聞系的第一期學生。1942 年,該系系主任馬星野擬定「中國報人信條」12 條,以說明政大新聞系的目標以及對報人的期望。

1937 年 8 月,該系遷離南京先至湘西芷江,一年顛沛之後才於 1938 年暑假在重慶南溫泉定居,繼續上課。馬星野講授《新聞學概論》及《新聞史》,

---

1 王繼先:《民國新聞高等教育額「政校模式」略論——以馬星野的新聞教育實踐為視角》,《新聞大學》,2017 年版。

陳固亭講授《報業管理》，俞頌華講授《新聞寫作》。1939 年該系停止招生改辦新聞專修班，招專科學生，由潘公展負責主持，馬星野協助。第二年專修班擴大爲新聞專修科，以高中畢業生爲招生對象，任務爲加強戰時宣傳工作，該班分甲乙兩組，甲組調訓各省黨部科長以上或縣市黨部主任以上之人員及在黨營新聞戰線、新聞機構服務之編採人員，乙組招考大學畢業或大學肄業 3 年之青年，課程除乙組加授英文外，兩組皆同。1943 年恢復招生。課程分兩部分：必修的一般課程爲國文、英文、三民主義、政治學、經濟學、民法概論、理則學、西洋近代史、中國憲法、刑法、國際法、哲學概論、人生哲學、亞洲近代史、日本問題、蘇聯問題、政治思想史、經濟思想史、中國通史、社會心理學等 20 門，共 76 學分。必修的新聞專業課程爲新聞學、新聞文學、採訪編輯、社論寫作、新聞英語、中國新聞史、世界新聞史、報業管理、出版法、編輯實務等 10 門，共 50 學分。同年，中央政治學校設置了旨在培養高級宣傳人才的新聞學院，招考大學畢業生，經一年學習和半年實習後派至世界各地的中國使館、行政院各部及各戰區司令長官部服務。國民黨派《中央日報》總經理詹文滸到中央政治學校擔任新聞系主任，1946 年，中央政治學校遷回南京，以後又於 1948 年和中央幹部學校合併爲國立政治大學。政大新聞系分普通科和專科兩種，學生總數約 200 人，普通科課程爲 20 門，專科 9 門，馬星野重新出任系主任。從 1935 年協助創辦中央政治學校新聞系算起，到 1949 年初該系停辦爲止，馬星野在該系任教達 14 年之久，爲國民黨的新聞教育做出了不小的貢獻。因此被臺灣新聞界譽爲「桃李滿門」的「元老」。國民黨對該系頗爲重視，派了不少宣傳方面的得力干將前往該系任教。如時任國民黨中央宣傳部副部長的董顯光、中央宣傳部國際宣傳處處長曾虛白等都曾到該系授過課。1949 年國民黨遷往臺灣後該系停辦，1954 年復辦。

四、其他新聞教育機構的發展概況

除燕京大學新聞學系、復旦大學新聞系、中央政治大學新聞系外，本時期還有報業經營者、新聞媒體、社會團體、乃至個人等創辦和運營的，以培養學生新聞職業技能爲核心的新聞教育機構。它們是中國新聞學院、上海民治新聞專科學校、濟南新聞函授學校、滬江大學商學院新聞科、民國大學新聞專修科、申報新聞函授學校、新聞大學函授科、北平新聞專科學校、上海商學院專修科。中國新聞學院由謝英伯 1928 年秋在廣州創辦，後改名爲中國

新聞學校。這是目前所知中國最早的一所專業新聞學校。濟南新聞函授學校1931 年創辦，滬江大學商學院新聞科 1931 年秋開辦訓練班，1932 年與《時事新報》、《大晚報》、《大陸報》、申時電訊社合辦，正式成科，初聘汪英賓爲系主任，後聘黃憲昭爲系主任。申報新聞函授學校、新聞大學函授科、民國大學新聞專修科、北平新聞專科學校、上海商學院新聞專修科五所新聞教育機構都在 1933 年創辦，新聞大學函授科由周孝庵負責，上海商學院新聞專修科趙君豪負責，民國大學新聞專修科初由曾鐵忱主持，後由吳秋塵、張友漁主持，學生創辦有《民國新聞》和民國通訊社。上述新聞教育機構，較有代表的是上海民治新聞專科學校和世界新聞專科學校。

（一）民治新聞專科學校

民治新聞專科學校由報人顧執中等於 1928 年在上海創辦，該校以培養新聞人才爲主要目的，1953 年最後一批學生分配完畢停辦，歷時 25 年。

民國初年，上海的中國報館一般只有搞編輯工作的內勤，少有搞採訪工作的外勤，《新聞報》和《申報》的外勤記者也不多。顧執中就職的《時報》館也只有他一個外勤記者。他認爲，歷史的發展決定中國的報紙必然需要大批新生力量，特別是外勤記者。同時，中國新聞工作者在政治思想方面，還遠遠落後於當時政治上的急劇發展，新時代的中國急需要有新時代精神的新聞工作者。這種想法促使顧執中創辦一個新聞專科學校。

1928 年夏，顧執中、沈頌芳、沈吉蒼、閔剛侯、范仁齊、葛益棟等 6 人協商，大家一致同意在上海創辦新聞學校。大家覺得中國的民主政治前途暗淡，遂商議定名爲上海民治新聞學院，每人出開辦費 200 元，個別人因經濟不寬裕只出了 100 元。估計學校在經濟上難以獨立生存，因此，他們又兼辦了民治中小學及民治補習學校，以便分擔房租水電及校工等方面的開支。新聞報館的董事長美國人福開森個人捐贈 500 元。民治新聞學院開班時一共只有 1600 元錢。因民治新聞學院在政治上不與國民黨當局合作而屢受他們的刁難和打擊。開始時有關當局稱不配稱新聞學院不准立案，後來改爲民治新聞專科學校仍不准立案。初創時民治新專因資金不足，校舍簡陋，規模甚小。第一屆只招了 40 多個學生，1928 年冬經考試入學，投考者有不少大學畢業生，有一位甚至是留學美國回來的博士。以後一般只招 50 人左右，最多時超過 100人。第一屆任教的有嚴獨鶴、李中道等。先後到這個學校任教或作報告的都是當時的正規院校不敢請，也難請到的名人，如郭沫若、翦伯贊、艾思奇、

柳湜、田漢、舒捨予等。該校為 2 年制，開設的課程有採訪、編輯、新聞寫作、管理、印刷、攝影、外文、時事分析、歷史、地理、國際公法、軍事常識、哲學等。重點是採訪、編輯、時事分析及攝影，每學完 1 個學期即進行實習。初創時只設夜班，以後添辦白天班。他們錄取新生不注重資格、不講究文憑，而以德才為標準，根據考試成績決定錄取與否。報考者大部分沒有高中畢業文憑。但也有不少是大學畢業生。這樣不拘一格取人才的結果，大大提高了新生的質量。1920 年第二屆學生，人數仍 40 人左右，「九一八」事變以後，民治新專的教授和學生，多參與抗日救亡運動，政治方面更趨明朗，因此更為國民黨所嫉妒。從 1932 年起，學校迫於國民黨的壓力，改名為民治新聞專科學校。開設的課程有：採訪、編輯、新聞寫作、管理、印刷、攝影、英文（或俄文、日文）、時事分析、歷史、地理、國際公法、軍事常識、哲學等，另外還有實習和實踐。1935 年冬到 1937 年，民治新專放寬了招生名額，人數達 100 人左右，開兩班，授課者中有不少是開展抗日救亡工作的中共黨員。1937 年 11 月初上海淪陷。民治新專在 1938 年招考新生，人數限制在 20人以內，在極度緊張的情況下仍然堅持上課和實習。

（二）世界新聞專科學校

世界新聞專科學校由成舍我創辦。成舍我鑒於當時的新聞記者素質欠佳，不夠專業，新聞道德素質又缺乏，決定創辦新聞學校，希望通過學校培養一幫「夠水準」的記者，以及提高報紙水平的新聞專業人才，既為眼前也為將來。1930 年 4 月 16 日，成舍我離開北京由上海出國，考察歐美學術文化和新聞事業，對其新聞教育的認識有一定的作用。談到這次考察的收穫，其中一點就是關於新聞教育。他認為應把新聞教育納入新聞事業體系之中，培養和選拔忠實於自己報業的業務骨幹，使事業後繼有人。

1933 年 2 月，世界新聞專科學校創辦，先開辦附設的初級職業班。首先辦起來的是排字和編輯兩個初級班，由於不收學費，要求入學者非常踴躍。1935 年 9 月又辦附設的高級職業班；1937 年決定開辦本科，7 月已登報招生，後因北京淪陷停辦。第一屆初級職業班招生簡章闡述辦校意義說：「本校目的，在改進中國新聞事業，及訓練手腦並用之新聞人才。」[1]第一屆初級職業班，招收學生 40 名。投考學生須具備下列資格：甲、曾在高級小學畢業，或雖未畢業，而自信已具有與高小畢業相等之學歷；乙、年齡在 14 歲以上，18

1　李建新：《民國時期新聞教育思想的多元呈現》，《學術交流》，2015 年版。

歲以下；丙、體質強健，無不良嗜好，且能吃苦耐勞，無紈絝習氣者，考試科目是國文、常識測驗、體格檢查、口試。入學後不收學費，修業年限爲二年。訓練方法，每日以半數時間講授應用文字、一般常識、及新聞事業概要，其餘時間從事於技術科目實習。關於學生畢業以後的出路，招生簡章表示「甲、凡願升學者，提升入本校高級職業班；高級職業班畢業後，得升入本科肄業。本科注意於新聞學理，業務管理及政治法律等社會科學之探討。其目的在造成指導報館業務，及健全之編輯人材。本校最大目的，欲使凡在本校受過完全訓練者，如出校服務報館，則比每一報館之高級職員——經理、編輯，皆能排字印刷；而每一個排字印刷之工人，全能充任經理、編輯，藉以廢除新聞事業內長衫與短衫之區別，而收手腦並用、通用合作之效。乙、凡願服務者，由本校派赴捐款創立本校之北平世界日報、南京民生報及贊助本校已與本校訂有特約之國內報館服務。丙、其既不願升學，又不願由本校指派服務者，聽其自由，本校不加拘束。」[1]1933 年 2 月 3 日開始報名，投考學生相當踊躍。有的初中學生，因志願做新聞記者，也來投考。至 16 日截止時，共 400 多人報名。20 日、21 日分五場在西城成方街本校舉行初試，共錄取 102 名。3 月 1 日、2 日舉行口試、體格檢查，結果正取 40 名，備取 40 名。

第一屆初級職業班於 4 月在本校舉行開學典禮，除全體師生參加外，來賓是北京大學校長蔣夢麟，北平大學校長徐誦明，中法大學校長李麟玉，北平晨報社長陳博生，實報社長管翼賢及國民黨市黨部委員陳石泉等。成舍我在開學典禮上說：「中國報紙有兩點極應改革：（一）應由特殊階級之讀物，變爲全民大眾之讀物，報紙要向民間去。（二）消除勞資對立，使報館成爲合作的集團。創辦新專的目的有兩點：一是訓練實際應用的新聞人才；二是準備將來能在這個學校辦個報紙。訓練的方針，學科實習並重，學校是工廠，同時又是個報館，使畢業生能做用腦的新聞記者，和用手的排字工人。」[2]初級職業班上午上學科課，計有國文、英語、數學、報業、常識、自然常識；下午實習技術課。教職員：校長成舍我，副校長吳範寰，教務主任虞建中，教員張友漁、左笑鴻、薩空了、趙家驊、原景信等，工廠主任張孟吟，事務員葛孚青、葉靜枕。每天下午實習課先是學排字，由張孟吟指導。開始是背字盤，兩個月後實際操作，大半爲報社排印單據及零星文件。一年後，世界

---

1 李建新：《中國新聞教育史論》，新華出版社，2003 年版，第 87 頁。
2 張友鸞等：《世界日報興衰史》，重慶出版社，1982 年版，第 144 頁。

日報增添北平增刊版，由學生編輯排版，吳範寰這時兼任教務主任負責指導。每屆寒暑假時，只是不上學科課，下午實習課照舊。

1933 年 11 月在新專開辦報業管理夜班，以最短期限訓練報業管理合格人員。修業期限 6 個月，免收學費。開課兩個月後，就派往世界日報實習。實習期間，由學校供給膳宿。修業期滿，分派到世界日報、民生報服務。這個夜班由報社營業處長趙家驊任主任。報業管理夜班招收學生 15 名，凡年齡在 16 歲以上，20 歲以下，在高級商業學校修業 1 年者和初中畢業生，不分性別，都可報考。10 月 18 日至 26 日報名，10 月 30 日至 11 月 1 日考試。考試科目為國文、外國文（英語或法文）、數學、珠算、商業常識、口試、體格檢查。11 月 9 日考試揭曉，計正取 15 名，備取 5 名。11 月 22 日開學，每夜上課兩小時，課程有國文、報業管理、實用會計、廣告學等，由報社營業處有關人員擔任教員。這班學生，6 個月畢業，全部分在世界日報工作。每月薪金一律15 元。

世界日報置有無線電收報機，報社本身卻沒有專職報務人員。自從利用南京某機關電臺後，電報增多，報務人員更感缺乏，且常誤事。故成舍我決定在新專開辦無線電特班，由陳哲民（陳獨秀之子）負責訓練電務人員。1 月13 日無線電特班開始招考，預訂招收 10 名。以初中畢業男生，身體健康，能任勞苦，年齡在 16 歲以上，20 歲以下為合格。修業期間不收學費，但入學時須交保證金 20 元，作為領用一切用具及機器之保證，畢業時發還。但報考的人並不多。經過筆試、口試，正取 6 名，備取 3 名。開學時，6 人入學。3 個月訓練期滿，全部到世界日報工作，最初時月薪為 20 元。

成舍我在新專開辦兩個專業班，主要是為世界日報訓練所需要的工作人員。那時社會上流落許多失學、失業的青年。訓練這些青年成為專業，固然需耗費一部分金錢，但他們工資較低，工作忠實，對報社仍有利的。1935 年4 月，第一屆初級職業班畢業。因新教務主任到校不到 1 月，畢業生安排工作有些遲緩。經過學校多次討論，結果決定女生 8 名，除兩名保升高級班外，6名分在世界日報總管理處服務，願升學或另找出路聽便。5 月間，赴滬學生成行後，畢業生的安排工作告一段落，就籌備招新生。這年續招初級職業班一班，添招高級職業班一班，並且決定不招收女生，這是因為報社工作艱苦，有些女生難於勝任。

7 月 7 日，新專由豐盛胡同遷至石駙馬大街世界日報舊址。開始招考新生，17 日至月底為報名期。招生廣告說明了訓練目的，高級班是注重報業管理、報業會計、報業經營、印刷機械及編輯採訪等學科，畢業後能管理報社會計、印刷工廠，或擔任助理編輯採訪等職務。初級職業班的訓練項目與前相同，只是說明畢業後以能在印刷處實際工作為目的。廣告最後仍附有「特別注意」，內容與前相同。高級職業班投考資格須曾在初級中學畢業，年齡在 16 歲以上，20 歲以下。考試科目為國文、英文、史地、數學、理化、常識測試及口試，體格檢查。初級班的投考資格及考試科目，與前相同。修業年限，高、初級班皆為二年，免收學雜費。這次新生入學時，須填具入學誌願保證書，並交納保證金，高級班 10 元，初級班 5 元。

8 月 15 日舉行考試，借用石附馬大街師大文學院教室為考場。初級班一天考完，高級班連考兩天。8 月 31 日復試揭曉，高級班正取 32 名，備取 10 名。初級班正取 40 名，備取 20 名。10 月 1 日開學。高、初級班都是上午上學理課，下午實習。學科課，高級班有新聞學、報業管理、自然科學大意、社會科學大意、國文、英文、數學、速記。初級班有報業常識、數學、國文、英文。這時的教員有趙家驊、彭芳草、吳謹銘、李翰章、李曉宇、林慰君、翁德輝等，職員有葛孚青、葉靜忱、馬五江、唐博祐。實習由技工倆人指導。學科講授內容，較一般中學略深。除國文、英文、教學採用普通課本外，其他各科，因無適當課本，皆由任課教員編寫講義，印發給學生。教學較嚴格，學生成績還不錯。因上課和實習很緊張，學生課外活動少。學生本來是走讀，最初一學期為解決外地學生食宿問題，學校曾租房開辦宿舍和飯廳。後因經費和管理人員問題，辦了一學期就停止了。[1]

印刷實習是學生的重要學課。10 月開學後，學生就學排字印刷，到 1936 年 1 月，開始實際操作。大致分工是高級班學生排字；初級班學生印刷。最初是世界畫報由學生排版、校隊、印刷，以後逐漸增加。日報的學生生活版，大眾公僕版，週刊版都由學生排版校對，組版，車送到報社，和其他版一塊印刷。晚報印刷數在四五千份時，由學生印刷。從 1935 年起，晚報組成版送到學校印刷、發售。報社每年贈送給直接訂戶的日曆及其他零活也都由學生排印，所以學生們工作量很大。世界日報社每年為新專開支約一萬元，而學生排版、印刷為報社節約的開支也相差不多。

---

1 孟鵬：《一代巨擘成舍我》，中國人民大學博士學位論文，2008 年，第 119 頁。

1937 年 6 月，國民黨批准新專校董會立案，並令將學校名改爲「北平新聞學專科學校」。成舍我以學校的法律手續已經齊備，決定開辦本科，並續辦高、初級班。登載招生廣告，定 7 月 20 日開始報名，8 月 20 日考試。由於盧溝橋事變，8 月 10 日學校宣布停辦，這些計劃未能實現。

第三節　民國南京政府前期的新聞學研究

在民國南京政府前期，國民黨人、共產黨人、民營報人、左翼報人從各自政治立場出發展開了不同路徑的新聞學研究，使本時期的新聞學術研究呈現出多元化而又相互貫通的特徵。國民黨報人注重黨化宣傳手段的探討，對新聞價值、「新聞紙」性質、功能、發展方向等基礎問題給出了自己的界定。共產黨人將馬克思主義階級鬥爭學說與列寧的黨報理論引入新聞學研究，將新聞業視爲階級鬥爭的工具，並結合根據地報刊實踐，探索無產階級黨報理論。民營報人多從新聞專業角度剖析新聞事業、新聞編輯、報業經營與管理等理論話題，具有較濃的學術色彩。左翼新聞人士獨闢蹊徑，闡揚社會主義新聞學，倡導「集納」運動，積極進行新聞記者的自我檢討與批判，探尋中國新聞事業發展出路。

一、國民黨報人的新聞學研究

國民黨成爲執政黨後認識到黨與新聞界關係問題之重要，將宣傳看作是黨報的根本職能，不斷強化黨化宣傳。國民黨報人對新聞的定義、新聞價值等基本問題進行探索，呈現出黨報宣傳規律與基本新聞規律並重的特點。

（一）黨報宣傳的工作方法

灌輸國民黨的政策、主義，塑造三民主義意識形態，奠定國民黨的執政基礎，既是國民黨黨報的根本宗旨，也是國民黨文宣部門的核心責任。1933 年葉楚傖總結說「本黨與新聞界的關係太密切了，彼此相需相求的方面太多了」。[1]如何達此目標，國民黨嚴格規定了黨報宣傳的內容，如黨義、國民革命、三民主義等。1928 年 2 月 1 日，《中央日報》公開宣稱各報今後之目的「把本黨的政策和主義儘量輸入到民眾間去」，「站在全黨立場說話，絕不事無意義

1　《本黨與新聞界的關係──以後努力的方向》，《中央日報》，1933 年 7 月 18 日。

的個人攻訐」。[1]何應欽強調《中央日報》「宜作進一步之宣傳，……並以各種現象和事實，演繹或歸納於三民主義之中，以期三民主義，早日實現。」[2]

國民黨報人提出了五種工作方法。一是加強組織，密切各級宣傳部人員的聯繫。從部區黨部到縣市黨部、省黨宣傳機關到中央宣傳部，下級宣傳部門必須與上級「發生密切之關係」。如此黨報宣傳「方能統一完整，而能發生極大的力量」[3]。二是分步驟進行。國民黨報人根據「革命的建設程序」將「本黨宣傳的步驟」分為三個步驟：「破壞的宣傳」、「建設的宣傳」、「惠政的宣傳」三個階段。[4]三是加大經費投入。為了解決宣傳品印刷、郵寄等經費不足問題，黨中央必須設法加大宣傳經費投入。[5]四是黨化與民眾化並重。「新聞事業是革命的宣傳機關，我們應在黨的立場上，對黨國時為具體的建議，不為利圖，不為威屈」。「新聞事業是指導社會的，我們應實行民眾化」。黨化與民眾化相比，「民眾化的色彩應該特別加重，尤其應該在選材上，文字上力求通俗，明白，正確，盡力指導民眾，同時使民眾得以接受指導而發展新聞事業，不致徒託空言」。[6]五是宣傳要走向鄉間。宣傳的對象不僅僅是都市民眾，還有鄉村民眾。「我們的主義僅僅是知識分子瞭解、認識，那麼力量能有幾何？功效能有幾何？」因此，我們今後當努力實現的，就是「宣傳到鄉村間去」。[7]

（二）新聞的定義與新聞價值

關於新聞的定義，潘公展指出「最近發生的事實，能引起多數讀者的興味，能給予多數讀者以實益，方是新聞。」[8]認為要從三個方面來把握：第一是最近發生的事實。認為「最近的事實，有時所爭不只日子，競爭鐘點先後，至於過去的事實，有時因與最近新聞發生的事實相關聯，也有重撰補登的價值。但究不能單獨披露，視為新聞。」[9]即時效性不是絕對的時間概念。第二，引起多數讀者的興味：「單是最近事實還不能算新聞。有人說狗咬人算不得新

---

1 《本社昨在外交大樓招待各界代表》，《中央日報》，1928 年 2 月 1。
2 何應欽：《本報的責任》，《中央日報》，1928 年 2 月 1 日。
3 《中央宣傳部報告》，《中央日報》，1929 年 6 月 5 日。
4 史育民：《對於宣傳工作之意見》，《中央日報》，1929 年 8 月 23 日。
5 《中央宣傳部報告》，《中央日報》，1929 年 6 月 5 日。
6 胡超吾：《對於首都新聞記者的希望》，《中央日報》，1929 年 3 月 3 日。
7 史育民：《對於宣傳工作之意見》，《中央日報》，1929 年 8 月 23 日。
8 潘公展：《新聞概說》，黃天鵬編：《新聞學名論集》，上海聯合書店，1930 年。
9 潘公展：《新聞概說》，黃天鵬編：《新聞學名論集》，上海聯合書店，1930 年。

聞，必須人咬狗才是新聞。這固然是故甚其詞，便要使新聞注重興味的意思是對的。」嚴格地說，新聞「多少可以引起他人的興味，但是必須注意『多數讀者』四個字。因爲一報的讀者才是一報的對象，報紙上的新聞都使多數讀者有興味，一定是很有價值的報紙。」[1]第三，給予多數讀者以實益：「新聞如果單講興味，也是太偏狹了。新聞究竟不是奇怪的故事，其所以吸引讀者的注意，不全恃乎興味的新聞，一方面是描寫事實的活動影戲片，一方面還帶一些教育工具的性質。故應同時使多數讀者多少獲得一些實益。」[2]

關於新聞價值，潘公展強調「我們評判新聞價值的高下，所恃以爲標準尺的就是注意人數多少和注意程度的深淺。一件新聞吸收讀者注意的能力不同，就是它價值的高下。」[3]具體區別之點有五：第一，事的關係：「能夠引起多數人比較深切的注意」的事情，價值就大。第二，人的關係：「同是一件事情，新聞的價值宜乎一樣了。但又因人而不同，大家只注意著名的人，故名人的事蹟，才和他人相同，但比較的有新聞價值。」第三，時間的關係：「以最近適當的時機發表新聞往往最有價值。」第四，地的關係：「同是一件有新聞價值的事情，但在各地的人看來，值價有高下的分別。」第五，文的關係：關於同一個人所幹同一件事情的新聞，其新聞價值「尚須看他的文字而分別高下。有的新聞結構可以引人入勝，興味增加，價值就高。反之，價值就低。」[4]

（三）新聞記者的角色與使命

關於新聞記者的角色。國民黨報人認爲新聞記者應是沒有成見的觀察者、忠實的報導者、報社的代理人。潘公展指出「新聞記者應該是一個沒有成見而很機敏的觀察者，他記載新聞必須完全容納事實，一些不參加他自己個人的私好和意見，使得新聞染著色彩。至於對種種新聞批評，是社論的職責，與新聞的本身無關，應該絕對分而爲二。」[5]葉楚傖指出：「新聞記者之惟一道德爲忠實，己所善者贊助之可也，己所不善者詰難駁斥之亦要也。然所

---

1 潘公展：《新聞概說》，黃天鵬編：《新聞學名論集》，上海聯合書店，1930 年。

2 潘公展：《新聞概說》，黃天鵬編：《新聞學名論集》，上海聯合書店，1930 年。

3 潘公展：《新聞概說》，黃天鵬編：《新聞學名論集》，上海聯合書店，1930 年

4 潘公展：《新聞概說》，黃天鵬編：《新聞學名論集》，上海聯合書店，1930 年。

5 潘公展：《新聞記者之觀點》，黃天鵬編：《新聞學名論集》，上海聯合書店，1930年。

贊助與駁斥，必根據於事實，就同一事實而批評之可也。造作事實以中傷之侮蔑之不可也。因傳聞偶然之語，錯載於前，糾正於後可也。明知其誤而更利用其誤不可也。」[1]

關於新聞記者的使命。國民黨人認為新聞記者負有擾扶國家、挽救國難、指導社會、普遍宣傳等多重使命。（1）擾扶國家。蔣介石聲稱新聞界「對於國家社會，尚負有甚大的使命，所以應絕對拋棄個人的主觀，絕對避免小心小量的伎巧，來擾扶這一個國家，渡到穩定的彼岸。對於國事，要完全站在國家民眾的地位上來批評，熱情和公心，沒有不能感動人的。切不要冷漠旁觀，也不可濫於破壞性的攻擊。」[2]新聞記者對於到手的信息，應仔細審辨，慎重抉擇。（2）挽救國難。在 1931 年 10 月舉行的中宣部新聞界招待上，陳布雷將記者的使命概括為「國家之忠僕，人民之諍友」。希望全國輿論界在此嚴重時期「不憚貢獻逆耳之忠言，豈勿只求順應當前興奮的心理，而忘卻持久苦鬥之必要」，「絕不是指謫政府，非難政府，或恣為辯難以窘倒政府為決心」「喚醒國民確實認識此次吾人之挽救國難，為極嚴重之工作，非有必死之心，不能有苟全之望」「對於一般頹喪悲觀之心理加以注意，而予以補救，並特別發揚犧牲為國之精神。」（3）指導社會。國民黨元老馬君武認為新聞記者要擔負指導社會的重要使命。認為新聞記者在中國的使命是很重大的，「一國的政策，政府的行政方針，與夫一般國民應走的路，均要受他的指導」。[3]邵元沖強調新聞記者「是指導輿論，是指導社會民眾很重要的力量。」新聞記者要認識在國難當頭的狀況下指導輿論就是「要使一般人的思想集中在民族奮鬥的目標上，以民族的復興為目標。」同時要認識自己「為民眾服務的責任」，「使民眾的思想行動得到一個正確的路徑」。[4]邵力子指出報紙「應該站在社會之先，要糾正社會，指導社會，使社會日進文明，不要去迎合社會，使社會黑暗」。[5]（4）普遍宣傳。葉楚傖提出「普遍的宣傳新聞的原則」，宣傳「固宜力求其速，但我們要普遍的宣傳，不要單獨的發表」。同時還要「整個的宣

---

1 葉楚傖：《為國民黨請願於言論界》，黃天鵬編：《新聞學論文集》，上海光華書局，1930 年。

2 《新聞界之責任——蔣主席對記者之演詞》，《中央日報》，1929 年 7 月 12 日。

3 《馬君武演說新聞記者地位》，《中央日報》，1931 年 6 月 17 日。

4 《邵元沖在漢口市黨部講新聞界應有的認識與責任》，《中央日報》，1934 年 9 月 20 日。

5 邵力子：《輿論與社會》，《報學月刊》，1929 年第 1 卷第 3 期。

傳」，「記者刺探消息時，往往獲得一鱗一爪，即急於發表，我們以後，要有整個性，不要斷片發表，減少宣傳的效力」。[1]

（四）新聞紙的性質與發展方向

對於新聞紙的社會性質。多數國民黨報人認為新聞紙應是超然的、不須負責的權威之物。程滄波指出「近世富有權威之物，誠莫如報紙，然而報紙之性質，非僅威權可以盡之也，威權之外，尚有兩種特點焉，其一無強迫性，其二無責任性。報紙並不強制讀者購買報紙，披閱報紙，並信仰報紙。而讀者必自動購買披閱，亦自然發生信心。報紙除法律規定不能損害私人利益諸條例外，不負其他之法律責任。西方政治上之格言曰，有權力者必負責任，有權力而不須負責任者，其惟報紙乎。辦報者所負之責任，非法律，更非威力，乃以公正之評論，與翔實之紀載，為社會之前驅耳。」[2]胡超吾在《中央日報》上撰文指出新聞紙「批評社會上的一切，應持旁觀的態度，絕對公正，絕對不可為環境和事實所奴隸。」[3]但民國新聞業的腐敗、墮落等現象讓這些國民黨報人大失所望，他們認為主要有二：一是新聞紙製造社會罪惡。程滄波指出，「報紙自身無善惡之別，而所以致之善或惡者，辦報之人耳」。[4]報人「為惡之源」有四：黨派之利用，金錢之誘惑，報紙之商業化，因競爭兼併而其權入於少數人之手。邵力子指出，「現在的報紙，也是社會罪惡生產之源之一」。[5]程天放認為中國新聞紙的最大缺點至少有二：「一是報紙消極的放棄了指導民眾的責任，二是報紙積極的製造了不少的社會罪惡」，[6]二是新聞紙看不到農民和工人的活動及實況。陶希聖批評「最大毛病是新聞紙看不見農民和工人的活動及實況」，而把大量篇幅登載中央要人的活動。[7]

面對問題，國民黨報人對新聞紙發展方向進行了探索，提出（1）新聞紙要兼顧營利與公益。「新聞紙不能純為營利的或純為公益的，健全之新聞紙，

1 《市宣傳部昨招待新聞記者誌盛》，《中央日報》，1931 年 4 月 30 日。
2 程滄波：《報紙之使命》，黃天鵬編：《新聞學論文集》，上海光華書局，1930 年。
3 胡超吾：《對於首都新聞記者的希望》，《中央日報》，1929 年 3 月 3 日。
4 程滄波：《報紙之使命》，黃天鵬編：《新聞學論文集》，上海光華書局，1930 年。
5 邵力子：《輿論與社會》，《報學月刊》，1929 年第 1 卷第 3 期。
6 程天放：《從襄助民治訓練良好公民談到中國的新聞紙》，管照微編：《新聞學論集》，上海復旦新聞學會，1933 年。
7 陶希聖：《社會的黑暗面與世界的決鬥場》，管照微編：《新聞學論集》，上海復旦新聞學會，1933 年。

必兼具二者之性質。即一方面盡瘁力公益的任務之精神，輔助其營利目的之發展，正如車有兩輪，不可偏廢。」[1]「辦理新聞事業者，一方面要發展新聞業，獲得經濟效益，另一方面要擔負起指導社會的責任，達到移風易俗的目的。」[2]（2）新聞紙要成為民眾的新聞紙。陳布雷指出，對於報紙的發展要考慮「如何使報紙成為民眾們能讀的報，應讀的報，而且讀了有益的報」。[3]程天放指出，要達到訓練良好公民的目的，「除了新聞紙方面的革新與改造以外，如何使讀者接受新聞的指導，也是當前一個很大的問題。」[4]中國人大部分沒有閱報的習慣。為此，從學生入手，強迫養成學生的閱報習慣。（3）下大力氣培養報學人才。對於新聞紙的革新，「須從新聞紙本身做起而養成報學人才。」報學人才，決不僅是知道些編輯取材經營等等技術方面的知識，而必須有科學的素養，對於國內外各種環境各項問題有深切的認識；報學人才更必須有卓立高尚的人格，為民眾奮鬥的決心，與堅忍不拔的意志。「能夠這樣，我們的新聞事業客觀方面之改良，方才算是有軌道可循。」[5]

二、共產黨報人的新聞學研究

民國南京政府前期共產黨報人對新聞理論的探討可說是花開兩朵。一是國統區以張友漁為代表中共報人引入馬克思主義階級鬥爭學說，剖析新聞、報紙、輿論的階級屬性；一是在革命根據地引入列寧黨報理論，結合中國無產階級黨報實踐，闡釋以黨報建黨、黨報的組織作用、黨報群眾工作問題，奠定了中國無產階級黨報理論的基礎。

（一）報紙的階級屬性

在國統區，中共地下報刊、報人將馬克思主義階級鬥爭學說應用到對新聞現象的學術研究中，提出了「報紙是階級鬥爭的武器」等馬克思主義新聞學觀點。張友漁是其中的佼佼者，被譽為「我國第一個用馬克思主義觀點系

---

1 陳布雷：《新聞紙之本質與任務》，《報學月刊》，1929 年第 1 卷第 1 期。
2 《葉楚傖講演新聞事業》，《中央日報》，1933 年 3 月 4 日。
3 陳布雷：《怎樣改良報紙和普及民眾的閱報機會》，李錦華、李仲誠編：《新聞言論集》，新啟明印務公司，1932 年。
4 程天放：《從襄助民治訓練良好公民談到中國的新聞紙》，管照微編：《新聞學論集》，上海復旦新聞學會，1933 年。
5 程天放：《從襄助民治訓練良好公民談到中國的新聞紙》，管照微編：《新聞學論集》，上海復旦新聞學會，1933 年。

統研究新聞工作理論與實踐的新聞學者」。[1]

　　張友漁（1898～1992），山西靈石人，中國新聞學家、法學家、政治學家。1927 年加入中國共產黨。民國南京政府前期先後擔任過天津漢文泰晤士晚報總編輯、北平《世界日報》總主筆，《世界日報·新聞學週刊》主要撰稿人，率先運用馬克思主義階級理論研究中國新聞學。爲躲避國民黨迫害曾三次赴日，此外，還在燕京大學等學校講授新聞學等問題，創辦《世界論壇》《時代文化》等雜誌，撰寫了《日本新聞發達史》《新聞之理論與現象》等新聞學著述。在國統區流行自由主義新聞學、統制新聞學的 20 世紀 30 年代，張友漁提出了新聞是「階級對立的人類社會中之階級鬥爭的武器」的嶄新觀點，多次強調新聞或報紙的階級性，認爲「新聞是社會的一現象，是社會意識的一表現。所以說到新聞的性質和任務，也不外是以社會組織爲基礎，應社會實際的需要而產生的東西。」[2]「社會本身既是階級鬥爭之社會，因而成爲社會的一現象之新聞，也不能不是階級鬥爭之一表現，故所謂新聞，不外是階級對立的人類社會中之階級鬥爭的武器」[3]。他還說「新聞的發生，成長和發達，是在階級社會裏；尤其所謂眞正的新聞，即近代乃至現代的新聞，是發生，成長和發達於階級社會之最高階段即資本主義社會裏的，所以，不能不說新聞是階級鬥爭之武器」[4]。

　　張友漁還將新聞的階級本質論應用到對報紙、輿論的分析中，闡釋報紙及新聞的階級性及其意識形態屬性。他說「任何報紙的背後，都站著支配它的某一階級……如果牽涉到階級利害，報紙便不能不爲它所屬的階級打算。而且經營報紙的人們，本身不能跳出階級關係之外，那麼，它所經營的報紙，自亦不能不在有意無意之中，顯示著階級的色彩」[5]。他還說「報紙本身是階級社會中一種階級鬥爭的武器，在它的背後，常站著一種階級的勢力，至少，也站著黨派的勢力；因而它所登載的消息，不能不滲透這種階級意識和黨派

1　徐培汀，裘正義：《中國新聞傳播學說史》，重慶出版社，1994 年版，第 345 頁。
2　張友漁：《新聞的性質和任務》，《新聞之理論與現象》，太原中外語文學會，1936 年版，第 1～2 頁。
3　張友漁：《新聞的性質和任務》，《新聞之理論與現象》，太原中外語文學會，1936 年版，第 3 頁。
4　張友漁：《新聞的性質和任務》，《新聞之理論與現象》，太原中外語文學會，1936 年版，第 5 頁。
5　張友漁：《報紙與輿論之構成》，《新聞之理論與現象》，太原中外語文學會，1936 年版，第 20～21 頁。

意識的作用，隱蔽了或改變了它的眞相」，[1] 故「新聞是階級鬥爭之武器，即支配階級對於被支配階級，在暴力的統制之外，又借新聞，來實行一種思想的統制；同時，被支配階級，也在暴力的反抗之外，常拿新聞來做一種反抗的工具」[2]。

立足新聞的階級本質論，張友漁對當時流行的客觀主義新聞報導思想進行了批評。指出任何報紙都是「機關報」，「報紙，原爲政治鬥爭即階級鬥爭的武器，嚴格講起來，沒有一個報紙，不是『機關報』」[3]。所謂中立或超然的報紙是不存在的，「有人以爲報紙對於政治，是中立的，超然的，不偏不黨的，其實不然，任何報紙，也脫不了政治作用，也就是任何報紙對於政治不是中立的或超然的」[4]。正是在張友漁等人大力引介倡導馬克思主義新聞觀念的努力下，一度流行的客觀主義報導思想才逐步淡出中國的歷史舞臺。[5]

張友漁強調新聞／報紙的階級屬性，在國難危亡背景下，其目的是激勵中國人發揚鬥爭的精神。他說「中國的報紙，雖然還沒有達到很顯著地發揮其階級鬥爭的武器的性質之程度，但決不能說它不是階級鬥爭的武器，因而從事新聞事業或準備從事新聞事業的人們，便也不得不抱著鬥爭的精神。」還說「報紙是政治上的一種統治工具，也即是統治思想的工具。統制言論（即統制報紙）的本身無可反對，問題是統治階級的自身，是否應該反對？以及統制言論的方法，是否妥善……辦報，只有兩條路可走：（一）『御用』。幫助支配階級，統治被支配階級；（二）『反抗』。站在被支配階級方面，反抗支配階級。若說到看報的話，千萬勿以爲報紙是公正的東西，只應該認清那個是『御用』的，那個是『反抗』的。須知根本上沒有中立或超然的報紙。」[6] 張友漁論證新聞乃階級鬥爭工具的目的得以彰顯——喚醒中國人民反抗侵略和壓迫的鬥爭精神。

---

1 張友漁：《由消息的眞僞談到天津益世報的失敗》，《新聞之理論與現象》，太原中外語文學會，1936 年版，第 100 頁。
2 張友漁：《論統制新聞》，《新聞之理論與現象》，太原中外語文學會，1936 年版，第 106 頁。
3 張友漁：《論「機關報」》，《新聞之理論與現象》，太原中外語文學會，1936 年版，第 33 頁。
4 張友漁：《政治與報紙》，《新聞之理論與現象》，太原中外語文學會，1936 年版，第 15 頁。
5 李秀雲：《客觀主義報導思想在中國的興衰》，《當代傳播》，2007 年版。
6 張友漁：《政治與報紙》，《新聞之理論與現象》，太原中外語文學會，1936 年版，第 17 頁。

（二）無產階級黨報理論

在革命根據地的中國共產黨人不僅普遍接受列寧的黨報理論，並且運用到中國無產階級黨報實踐當中，還通過總結根據地的辦報實踐，發展、豐富了無產階級黨報理論。主要內容有：

一是以黨報建黨，必須創辦全國的政治機關報。列寧黨報思想的獨特貢獻在於「通過黨報建黨」。列寧的這一思想在中國共產黨得到廣泛傳播與充分認可。1930 年《紅旗》雜誌刊載社論《提高我們黨報的作用》指出黨報是黨領導群眾進行鬥爭的有力武器。而爲確保鬥爭的完成，必須建立全國的政治機關報。「無產階級的先鋒隊——共產黨，必須有全國範圍內的經常定期的政治機關報，有系統的對全國無產階級及廣大的勞苦群眾作廣大的政治教育，深刻的解釋一切政治問題，戰勝統治階級的欺騙，指出正確的革命鬥爭的策略。」[1]1930 年，「問友」撰文闡明「全國政治機關報」的內涵：「第一，他是全國的報紙，不像過去有一時期僅注意上海的問題；第二，他是政治報紙，一定要分析全國的政治事變，根據每日的事變指出全國革命之總的任務；第三，他是黨的機關報，應當代表無產階級政黨，對於全國革命運動的策略，給以具體的實際的指導。尤其重要的，黨報的指導與黨之通告上的指導並不是同樣的性質……黨報上的指導必要著重於某一個具體的問題，某一個實際的鬥爭，很具體的給以詳細的各方面的解釋。僅只是談論黨的策略問題是不足的，一定著重於全國每個重要政治事變的分析，因爲這樣才能明瞭一切策略路線的出發點，才能解答許多群眾腦中所發生的問題。[2]1930 年李立三指出「黨報的作用就在闡明黨的綱領與政治路線，聚集廣泛的同一政治主張、擁護同一政治路線的份子，結合成爲統一的黨，以整齊的陣線，進行一致的鬥爭。因此黨報，是黨的生命的所寄託，沒有黨報，便不能有黨的存在。」[3]「沒有黨報，便不能有黨的存在」，是以黨報建黨思想的最明確表述。

---

1 《提高我們黨報的作用》，《紅旗》第 87 期，1930 年 3 月 26 日，中國社會科學院新聞研究所編：《中國共產黨新聞工作文件彙編》（下），新華出版社，1980 年版，第 34～35 頁。

2 問友：《過去一百期的「紅旗」》，《紅旗》，1930 年 5 月 10 日，中國社會科學院新聞研究所編：《中國共產黨新聞工作文件彙編》（下），新華出版社，1980 年。第 135～136 頁。

3 李立三：《黨報》，1930 年 5 月 10 日，中國社會科學院新聞研究所編：《中國共產黨新聞工作文件彙編》（下），新華出版社，1980 年版，第 126 頁。

二是報紙是階級鬥爭的有力武器。不同於張友漁的研究，根據地的中共報人是結合革命鬥爭的實際闡釋報紙的階級性。1930 年創刊的《紅旗日報》發刊詞《我們的任務》明確表示「在現在階級社會裏，報紙是一種階級鬥爭的工具。統治階級利用一切新聞報紙的機關，來散佈各種欺騙群眾的論調……本報是中國共產黨的機關報，同時在目前革命階段中必然要成為全國廣大工農群眾之反帝國主義與反國民黨的喉舌。」[1]張聞天非常贊同列寧《論我們的報紙的性質》一文中關於報紙具有階級性觀點，並建議將其應用到無產階級黨報實踐中。他說「列寧的這種批評，對於我們的報紙也是完全正確的。反對官僚主義必須把那些官僚主義者從他們的安樂窩裏拖到蘇維埃的輿論的前面。在全蘇區的群眾前面，具體的指出他們的一切罪惡，號召群眾起來同這些官僚主義者做鬥爭。只有這樣，才能打擊與消滅官僚主義，才能在活的具體的事實上來教育廣大的工農群眾。」[2]他還說「我們的報紙是革命的報紙，是工農民主專政的報紙，是階級鬥爭的有力武器，我們對於一切損害革命利益，損害蘇維埃政權的官僚主義者，貪污腐化分子，浪費者，反革命異己分子，破壞國家生產的怠工工人等，必須給以最無情的揭發與打擊，使他們在蘇區工農勞苦群眾的面前受到唾罵、譏笑與污辱，使他們不能在蘇維埃政權下繼續生存下去，這樣來改善我們各方面的工作，來教育廣大群眾。」[3]黨報要用「鋼的手腕」同「資本主義傳統的保存者」進行鬥爭。

三是黨報是集體的組織者。1901 年 5 月，列寧在《從何著手？》一文中提出「黨報不僅是集體的宣傳和集體的鼓動員，而且是集體的組織者。」[4]列寧的這段經典論述在革命根據地成為一句流行語。《紅旗》雜誌社論《提高我們黨報的作用》第一部分「列寧論黨報的作用」中說，「黨報並不只是一個宣傳鼓動的中心，他同時是一個組織的中心……黨與群眾的關係，因為黨報的作用而要更加鞏固與擴大，這就是偉大的組織作用。」[5]李立三指出「黨報的

1　《我們的任務》，《紅旗日報》，1930 年 8 月 10 日，中國社會科學院新聞研究所編：《中國共產黨新聞工作文件彙編》（下），新華出版社，1980 年版，第 21 頁。

2　洛甫（張聞天）：《關於我們的報紙》，《中國共產黨新聞工作文件彙編》（下），新華出版社，1980 年版，第 180～181 頁。

3　洛甫（張聞天）：《關於我們的報紙》，《中國共產黨新聞工作文件彙編》（下），新華出版社，1980 年版，第 180～181 頁。

4　列寧：《從何著手》，《列寧全集》第 5 卷，人民出版社，1986 年第 2 版，第 8 頁。

5　《提高我們黨報的作用》，《紅旗》，1930 年 3 月 26 日，中國社會科學院新聞研究所編：《中國共產黨新聞工作文件彙編》（下），新華出版社，1980 年版，第 34～35 頁。

第三個任務，就是要異常敏銳地抓住一切日常進行極廣泛的政治宣傳與鼓動。如果沒有這樣經常的宣傳鼓動工作，便無法動員廣大群眾在黨的政治口號之下行動起來！」[1]李卓然認爲「黨報的作用，決不止於散佈思想，政治教育和吸收政治的聯盟者，黨報──不但是一個集體的宣傳者，集體的煽動者，還須是集體的組織者。」[2]博古在《紅色中華》創刊百期時指出「《紅色中華》是蘇區千百萬群眾的喉舌，是我們一切群眾的集體宣傳者與組織者。熱望著『紅中』更提高它的集體宣傳者與組織者的作用；熱望著『紅中』更大的成爲在國內戰爭中鼓勵前進的喇叭，經濟戰線上的哨兵，保衛黨的總路線而鬥爭的衛士與爲著獨立自由的蘇維埃中華而奮鬥的戰士。」[3]鄧穎超希望「『紅中』應成爲中共和蘇維埃中央的每一個戰鬥號召首先響應者，最積極努力的宣傳者與組織者！成爲全國革命運動的宣傳者與組織者！」李富春則認爲「『紅中』目前在組織者的責任上說還趕不上宣傳者的作用大」。[4]可見列寧關於「報紙不僅是集體的宣傳員和集體的鼓動員，而且是集體的組織者」的論述，在共產黨報人中的流傳和影響，成了經典性語錄。張聞天進一步認爲黨報的宣傳與組織作用應該貫徹落實到黨報實踐中去。指出「我們不但要使我們的報紙成爲集體的宣傳者，而且也要它成爲群眾運動的組織者。把列寧這句名言拿來一千零一遍的背誦，並不能在實際上眞正轉變我們的工作。這裡同樣的需要堅持到底的布爾什維克的具體的實際工作。」[5]

　　四是黨報群眾工作。列寧的黨報群眾工作思想主要體現在有關黨報發行工作的論述中。這一思想被引介到中國並得到進一步闡發。《黨的生活》載文指出《黨的生活》與其他刊物的區別，不僅在於他要討論黨的問題，而更在於他是一般黨員的喉舌。《黨的生活》的作者，絕不能只是幾個好說話的編輯，

1　李立三：《黨報》，1930 年 5 月 10 日，中國社會科學院新聞研究所編：《中國共產黨新聞工作文件彙編》（下），新華出版社，1980 年版，第 127 頁。

2　李卓然：《怎樣建立健全的黨報》，《戰鬥》第 1 期，1931 年 7 月 1 日，中國社會科學院新聞研究所編：《中國共產黨新聞工作文件彙編》（下），新華出版社，1980 年版，第 146 頁。

3　博古：《願〈紅色中華〉成爲集體的宣傳者和組織者》，《中國共產黨新聞工作文件彙編》（下卷），第 155 頁，新華出版社，1980 年。

4　李富春：《「紅中」百期的戰鬥紀念》，《紅色中華》，1933 年 8 月 10 日，中國社會科學院新聞研究所編：《中國共產黨新聞工作文件彙編》（下），新華出版社，1980 年版，第 153 頁。

5　洛甫（張聞天）：《關於我們的報紙》，《中國共產黨新聞工作文件彙編》（下），新華出版社，1980 年版，第 184 頁。

而要是自中央以至支部的同志。因此，《黨的生活》很希望一切同志都能向他投稿，我們將要儘量的刊登來件。[1]《紅旗》社論強調「我們看，列寧對於發行工作是如何的重視，他認爲是準備暴動示威的『一半』。但是目前中國黨內，對於發行問題是完全普遍存在著非列寧主義的觀點。最大多數的同志，都只將發行工作看成『技術』工作，完全沒有從政治上，從黨與群眾的關係上，去重視這一工作……擴大黨報的發行，成了一個非常迫切的急待解決的問題。」[2]李立三指出「黨報是要整個黨的組織來辦的，單只靠分配辦黨報的少數同志來做，不只是做不好，而且就失掉了黨報的意義！所以每個黨的組織以及每個黨員都有他對於黨報的嚴重的任務：第一讀黨報，第二發行黨報，第三替黨報做文章，特別是供給黨報以群眾鬥爭的實際情形和教訓……我們號召每個同志必須認識：讀黨報，發行黨報，替黨報做文章，通信，參加一切黨報工作，這是每個黨員必須盡的義務！」[3]《紅旗》雜誌指出黨員對黨報的責任有三：一是做黨報的通訊員，尤其是工廠農村中的通訊員，二是做好發行工作，三是讀黨報。「第三，讀黨報是每個黨員的權利，同時也是每個黨員的義務。……黨員與黨的正確關係，乃是建立在黨員自覺的爲黨工作上，黨報便是黨的活動的指針」。[4]張聞天強調「黨的工作的負責者經常閱讀黨報，經常爲黨報供給文章，是他的實際工作的有機組成部分，是他必須盡的責任。」[5]每一位同志，尤其是黨的幹部與黨的指導者，「誰如若不這樣做，誰就是忽視了他的任務」[6]。李卓然指出「不要說，我不會做文章，沒有空做文章，更不要推諉，說讓會做文章的同志去做文章，因爲這些只是你不積極參加黨報工

1 《「黨的生活」的任務》，中國社會科學院新聞研究所編：《中國共產黨新聞工作文件彙編》（上），新華出版社，1980 年版，第 19 頁。

2 《提高我們黨報的作用》，《紅旗》第 87 期，1930 年 3 月 26 日，中國社會科學院新聞研究所編：《中國共產黨新聞工作文件彙編》（下），新華出版社，1980 年版，第 38 頁。

3 李立三：《黨報》，1930 年 5 月 10 日，中國社會科學院新聞研究所編：《中國共產黨新聞工作文件彙編》（下），新華出版社，1980 年版，第 126～127 頁。

4 《黨員對黨報的責任》，《紅旗》，1930 年 5 月 10 日，中國社會科學院新聞研究所編：《中國共產黨新聞工作文件彙編》（下），新華出版社，1980 年版，第 131～133 頁。

5 思美（張聞天）：《怎樣完成黨報的領導作用？》（報告），《中國共產黨新聞工作文件彙編》（下），新華出版社，1980 年版，第 141 頁。

6 思美（張聞天）：《怎樣完成黨報的領導作用？》（報告），《中國共產黨新聞工作文件彙編》（下），新華出版社，1980 年版，第 144 頁。

作的藉口，使你消極地反對了黨報集體的領導作用。」[1]幫助黨報做好發行，是列寧提倡的做好黨報群眾工作的重要方面。中國共產黨報人將其拓展為三個方面，即全體黨員在幫助做好發行工作的同時，還要讀黨報，替黨報做文章。通過這三項工作的開展，可以加強黨報對群眾的領導。這三項工作是要求全體黨員來參加的，因此，這三項工作同時也是實現黨組織辦黨報的有力途徑。這一思想，為 20 世紀 40 年代延安時期中國共產黨黨報理論的形成，尤其是全黨辦報理論的提出，奠定了思想基礎。

三、民營報人的新聞學研究

民國南京政府前期民營報業的發展為民營報人的新聞學研究提供了實踐基礎。以戈公振、黃天鵬、郭步陶、周孝庵等為代表的民營報人對新聞事業的公共性質、中國新聞業發展史、新聞編輯、報業經營與管理等展開廣泛的新聞學研究理論。民營報人多以新聞為第一職業，新聞教育、新聞學研究為第二職業，故其新聞學研究的學術色彩最濃。

（一）民營報人新聞學研究的主要關切

1、關於新聞事業的公共性

民營報人不約而同將關注目光聚焦於新聞事業的公共屬性問題，認為新聞事業應該是公共事業。胡政之強調新聞事業的公共性「新聞事業應為國家公器，新聞記者應為社會服務。所以新聞事業不應該專重營利，只圖賺錢；也不應該專供政治利用，要為公理公益張目。」[2]戈公振提出「現在報紙最關重要的改進，就是將報紙由私人的機關，變為公共的機關，實行報紙的公有化。」[3]成舍我認為「報紙是一種最重要的社會公器，他實在兼有公園、圖書館兩種不同的性質。一方面給人愉快，一方面給人知識。」[4]周孝庵認為「報紙是一個公共機關，除登正確的新聞以外，更有『為民喉舌』評述時事的責任。」[5]

1 李卓然：《怎樣建立健全的黨報》，《戰鬥》第 1 期，1931 年 7 月 1 日，中國社會科學院新聞研究所編：《中國共產黨新聞工作文件彙編》（下），新華出版社，1980 年版，第 147 頁。

2 胡政之：《新聞記者最需要責任心》，《燕京校刊》，1932 年 4 月 29 日。

3 戈公振：《報紙的將來》，黃天鵬編：《新聞學演講集》，上海現代書局，1931 年。

4 成舍我：《中國報紙之將來》，《新聞學研究》，燕京大學新聞學系，1932 年。

5 周孝庵：《報紙的實益主義》，《復旦大學新聞學系紀念刊》，復旦大學新聞學會，1930 年。

郭步陶系統論證了新聞事業的公共性。他認為新聞事業的公共性可以下四個層次來理解。一、新聞事業非個人事業。以個人主義為宗旨辦的報紙，是以自私自利為大前提，並把報紙當作達到目的之工具，這樣的報紙「萬難辦得好」。[1]二、新聞事業非經商事業。「但若要把新聞事業，和其他一切商業，一體辦理，即又未免有違新聞學原理。因為商業以能獲利為原則，新聞事業則認有利於公眾為原則」。[2]新聞事業與商業「天然的分界就是公和私的兩個字」，新聞事業在形式上、組織上雖然和商業有些相混，「然而精神的為公眾服務，要自有它特異的一點」。[3]三、新聞事業非御用事業。新聞事業的使命一是報告最新的事實，一是發表公正的言論，只要是做了御用的機關，無論記事或評論，都要聽命於人。故「凡是真正新聞事業，無論是官辦是民辦，都不能出以御用方式」。[4]四、新聞事業乃最忠實的公眾事業。一個新聞，必定要關於大眾的才有價值，新聞的內容，必定大眾感覺有興趣的才為合格，新聞的形式必定大眾所認為美觀的才是真正的美觀。新聞紙中的評論，不能以自己的意思為意思，一定把大眾的意思為意思。「因為新聞事業乃大眾的事業，決不容摻雜一些個人的意見。」[5]

2、關於精益編輯與實益主義

民營報人對報刊編輯實踐進行了學術研究，提出了精益編輯和實益主義的編輯理論。其中以周孝庵的《最新實驗新聞學》為代表。

周孝庵多年擔任上海《時事新報》的編輯，兼任復旦大學新聞系的新聞編輯教授，他對《時事新報》的精益編輯實踐進行了學術研究，所著《最新實驗新聞學》1928年出版，該書第二編為「新聞編輯法」。周孝庵認為中國報紙已由「言論本位」進入到「新聞本位」，新聞在報紙上的地位愈來愈高，採寫量也越來越大。電報已由每日不足百字，發展到每日四五千字以上；電報的排印由最初的二號鉛字，發展成為四號字；本埠新聞的排印，大多由三四號鉛字改用五號字或六號字。[6]在此情況下，對新聞的編輯已不能再採取「來

---

1 郭步陶：《本國新聞事業》，申報新聞函授學校，1935年版，第4頁。
2 郭步陶：《本國新聞事業》，申報新聞函授學校，1935年版，第16頁。
3 郭步陶：《本國新聞事業》，申報新聞函授學校，1935年版，第17頁。
4 郭步陶：《本國新聞事業》，申報新聞函授學校，1935年版，第20頁。
5 郭步陶：《本國新聞事業》，申報新聞函授學校，1935年版，第22～23頁。
6 參見周孝庵：《新聞學上之精編之義》，黃天鵬編：《新聞學刊全集》，上海光華書局，1930年。

者不拒」、「多多益善」的方針，而是必須注意「『兵不在多而在精』，用兵然，編輯亦然」。[1]

所謂精益編輯是指編輯新聞時不僅要重視「量」，更要重視「質」，要「質」「量」並重。「『精編』應以新聞價值為標準，苟有價值，應詳為登載。否則，絕對不應刊載……其實新聞長短，應視價值而定，無甚價值者，應改為極短，或予廢棄，使報紙上所刊載之新聞，均有刊載價值。」[2]「概括言之，則新聞價值似在『讀者人數多寡』之一點，讀者多，價值高，讀者少，價值低。」[3]具體方法主要有：一、在「本埠新聞」中設「簡報」，即一句話新聞。二，合併相同事件之新聞。中國早期報紙的新聞報導，往往以「來稿地」為單位，常出現同一事件因「來稿地」不同而在同一時間重複報導的現象。精益編輯不以「來稿地」為單位，而是以事件的「發生地」為單位。對於相同事件的新聞，立在同一標題之下進行報導。三、簡化公文式新聞。即除了對要人通電、對外宣言等極重要公文照樣刊登外，其他的都簡單化，提取公文中的事實，使其變成純粹之新聞。四、精減會議新聞。即少數人不重要之集會，不必刊載；除了有名的人物外，新聞中不必記錄到會者的姓名，只記錄到會的人數；只登載議決案，至於某人、附議，均可省略；討論的範圍僅侷限於一會而其性質又不甚重要者，與社會沒有直接關係者，不可詳加記載。五、謹慎對待廣告新聞。刊載「類似廣告之新聞」而犧牲「純粹之新聞，殊不值得」。[4]

實益主義是民營報人提倡的編輯原則。周孝庵認為報紙對於新聞有趣味、實益兩種主義。趣味主義偏重於新聞中的「趣味成份」的多少，趣味成份多的新聞就認為是好新聞。「實益主義則就不然，報紙登載新聞的標準，完全拿多數人的實際利益做標準，凡是一種新聞，有害於社會或國家的利益的，那就沒有登載的餘地。」[5]新聞的實益主義有廣義與狹義之分：廣義的實益主義屬於社會或國家的利益，狹義的實益主義屬於團體或個人的利益。報紙只注意個人的利益就是狹義的實益主義，但廣義的實益主義，尤其重要。「因為

---

1 周孝庵：《最新實驗新聞學》，上海時事新報館，1928 年版，第 276 頁。
2 周孝庵：《最新實驗新聞學》，上海時事新報館，1928 年版，第 277 頁。
3 周孝庵：《最新實驗新聞學》，上海時事新報館，1928 年版，第 164 頁。
4 周孝庵：《最新實驗新聞學》，上海時事新報館，1928 年版，第 289～290 頁。
5 周孝庵：《報紙的實益主義》，《復旦大學新聞學系紀念刊》，復旦大學新聞學會，1930 年。

一個人或數個人的實益，屬於局部，而社會或國家的實益，則屬於多數人。」[1]

以實益主義原則編輯新聞，「所應登載的新聞，必須爲法律所許，道德所容，和社會風化無礙而有新聞價值的材料。」[2]新聞固以「趣味」爲前提但仍以不違反實益爲原則。實益主義編輯原則具體包括四個方面。一、新聞的文字方面，「亟須提倡通俗化，因爲貴族化的古典或富麗文字，不容易使平民領略。」二、關於社會新聞，「不是反對社會新聞的存在，但社會新聞中的強姦等有傷風化的新聞，卻應舉行一次『清潔』運動。」三、「各報只有自己所做的『社評』，而對於民眾的意見，頗少發表的機會！今後似宜倣照西報的辦法，擴大『來函』一欄（如時事新報所辟的『致時事新報函』），除讀者更正的信以外，並容納他們申述意見或評述時事，除非違犯法律文件，一律公開，予以刊布！這也是報紙顧到民眾『實益』的一端！」[3]四、報紙對於國際新聞特關較多的地位來儘量登載國際時事，因爲倘注意國內而漠視國際，「報紙有虧職責尚小，而影響到國家及民眾的實大！」。

3、關於報業的企業化經營

20 世紀 20 年代末，《申報》、《大公報》、《新聞報》向企業化方向發展。新聞實務界的這一變化，引起了民營報人的理論思考與探索，他們深入剖析了報業企業化[4]經營的必要性。

戈公振認爲「商業化」是中國新聞事業未來發展方向，「報紙進化的一條路徑。」[5]。他說「中國報紙之商業化，我們可以不必懷疑，也只有商業化是中國報紙的出路。」戈公振認爲報紙「商業化」可使「政治色彩日淡」，「廣告家一定揀銷路最多者」刊登廣告。但也不必擔心「大資本報的主人，就可以操縱輿論」，因爲「凡是看報的人，必有相當程度，他們可以監督報紙，這種大報的主人，決不肯失信仰於讀者」。

1　周孝庵：《報紙的實益主義》，《復旦大學新聞學系紀念刊》，復旦大學新聞學會，1930 年。

2　周孝庵：《報紙的實益主義》，《復旦大學新聞學系紀念刊》，復旦大學新聞學會，1930 年。

3　周孝庵：《報紙的實益主義》，《復旦大學新聞學系紀念刊》，復旦大學新聞學會，1930 年。

4　當時，人們對新聞事業的「企業化」經營方式有多種稱呼，諸如「營業化」、「商品化」、「商業化」和「產業化」等。

5　戈公振：《報業商業化之前途》，李錦華、李仲誠編：《新聞言論集》，廣州新啓明印務公司，1932 年版，第 154～155 頁。

　　謝六逸認爲新聞事業的「企業化」是世界新聞事業的「共通現象」，是無法迴避的一個現象。從前的新聞，或將特殊消息供給少數的讀者，或者作爲發表政論的機關。「現在是資本主義的時代，新聞受了經濟勢力的影響，它脫離政治的羈絆，變成一種產業，這是當然的發展。」[1]這種進步源於現代機械文明的發達掃除了新聞製作和發行方面的障礙。專門的印刷新聞的紙張、高速率的捲筒機、電報電話、飛行機，「無線電照相」、無線電傳播新聞等方法，及極其發達的廣告等都足以使得新聞成爲一種產業。

　　錢伯涵、孫恩霖從辦報目的切入剖析了新聞事業企業化經營的必要性。他們將辦報的目的簡括宣傳與賺錢兩種，但無論哪一種，都脫不了經濟的範圍。政黨所辦的報紙，它言論的犀利，新聞的正確，印刷的精良，銷路的廣闊，都靠經濟的力量作後盾。一家報館，必須能自身經濟獨立，然後才能發出力量。有了力量，才能有精神有號召力，有領導民眾及左右輿論的權威。「以上所說，在某一已往的時期內，一定有一種人認爲是一種不經之談，或竟認爲是市儈的口吻……在那些比較閉塞的地方，這種見解或仍有存在的，但是在現在開通的地方，這種見解已經被近代科學的進步，和營業的競爭驅除殆盡，而辦報的人和主筆先生們已經不能再抹煞營業政策的重要了。」[2]

　　民營報人也看到了報業企業化經營的弊端。胡政之反對「過分」的「商業化」，認爲新聞事業「商業化」問題不是「是」與「否」的問題，而是程度大小的問題。認爲「報紙過於商業化，從銷數上講，一味企圖多賣，不免要迎合群眾心理，求所以引人注意之法，對社會忽視了忠實的責任，等於詐欺，取財一樣。從廣告上講，一味推廣招徠，不免要逢迎資產階級，求所以維持顧主之道，忽視了言論公正的天職，等於受變相的津貼，甚至以虛僞之告白，幫同奸商壞人，欺騙公眾」[3]。郭步陶認爲「營業化」是「報紙精神上一個致命傷」：「中國報紙的墮落……有一最大的根本原因，就是報紙營業化。辦報是爲公眾服務，評論是代公眾說話，和普通集股款，買賣貨物，是不相同的……但是他的病根也不過在要靠報紙來賺錢，所以說得好聽一些，才叫他作報紙營業化。辦報的人，既有營業化的弱點，惡劣的環境乘之，便有種種利誘威嚇的事情，相逼而來。弄到後來，報館越退讓，環境越逼迫，遂成了現在一

1　謝六逸：《國外新聞事業》，申報新聞函授學校講義，1935 年版，第 1 頁。

2　錢伯涵、孫恩霖：《報館管理與組織》，申報新聞函授學校講義，1935 年版，第 1～2 頁。

3　胡政之：《我的理想中之新聞事業》，《新聞學研究》，1932 年。

句有價值的話都不敢說的報紙。」[1]郭步陶認為報紙的真精神是「為公眾服務」，若像做買賣一樣來經營報紙，報紙就會喪失為公眾說話的權利。成舍我把企業化經營劃定在有限的範圍內。他說，「未來的中國報紙，他應該受民眾和讀者的控制。他的主權，應該為全體工作人員，無論知識勞動或筋肉勞動者所共有。他在營業方面雖然可以商業化，但編輯方面，卻應該絕對獨立，不受『商業化』任何絲毫的影響」[2]他還說，「資本與言論必須分開。在編輯方面，言論方針應該受社會和讀者的控制、指導，專以擁護民眾利益為依歸。」[3]「如此，則報紙的營業方面，盡可商業化，報紙的言論，卻並不因商業化而損害社會福利。此不但可以矯正現代資本主義制度下報紙的惡弊，而較報紙國有的辦法，亦實平妥易行。」[4]

4、關於中國新聞史的學術研究

民國南京政府前期的中國新聞學界，在中國新聞事業史的研究方面取得了極其重要的學術成果，由此使新聞史學正式進入學科研究的嶄新階段。這方面最重要的代表是民國時期的著名新聞記者、新聞學家和早期新聞教育工作者戈公振。著有《中國報學史》《新聞學撮要》《新聞學》《從東北到庶聯》《世界報業考察記》等著作，《中國報學史》是他對中國新聞學研究的最重要貢獻。

戈公振（1890～1935），江蘇東臺人，原名紹發，字春霆，號公振。生於世代書香門第，有著豐富的新聞實踐經驗。1912 年縣高等學堂畢業後即從事新聞工作，任《東臺日報》美術編輯一年。1913 年到上海《時報》館當學徒，為時報館工作近 15 年，從校對、助理編輯做起，做到本埠主編、總編輯，為《時報》革新做出重要貢獻。在時報期間，他籌劃創辦了多種副刊，其中 1920年 6 月 9 日創辦的《時報》附張《圖畫週刊》，為中國報紙增闢現代畫刊之始。[5]1925 年至 1926 年，撰寫了流傳後世的名作《中國報學史》，1927 年由商務印書館出版。1927 年初，戈公振以記者身份自費出國考察英、法、德、意、美、瑞士、日本等國新聞業，撰寫旅遊見聞通訊在《時報》和《生活》週刊上發

---

1 郭步陶：《編輯與評論》上海商務印書館，1933 年版，第 157～158 頁。
2 成舍我：《中國報紙之將來》，《新聞學研究》1932 年。
3 成舍我：《中國報紙之將來》，《新聞學研究》，1932 年。
4 成舍我：《中國報紙之將來》，《新聞學研究》，1932 年。
5 方漢奇：《中國新聞事業通史》（第二卷），中國人民大學出版社，1996 年版，第 597頁。

表，1928 年底回國後根據考察情況撰寫了《世界報業考察記》一書。因「一二八」事變毀於商務印書館大火而未能付梓。86 年後的 2017 年，其手稿被重新發現，由商務印書館重新出版。回國後，戈公振應史量才之邀參加申報館工作，負責籌劃出版《申報・圖畫週刊》，並於 1930 年 5 月 18 日出版，戈公振任主編。史量才成立總管理處，戈公振任設計部副主任，為《申報》改革的智囊團重要成員。「九一八」事變後，戈公振轉向抗日救亡運動，同鄒韜奮等籌辦《生活日報》（未出版），預定為該報編輯部主任。1932 年 3 月，戈公振以記者身份隨李頓調查團到上海閘北戰區、東北等日偽佔領區採訪，寫了《到東北調查後》等報導，謳歌東北義勇軍，譴責國民黨政府的不抵抗政策。1933 年 3 月，戈公振隨中國赴蘇交使團去蘇聯實地考達三年之久，向國內刊發了大量通訊，報導了蘇聯政治、經濟、文化和實行第二個五年計劃的情況，後由鄒韜奮輯成《從東北到蘇聯》一書 1935 年出版。1935 年秋戈公振應鄒韜奮電邀回國準備重新創辦《生活日報》，不幸抵上海一周染疾，於 10 月 22 日突然病逝。

　　戈公振對民國新聞學研究的最大貢獻是專著《中國報學史》。該書首次系統全面論述我國報刊發生發展的歷史，「在時間跨度和評價報刊的規模上，都達到了一個新的水平，開創了中國新聞業史研究的新時期」。[1]「標誌著中國新聞史系統研究的開端」。[2]《中國報學史》學術特色與貢獻主要有：一是首次將報刊史研究確定為一門學問。之前，中國報刊史研究多是地方報刊史研究，如 1917 年姚公鶴的《上海報紙小史》，戈公振將報刊研究命名為「報學史」，開篇指出「所謂報學史者，乃用歷史的眼光，研究報紙自身發達之經過，及其對於社會文化之影響之學問也」。[3]明確指出報刊史乃至新聞史研究的對象、範圍與路徑。其中所指的「報紙自身發達之經過」的「本位」路徑與「對於社會文化之影響」的「功能」視角，至今仍有重要的學術價值。二是首次系統勾勒了漢唐到 20 世紀 20 年代中國報刊發展的歷史輪廓。《中國報學史》全書共六章，分為「緒論」、「官報獨佔時期」、「外報創始時期」、「民報勃興時期」、「民國成立以後」、「報界之現狀」及「附錄：英京讀書記」。

1　方漢奇：《中國新聞事業通史》（第二卷），中國人民大學出版社，1996 年版，第 601 頁。
2　史媛媛：《從戈公振到方漢奇》，《新聞愛好者》，2001 年版。
3　戈公振：《中國報學史》，三聯書店，1955 年版，第 1 頁。

依次記載了從漢代「邸報」到該書出版，長達數千年的中國報刊史，並輯錄了不少報刊歷史的文獻資料。「整箇舊中國還沒有出版過一本在報刊史料價值方面可與本書類比的書籍」。[1]此外，該書的歷史分期抓住了中國報刊自身的發展規律，比較接近中國報刊史的實際，比前人「口頭報紙」「手寫報紙」「印刷報紙」等分期「前進了一大步」[2]，比後來的革命範式以階級鬥爭爲分期標準的方法也強很多。三是《中國報學史》秉筆直書，撻伐封建官報，「遂造成人民間一種『不識不知順帝之則』之心理，於是中國之文化，不能不因此而入於黑暗狀態矣」[3]；揭露清政府、袁世凱摧殘報業的種種做法，揭露並尖銳批評在華外報在中國外交事務中的惡劣作用。「初外報對於中國，尚知尊重，不敢妄加評議。及經幾度戰事，窘相畢露，言論乃肆無忌憚。挑釁飾非，淆亂聽聞，無惡不作矣」[4]，體現出進步的民主主義思想，爲當時有影響的新聞學論著所難企及。

　　《中國報學史》所存的缺陷也非常明顯。主要有二，一是該書敘述偏重報刊本身（創辦時間、地點、編輯人員、報刊形式與欄目）的演變和經營沿革，沒有闡述報刊發生、發展的經濟基礎和其他社會動因，即對「報紙自身發達之經過」的描述過於線條化，忽視了報紙「對於社會文化之影響」的深入分析。二是戈公振雖是嚴謹的學者，但受當時條件所限，該書在史實上存有不少訛誤。經楊瑾琤、寧樹藩、方漢奇、王鳳超四位學者考證，發現《中國報學史》有 156 處訛誤。[5]雖然如此，《中國報學史》出版後，至今至少有八個版本面世[6]，並被譯成多國文字在國外出版，現在依然是中國新聞學研究必備書目「一切研究中國報刊史者所無法繞行」。[7]

　　除《中國報學史》外，戈公振還有《新聞學撮要》《新聞學》等重要譯、著。《新聞學撮要》由美國學者開樂凱（F.N.Clark，Jr.）的著作《The Handbook

---

1　寧樹藩：《戈公振的〈中國報學史〉》，《新聞業務》，1962 年版。
2　方漢奇：《中國新聞事業通史》（第 2 卷），中國人民大學出版社，1996 年版，第 601 頁。
3　戈公振：《中國報學史》，三聯書店，1955 年版，第 63 頁。
4　戈公振：《中國報學史》，三聯書店，1955 年版，第 109 頁。
5　楊瑾琤、寧樹藩、方漢奇、王鳳超：《〈中國報學史〉史實訂誤》，《新聞研究資料》，1985 年。
6　吳翔：《戈公振〈中國報學史〉的八個版本》，《求索》，2010 年版。
7　見寧樹藩：《〈中國報學史〉訂誤》，《寧樹藩文集》，汕頭大學出版社，2003 年版，第 513～523 頁。

of Journalism》編譯而成，1925 年刊行。《新聞學》為戈公振應商務印書館之約所寫的一本評介中外新聞史和現狀的小冊子，約 2.5 萬字。1932 年初成稿，1940 年出版。此外還有當時未刊行的《世界報業考察記》及應邀出席各種演講而刊發的各種新聞學文章等。戈公振的新聞學觀點主要有：強調新聞事業的公共性，強調新聞的趣味性，提倡新聞自由等，與當時民營報人的新聞學研究所提倡的觀點基本相同。

四、左翼報人的新聞學研究

20 世紀 30 年代，袁殊、惲逸群、陸詒等左翼報人以中國新聞學研究會、中國左翼新聞記者聯盟、上海「記者座談會」為中心，以《文藝新聞》、《集納批判》、《記者座談》為陣地，闡揚新聞學理論，成為新聞學研究的一個獨特群體。

（一）社會主義新聞學立場

在討論創辦《文藝新聞》的過程中，面對袁殊「說到寥寥的幾位新聞學者的暮氣」，黃天鵬感慨自己「未老先衰」，讚譽「這一點上（筆者注：指研究社會主義新聞學）袁殊便比我勇敢得多了。」[1]《文藝新聞》創刊之初就公開宣稱「新聞是為大眾，屬於大眾的。文藝新聞即本著這個主旨……文化的主人是大眾，文藝新聞的主人亦是大眾。」[2]

《中國新聞學研究會成立宣言》揭示了研究會的立場「新聞之發生，是依據於社會生活的需要；社會生活的整體致力新聞學之科學的技術的研究外，我們更將以全力致力於以社會主義為根據的科學的新聞學之理論的闡揚……建立新聞學的基礎，推進新聞學運動的開展；這就是我們今後的任務。」[3]可見，中國新聞學研究會立志要在實踐中踐履「社會主義的科學的新聞學」立場。中國新聞學研究會制定了明確的研究綱領，規定研究會的主要任務：一是「清算過去新聞學一切書籍及各國各種記錄新聞事業的史冊，並不可忽略各國各記者或新聞家之著作與生平事蹟，由分析各個當時的政治形態及社會生活，而取得其結論」。二是「觀察目前的社會生活的諸般現象，在階級對立及其鬥爭日趨於銳化的鬥爭行動中，審識現代新聞的階級性，確定其存在

1　黃天鵬：《文藝新聞創刊閒話》，《文藝新聞》第 3 號，1931 年 3 月 30 日。

2　《文藝新聞最初之出版》，《文藝新聞》第 1 號，1931 年 3 月 16 日。

3　《中國新聞學研究會成立宣言》，《文藝新聞》第 33 號，1931 年 10 月 26 日。

的根據。」[1]中國新聞學研究會對現實的新聞事業領域的階級鬥爭也給予充分關注。1931 年秋，為上海《時事新報》辭退編輯部同人事，中國新聞學研究會發表宣言稱「希望時事新報離職同人及現在各大報館工作的人員，認清我們的敵人——資本家，買辦階級，資本主義社會，一致地起來，施以體無完膚的總攻擊。……本會同人，力量雖甚微弱，但對此攸關中國新聞事業前途的事變，自覺義不容辭，願為打倒操縱報界的資本家的前鋒。」[2]

（二）倡導「集納」運動

左翼報人不滿意當時中國新聞學研究的現狀，決意放棄被新聞學界普遍接受的「新聞學」一詞，而將「Journalism」改譯成為「集納」，並積極倡導「集納運動」。「新聞學」一詞 1919 年由徐寶璜界定「新聞學者，研究關於新聞紙之各問題而求得一解決之學也，故亦有人名之曰新聞紙學。」[3]袁殊認為「新聞學」提法很不確切，撰寫《「集納」題解》一文闡述用「集納」替代「新聞學」的理由，並向著名新聞學者謝六逸和任白濤徵求意見，獲得認可。「於是『集納學』便在無反對意見下，出現於中國學術界了」。[4]他說「集納」「就是『新聞學』的一個新的名稱。是從英語的『Journalism』的譯音和譯義而擬定的。通常我們把關於報紙之經營與製作，以及研究報紙之社會發生，與社會之存在與發展的根據，這類門的一切的理論與技術上的學問，總稱之為『新聞學』，而於英語的注釋，則為『Journalism』。」[5]在《「集納」題解》一文中，袁殊闡述了他將 Journalism 改譯成「集納」三點理由。一是「新聞」與「消息」（News）是同義語，「以『新聞學』作為代表，關於報紙上之一切的學術，似嫌狹隘。」僅用「報學」二字更狹隘。二是 Journalism 一字，除了意指每日朝夕發行的日刊新聞紙以外，還包括著定期刊物，如三日刊、五日刊、週刊、月刊等，所以「如僅單純的用新聞學或報學，實在不夠作完全的說明」。[6]三是「集納」一詞含有「精選」與「批判」的內涵，優於「新聞學」一詞。他說，新聞紙類的日報及雜誌的內容，除了時間性的條件外，其次就是「集納」的

---

1 《在這綱要指示下努力於新聞研究》，《文藝新聞》第 60 號，1932 年 6 月 20 日。
2 《新聞學研究會宣言劻時事新報被辭同人》，《文藝新聞》第 53 號，1931 年 11 月 9 日。
3 徐寶璜：《新聞學》，《新中國》，1919 年第 1 卷第 7 號。
4 袁殊：《「集納」題解》，《記者道》，上海群力書店，1931 年版，第 85 頁。
5 袁殊：《「集納」題解》，《記者道》，上海群力書店，1931 年版，第 83～84 頁。
6 袁殊：《「集納」題解》，《記者道》，上海群力書店，1931 年版，第 84 頁。

各種內容材料，必須經過搜集、編製以及類別歸納等過程。在字義上講，Journalism 完全是「報導」的意義：「報者，將事物之全貌作正確的報告；道者，即在報告上負有對社會的倡導批判的任務。所謂倡導批判，是根據客觀事物的社會的需要，是有目的意識的，是在選擇與取捨的，而到集納的完成。至於『拉雜』，意如凌亂蓬蕪，瓦玉並陳，自失之於切當。」[1]

爲了推進「集納」運動，中國新聞學研究會特意在《文藝新聞》開設「集納」專版，討論和報導新興集納運動的一切問題和消息。1932 年 6 月 20 日，《文藝新聞》第 6 版設爲「集納版」，並闡述將「Journalism」譯成「集納」的兩點理由：「一、Journalism 的解釋，是：一切有關時間性的人類生活之動態的文字、圖書、照像等，使之經過印刷複製的過程，再廣遍地傳佈給大眾，使大眾在生活行爲上，受到活的教養，而反映於其生存的進取與努力。二、因此，這學問，就不僅是『新聞學』而矣；經營或編輯雜誌，或別種類此的書籍等，只要具備印刷、廣布、時效這三大原則的條件，就都是屬於此的。自然這其中最主要的仍是『新聞』。其次，新聞這名詞在中國，已經公開的成爲『謊騙造謠』的別號了，而中國到現在爲止的『新聞學』，又沒有一本是完全的眞實的 Journalism。因此，我們依於 Journalism 的眞實的解說，乃產生了『集納主義』與『集納運動』的新稱謂。」[2]

中國左翼新聞記者聯盟於 1934 年 1 月創辦的機關刊物，也稱爲《集納批判》。1934 年 8 月，袁殊等新聞工作者創辦的上海「記者座談會」發行《記者座談》週刊，《記者座談》致力於「集納之理論與實際」的研究，以求「喚起一般集納學術研究的興趣並指出研究的途徑」[3]，從而「中國新興集納運動」得到進一步推動。[4]在中國新聞學誕生之初，當更多的人以生吞活剝的方式全盤接受西學東來的「新聞學」時，袁殊對「新聞學」這一專有名詞進行深入剖析，體現了中國新聞學者的獨立思考與學術自覺。

（三）關於新聞記者的自我建設

袁殊曾明確描述《記者座談》的目的與立場「企圖從學術和生活的自我教養中，在沉澱於半殖民地的黑暗的上海新聞從業的勞役裏，活躍起來，矢

---

1 袁殊：《「集納」題解》，《記者道》，上海群力書店，1931 年版，第 85 頁。
2 《集納正名》，《文藝新聞》第 60 號，1932 年 6 月 20 日。
3 袁殊：《〈座談〉休刊的話》，《記者道》，上海群力書店，1931 年版，第 39 頁。
4 袁殊：《〈座談〉休刊的話》，《記者道》，上海群力書店，1931 年版，第 38 頁。

志積極的學習我們所不知道的，認識我們所未認清的，說我們所要說的話，並抨擊我們所要抨擊的人事。而我們的態度，萬分自好和忠厚，一面是醉心於智慧的發掘，一面卻也是頑強固執的不願同流合污。」[1]在這種精神指引下，《記者座談》對新聞記者的自身建設問題給予充分關注。

左翼報人賦予記者以重要責任與使命：（1）新聞記者是社會文化導師。「記者是社會文化的導師，是民眾輿論的先覺，是自由幸福創造者的前鋒」。[2]（2）新聞記者負有「客觀敘述」的使命。「假如一個記者，他以記載事實的責任完全委諸談者的本身，而卸卻本身所負『客觀敘述』的使命，故不論那發言者所撰的新聞稿或談話稿是否正確性，但記者卻已侮辱了他自己神聖的職能。」[3]（3）新聞記者肩負著「對社會對國家對民族的大責任」。[4]新聞記者「該勇敢的自我批判來把握當前的問題——反封建，反帝國主義。」反帝反封建是「硬性」的問題。「在現階段的社會，每種事件即使是『軟性』的而其實離不開『硬性』的聯繫，新聞也是同樣的。」[5]即使是軟性的社會新聞，事件本身的實質內容同樣具有報導價值，可以由「軟性」的現實問題而聯繫到「硬性」的問題。[6]（4）新聞記者是社會血液的輸送者，不是一個報社的附庸。「如果社會沒有報紙，猶如一個人的血液停止了活動，生命就會發生危險，社會發生很大的恐慌。」[7]（5）新聞記者是飛遍精神世界的蜜蜂。新聞記者「就像蜜蜂一般把我們的精神飛遍全世界，有可取的，則吮其精華，傷害我們的，我們便以毒刺向之」。[8]新聞記者應「儘量發表有關國內新興事業的新聞，鼓勵人家『苦幹』『硬幹』『實幹』的精神」，[9]營造良好的社會風尚。

左翼報人針對記者風紀問題，進行了深刻的自我檢討。《記者座談》指出「在目前的中國新聞界，需要一種嚴正的『自我批判』」，[10]於是他們一面致力

---

1 袁殊：《〈座談〉休刊的話》，《記者道》，上海群力書店，1931年版，第39頁。
2 毛錐：《採訪應把握現實問題》，《大美晚報‧記者座談》，1935年4月4日。
3 羽中：《書面新聞的檢討》，《大美晚報‧記者座談》，1935年8月8日。
4 《上周座談》，《大美晚報‧記者座談》，1934年9月21日。
5 毛錐：《採訪應把握現實問題》，《大美晚報‧記者座談》，1935年4月4日。
6 毛錐：《採訪應把握現實問題》，《大美晚報‧記者座談》，1935年4月4日。
7 《改善地方報紙的問題》，《大美晚報‧記者座談》，1935年8月8日。
8 《閒話新聞學書報目錄》，《大美晚報‧記者座談》，1935年2月7日。
9 思曦：《我們的要求》，《大美晚報‧記者座談》，1935年6月20日。
10 《我們的回顧與前瞻》，《大美晚報‧記者座談》，1935年8月22日。

於記者智慧的發掘，一面發起關於風紀問題的自我檢討。「記者的風紀問題是屬於文化範圍以內就是所謂新聞報導這一方面」，「凡是由個人私欲心理的出發，以卑劣的心機與行為，假新聞紙或與新聞事業有關種種部門作工具，而企圖達到物質上——金錢、女色、地盤，等等，和精神上——報復、名譽等等，或間接地有所作用者」[1]，都是違反記者風紀的。其表現有二：一是黃色新聞報導。黃色新聞「並不是忠實地為讀者供給正確的新聞報導，而是以營業為目標的，為獲得讀者而製造流俗的報導，誇大，炫奇，驚險，尤其是猥褻的淫樂，反健康的，反生理的，造成變態的心理意識與生活。」[2]二是炒冷飯。《記者座談》對記者照抄別人新聞稿件的現象進行批評。「這種『冷飯』式的新聞，差不多每天在每家的報紙上都可以看到——無論是本埠消息或外地電訊。」少數記者因為妒嫉別人而故意吹毛求疵，專門替人寫更正，「其實原稿的內容，大意並無甚出入，或竟全無錯誤，偏偏要代人更正」，其實是「重抄一下，而換一種更正的口吻」。[3]

左翼報人認為記者風紀事件的發生原因大致有三：「（一）新聞事業機構組織上的不健全；（二）記者本身缺乏『意志』『毅力』和『修養』；（三）整個社會環境的不良。這三個主因，都有一貫聯繫的關係，由於這種種原因交織的結果，於是，記者的風紀問題便發生了。」[4]「新聞記者他之所以不顧風紀的得到了人家的賄賂，他的回報，不外乎是變更一件新聞的事實，淹沒了一件新聞的事實，或製造出一種相反事實。」[5]為了「納新聞事業於正規，使他得到循正常途徑發展」。[6]對記者違紀的醜惡現象，左翼報人主要從道德層面提出相應的應對之策。（1）記者應強化風紀問題的貞操觀，而不要「一面洋裝著『仁義的』面像，一面卻預留餘地以待講條件。」[7]（2）「新聞界便應該有如此的兩個鐵一般的座右銘：第一，反對趨炎附勢和吹牛拍馬，第二，暴露事實真相和啟發進步文化。」[8]（3）新聞記者只有以「夫子自道之

1　《漫談記者風紀問題》，《大美晚報‧記者座談》，1935 年 2 月 21 日。
2　蕭英：《Jazz 主義的流俗報導（上）》，《大美晚報‧記者座談》，1934 年 12 月 7 日。
3　翟怡承：《關於「炒冷飯」問題》，《大美晚報‧記者座談》，1935 年 1 月 4 日。
4　《漫談記者風紀問題》，《大美晚報‧記者座談》，1935 年 2 月 21 日。
5　半農：《新聞界風紀問題》，《大美晚報‧記者座談》，1935 年 1 月 31 日。
6　《我們為什麼談風紀問題》，《大美晚報‧記者座談》，1935 年 2 月 21 日。
7　郁飛：《風紀問題小諷刺》，《大美晚報‧記者座談》，1935 年 2 月 7 日。
8　《一個座右銘》，《大美晚報‧記者座談》，1934 年 11 月 9 日。

大勇」進行自我批判，「『大處著眼，小處著手』及『少大言而多條理有操守而無官氣』」[1]，才能使新聞記者之社會地位嚴正化。（4）記者「首先要明瞭本身是完全處於服務社會和人群的，決不可拿新聞記者頭銜做達到陞官發財的梯階」，對於不良現象「都應該毫無隱諱地振筆直書，把它和盤托出，以供社會的公平判斷」，「絕不可因利誘脅迫而稍有改變」。[2]

（四）關於地方新聞事業的發展出路

地方新聞事業的發展出路問題是左翼報人新聞學研究的一個重點。地方事業是國家發展的基礎，地方報業的發展又是地方新聞事業發展的基礎：「地方凡百社會事業的動員興建，步伐要齊一，思想能一致，只有賴於新聞紙來替他們傳佈介紹，才能有迅進的效果。」[3]卜少夫預言「現代新聞紙發展的趨勢，中央新聞沒落，代之以地方新聞的勃興。這是現實的客觀環境所造成的演變。」[4]為此，《記者座談》大力提倡發展地方報業。

一是建立社會權威。地方報紙與注重政治問題的國家報紙不同，地方報紙須適合一般人日常生活的要求，由報導政治轉向關注廣義的社會，「地方報紙拋棄了自己的立場去侈談政治，結果對於自己應盡的責任卻疏忽隔膜了。」[5]「擁有政治權威的報紙……它的銷數不一定是廣大。反之，擁有社會權威的報紙，它卻很能握有巨大的銷數。理由很簡單，因政治趣味之在民眾，能瞭解政治，參與政治，運用政治的人——尤其是中國——在數量上畢竟不多。對政治缺乏興趣的人，無論政治權威的報紙的評論怎樣有特異的見識；無論它的主張怎樣有把握的辦法，在它身上所收穫的效果卻是微之又微，甚於一點沒有。」[6]因此，務使地方報紙必須建立社會權威而非政治權威。「握有社會權威之報紙，設真能實地深入社會，透視社會，穩住社會，反映社會，自然它在群眾中發生力量，自然社會隨著他走。」[7]二是以大眾化為目標。地方報紙須以低廉的報費和通俗的文字，實現其大眾化的發展目標。地方報紙

---

1 懷雲：《「記者節」的「大處著眼」》，《大美晚報·記者座談》，1935 年 9 月 12 日。
2 蘇德政：《怎樣尋求正軌》，《大美晚報·記者座談》，1934 年 9 月 28 日。
3 楊半農：《地方新聞紙公營與私營論》，《大美晚報·記者座談》，1935 年 2 月 7 日。
4 卜少夫：《新聞紙在蚌埠》，《大美晚報·記者座談》，1935 年 12 月 26 日。
5 漢子：《怎樣辦地方報紙》，《大美晚報·記者座談》，1935 年 6 月 6 日。
6 漢子：《怎樣辦地方報紙》，《大美晚報·記者座談》，1935 年 6 月 6 日。
7 漢子：《怎樣辦地方報紙》，《大美晚報·記者座談》，1935 年 6 月 6 日。

要以服務大眾爲導向，增設服務部或服務版，將此作爲「獲得多數讀者的歡心的一個辦法，一種出路，同時也能給予讀者們許多的服務和幫助。」[1]

三是互助合作。地方報紙應創造更多的協作機會。從材料供給、消息傳達到廣告發行，各方面都可進行互助合作，這不僅能適應新聞各界的需要，給予新聞事業以實際的便利，還可使全省各縣的新聞業得到均衡發展。此外還有新聞記者的協作。「新聞記者是時代的社會文化人，所以他本身需要組合是比一般文化事業從業者更切需，這已是實踐於事實的情形了。」[2]新聞記者的組合大致可分爲兩類：一種是法定的組合機關，如記者公會；一種是偏重於學術研究和友情聯絡的共同組合，如新聞學會。

四是以私營抑制公營。地方報紙的經營模式有公營和私營兩種，《記者座談》主張地方報紙可接受地方人士的贊助，也可借助於地方公款。新聞事業如同學校，是一種具有宏大效力的教育工具，同樣可用公款辦新聞事業，其用意與目的彼此相同。「各地方都應該確定新聞事業經費與發展計劃，由地方公正人士組織董事會，負監督管理的責任。」[3]他們認爲，新聞紙若全部公營，必然被牢牢地攥在主持地方政治者手裏，假使他們心懷鬼胎，借報紙力量壓制民意，圖一己的利祿抹煞大眾幸福，就「不是以地方新聞紙來發展地方文化，是反以新聞紙扼止了人民的前進思想。結果，新聞紙變成了極可怕的怪物」[4]。所以，地方報紙要公營與私營並行並以私營抑制公營。

1 楊半農：《地方報的出路問題》，《大美晚報‧記者座談》，1935 年 11 月 14 日。
2 劉祖澄：《記者的組合問題》，《大美晚報‧記者座談》，1935 年 8 月 1 日。
3 《改善地方報紙的問題》，《大美晚報‧記者座談》，1935 年 8 月 8 日。
4 楊半農：《地方新聞紙公營與私營論》，《大美晚報‧記者座談》，1935 年 2 月 7 日。

引用文獻

一、檔案及資料性著作（以文獻標題首字漢語拼音爲序）

1. 《報館管理與組織》（錢伯涵、孫恩霖），申報新聞函授學校講義，1935年版。

2. 《報海生涯——成舍我百年誕辰紀念文集》（中國人民大學港澳臺新聞研究所編），新華出版社，1998年版。

3. 《報人張季鸞先生傳》（徐鑄成），生活·讀書·新知三聯書店，1986年版。

4. 《報壇逸話》（胡道靜），世界書局，1946年版。

5. 《報學雜著》（成舍我），中央文物供應社，1957年版。

6. 《本國新聞事業》（郭步陶），申報新聞函授學校，1935年版。

7. 《編輯與評論》（郭步陶），上海商務印書館，1933年版。

8. 《藏學報刊匯志》（徐麗華），中國藏學出版社，2003年版。

9. 《陳果夫先生全集》（第一冊教育文化）（陳果夫），正中書局，1952年版。

10. 《成都市志·報業志》（成都市地方志編纂委員會），四川辭書出版社，1999年版。

11. 《大公報人憶舊》（周雨編），中國文史出版社，1991年版。

12. 《東北地區革命歷史文件彙集》甲60冊（中央檔案館、遼寧省檔案館、吉林省檔案館、黑龍江檔案館），出版社不詳，1992年版。

13. 《東北新聞史》（黑龍江日報社新聞志編輯室），黑龍江人民出版社，2001年版。

14. 《福建省志·新聞志》（福建省地方志編纂委員會），方志出版社，2002年11月第1版。

15. 《復旦大學新聞學系紀念刊》，復旦大學新聞學會，1930 年版。

16. 《改組派之真面目》（中國國民黨中央執行委員會宣傳部），中國國民黨中央執行委員會宣傳部印，1929 年年版。

17. 《工業組織與管理》（王撫洲），商務印書館，1934 年版。

18. 《共產國際、聯共（布）與中國革命檔案資料叢書（第 2 卷）》（中共中央黨史研究室第一研究部譯），北京圖書出版社，1998 年版。

19. 《共產國際文件》（第 1 卷）（珍妮‧德格拉斯編），世界知識出版社，1964 年版。

20. 《關於報紙的基本知識》（胡仲持），生活書店，1938 年版。

21. 《廣東省‧廣播電視志》（廣東省地方史志編纂委員會），廣東人民出版社，1999 年版。

22. 《廣東省志‧新聞志》（廣東省地方史志編纂委員會編），廣東人民出版社，2000 年版。

23. 《廣西通志‧報業志》（廣西壯族自治區地方志編纂委員會編），廣西人民出版社，2007 年版。

24. 《國際問題研究法》（范泉主編；雨君著），永祥印書館，1947 年版。

25. 《國外新聞事業》（謝六逸），申報新聞函授學校講義，1935 年版。

26. 《國營招商局七十五週年紀念刊》（招商局），國營招商局檔案四方八②／590 卷，中國第二歷史檔案館藏。

27. 《哈爾濱文史資料‧第二十四輯‧外國人在哈爾濱》（哈爾濱市政協文史和學習委員會編寫），2002 年版。

28. 《寒風集》（陳公博），漢京文化出版，1980 年版。

29. 《杭州英烈》第 5 輯（李杞龍主編），杭州市民政府，1990 年版。

30. 《河南省志‧新聞報刊志》（河南省地方史志編委會），河南人民出版社，1994 年版。

31. 《黑龍江省志‧第 50 卷‧報業志》（黑龍江省地方志編纂委員會編），黑龍江人民出版社，1993 年版。

32. 《胡政之文集》（王瑾、胡玫主編），天津人民出版社，2007 年版。

33. 《湖北省志‧新聞出版（上）》（湖北省地方志編撰委員會編），湖北人民出版社，1993 年版。

34. 《湖北文史集萃》（中國人民政治協商會議湖北省委員會文史資料委員會編），湖北人民出版社，1999 年版。

35. 《湖南革命史料選輯‧紅軍日報》（湖南省博物館），湖南人民出版社，1980 年版。

36. 《湖南省志第二十卷：新聞出版志：報業》（湖南省地方志編纂委員會），湖南出版社，1993 年版。

37. 《記者道》（袁殊），上海群力書店，1936 年版。

38. 《記者經驗談》（程其恒主編），天地出版社，1944 年版。

39. 《江蘇省志·報業志》（江蘇省地方志編纂委員會），江蘇古籍出版社，1999 年版。

40. 《蔣總統集》第 1 冊（張其昀主編），臺北國防研究院，1968 年版。

41. 《近代印刷術》（賀聖鼐、賴彥於），商務印書館，1973 年版。

42. 《近代中國歷史人物論文集》（中央研究院近代史研究所編），中央研究院近代史研究所，1993 年版。

43. 《近代中國史料叢刊續編》（第 96 輯）（沈雲龍編），臺北文海出版社，1974～1982 年版。

44. 《近現代出版新聞法規彙編》（劉哲民編），學林出版社，1992 年版。

45. 《井岡山的武裝割據》（江西人民出版社編），江西人民出版社，1980 年版。

46. 《舊中國的上海廣播事業》（上海檔案館等編），中國廣播電視出版社，1985 年版。

47. 《軍隊政治工作歷史資料第二冊·第二次國內革命戰爭時期（一）》（中國人民解放軍政治學院政治工作教研室），戰士出版社，1982 年版。

48. 《抗戰史料研究》（中國抗日戰爭史學會）第 1 輯，團結出版社，2012 年版。

49. 《哭笑錄》（陳公博），香港現代史料編刊社，1981 年版。

50. 《苦笑錄》（陳公博），東方出版社，1939 年版。

51. 《懶尋舊夢錄》（夏衍），三聯書店，1985 年版。

52. 《老上海漫畫圖志》（上海圖書館編），上海科學技術文獻出版社，2010 年版。

53. 《歷史年鑒：1929》（記工編著），吉林文史出版社，2006 年版。

54. 《立法院公報》（中華民國立法院），南京出版社，1931 年版。

55. 《毛澤東同志八十五誕辰紀念文選》，人民出版社，1979 年版。

56. 《毛澤東新聞工作文選》，新華出版社，1983 年版。

57. 《毛澤東選集》（第 1 卷），人民出版社，1991 年版。

58. 《民國記事·徐鑄成回憶錄》（徐鑄成），廣西人民出版社，2015 年版。

59. 《民眾運動法規方案彙編（上冊）》（中央民眾運動指導委員會），中央民眾運動指導委員會編印，1935 年版。

60. 《綺情樓雜記——一位辛亥報人的民國記憶》（喻血輪，眉睫整理），中國長安出版社，2010 年版。

61. 《全國報紙暨通訊社一覽》，國民黨中央宣傳委員會，1933 年版。

62. 《人權論集》（胡適），上海新月書店，1930 年版。

63. 《三十年代左翼文藝資料選編》（馬良春、張大明），四川人民出版社，1980 年版。

64. 《掃蕩二十年》（中華文化基金會），臺灣中華文化基金會，1978 年版。

65. 《山西文史資料》第 22 輯（山西省政協文史資料委員會），中國人民政治協商會議山西省委員會研究委員會出版，1984 年版。

66. 《上海的日報》（胡道靜），上海通志館，1935 年版。

67. 《上海通志》第 9 冊（上海通志編纂委員會編），上海社會科學院出版社，2005 年版。

68. 《上海新聞事業之中的發展》（胡道靜），上海通志館，1935 年版。

69. 《上海新聞志》（《上海新聞志》編纂委員會），上海社會科學院出版社，2000 年版。

70. 《上海研究資料》（上海通社編），上海書店，1934 年版。

71. 《申報年鑑》（申報年鑑社），申報館售書科，1933 年。

72. 《申時電訊社創立十週年紀念特刊》（申時電訊社編），上海人文印書館印刷，1934 年版。

73. 《十年來的中國》（中國文化建設協會），上海商務印書館，1937 年版。

74. 《十年來的中國廣播事業》（吳保豐），北京商務印書館，1937 年版。

75. 《十年來之中國經濟建設》（國民黨中央黨部國民經濟計劃委員會），南京扶輪日報社，1937 年版。

76. 《時事大觀》（潘公弼），時事新報館，1934 年版。

77. 《事業管理與職業修養》（鄒韜奮），三聯書店，1982 年版。

78. 《收聽廣播常識》（章逸），科學普及出版社，1958 年版。

79. 《書報話舊》（鄭逸梅），學林出版社，1983 年版。

80. 《四川報刊五十年集成 1897～1949》（王綠萍編著），四川大學出版社，2011 年版。

81. 《四川省志·報業志》（四川省地方志編纂委員會編），四川人民出版社，1996 年版。

82. 《韜奮文集》（韜奮），三聯書店，1955 年版。

83. 《特種社團法規方案》，中國國民黨執行委員會社會部，1940 年版。

84. 《天津史研究論文選輯》（劉志強、張利民），天津古籍出版社，2009 年版。

85.《文史資料選編》第 13 輯（中國人民政治協商會議北京市委員會文史資料委員會編），北京出版社，1982 年版。

86.《文史資料選輯》（中國人民政治協商會議全國委員會文史資料研究委員會編），文史資料出版社，1961 年版。

87.《我與大公報》（《大公報一百週年報慶叢書》編委會），復旦大學出版社，2002 年版。

88.《武漢市志・新聞志》（武漢地方志編纂委員會主編），武漢大學出版社，1991 年版。

89.《先總統蔣公思想言論總集・卷三十書告》（秦孝儀編），中央黨史出版社，1984 年版。

90.《現代中國廣播史料選編》（趙玉明主編），汕頭大學出版社，2007 年版。

91.《新華社回憶錄》（新華社新聞研究所編），新華出版社，1986 年版。

92.《新民主主義革命時期出版史學術討論會文集》（中國近代現代出版史編纂組），中國書籍出版社，1993 年版。

93.《新聞報》概況，上海檔案館館藏檔案，檔案號：Y8-1-20-3。

94.《新聞史上的新時代》（胡道靜），世界書局，1946 年版。

95.《新聞學刊全集》（黃天鵬編），上海光華書局，1930 年版。

96.《新聞學論集》（管照微編），上海復旦新聞學會，1933 年版。

97.《新聞學論文集》（黃天鵬編），上海光華書局，1930 年版。

98.《新聞學研究》（成舍我），燕京大學新聞學系，1932 年版。

99.《新聞學演講集》（黃天鵬編），上海現代書局，1931 年版。

100.《新聞言論集》（李錦華、李仲誠編），廣州新啓明印務公司，1932 年版。

101.《新聞研究資料》總第 60 輯（中國社會科學院新聞研究所），中國社會科學出版社，1993 年版。

102.《新聞與教育生涯》（謝然之教授九秩華誕祝壽文集編輯委員會），東大圖書公司，2000 年版。

103.《新聞之理論與現象》（張友漁），太原中外語文學會，1936 年版。

104.《新聞總覽》，電報通訊社，1934 年版。

105.《新修地方志早期廣播史料彙編》（上）（趙玉明、艾紅紅、劉書峰主編），中國廣播影視出版社，2016 年版。

106.《新亞日報社呈請增加津貼》（遼寧省檔案館藏），JC10-23256（007）。

107.《一九二七年至一九三七年中國財政經濟情況》（〔美〕阿瑟・恩・楊格恩），中國社會科學出版社，1981 年版。

108.《張季鸞紀念文集》（文匯出版社），文匯出版社，2000 年版。

109. 《長沙市志（第十三卷）》（長沙市志編纂委員會編），湖南出版社，1996年版。

110. 《浙江省新聞志》（《浙江省新聞志》編纂委員會編），浙江人民出版社，2007年版。

111. 《浙江省輿論概況》（中國國民黨浙江省執行委員會），中國國民黨浙江省委員會，1933年版。

112. 《中共上海黨史大事記》（中共上海市委黨史資料徵集委員會主編），知識出版社，1988年版。

113. 《中共浙江黨史》第1卷（中共浙江省委黨史研究室），中共黨史出版社，2002年版。

114. 《中共中央文件選集》（第3冊）（中央檔案館編），中共中央黨校出版社，1983年版。

115. 《中共中央文件選集》（第8冊）（中央檔案館編），中共中央黨校出版社，1989年版。

116. 《中廣四十年》（吳道一），臺北中國廣播公司，1968年版。

117. 《中廣五十年》（吳道一），臺北出版社，1978年版。

118. 《中國報界交通錄》，燕京大學新聞學系，1933年版。

119. 《中國報刊辭典（1815～1949）》（王檜林、朱漢國），太原書海出版社，1992年第1版。

120. 《中國出版史料（現代部分）》全3卷（宋原放），山東教育出版社，2001年版。

121. 《中國出版史料補編》（張靜廬），中華書局，1957年版。

122. 《中國大百科全書·新聞出版》（中國大百科全書總編輯委員會），中國大百科全書出版社，1990年版。

123. 《中國的新聞記者與新聞紙》（張靜廬），現代書局，1932年版。

124. 《中國共產黨新聞工作文件彙編》（上、下）（中國社會科學院新聞研究所編），新華出版社，1980年版。

125. 《中國國民黨歷次代表大會及中央全會資料》（上）（榮孟源主編），光明日報出版社，1986年版。

126. 《中國國民黨年鑒（1934）》（中國國民黨中央委員會黨史史料編纂委員會），中國國民黨中央委員黨史史料編纂委員會，1934年版。

127. 《中國國民黨中央執行委員會常務委員會會議錄》（影印本）（1～22冊）（中國第二歷史檔案館編），廣西師範大學出版社，1999年版。

128. 《中國集報精品》（中國報業協會編），人民日報出版社，2013年版。

129. 《中國近代報刊史參考資料》（上）（新聞事業史教研室），中國人民大學出版社，1979 年版。

130. 《中國近代現代出版史學術討論會文集》（中國近代現代出版史編纂組），中國圖書出版社，1990 年版。

131. 《中國近代之報業》（趙君豪），申報館，1938 年版。

132. 《中國抗日戰爭時期大後方文學書系‧第 10 編‧外國人士作品》（戈寶權主編），重慶出版社，1989 年版。

133. 《中國人民大學新聞學院藏稀見民國新聞史料彙編》（方漢奇、王潤澤），國家圖書館出版社，2012 年版。

134. 《中國現代報資料匯輯》（王文彬），重慶出版社，1996 年版。

135. 《中國現代出版史料丙編》（張靜廬），中華書局，1957 年版。

136. 《中國新文學運動史》（王哲甫），傑成印書局，1933 年版。

137. 《中國新聞史編年史》（方漢奇主編），福建人民出版社，2000 年版。

138. 《中國新聞事業》（黃天鵬），上海聯合書店，1930 年版。

139. 《中華民國史檔案資料彙編：第五輯第一編「文化」》（中國第二歷史檔案館編），江蘇古籍出版社，1994 年版。

140. 《中央革命根據地史料選編》（江西省檔案館／中共江西省委黨校黨史），江西人民出版社，1982 年版。

141. 《綜合新聞學》（任白濤），商務印書館，1941 年版。

142. 《最近三十年中國政治史》（李劍農），太平洋書局，1931 年版。

143. 《最近之五十季（1872～1922）：申報館 50 週年紀念》（申報館編），上海書店，1987 年影印版。

144. 《最新實驗新聞學》（周孝庵），上海時事新報館，1928 年版。

二、學術專著 （以責任者首字漢語拼音爲序，漢字前有符號者在先）

1. 〔美〕費正清、費維凱編：《劍橋中華民國史（下）》，中國社會科學出版社，2006 年版。

2. 〔美〕麥金農著，汪杉等譯：《史沫特萊　一個美國激進分子的生平和時代》，中華書局，1991 年版。

3. 「從五四運動到人民共和國成立」課題組：《胡繩論「從五四運動到人民共和國成立」》，社會科學文獻出版社，2001 年版。

4. 《列寧全集》第 5 卷，人民出版社，1986 年第 2 版。

5. John K.Fairbank, Edwin O.Reischauer, Albert M, Craig, East Asia: The Modern Transformation, Boston, Houghton Mifflin, 1965.

6. Paul French. Carl Crow -a tough old China hand.Hongkong University Press, 2006.

7. 白潤生：《中國少數民族新聞傳播通史》，中央民族大學出版社，2008 版。

8. 白壽彝：《中國通史》第 21 冊，上海人民出版社，1999 年版。

9. 保羅·法蘭奇著，張強譯：《鏡裏看中國：從鴉片戰爭到毛澤東時代的駐華外國記者》，中國友誼出版公司，2011 版。

10. 畢克官、黃遠林：《中國漫畫史》，文化藝術出版社，2006 年版。

11. 布賴恩·克羅澤：《蔣介石傳》，內蒙古人民出版社，1995 年版。

12. 蔡斐：《重慶近代新聞傳播史稿（1897～1949)》，重慶出版社，2017 年版。

13. 蔡銘澤：《中國國民黨黨報歷史研究（1927～1949)》，團結出版社，1998 年版。

14. 蔡翔、孔一龍主編：《二十世紀中國通鑒》，改革出版社，1994 年版。

15. 曹聚仁：《我與我的世界》，北嶽文藝出版社，2001 年版。

16. 曾虛白：《中國新聞史》，臺灣：國立政治大學新聞研究所，1966 年版。

17. 曾業英：《中華民國史（1928～1932)》第七卷，中華書局，2011 年版。

18. 陳昌文編：《都市化進程中的上海出版業 1843～1949》，上海人民出版社，2012 版。

19. 陳桂蘭主編：《薪繼火傳》，復旦大學出版社，1999 年版。

20. 陳信凌：《江西蘇區報刊研究》，中國社會科學出版社，2012 年版。

21. 陳爭平主編：《中國經濟發展史》（第四冊），中國經濟出版社，1999 年版。

22. 程沄：《江西蘇區新聞史》，江西人民出版社，1994 年版。

23. 崔之清：《國民黨政治與社會結構之演變 1905～1949》（中編），社會科學文獻出版社，2007 年版。

24. 當代中國廣播電視編輯部選編：《中國的廣播電臺》，北京廣播學院出版社，1987 年版。

25. 丁淦林：《丁淦林文集》，復旦大學出版社，2005 年版。

26. 丁淦林編：《中國新聞事業史》，武漢大學出版社，1990 年版。

27. 杜恂誠：《民族資本主義與舊中國政府》，上海人民出版社，1991 版。

28. 段瑞華等：《蘇區思想發展歷程》，江西高校出版社，1990 年版。

29. 方漢奇：《方漢奇文集》，汕頭大學出版社，2003 年版。

30. 方漢奇：《中國新聞事業通史》（第二卷），中國人民大學出版社，1996 年版。

31. 方漢奇等著：《〈大公報〉百年史（1912-06-17～2002-06-17）》，中國人民大學出版社，2004 年版。

32. 方漢奇等著：《中國新聞傳播史》，中國人民大學出版社，2009 年版。

33. 馮志翔：《蕭同茲傳》，臺北傳記文學出版社，1975 年版。

34. 傅柒生、李貞剛：《紅色記憶——中央蘇區報刊圖史》，解放軍出版社，2011 年

35. 戈公振：《中國報學史》，三聯書店，1955 年版。

36. 庚平：《蔣介石研究——解讀蔣介石的政治理念》，團結出版社，2001 年版。

37. 廣州軍區政治部戰士報社：《〈戰士報〉80 年》，新華出版社，2010 年版。

38. 何揚鳴：《民國杭州新聞史稿》，杭州出版社，2013 年版。

39. 黑龍江日報社新聞志編輯室：《東北新聞史（一八九九～一九四九）》，黑龍江人民出版社，2001 年版。

40. 洪榮華主編：《紅色號角 中央蘇區新聞出版印刷發行工作》，福建人民出版社，1993 年版。

41. 胡根喜：《四馬路》，學林出版社，2001 年版。

42. 胡太春：《中國報業經營管理史》，山西教育出版社，1998 年版。

43. 黃修榮：《國共關係 70 年紀實》，重慶出版社，1994 版。

44. 賈世秋：《廣播學論》，成才科技大學出版社，1996 版。

45. 賈曉慧：《〈大公報〉新論：20 世紀 30 年代〈大公報〉與中國現代化》，天津人民出版社，2002 年版。

46. 金沖及：《二十世紀中國史綱》（第 1 卷），北京社會科學文獻出版社，2009 年版。

47. 金文中、李建新：《廣播影視科技發展史概略》，中國廣播電視出版社，2013 年版。

48. 賴光臨：《七十年中國報業史》，臺灣中央日報社，1981 年版。

49. 賴光臨：《中國新聞傳播史》（臺灣）三民書局印行，1978 年版。

50. 李誠毅：《三十年來家國》（再版），香港振華出版社，1962 年版。

51. 李建新：《中國新聞教育史論》，新華出版社，2003 年版。

52. 李傑瓊：《半殖民主義語境中的「斷裂」報格：北方小型報先驅〈實報〉與報人管翼賢》，中國社會科學出版社，2015 年版。

53. 李念蘆、李銘、張銘：《中國電影專業史研究：電影技術卷》，中國攝影出版社，2006 年版。

54. 李時新：《上海〈立報〉研究（1935～1937）》，暨南大學出版社，2012
年版。

55. 李小三編：《中央革命根據地簡史》，江西人民出版社，2009年版。

56. 李秀雲：《大公報專刊研究》，新華出版社，2007年版。

57. 李焱勝：《中國報刊圖史》，湖北人民出版社，2005年版。

58. 李應弼：《朝鮮報刊百年史》，金日成綜合大學出版社，1985年版。

59. 李瞻：《中國新聞史》，臺灣學生書局，1979年版。

60. 梁利人：《瀋陽新聞史綱》，瀋陽出版社，2014年版。

61. 劉繼忠：《新聞與訓政：國統區新聞事業研究（1927～1937）》（上、下），
臺灣花木蘭文化出版社，2014年版。

62. 劉瑞琳：《溫故之九》，廣西師範大學出版社，2007年版。

63. 劉少文：《大眾媒體打造的神話：論張恨水的報人生活與報紙化文本》，
中國社會科學出版社，2006年版。

64. 劉泱育：《中國新聞事業史綱》，南京師範大學出版社，2015年版。

65. 劉長林、倪蓉蓉、開雅潔：《自由的限度與解放的底線：民國初期關於「婦
女解放」的社會輿論》，上海大學出版社，2014年版。

66. 盧立菊、付啓元編著：《南京新聞出版小史》，南京出版社，2013年版。

67. 羅文達著，王海譯：《在華天主教報刊》，暨南大學出版社，2013年版。

68. 馬光仁：《馬光仁文集》，上海社會科學院出版社，2013年版。

69. 馬光仁：《上海新聞史（1850～1949）》（修訂版），復旦大學出版社，2014
年版。

70. 馬明主編：《山西新聞通訊社百年史》，新華出版社1999年版。

71. 馬藝：《天津新聞史》，天津人民出版社，2015年版。

72. 馬藝主編：《天津新聞傳播史綱要》，新華出版社，2005年版。

73. 馬運增、陳申等編著：《中國攝影史（1840～1937）》，中國攝影出版社，
1987年版。

74. 馬之驌：《新聞界三老兵》，臺北經世書局，1986年版。

75. 毛澤東：《毛澤東選集》（第1卷），人民出版社，1991年版。

76. 倪斯霆：《舊報舊刊舊連載》，上海遠東出版社，2017年版。

77. 倪延年：《中國新聞法制史》，南京師範大學出版社，2013年版。

78. 寧樹藩：《寧樹藩文集》，汕頭大學出版社，2003年版。

79. 龐榮棣：《申報魂：中國報業泰斗史量才圖文珍集》，上海遠東出版社，
2008年版。

80. 彭繼良：《廣西新聞事業史（1879～1949)》，廣西人民出版社，1998 年版。

81. 錢承軍：《建國前中國共產黨報刊研究》，中國文聯出版社，2009 年版。

82. 日本東亞研究所：《日本の對支投資》，東亞研究所，1944 年版。

83. 沙金成：《東北新文學初探》，吉林文史出版社，1989 年版。

84. 斯特朗著，王松濤譯：《心向中國》，解放軍出版社，1986 版。

85. 宋鏡明：《李達》，河北人民出版社，1997 年版。

86. 宋軍：《申報的興衰》，上海社會科學院出版社，1996 年版。

87. 蘇智良：《左爾格在中國的秘密使命》，上海社會科學院出版社，2014 版。

88. 孫弘安主編：《中央蘇區歷史大講壇》，南京大學出版社，2012 年版。

89. 孫華、王芳：《埃德加‧斯諾研究》，湖南師範大學出版社，2012 年版。

90. 孫健：《中國經濟史——近代部分》，中國人民大學出版社，1989 年版。

91. 孫文學主編：《中國近代財政史》，東北財經大學出版社，1990 年版。

92. 譚客繩主編：《中國革命根據地史》（上），福建人民出版社，2007 年版。

93. 唐惠虎、朱英主編：《武漢近代新聞史》（下），武漢出版社，2012 年版。

94. 汪學起、是翰生編著：《第四戰線——國民黨中央廣播電臺撥拾》，中國文史出版社，1988 年版。

95. 汪之成：《上海俄僑史》，三聯書店上海分店，1993 年版。

96. 王處輝：《中國近代企業組織形態的變遷》，天津人民出版社，2001 年版。

97. 王傳壽主編：《安徽新聞傳播史》，合肥工業大學出版社，2014 年版。

98. 王夫玉編：《第三黨歷史》，東南大學出版社，2013 年版。

99. 王健：《奉系軍閥與中國新聞業》，花木蘭文化出版社，2014 年版。

100. 王凌霄：《中國國民黨新聞政策之研究（1928～1945)》，中國國民黨中央委員會黨史委員會，1996 年版。

101. 王潤澤：《北洋政府時期的新聞業及其現代化（1916～1928)》，中國人民大學出版社，2010 年版。

102. 王潤澤：《中國新聞媒介史（1949 年前)》，北京大學出版社，2011 年版。

103. 王文彬：《新聞工作六十年》，重慶出版社，1990 年版。

104. 文吳主編：《他們是怎樣辦報的》，中國文史出版社，2005 年版。

105. 吳果中：《〈良友畫報〉與上海都市文化》，湖南師範大學出版社，2007 年版。

106. 吳廷俊：《新記〈大公報〉史稿》，武漢出版社，2002 年版。

107. 吳廷俊：《中國新聞史新修》，復旦大學出版社，2008 年版版。

108. 吳廷俊主編：《中國新聞事業史》，武漢大學出版社，2009 年版。

109. 伍海德：《我在中國的記者生涯：1902～1933》，線裝書局，2013 年版。

110. 向芬：《國民黨新聞傳播制度研究》，中國社會科學出版社，2012 年版。

111. 肖鋒：《長征日記》，上海人民出版社，2006 年版。

112. 謝彬：《中國郵電航空史》，上海三聯書店，2014 年版。

113. 新華社新聞研究所：《新華社回憶錄》，新華出版社，1986 年版。

114. 新華通訊社史編寫組：《新華通訊社史》（第一卷），新華出版社，2010 年版。

115. 新民晚報史編纂委員會主編：《飛入尋常百姓家：新民報——新民晚報七十年史》，文匯出版社，2004 年

116. 徐培汀、裘正義：《中國新聞傳播學說史》，重慶出版社，1994 年版。

117. 許滌新、吳承明主編：《中國資本主義發展史》（第三卷），社會科學文獻出版社，2007 年版。

118. 楊大金：《近代中國實業通志》，上海，中國日報印刷所印刷，1933 年版。

119. 楊奎松：《中國近代通史·第八卷內戰與危機（1927～1937）》，江蘇人民出版社，2007 年版。

120. 楊雪梅：《陳銘德、鄧季惺與〈新民報〉》，中華書局，2008 年版。

121. 葉淺予：《葉淺予自傳：細敘滄桑記流年》，中國社會科學出版社，2006 年版。

122. 葉再生：《中國近現代出版通史》（第 2 卷），華文出版社，2002 年版。

123. 郵電史編輯室編：《中國近代郵電史》，人民郵電出版社，1984 年版。

124. 張公權：《抗戰前後中國鐵路建設的奮鬥》，臺北傳記文學，1974 年版。

125. 張功臣：《外國記者與近代中國（1840～1949）》，新華出版社，1999 年版。

126. 張灝：《幽暗意識與民主傳統》，新星出版社，2006 年版。

127. 張鴻慰：《八桂報史文存》，廣西民族出版社，1995 年版。

128. 張麗萍：《內蒙古民國報刊史研究》，內蒙古大學出版社，2014 版。

129. 張憲文等：《中華民國史》，南京大學出版社，2005 年版。

130. 張友鸞等：《世界日報興衰史》，重慶出版社，1982 年版。

131. 張玉法：《中國現代史》下，臺北東華書局，1979 年版。

132. 張注洪主編：《中美文化關係的歷史軌跡》，南開大學出版社，2001 年版。

133. 趙俊毅：《中國攝影史拾珠》，中國民族攝影藝術出版社，2013 年版。

134. 趙敏恒：《外人在華新聞事業》，王海等譯，暨南大學出版社，2011 年版。

135. 趙永華:《在華俄文新聞傳播活動史 1898～1956》,中國人民大學出版社,2006 年版。

136. 趙玉明主編:《中國廣播電視通史》,中國廣播電視出版社,2014 年版。

137. 趙雲澤:《作爲政治的傳播,中國新聞傳播解釋史》,中國人民大學出版社,2017 年版。

138. 中共中央黨史研究室:《中國共產黨的九十年》,中共黨史出版社,2016 年版。

139. 中共中央黨史研究室:《中國共產黨歷史（1921～1949）》（第 1 卷）,中共黨史出版社,2002 年版。

140. 中共中央馬克思、恩格斯、列寧、斯大林著作編譯局馬恩室編:《馬克思恩格斯著作在中國的傳播》,人民出版社,1983 年版。

141. 周恩來:《周恩來選集》（下卷）,人民出版社,1984 年版。

142. 周谷城主編:《民國叢書》（第 2 編第 49 冊）,上海書店,1990 年版。

143. 周利成:《中國老畫報:上海老畫報》,天津古籍出版社,2011 年版。

144. 周培敬:《中央社的故事》,三民書局,1991 年版。

145. 周天度、鄭則民、齊福霖、李義彬等著:《中華民國史第八卷（1932～1937）》（下）,中華書局,2011 年出版。

146. 周武主編:《上海學》（第 2 輯）,上海人民出版社,2015 年版。

147. 周雨:《大公報史》,江蘇古籍出版社,1993 年出版。

148. 周雨:《王芸生》,人民出版社,1996 年版。

149. 卓遵宏、姜良芹、劉文賓、劉慧宇:《中華民國專題史第六卷:南京國民政府十年經濟建設》,南京大學出版社,2015 年版。

三、期刊文章（以責任者或標題首字漢語拼音爲序）

1. 《公文》,《中央黨務月刊》,1934 年第 70 期。

2. 《關於黨報通訊工作》,滿洲省委通知宣字第 1 號,1931 年 2 月 24 日。

3. 《廣播教育實施辦法》,《中央黨務月刊》,1937 年第 104 期。

4. 安龍:《長征中黨的報刊活動》,《百年潮》,2014 年第 9 期。

5. 白純:《簡論二十世紀三十年代蔣介石力行哲學》,《南京社會科學》,2003 年第 8 期。

6. 畢耕、譚聖潔:《紅軍長征中的報刊宣傳》,《中國出版》,2016 年第 19 期。

7. 蔡登山:《一代報人——程滄波其人其文》,《全國新書信息月刊》（臺灣）,1999 年第 1 期。

8. 蔡銘澤:《論三十年代初期中國的輿論環境》,《中國人民大學學報》,1994 年第 3 期。

9. 曹必宏：《國民黨改組派出版宣傳活動述略》，《檔案史料與研究》，1993年第 3 期。

10. 陳翰伯：《在白區新聞戰線上（1936～1948）》，《新聞研究資料》，1987年第 3 期。

11. 陳靈犀：《社會日報雜憶》，《新聞研究資料》1981 年第 4 期。

12. 陳玉申：《趙敏恒：「最了不起的華人記者」》，《青年記者》，2007 年第 18 期。

13. 程一新、衛衍翔、商若冰：《漢口民營新聞通訊社內幕》，《武漢文史資料》1989 年第 35 輯。

14. 褚曉琦：《民國時期塔斯社上海分社在華宣傳活動》，《史林》，2015 年第 3 期。

15. 丁君匋：《上海〈大公報〉回憶》，《上海文史資料選輯》，1993 年第 73 輯。

16. 東：《光學製版法》，《科學畫報》1935 年第 22 期。

17. 方鳴：《國民黨華中喉舌——〈武漢日報〉》，《武漢新聞史料》，2002 年第 2 期。

18. 葛思恩：《記早期的政治大學新聞系》，《新聞研究資料》，1989 第 1 期。

19. 賀逸文、左笑鴻、夏方雅：《採納意見 改進版面——一九三一至一九三七年七月的世界日報》，《新聞研究資料》，1981 年第 1 期。

20. 胡政之：《新聞記者最需要責任心》，《燕京校刊》，1932 年。

21. 黃道炫：《力行哲學的思想脈絡》，《近代史研究》，2002 年第 1 期。

22. 黃少群：《鄧小平在中央蘇區》（下），《百年潮》，2004 年第 7 期。

23. 黃天鵬：《五十年來之畫報》，《時代》，1934 年第 6 期。

24. 黃憲昭：《在華之日本報紙與其活動》，《磐石雜誌》，1933 年第 1 卷第 2～3 期。

25. 黃卓明、俞振基：《關於時事新報的所見所聞》，《新聞研究資料》，1983 年第 3 期。

26. 霍學雷：《近現代東北報刊的創立與變遷》，《學問》，2014 第 5 期。

27. 霍學梅：《東北淪陷時期日偽對新聞的控制與壟斷》，《東北史地》，2010 年第 6 期。

28. 蔣天競：《社會新聞與社會》，《實報增刊》，1929 年 12 月。

29. 金耀雲：《〈紅星〉報伴隨紅軍長征到延安》，《新聞與寫作》，2005 年第 10 期。

30. 金耀雲：《永恆的鼓舞，無限的懷念——憶小平同志關於〈紅星〉報史研究的回信》，《新聞戰線》，1997 年第 4 期。

31. 金玉良：《冰城熱血——白郎在「淪陷前後」》，《傳媒》，2001 年第 1 期。

32. 藍鴻文：《〈中國的西北角〉到底出了多少版？》，《新聞戰線》，2008 年第 8 期。

33. 藍鴻文：《巴黎〈救國時報〉與紅軍長征》，《國際新聞界》，2004 年第 5 期。

34. 李敦瑞、朱華：《抗戰前夕上海 GDP 及結構探析——以 1936 年爲例》，《史林》，2011 年第 3 期。

35. 李建新：《民國時期新聞教育思想的多元呈現》，《學術交流》，2015 年第 11 期。

36. 李立俠：《中國外債之檢討》，《東方雜誌》，第 34 卷 14 號。

37. 李楠：《石版印刷術在山西的傳入及影響》，《設計藝術研究》，2018 年第 2 期。

38. 李秀雲：《客觀主義報導思想在中國的興衰》，《當代傳播》，2007 年第 1 期。

39. 李竹銘：《成都通訊社來龍去脈探索》，《成都報刊史料專輯》1986 年第 5 輯。

40. 劉繼忠：《1934 年六報聯合特刊的新聞史學意義分析》，《國際新聞界》，2009 年第 2 期。

41. 柳百琪、柳倫：《民國時期創辦的「華東美術印刷傳習所」》，《中國印刷》，2013 年第 12 期。

42. 盧毅：《20 世紀 30 年代左翼文化的宣傳策略》，《理論學刊》，2014 年第 8 期。

43. 魯廣錦：《略論現代中國的中間勢力》，《東北師大學報（哲學社會科學版）》，1994 年第 5 期。

44. 馬達：《成舍我成功的報業經營》，《青年記者》2000 年第 6 期。

45. 馬光仁，《我國早期的新聞界團體》，《新聞與傳播研究》，1988 年第 1 期。

46. 馬星野：《三民主義的新聞事業建設》，《青年中國季刊》，1939 年第 1 期。

47. 馬依弘：《「九一八」事變前日本在我國東北殖民文化活動論述》，《日本研究》，1992 第 4 期。

48. 茅盾：《「左聯」，前期》，《新文學史料》，1981 年第 3 期。

49. 苗壯：《閻錫山與民國山西電影事業——從 1924 年閻錫山拍攝「閱兵電影」說起》，《當代電影》2017 年第 9 期。

50. 閔大洪：《曾虛白與上海〈大晚報〉》，《新聞記者》，1987 年第 9 期。

51. 倪延年：《論抗戰前後共產黨新聞宣傳口徑的歷史性轉折與啓示》，《現代傳播》，2017 年第 12 期。

52. 寧樹藩：《戈公振的〈中國報學史〉》，《新聞業務》，1962 年第 6 期。

53. 秦紹德：《近代上海文化和報刊》，《學術月刊》，2014 年第 4 期。

54. 任質斌：《紅中社的三大任務》，《土地革命時期的新華社》，2004 年第 1 輯。

55. 薩空了：《北平小報之研究》，《實報增刊》（再版），1929 年 11 月

56. 邵金耀：《造紙工廠內遷對內地造紙業發展的影響》，《民國檔案》，2003 年第 1 期。

57. 邵力子：《輿論與社會》，《報學月刊》，1929 年第 1 卷第 3 期。

58. 沈果正：《川陝革命根據地的報刊》，《新聞研究資料》，1987 年第 4 期。

59. 史媛媛：《從戈公振到方漢奇》，《新聞愛好者》，2001 年第 5 期。

60. 舒興文：《記武漢新聞攝影通訊社》，《武漢文史資料》，第 3 輯。

61. 舒宗僑：《〈立報〉採訪生活回憶》，《新聞記者》，1987 年第 3 期。

62. 司馬仙島：《北伐後之各派思潮》，《中國現代政治史資料彙編》，第 2 輯第 42 冊。

63. 蘇雨田、夏鐵漢：《實報之一年》，《實報增刊》（再版），1929 年 11 月。

64. 孫慧：《新聞報創辦經過及其概況》，《檔案與史學》，2002 年第 5 期。

65. 孫萍、趙雲澤：《中國左翼新聞記者聯盟》，《新聞前哨》，2012 年第 2 期。

66. 唐正芒：《〈紅旗週報〉的封面僞裝》，《新聞研究資料》，1990 年 2 期。

67. 陶範：《包惠僧鮮爲人知的記者生涯》，《黨史文苑》，2007 年第 19 期。

68. 陶希聖：《遨遊於公卿之間的張季鸞先生》，臺灣《傳記文學》，1977 年，第 30 卷第 6 期。

69. 田景中：《我國的新聞團體》，《新聞戰線》，1945 年第 5 期。

70. 田雷：《東北抗聯報刊述略（1932～1940）》，《哈爾濱學院學報》，2012 年第 9 期。

71. 田中初、余波：《職業團體與新聞記者職業化——以二十世紀三十年代爲中心》，《新聞大學》，2016 年第 3 期。

72. 佟雪、張文東：《〈夜哨〉的文學與文學的「夜哨」——僞滿〈大同報〉副刊〈夜哨〉的文學史意義》，《社會科學戰線》，2012 年第 5 期。

73. 涂鳴華：《抵制和遷都：再論〈順天時報〉停刊的深層原因》，《國際新聞界》，2010 年第 9 期。

74. 吐爾孫‧艾拜：《中國維吾爾文報刊源流考》，《國際新聞界》，2011 年第 7 期。

75. 萬京華：《從紅中社到新華社》，《百年潮》，2011 年第 8 期。

76. 萬京華：《中國人在海外開展通訊社業務之歷史考察》，《新聞春秋》，2016 年第 3 期。

77. 萬枚子：《憶國民黨軍委會〈掃蕩報〉的變遷》，《湖北文史》，2008 年第 1 輯。

78. 汪新：《試析中間勢力在土地革命戰爭時期的初步形成》，《中共黨史研究》，2000 年第 5 期。

79. 汪仲韋：《我與〈新聞報〉的關係》，《新聞研究資料》，1982 年第 2 期。

80. 王峰：《延安時期前期中共中央機關報〈解放〉週刊考述》，《延安大學學報》（社會科學版），2013 年第 6 期。

81. 王國傑：《論東幹學與中國回族學》，《中央民族大學學報》，2000 年第 5 期。

82. 王繼先：《民國新聞高等教育額「政校模式」略論——以馬星野的新聞教育實踐爲視角》，《新聞大學》，2017 年第 1 期。

83. 王健英：《中革軍委的由來與演變》，《黨史文苑》，1995 年第 4 期。

84. 王潤澤、王雲寧：《中共的海外抗日報紙〈救國時報〉》，《新聞界》，2012 年第 21 期。

85. 王潤澤：《〈順天時報〉停刊深層原因之探析》，《國際新聞界》，2008 年第 8 期。

86. 王向遠：《日本對華文化侵略與在華通信報刊》，《蘇州科技學院學報：社會科學版》，2005 年第 3 期。

87. 王欣：《一份頗具影響的外商華文晚報：〈大美晚報〉》，《新聞研究資料》，1991 年第 3 期。

88. 王詠梅：《胡政之創辦「國聞通訊社」》，《國際新聞界》，2008 年第 5 期。

89. 王雲五：《十年來的中國出版事業》（上、下），《商務印書館出版週刊》，1937 年第 241～242 期。

90. 微塵：《處罰不遵令轉播中央節目之廣播臺》，《電友》，1936 年第 12 卷第 3 期。

91. 魏長洪、艾玲：《解放前的新疆報學史縱述》，《西域研究》，2005 年第 4 期。

92. 文溶：《照相與印刷》，《中國印刷》，1936 年 1 月。

93. 吳翔：《戈公振〈中國報學史〉的八個版本》，《求索》，2010 年第 10 期。

94. 吳玉章：《關於救國時報的回憶》，《社會科學戰線》，1978 年第 4 期。

95. 西堂：《解放前成都的新聞界團體》，《新聞研究資料》，1987 年第 40 期。

96. 夏晨茹、左紅衛：《新疆維吾爾文化促進會與新疆近代新聞傳播》，《新疆社科論壇》，2006 年第 3 期。

97. 曉霞：《中央社在大陸的日子》，《民國檔案》，1995 年第 2 期。

98. 謝國明：《汪氏兄弟反對報業托拉斯事件》，《新聞研究資料》，1986 年第 2 期。

99. 謝蔭明：《衝破文化「圍剿」的北平左翼文化運動》，《新文化史料》，1992 年第 6 期。

100. 謝祖才：《張報與〈救國時報〉》，《文史雜誌》，1990 年第 5 期。

101. 新聞：《中央公園播音臺開幕》，《廣州市政府公報》，1932 年第 328 期。

102. 邢谷宜：《瓊崖早期革命報刊》，《廣東革命報刊研究》，第 1 輯。

103. 徐寶璜：《新聞學》，《新中國》，1919 年，第 1 卷第 7 號。

104. 徐敦楷：《民國時期科學管理思想在中國的傳播與運用》，《中南財經政法大學學報》，2010 年第 2 期。

105. 徐基中、吳廷俊：《城市與媒介：1936 年〈大公報〉南遷的文化解讀》，《新聞與傳播研究》，2017 年第 11 期。

106. 嚴帆：《中央紅軍長征途中的新聞宣傳工作初探》，《黨的文獻》，2005 年第 1 期。

107. 陽泓：《報刊的題簽》，《出版史料》，1986 年第 5 輯。

108. 楊爾瑛：《季鸞先生的思想與軼事》，臺灣《傳紀文學》，第 30 卷第 6 期。

109. 楊瑾琤、寧樹藩、方漢奇、王鳳超：《〈中國報學史〉史實訂誤》，《新聞研究資料》，1985 年第 4 期。

110. 楊乃坤：《〈八一宣傳〉的印刷、發行人》，《縱橫》，1994 年第 4 期。

111. 楊勇：《民國江西造紙社業述論》，《江西師範大學學報（哲學社會科學版）》，2001 年第 3 期。

112. 姚福申：《解放前〈新聞報〉經營策略研究》，《新聞大學》，1994 年第 1 期。

113. 姚福申：《張報安教授話先父張竹平遺事》，《新聞大學》，2008 年第 1 期。

114. 姚群民：《〈救國時報〉在海外披露南京大屠殺眞相的述評》，《民國檔案》，2005 年第 4 期。

115. 易文：《中文外報：一個獨特的研究視野》，《廣西大學學報（哲學社科版）》，2008 年第 6 期。

116. 尹騏：《袁殊諜海風雨 16 年》，《炎黃春秋》，2002 年第 12 期。

117. 于安龍：《先鋒報與中國共產黨早期的海外宣傳》，《青年記者》，2016 年第 22 期。

118. 于樹香：《外國人在天津租界所辦報刊考略》，《天津師範大學學報（社會科學版）》，2002 年第 3 期。

119. 俞凡:《「九一八」事變後新記〈大公報〉「名恥教戰」論考辯——以臺北「國史館」藏「蔣介石檔案」爲中心的考察》,《國際新聞界》,2013 年第 4 期。

120. 俞志厚:《一九二七年至抗戰前天津新聞情況》,《新聞研究資料》,總第十四輯(沒找到)。

121. 虞文俊:《規範與限制:國民黨新聞團體政策之考察 1927～1937》,《現代傳播》,2017 年第 7 期。

122. 張報:《二、三十年達尼在美國的中國共產黨人》,《國際共運史研究資料》,1982 年第 4 期。

123. 張功臣:《與中國革命同行——三十年代前後美國在華記者報導記略》,《國際新聞界》,1996 年第 3 期。

124. 張貴:《東北淪陷 14 年日僞的新聞事業》,《新聞研究資料》,1993 年第 1 期。

125. 張貴:《抗聯報紙的編輯通聯工作》,《軍事記者》,2004 第 4 期。

126. 張潔:《中國近代民營報業經營方略》(下),《新聞與寫作》,2005 年第 7 期。

127. 張克明:《第二次國內革命戰爭時期國民黨政府查禁書刊編目》,《出版史料》,1984 年第 3 期。

128. 張昆:《十五年戰爭與日本報紙》,《日本研究》,1991 年第 2 期。

129. 張蓬舟:《大公報大事記》,《新聞研究資料》,1981 年第 2 期。

130. 張岩、曲曉範:《論哈爾濱近代民營報紙〈濱江日報〉的特點及其作用》,《黑龍江社會科學》,2010 年第 3 期。

131. 趙永華:《俄蘇在華辦報追溯》,《國際新聞界》,2001 年第 1 期。

132. 趙永華:《對「九一八」事變後日本在華出版俄文報紙及控制俄僑辦報活動的歷史考察》,《國際新聞界》,2011 年第 6 期。

133. 趙元任:《全國轉播中央廣播電臺節目對於促進國語統一的影響》,《廣播週報》,1936 年第 91 期。

134. 鄭會欣:《戰前國民政府舉借外債的數額及其特點》,《民國研究》,1994 年第 1 輯。

135. 周化南:《在我地下黨控制下的東北實業日報》,《吉林報業史料》,1991 年第 2 輯。

136. 周曉晴:《三四十年代西康地區期刊(藏族部分)之述略》,《西南民族學院學報‧哲學社會科學版》,2000 年第 2 期。

137. 左東樞:《我所知道的國民黨中央通訊社》,《新聞研究資料》,1982 年第 5 期。

138. 左文、畢豔:《論左聯期刊的非常態表徵》,《文學評論》,2006 年第 3 期。

四、報刊原件（以報刊題名首字的漢語拼音爲序）

1. 《報學季刊》
2. 《報學月刊》
3. 《大北新報畫刊》
4. 《大公報》（天津）
5. 《大美晚報・記者座談》
6. 《東方雜誌》
7. 《獨立評論》
8. 《革命評論》
9. 《廣播週報》
10. 《廣東省政府公報》
11. 《國貨月報（上海 1934）》
12. 《國聞週報》
13. 《紅旗》
14. 《紅旗》三日刊
15. 《紅旗日報》
16. 《記者週報》
17. 《江蘇月報》
18. 《晶報》
19. 《救國報》
20. 《科學畫報》
21. 《立報》
22. 《滿洲紅旗》
23. 《漫畫生活》
24. 《民國日報》（上海）
25. 《錢業月報》
26. 《全民月刊》
27. 《人民日報》
28. 《三民主義月刊》
29. 《上海報》
30. 《上海報週年紀念冊》
31. 《社會日報》

32.《社會日報紀念專刊》（1934 年）

33.《申報》

34.《申報月刊》

35.《生活》

36.《生活》週刊

37.《生活日報星期增刊》

38.《生活星期刊》

39.《十年──申時電訊社創立十週年紀念特刊》

40.《實報》

41.《實報增刊》

42.《文藝新聞》

43.《無線電問答彙刊》

44.《新華日報》

45.《新民報》（南京）

46.《新民晚報》

47.《新聞報》

48.《益世報》（天津）

49.《銀行週報》

50.《印刷畫報》

51.《長沙市新聞記者聯合會年刊》

52.《長岳關月刊》

53.《中國檔案報》

54.《中華實業月刊》

55.《中央半月刊》

56.《中央黨務月刊》

57.《中央日報》

58《中央週報》

五、學位論文（以責任者首字漢語拼音為序）

1. 來豐：《中國通訊社發展史》，復旦大學博士學位論文，2002 年。

2. 賴芬：《〈紅色中華〉涉日報導研究（1931～1934）》，江西師範大學碩士學位論文，2014 年。

3. 李根壽：《中央蘇區時期馬克思主義中國化研究》，南昌大學博士學位論文，2011 年

4. 劉濤：《南寧民國日報（1931～1937）研究》，廣西大學碩士學位論文，2010 年。

5. 劉永生：《申報》的對日輿論研究（1931.9～1937.12）首都師範大學博士論文，2008 年

6. 孫會：《〈大公報〉廣告與近代社會（1902～1936 年）》，河北師範大學博士論文，2007 年。

7. 田守業：《國民黨改組派研究》，中國社會科學院研究生院博士學位論文，2001 年

8. 王麗娜：《南京〈民生報〉及其政治主張研究》，南京師範大學碩士論文，2008 年

9. 王業廷：《青島市立民眾教育館研究（1928～1937）》，中國海洋大學碩士學位論文，2009 年

10. 徐基中：《上海新聞記者職業團體研究（1921～1937）》，華中科技大學博士學位論文，2016 年。

11. 張政：《國民政府與民國電信業（1927～1949）》，廣西師範大學碩士學位論文，2006 年。

後　記

　　到南京師範大學新聞與傳播學院工作沒有多久，剛評上副教授的我，被時任學校紀委書記的倪延年教授盛情邀請，參加由其爲項目負責人的 2013 年度國家社科基金重點項目「中華民國新聞史研究」及在此基礎上成功申報的國家社科基金重大項目「中華民國新聞史」，既深感榮幸也誠惶誠恐。深感榮幸在於倪延年教授「看得起」我這個後學小輩，讓我在張曉鋒教授名義下獨立全權負責「中華民國新聞史」第五卷：民國南京政府前期的新聞業；誠惶誠恐在於擔心自己是學術「阿斗」，辜負了倪延年教授的提攜後學之功。幾經周折，本卷終於在 2018 年 11 月 15 日殺青，我長舒了一口氣。11 月 23 日西洋感恩節的當日，我在圖書館撰寫本卷後記時，感慨萬分。

　　根據項目組整體設計，本卷上承第二卷，下接第四卷，主要敘述 1927 年 4 月成立的民國南京政府前期的新聞業。時間上限是 1929 年 1 月即中華民國北京「安國軍政府」大元帥張作霖之子張學良於 1928 年 12 月 29 日宣布「遵守三民主義，服從國民政府，改旗易幟」的第三天，下限爲 1937 年 8 月即 8 月 22 日和 8 月 25 日南京國民政府軍事委員會和中共中央軍事委員會先後發表「紅軍改編爲國民革命軍第八路軍」的命令，標誌國共兩黨兩軍合作爲止。空間範圍涵蓋了中國國民黨統治區、紅色革命根據地、東北日僞佔領區等構成的中國大陸地區，以及仍被英國、葡萄牙等殖民者佔領的香港、澳門、臺灣地區。新聞事業類型上包括國民黨及民國南京政府的新聞業、中國共產黨的革命新聞業、民營新聞業、日僞新聞業、英美蘇等外國在華新聞業等，新聞事業要素則涵蓋了當時已經存在的所有新聞業要素：新聞報刊業、新聞廣播業、新聞通訊業、圖像新聞業、軍隊新聞業、少數民族新聞業、外國在華

新聞業、新聞管理體制、新聞業經營、新聞團體、新聞教育、新聞學研究等方面，力求從多側面展現較爲完整和清晰的「中華民國南京政府前期新聞業」的大致模樣。

根據項目組「分卷主編負責本卷新聞業的社會環境和新聞報刊業，與新聞報刊業相對應的其他內容由相關項目子課題或特約研究專題負責人撰寫特約專題稿納入本卷」的規劃與分工，緒論、第一、二、三、四章由劉繼忠負責撰稿；第五章第一節（民國南京政府前期的新聞廣播業）由中國傳媒大學新聞學院博士生導師艾紅紅教授撰寫，第二節（民國南京政府前期的新聞通訊業）由新華通訊社新聞研究所新聞史論研究室主任萬京華研究員撰稿；第三節（民國南京政府前期的圖像新聞業）由寧波大學人文傳媒學院講師王燦博士執筆，南京大學新聞與傳播學院博士生導師韓叢耀教授審定；第六章第一節（民國南京政府前期的少數民族新聞業）由中央民族大學文學與傳播學院碩士研究生導師白潤生教授撰稿；第二節（民國南京政府前期的軍隊新聞業）由解放軍南京政治學院（現國防大學）軍事新聞系博士生導師劉亞教授撰稿；第三節（民國南京政府前期外國在華新聞業的新格局）由中國人民大學新聞學院博士生導師鄧紹根教授撰寫；第七章第一節（民國南京政府前期的新聞業管理體制）由浙江外國語學院國際傳播系副教授曾來海博士、南京師範大學新聞與傳播學院講師操瑞青博士撰寫，南京師範大學新聞與傳播學院博士生導師方曉紅教授審定；第二節（民國南京政府前期的新聞業經營）由華南師範大學新聞與傳播學院碩士生導師張立勤副教授撰稿，其中「民國南京政府前期新聞業的經營概述」由劉繼忠撰寫；第八章第一節（民國南京政府前期的新聞團體）由復旦大學新聞學院 2018 級博士生陳媛媛撰稿，劉繼忠負責審定；第二節（民國南京政府前期的新聞教育）由上海大學新聞傳播學院博士生導師李建新教授撰稿；第三節（民國南京政府前期的新聞學研究）由天津師範大學新聞與傳播學院副院長、博士生導師李秀雲教授撰稿，其中「戈公振的新聞學研究」部分由劉繼忠撰寫；引用文獻由南京師範大學碩士研究生張京京編製，劉繼忠審定。根據項目組會議精神，分卷主編有權依據「充分尊重原稿作者勞動成果和權利」、「立足提高書稿質量和文風統一」及「統稿結果經項目組會議確認」的原則，對特約專題稿進行了整合、修改及補充等技術性處理。基於此，劉繼忠對本卷書稿作了通稿工作。

本卷書稿是全體撰稿人員在前人研究成果尤其是學術界對中華民國史及

民國專題史研究成果基礎上，以這一階段新聞業發展歷史軌跡為基點進行認真拓展和深化的成果。撰寫本卷文稿過程中引用檔案及資料性文獻達 145 種，學術專著 149 種，期刊文章 138 篇，碩博學位論文 11 種，報刊原件 58 種等，共計達 501 種之多。這從一個側面說明本卷作者在搜集文獻資料方面所做的努力，也是本卷學術團隊對國家重大項目所持認真態度的表現。我們希望它能夠基本滿足新聞工作者和關心新聞事業的讀者瞭解這一階段中國新聞事業發展歷程及基本特點的需要，這也是研究團隊對國家支持項目研究應有的回報。

　　本卷書稿能夠按時完成，作為主編首先要感謝以方漢奇、寧樹藩、丁淦林、趙玉明、吳廷俊等為代表的老一輩新聞史學家們的紮實又深入的基礎性工作，感謝他們繪製了民國南京政府前期新聞業的大致譜系；感謝諸多學術才俊細緻、深入的「個案」研究，正是他們一個個的個案，使本卷書稿更為全面深入。感謝「中華民國新聞史」項目組所有成員，正是由於您們的提攜與教導、理解與包容，尤其是項目組特約研究專題的負責人的大力配合，才使本卷書稿得以按時完成。感謝南京師範大學新聞與傳播學院原院長方曉紅教授、顧理平教授及現任院長張曉鋒教授，沒有學院領導的大力支持，尤其是顧理平教授解決了我的後顧之憂，使我有更多時間與精力投身於本卷書稿的研究與寫作。感謝陳媛媛、馬超、趙佳鵬、馮程程、楊為正、嚴嬌、肖子木、張京京、霍蓓、康袁璐、崔林、張洪芹等南京師範大學新聞與傳播學院的碩士研究生，他們為本卷書稿的資料搜集、文字校對、文獻目錄整理等瑣碎工作做了大量工作。

　　民國南京政府前期的新聞業錯綜複雜，涉獵廣泛，本卷主編及各特約專題撰稿人雖然都盡了努力，按時完成了任務，但距離理想目標卻還有較長的距離，尤其是在在文獻史料的充分利用、自身的學術修養及內容表述的語言及文風統一等方面尚有諸多不足和遺憾。我們衷心期待和歡迎學術界同行和廣大讀者的批評和指正，並將在後續的研究中使之完善和彌補，以便在再版或修訂時予以修正，使之不斷完善提高。

劉繼忠

二○一八年十二月二十日